编委会

★首钢搬迁风云录丛书★

SHOUGANG BANQIAN FENGYUNLU CONGSHU

共济蓝海

首钢总公司发展研究院 编著

人民出版社

策划编辑：宋军花
封面设计：肖　辉

图书在版编目(CIP)数据

共济蓝海/首钢发展研究院 编著. -北京：人民出版社，2014.2
(首钢搬迁风云录)
ISBN 978-7-01-013140-5

Ⅰ.①共…　Ⅱ.①首…　Ⅲ.①报告文学-中国-当代　Ⅳ.①I25

中国版本图书馆 CIP 数据核字(2014)第 019157 号

共 济 蓝 海
GONGJI LANHAI

首钢总公司发展研究院　编著

人民出版社 出版发行
(100706　北京市东城区隆福寺街 99 号)

北京中科印刷有限公司印刷　新华书店经销

2014 年 2 月第 1 版　2014 年 2 月北京第 1 次印刷
开本：710 毫米×1000 毫米 1/16　印张：20
字数：256 千字　印数：0,001—3,000 册

ISBN 978-7-01-013140-5　定价：57.00 元

邮购地址 100706　北京市东城区隆福寺街 99 号
人民东方图书销售中心　电话 (010)65250042　65289539

2012年8月16日，首钢总公司党委书记、董事长王青海一行来首钢国际工程公司调研。（王永平　摄）

2013年8月9日，徐凝总经理到水厂铁矿调研。（由矿业公司宣传部供稿）

首钢地勘院的专业技术团队在首钢京唐公司的施工现场。(郑文生　摄)

2009年10月1日由首钢建设集团制作运行的国庆焰火网幕使天安门夜空更加绚丽。(赵泽民　摄)

首钢机电公司制造的轧钢设备。(陶晓海　摄)

首自信公司成功承接北京奥运火炬运行自动控制系统。该图为火炬运行自动控制团队。(王伟　摄)

首钢中首公司在曹妃甸建造的首钢渤海会议中心。(首钢日报社　王京广　摄)

首钢地产公司开发的重庆首钢美利山项目。（首钢地产公司党群部供稿）

首钢大地古城幼儿园在奥运会上的爵士鼓演出。（实业公司宣传部供稿）

首钢培训中心技师学院进行技师培养模式课程开发研讨。（王福学　摄）

总 序

2009年3月13日，首钢京唐钢铁公司一期工程炼钢连铸系统一次热试成功，生产出第一炉钢水，并于15日凌晨生产出第一块合格的连铸坯，标志着首钢搬迁调整迈出了成功的一步。

2005年，为了适应北京作为国家首都、国际城市、文化名城和宜居城市的城市功能定位，满足举办2008年奥运会对环境的要求，促进我国钢铁企业布局调整和产业结构优化升级，经国务院批准，首钢决定将涉钢产业迁出北京，在河北曹妃甸建设新的现代化钢铁基地。这个举世瞩目的重大决策，引起世人的高度关注，这样一个历史悠久、规模巨大、人数众多的钢铁骨干企业进行搬迁调整，不仅在我国工业发展史上没有可以借鉴的经验，就是在全世界，也很难找到可以效仿的先例。搬迁调整的任务能否顺利实施，对于首钢无疑是一场严峻的考验。

面临搬迁调整的历史重任，首钢人以大局为重，继承和发扬首钢优秀的文化传统，倡导"创新、创优、创业"的"三创"精神和"敢闯、敢坚持、敢于苦干硬干"的"三敢"精神，坚决贯彻落实党中央、国务院的重大决策，克服重重困难，从2007年3月12日开工之日算起，仅用了短短两年的时间，就在渤海之滨建起一座大型现代化的板材精品生产基地。

首钢搬迁调整，是贯彻落实科学发展观的成功实践。坚持科学发展观,就是要在事关首都和首钢可持续发展的重大原则问题上,以国家和人民的根本利益为重。北京是首钢人九十年来赖以生存的故土,首钢也是北京经济的重要支撑。京城的座座标志性建筑、高耸入云的大厦,都记载着首钢昔日的奉献和辉煌。但是,当国家和人民要求首钢为改善首都环境,为举办北京奥运会做出新的贡献的时候,首钢人义无反顾地舍小家,为大家,在逆境中奋起,走向渤海湾,来到曹妃甸,开始了新的创业征程。

坚持科学发展观,还要具有把握历史发展趋势的远见卓识。首钢搬迁,重在调整。我国正在经历从钢铁大国向钢铁强国的转变,首钢搬迁正是抓住这个重要的历史契机,通过搬迁,在调整结构、产业升级上下功夫,做大做强钢铁主业,提高首钢的核心竞争力。正是这种远见卓识,使得首钢对搬迁积极主动,充满信心。我们坚信,通过搬迁调整,首钢一定会站在新的历史起点上继续阔步前进,企业的发展也将拥有更加广阔的天地。

坚持科学发展观的关键是要具有求真务实的科学态度,敢于揭示事物的本质和发展规律。一个有生命力的企业,就要清楚自己该如何发展,看到自己的差距,认清差距形成的原因,在借鉴别人中找出自己的努力方向。只有坚持求真务实,才能找到适合自己的发展道路,才能确立好自己的发展目标。市场永远是机遇与危机并存,真正的企业家应力求做到:决断要准,出手要快,该进则进,该退则退。

首钢搬迁调整不仅为首钢的未来发展开辟了一片新天地,还造就了一大批宝贵的人才,包括优秀的管理者、技术骨干和各种操作能手,他们是在真刀实枪的战斗中锻炼出来的,是一支有实战经验、能打硬仗的队伍,是企业的宝贵财富。

《首钢搬迁风云录》将首钢搬迁调整的全过程作了纪实性的描述,如实记载了首钢人解放思想,走出迷茫,排除万难,再创辉煌的思想境界和艰苦奋斗、无私奉献的精神。我们希望通过这部丛书,向世人展示改革开放新时代中国工人阶级胸怀全局，开拓创新的全新精神风貌。

鲁迅先生曾经说过："希望，是本无所谓有，无所谓无的。这正如地上的路；其实地上本没有路，走的人多了，也便成了路。"首钢搬迁调整，正在走前人没有经历过的艰难历程，正在创造我国大型钢铁企业由内地搬迁到沿海的新业绩，首钢搬迁的实践再次证实了中国人民走有中国特色社会主义道路的坚定信念，也有力地证明了毛泽东的一句名言："人民，只有人民，才是创造世界历史的动力。"

2009 年中华人民共和国 60 华诞，也是首钢建厂 90 周年。首钢作为大型国有骨干企业，正在搬迁调整中为共和国的科学发展谱写新的历史篇章。

谨以此书作为对共和国 60 华诞的献礼！以表达首钢工人阶级对祖国和人民的赤子之心。

首钢总公司党委书记、董事长

目　录

引 子

首钢搬迁调整，演绎了我国一个传统的大型钢铁企业迈向现代化的壮丽史诗。具有新中国"长子情结"的首钢，在昔日京城，经历了她从蹒跚学步的初创期到满怀豪情的壮大期，再到彷徨迷茫的困惑期。首钢不愧为社会对其"首钢为首"的赞誉，她在看似无路的地方，走出了一条前人没有走过的路。首钢人变痛苦的挣扎为崭新的思考，利用我国对钢铁业进行战略性调整的机遇，率先突破钢铁产业在大城市发展的桎梏，奔向大海，再创辉煌。这个崭新的思考，就是在科学发展观指导下的强企之梦，强国之梦。如果说 60 多年前，中国共产党人发出了要使中华民族自立于世界民族之林的呐喊，那么，在今天，首钢人就是用钢铁巨人的境界、情怀与梦想，实践了这个历程，创造了新的历史。

首钢搬迁调整，是钢铁主业的生产基地从首都迁出，重新建立一个现代化的钢铁基地。搬迁调整，搬迁只是手段，调整才是目的。对于首钢而言，如果说搬迁有如在火焰中经历了凤凰涅槃，浴火重生，那么，调整则是奔向蔚蓝色大海的再造和升华。这种再造和升华，是我国环渤海战略的一个有机组成部分。它不仅得到从党中央、国务院到北京市的高度重视和支持，更是在全体首钢人的参与和实施中完成的。

首钢新基地的再造，决不是仅靠钢铁业自身能够完成的。就像一部好的戏剧，仅靠演员和编导还远远不够，从灯光布景到服装配乐，各种行当，缺一不可。钢铁冶炼同样道理，从勘探到矿石的开采，从工程设计到建筑施工，从大型机械到数字化信息化……这是一个涉及到地质勘探、矿业、建筑设计等各个行业的系统工程，没有他们参与其中，首钢搬迁调整就不可能实现；没有他们的智慧与奉献，新首钢的崛起就无从谈起。首钢的各行各业同舟共济，用自己的智慧与汗水，共同参与了我国这个可以称之为蓝海战略的大搬迁、大调整。

在首钢，钢铁主业以外的各个行业统称为"非钢产业"，主要包括地质勘探、矿业、建筑设计、机械制造、电子信息、对外贸易、房地产业、生活服务和教育培训行业等等。当时的京城有一句话"首钢除了不能生产飞机大炮，什么都能制造"。这些非钢产业，一般属于首钢的子公司或直属单位。首钢的非钢产业是伴随首钢的崛起而产生发展起来的，他们长年服务于首钢的钢铁主业，以他们无私奉献的大局意识和独特的专业技能，为首钢的发展立下了汗马功劳。但也随着首钢一度陷入发展困境而堕入低谷，有的长期亏损，有的发不出工资。在首钢搬迁调整中，这些昔日的首钢子弟兵，通过转变观念，重整旗鼓，抓住机遇，奋力拼搏，不仅为首钢搬迁建功立业，而且，自己也经历了市场的风风雨雨，实现了脱胎换骨的蜕变，犹如凤凰涅槃，浴火重生。

本套丛书的第一、第二册，集中记叙了首钢钢铁主业从战略决策到实施搬迁的全过程，本册集中记叙首钢的非钢产业对首钢搬迁调整做出的重要贡献，以及这些企业借首钢搬迁调整之机，得到的长足发展。可以说，离开了非钢产业，首钢搬迁调整不可能完成；《首钢搬迁风云录》如果没有对非钢产业的记叙，将是一部不完整的记载搬迁调整丛书。

在此书中，让我们用有限的篇章，共同回顾这些"首钢的子弟兵"们所经历的风风雨雨，共同仰视他们那坚定的信念、不凡的业绩和普通劳动者的情怀。

让我们永远记住中华人民共和国的缔造者给我们留下的一句名言“人民，只有人民，才是创造世界历史的动力。”

首钢搬迁调整的历史，印证了这句名言。

第一章

矿业春秋

春天，是解读万物生存奥秘的季节。

阳春三月，草长莺飞。距北京220公里，驰名遐迩的首钢矿业公司，镶嵌在燕山丛中。这里，群山叠翠，滦水流碧，飞燕摇晖，跃动着一派勃勃生机。一台台奔驰在采矿场的重型矿车，以它们特有的节拍和语言为大山劲舞高歌；一条条满载烧结矿、球团矿的运输胶带，犹如腾飞的巨龙，回应着高炉热切的期盼……

从气势恢宏、山鸣谷应的采矿场，到春光拂煦、欢声笑语的厂区、社区，处处昭示着首钢矿山人立志创新、创优、创业，谋求科学发展、和谐发展的坚定信念和不懈追求。

第一节　矿业骄子　披荆斩棘

矿产资源是钢铁产业的源头。伴随着首钢创新发展、实施搬迁调整战略的前进脚步，首钢矿业公司穿行于市场经济的波峰浪谷之中，一路高歌猛进，走过了坎坷，走过了风雨，走出了辉煌，为首钢发展引来源头活水。

一、应运而生的矿业骄子

新中国成立后，百废待兴，迫切需要钢铁。

坐落在北京西郊的首钢(前身为石景山钢铁厂),没有固定的原料基地,高炉用的矿石是从河北宣化和海南岛长途跋涉运过来的,常常处于“等米下锅”的局面。

钢铁是强国的骨骼。要铁、要钢,首先就要有矿石。首钢渴望拥有自己的原料基地。

国家一级勘探表明,冀东北部山区有储量可观的铁矿资源。1958 年,时任首钢公司副总经理的胡兆堃、副总工程师丁书慎受命选址建矿。胡兆堃心里很清楚,要从偌大的冀东山区选出最具持续开采价值的矿址,必须摸清底数。好在战争年代他在那里打过游击,对地理环境比较熟悉。“不能让首钢捧着金碗讨饭吃”,胡兆堃带领 108 人的队伍毫不犹豫,打点好行装,毅然上路了。

从遵化到迁西,再从迁安到滦县,50 多岁的胡兆堃凭着从农家借来的毛驴和自己的两条腿,与他的战友一起,爬过了一座座山岭,越过了一道道沟坎,摸清了矿石储量和分布情况,按照首钢党委的决策,营建大石河铁矿。

古老的山峦不再沉寂,建设矿山、开发宝藏的大会战由此打响。

1960 年 10 月 1 日,首钢矿业公司大石河铁矿生产的第一批精矿粉运往北京。从此,首钢高炉用上了自产的精矿粉,结束了“有钢无矿”的历史。

从 1959 年 4 月到 1974 年底,大石河铁矿陆续有 9 个采区建成投产;1969 年 9 月 27 日,亚洲最大的露天铁矿——水厂铁矿建成投产。水厂选矿厂一期工程装有直径 2.7 米、长 3.6 米球磨机的 8 个生产系列,1971 年 5 月建成投产。至此,方圆百里拥有南北两大铁矿的首钢矿业公司,坐上了当时亚洲黑色冶金矿山企业的头把交椅,成为名副其实的首钢原料基地。

建矿初期,首钢矿业公司的选矿工艺为三段破碎、两段磨矿分级、三段磁力脱水、两段磁选的阶段磨矿磁选流程,磁选机采用的是仿苏电磁带式磁选机,设备结构复杂,耗电量大,容易烧损,维修量大，操作运行和生产指标很不稳定。立志做实施“精料方针”领头雁的首钢矿业公司，从1968年开始进行磁选机国产永磁化改造，用国产永磁筒式磁选机替代了仿苏电磁带式磁选机，用永磁磁力脱水槽替代电磁磁力脱水槽，将二次双螺旋分级机改为水力旋流器组，取得了稳定生产、优化技术经济指标的良好效果。在原矿品位27.02%情况下，尾矿品位降到7.75%，金属回收率提高到81.26%。尤其是精矿粉品位达到63.35%左右，跨入国内先进行列。

为高炉冶炼提供“精料”。矿业公司在组织开展群众性“双革”和合理化活动的同时，与马鞍山矿山研究院合作，对选矿工艺流程进行了全面深入的考查，实施了新一轮的技术改造，取消了二次磁力脱水槽，将二次磁选机和三次磁力脱水槽，分别改为双筒磁选机，增加了选别段数，既提高了精矿粉品位，又减少了电耗和环水用量。接着，通过工业生产试验，又创造了尼龙细筛自循环再磨新工艺，精矿粉品位进一步提高。1980年，大石河铁矿、水厂铁矿的精矿品位分别达到68.51%和68.61%。首钢矿山公司的铁精矿粉摘取了国家金质奖章，实现了让首钢高炉“吃上富强粉”的目标。此后，直到20世纪90年代中期，首钢矿山公司的精矿品位一直保持了68.00%～68.50%的国内领先、国际先进水平。其采用的“磁团聚重选”新工艺及其设备，1986年初通过了由原冶金部和地质矿产部联合组织的专家鉴定，分别获得了国家发明专利、国家发明金质奖、国家科技进步一等奖及国际知识产权组织和国家专利局联合颁发的“专利金牌奖”。

二、生死攸关的艰难探求

尽管矿业公司成为首钢钢铁业的活水源泉，但是，矿山企业是资源型企业，矿产资源不可再生。多少年来，“矿竭企衰”始终是一个威胁矿山企业在劫难逃的厄运。然而，首钢矿业公司却在严峻的“资源危机”中进行了生死攸关的艰难探求，闯出了“矿竭企不衰”的新天地，改写了矿山企业的生命周期率。

岁月匆匆，光阴荏苒。伴随着首钢改革和快速发展的前进脚步，从20世纪的70～90年代，矿业公司的大石河铁矿选矿厂，水厂铁矿选矿厂，首钢矿业公司球团厂、烧结厂纷纷建成投产，首钢矿业公司不断壮大。截至1995年，首钢矿业公司在36年的征途中，开发了11座铁山，累计采剥矿岩13.13亿吨，如果把这些矿岩砌成一条宽、高各一米的长堤，总长度达到47万公里，沿赤道可绕地球近12圈。生产铁精粉1.08亿吨、烧结矿1080.5万吨，氧化球324.5万吨，为首钢高炉提供了优质、稳固、充足的原料。

然而，由于长期的强力、过度开采，首钢矿业公司出现了严重的资源危机。大石河铁矿9个采区中的6个由于矿石资源枯竭已经相继闭坑，剩下的3个采区也已进入开采末期，矿石资源接近枯竭；处于主力地位的水厂铁矿，由于扩建资金不到位，工艺装备投入不足，长期违背“采剥并举、剥离先行”的矿山生产规律，用“掏鸡窝”的方式盲目超采矿石，形成了7800万吨的剥岩欠账，濒临“采死”的境地。

面对资源危机，加上受市场经济大潮冲击，暴露出长期计划经济体制下形成的机制不活、成本超高、2.4万多人同吃矿产主业“大锅饭”等突出矛盾，首钢矿业公司失去了往日的风采。为企业的前途和命运担忧的首钢矿山人，产生了“矿业公司向何处去”的疑虑！

路是踩出来的。改革发展，没有现成的路可走，需要探索的胆量和智慧。首钢矿业公司的生存发展之路在哪里？

有人提出“当务之急是解决新采点接替问题”。然而，解决资源接替问题谈何容易。从1983年大石河铁矿杨庄采区闭坑开始，首钢矿业公司就一直为新采点接替而奔波。可是，十几年过去了，一次次满怀希望，一次次艰辛努力，一次次付诸东流。如果依然延续这样的思路，解决采点接替问题必然是遥遥无期。

难道就这样困死不成？2001年，首钢矿业公司的领导班子针对经济全球化的新形势，深入学习社会主义市场经济理论，冷静分析形势和自身优势，梳理发展思路，组织职工开展了“七个要不要”的大讨论，即做强做大矿产主业，要不要以有竞争力的市场价格倒推目标成本；发展非矿产业，要不要以市场为导向和生存空间；报酬和贡献挂钩，要不要以市场上实现的效益为前提；调整产业结构，开发新项目，要不要以市场化的方法解决资源配置问题；适应经济全球化的新形势，要不要按照参与国内外市场竞争的标准改进管理，提高整体素质，等等。通过大讨论，引导职工跳出矿山看矿山，站在市场全球化的大背景下看矿山，进一步提升市场理念，增强创新发展意识。与此同时，在全面调查华北地区铁矿资源基础上，召开了各厂矿单位党政一把手参加的“解放思想，寻求发展新途径”的研讨会，形成了“发挥自身优势，开发和利用社会资源”的工作思路。做出了“用全新的经营方式转变办矿模式”的战略抉择。这一转变打破了多年一贯“靠征地开矿、自采自选”的经营套路，实施了靠市场配置外部资源，深挖内部资源潜力，多种模式办矿的创新实践，从此，矿业公司的发展出现柳暗花明的新局面。

矿业公司采取了多种举措转变办矿模式。

一是面向社会收购矿石和低品位矿粉。对购入的低品位矿粉单独进行二次加工，提升矿粉品位和资源价值。

二是开展劳务输出和易货贸易。迁安的地方企业曹家沟铁矿，由于采剥失调，矿石被埋在底下拿不出来。矿业公司抽出人员和闲置的设备，承揽采剥工程，帮助地方企业开矿，对方用矿石或精矿粉进行劳务补偿。与多家矿山企业建立了紧密的“纽带关系”，形成了具有一定规模、比较稳定的资源供应点。

三是运用专利技术换取资源。首钢矿业公司具有既提高精矿粉质量又增加精矿粉产量的技术优势和管理经验，按照市场法则，广开渠道输出无形资产，先后帮助24家兄弟矿山企业在改善经营的同时，获得了购买精矿粉的“优先权”。

四是互惠互利合作开发矿产资源。与矿业公司毗邻的马兰庄铁矿，矿石储量较高，但由于采剥失调，缺乏资金，经营陷入困境。经过友好协商，首钢矿业公司与唐山市冶金局以股份合作的方式，成立了“唐山首钢马兰庄铁矿有限责任公司”。新公司成立8个月就实现了扭亏为盈，采出的矿石，除少量自用外，其余全部销往首钢矿业公司，成为大石河铁矿入选矿石资源的重要组成部分。股份合作的成功，拓宽了首钢矿业公司市场化运作资源的领域，加大了首钢矿业公司的矿石补入量，当地政府增加税收，占地村民获得经济回报，国家资源也得到科学利用，可谓一举多得。

五是深挖潜力提升内控资源综合利用效率。将铁矿石入选品位由≥20％下调到≥15％，充分利用极贫矿。采用多种技术措施，充分回收闭坑采区残留资源。

六是探矿找矿增加矿产资源储量。从2006年3月至2009年6

图1 地下开采生产的第一列矿石驶出杏山铁矿。（由矿业公司宣传部供稿）

月，历时39个月，完成二马和杏山两个资源接替区野外勘查工程并取得重大成果，新增大量铁矿资源。

七是启动露天转地下开采项目，开发利用深部资源。首钢矿业公司先后启动了杏山采区、二马采区等露天转地下的开采项目。采矿生产形成了露天与地下开采并举的新格局，为充分利用深部资源积累了宝贵经验，缓解供矿紧张局面提供了有力保证。

通过创新办矿模式、矿业公司的资源保有储量和可采储量显著增加，按现有生产规模，可持续开采50年以上，赢得了柳暗花明的新天地。

第二节　自主创新　追求卓越

希腊伟大的科学家阿基米德说过："给我一个支点，我就能撬动地球"。

杠杆的力量是无限的。首钢矿业公司牢牢把握创新的强劲杠杆，把"建设一流的矿业、开放的矿山"的战略目标，具体化为打造"六个矿山"，这就是打造高效矿山、科技矿山、数字矿山、精品矿山、绿色矿山与和谐矿山。

一、打造高效矿山

穿计划经济的老鞋，走不出市场经济的新路，首钢矿山人深谙此理。为了医治与众多国企共有的劳动效率低、经济效益低的病根，首钢矿业公司持续实施了三大举措。

坚持市场化改革，激活发展动力之源。主业厂矿按照"扁平化"原则，调整组织机构，实行"作业长制"。全公司班组以上机构，精简管理岗位和人员，主业在岗职工精减了44.84%。对内建立市场化经济运营机制，厂矿、车间、班组发生的经济往来，全部按市场方式结算，公司上下内外直接面对市场的变化和风险。对外实施市场准入制度，选择信誉、质量、服务好的厂家进入矿业公司市场，清理不合格供应商。为了保证产品质量，矿业公司成立了质量监督处，依法依规对企业产品、工程建设、检修项目和进出物资实施质量监督，推动了“名优战略”的实施和产品、工程的内在和外在质量的改善。他们还建立市场化劳动分配机制，分配看效益，收入凭贡献，使蕴藏在职工群众中的智慧和创造力不断迸发和涌流出来，劳动效率不断提升。

坚持“找差”文化，完善指标体系，深入对标挖潜。每年在新的起点上，透过上年全国同行业可比技术经济指标完成情况，找出与先进企业差距较大的指标，认真分析导致指标落后的原因，正视差距，增强危机感和紧迫感，确定可比技术经济指标“保持全国同行业前三名和争取进入全国同行业前三名”的赶超目标，持续提升指标水平。2003 年以来，首钢矿业公司采矿、选矿、球团、烧结可比技术经济指标 60％以上进入国内同行业前三名，其中 40％以上排名第一，保持了行业领先优势。首钢矿业公司被评为全国冶金矿山行业“对标挖潜十佳企业”。

坚持追求卓越，实施皮带管理创一流。首钢矿业公司拥有材质不同、型号不一、总长 38.34 千米的 628 条皮带，是贯穿经营生产的“大动脉”，也是运行故障、人身事故、现场积料、污染环境、浪费资源、效率低下等问题和矛盾凸显的集中之地。从 2003 年开始，矿业公司以一流目标为导向，持续推进管理创新，到 2012 年，皮带系统服务人员由 977 人精减到 270 人；因故障停运时间由每年 512.97 小时降至 60.65 小时，因故障影响主机停运时间由每年 340.08 小时降至 14.28 小时，运输万吨物料的皮带消耗由 397 平方米降至 252 平方米；人身事故保持“三为零”；跑车自动化控制技术达到全国同行业领先水平。

二、打造科技矿山

首钢矿业公司作为一个生产型的传统企业，在首钢搬迁调整过程中，坚持把科技进步和创新放在提升企业核心竞争力的突出位置。科技创新使得这个老企业焕发出青春的风采。从2001年到2012年，首钢矿业公司实施重点科技创新446项；30项科技成果通过鉴定，47项(次)科技成果获首钢、北京市和全国冶金科技进步奖，48项成果申请国家专利；完成国家科技支撑项目4个。科技进步和创新，真正成为推动企业发展的第一生产力。

2001年以来，矿业公司组建了技术发展中心，在各主流程厂矿成立了工程师室，面向采矿、选矿、烧结、球团生产，成立中心研究室和地质研究所，建立了科技创新体系。实行以技术发展中心为龙头，以各研究所(室)为主体，采用集中与分散相结合的管理模式，搭建了面向生产的科研平台。建立了科技创新目标责任制度和创新成果表彰奖励制度，为科研开发提供了资金保证，提高了科技项目实施的成功率，激发了广大科技工作者积极参与科技创新的主动性和创造性。

矿业公司的科研项目首先是直接面对矿业生产面临的发展瓶颈，为推动技术进步服务。如，开展大型深凹露天矿高效运输及强化开采技术研究，是矿业公司列入“十五”国家科技攻关的一个重大项目课题。这个项目的提出与立项，还要从我国冶金矿山面临的突出问题说起。

我国的矿山采掘，80%矿石量来自于露天开采。目前，我国大多数大中型露天矿已进入深凹开采，矿山生产遇到两个突出问题：第一，运输距离加长，运输效率降低。第二，随着开采深度的增加和边坡的加高加陡，开采难度越来越大，开采安全性越来越差。因此，提高露天矿的边坡角度，是充分回收资源、减少剥离量、降低生产成本的重要手段。这项研究，对于提高企业生产和管理技术水平，降耗增效意义重大。

矿业公司以水厂铁矿为依托，借助北京科技大学与首钢专家的力量，通过研究项目的开展与实施，解决了大型露天矿深部开采中的关键技术问题，为水厂铁矿创造经济效益 1.27 亿元/年，延长矿山服务年限 7 年。使水厂铁矿的生产和管理达到国际同期先进水平。特别是该项目研究解决的是露天矿深部开采中具有共性的关键技术问题，因此对全国同类矿山具有普遍适用意义，具有广泛的推广应用前景和极大的推广应用价值。2004 年 6 月经教育部组织鉴定，研究成果总体上达到国际先进水平。在项目研究、应用和推广中，培养博士后 3 名，博士生 7 名，硕士生 12 名，发表论文 20 余篇。该项目获得国家科学技术进步二等奖。

从 2001 年到 2012 年，首钢矿业公司实施重点科技创新 446 项。30 项科技成果通过鉴定，47 项(次)科技成果获首钢、北京市和全国冶金科技进步奖，48 项成果申请国家专利，完成国家科技支撑项目 4 个。科技进步和创新，真正成为推动企业发展的第一生产力。首钢矿业公司被中国市场学会和中国企业报社评为“中国最具创新力企业”。

三、打造数字矿山

首钢矿业公司把打造数字矿山作为“建设一流的矿业、开放的矿山”的重要标志，持续推进数字化建设，形成了独具特色的“四级、四块”数字矿山体系。搭建了纵向以现场装备数字化、生产过程数字化、生产执行数字化、企业资源计划数字化“四级”为基础，横向以 GIS(地理信息)系统、MES(生产执行)系统、ERP(企业资源管理)系统、OA(信息)系统“四块”为重点的数字化矿山框架。

数字化矿山建设以构筑硬件平台，配置数字化设施为基础。采用 14800 块数字化仪表，武装采矿、选矿、球团、烧结四大主流程和物料运输的检测、计量系统，实施企业网络建设工程，敷设光纤 150 多公里，建立了厂矿级网站和车间级网站，涵盖了矿山的 300 多个班组，联网计算机 3000 多台，使得生产流程的各类数据能够实时传输上网，集中监控和全程管理。

在生产流程上，以自主研发为主，全面实施了独具特色的生产工艺流程的数字化创新。使采矿设计更直观、更科学，仅这一项就获经济效益 2220 余万元。

矿山数字化建设的重要环节是以 ERP 为核心的企业资源管理系统。首钢矿业公司把 ERP 建设作为主动适应现代工业化管理，提升经济发展质量的核心步骤来抓。实施了财务与成本管理模块(FI/CO)、生产计划模块(PP)、物料管理模块(MM)、质量管理模块(QM)、工厂管理模块(PM)和销售模块(SD)功能，将重组再造后的业务流程固化到 ERP 系统中，实现了业务流程化管理和物流、资金流、信息流三流合一、集成共享，推动管理模式发生根本性变革。

首钢矿业公司按照“计、管、控一体化”的思路，陆续自主开发运行了涵盖能源、生产、设备、技术、安全、考试、考勤、交接班、会务组织等方方面面的管理信息系统软件 140 多套，极大地促进了业务流程的优化和管理效率的提升。

中国金属学会组织的专家委员会经过严格考察，对于矿业公司独具特色的“四级、四块”数字矿山体系给出了这样的评价：首钢矿业公司数字化矿山建设，创出了一条信息化与工业化密切融合的技术路线。该项成果达到国际先进水平。该项目的实施，大幅度地提高了矿山各项技术经济指标和管理水平，实现了管理创新，具有显著的经济效益和社会效益，在国内矿山行业具有广泛的推广应用前景。首钢矿业公司被评为全国企业信息化建设典型示范单位，获得“中国企业信息化百强”称号。

四、打造精品矿山

产品质量是企业的生命。首钢矿业公司坚持在创新中追求一流，把强化质量管理作为统领全局的重要抓手之一，持续实施“001 质量稳定工程”，探索了精细管理的新路子。

2006 年年底，首钢总公司按照搬迁调整的总体布局，下达了

2007年首钢矿业公司生产1126万吨烧结矿、球团矿的任务。面对超设计能力、超历史水平的繁重任务，认定越是生产任务重、越是客观条件复杂，就越是要立志“创新创优创业”，越是要“实施名牌战略”，越是要通过管理理念、管理方式、管理手段的变革提升管理水平和企业的整体素质。于是，持续实施了“001质量稳定工程”。实施“001质量稳定工程”的目标是“供高炉的球团矿、烧结矿月平均品位波动范围不超±0.01%”，其实质内容是以“市场”为导向，密切关注用户之需，以数理统计分析为基础，采取系统思维、因素分解、指标倒排的方法，从源头入手，提高生产经营过程的精准控制能力，降低操作和管理失误几率，缩小质量波动范围，打造精品，塑造品牌，培育让用户满意的“无缺陷”质量文化，提高经济效益，增强核心竞争力。

将0.01%还原成小数则是0.0001。为实现炉料生产的铁元素月平均波动范围不超±0.0001的“无缺陷”质量管理目标，这项工程涉及采矿、选矿、球团、烧结、物资采购、质量检验、技术和管理等各个方面，通过数据揭示问题，运用统计方法提出解决问题的方案，对生产过程、产品质量和实物产量的控制更科学、更精准。通过强化生产现场工艺技术的检查和控制，以工艺技术的稳定确保产品质量的稳定，以满足顾客需要为第一指令，密切关注生产流程的每一个细节，推动生产组织过程由数量产量型向质量效益型转变。首钢矿业公司自实施“001质量稳定工程”以来，工序产品质量和供高炉的熟料产品质量全面提升。输出的球团矿、烧结矿的铁元素指标波动范围，不仅月月达到控制目标，而且精矿粉、球团矿、烧结矿均荣获“中国行业质量优秀产品”称号。球团矿、烧结矿质量的稳定水平创出“中国企业新纪录”。首钢矿业公司成为“全国质量守信企业”。

五、打造绿色矿山

当今世界，营造绿色环境、发展绿色经济，成为众多企业的共同追求。

首钢矿业公司积极响应国土资源部、中国矿业联合会的号召，成为《绿色矿业公约》的发起单位之一，在实践中坚持国际化标准，从公司到厂矿形成配套的制度，健全完善评价、考核、激励机制，走“绿色矿山”发展之路，取得显著的经济和社会效益。

作为能源、水资源消耗大户，首钢矿业公司采用国际先进技术，实现了规模、高效、节能、环保生产。实现了外排粉尘每立方米50毫克以下、二氧化硫每立方米100毫克以下的目标，取得ISO14001环境质量体系认证。他们还充分回收利用烧结、球团烟气余热，夏季发电，冬季供暖。投资完善计量设施，建立定额用水奖罚机制，调动各单位和全体职工节约用水的积极性。推广应用节水器具，实现了废水“零”排放，选矿废水重复利用率达到91.32%。2012年比2001年采矿、选矿、球团、烧结工序能耗大幅下降，新水消耗降低了47.89%。首钢矿业公司获得“十一五”期间全国节能先进集体称号。

在多年的采选生产中，采矿点堆积了废石和岩土20亿吨，库存选矿尾砂4亿吨；随着采矿和选矿生产，每年还要增加废石5800万吨、尾砂1000万吨。首钢矿业公司积极对矿山排弃的废石和尾矿砂实施综合开发利用，确定了“整体规划、分步实施、结合市场、有利生产、实现效益”的原则，利用废石和选矿尾砂建成铁路道碴生产线，取得住建部颁发的资质；成立了环保建材厂，利用尾砂开发出多种建材产品；在水厂铁矿兴建年处理1000万吨尾砂的选矿厂，在从尾矿砂中回收铁精粉的同时，用尾矿砂生产建筑砂；投资7970万元，改造大石河铁矿尾砂生产线，形成了年产建筑砂57.8万吨、回收铁精粉3000吨能力；建成年产加气混凝土砌块30万立方米生产线和年产1亿块蒸压砖生产线；利用磁滑轮碎石、尾砂配置混凝土的新型环保材料……通过一系列的努力，矿山废弃物资源化、产业化综合开发利用格局基本形成，累计实现销售收入5199万元。首钢迁安矿区资源综合利用项目成为国家冀东地区资源综合利用示范基地，尾矿库尾砂综合利用技术被评为国家尾矿综合利用先进适用技术。首钢矿业公司获得“全国矿产资源合理开发利用先进矿山企业”、“中国资源综合利用十佳企业”称号。

针对矿山生产对自然环境的影响,他们采取综合治理措施,改善环境,还绿于山,造福于民。经过十余年的努力,使矿区呈现“蓝天、绿树、碧水、青山”构成的一道靓丽风景。建设花园式工厂,厂区环境实现四季常青、三季有花,建成7个省级园林式单位、9个市级花园式单位。生活区通过绿化美化,建成了文化活动中心、街心公园、龙山乐园、水厂绿地公园,为职工家属创造了休闲娱乐场所。

六、打造和谐矿山

企业和谐是社会和谐的基础。首钢矿业公司认真学习和贯彻《中共中央关于构建社会主义和谐社会若干重大问题的决定》,采取有效措施,致力于和谐矿山建设,实现了“人与企业共同发展”的愿景目标。

以发展促和谐。为了使广大员工的聪明才智成为推动企业发展的强大动力,矿业公司大力开展创建学习型企业活动,组织职工开展“十小促十变”活动,即:小教员培训辅导、小问答解疑释惑、小论坛共同提高、小竞赛比学赶帮、小课题群策群力、小练兵切磋技能、小建议持续改进、小窍门开启智慧、小案例示范引路、小园地交流心得。通过“十小”,促进思想观念变、思维模式变、目标追求变、行为习惯变、知识技能变、管理水平变、作业环境变、产品质量变、工作绩效变、文化氛围变。探索学习型组织的规律,把“出成果、出人才、育文化”作为核心目标,实施“百队千员”工程。他们通过学习活动紧紧把握加快发展这个“第一要务”,始终坚持全心全意依靠职工办企业的方针,在制定企业发展战略和涉及职工切身利益的重大改革中,保证职工参与决策;通过落实职工代表大会制度,组织职工代表视察等方式,尊重职工群众的知情权、参与权、选举权、监督权。按照有挑战性目标、有核心骨干、有创新课题、有活动制度、有激励机制、有创新成果的“六有”模式，陆续组建领导干部、专业技术、生产操作三个层次的学习创新团队222个，发挥团队学习创新的优势，抓住生产经营建设的重点难点问题进行课题研究，瞄准行业最先进、最前沿的技术和管理开展攻关，累计完成课题3890余个。形成人人是创新主体、处处有创新课题的全员创新氛围。职工群众的创造推动企业发展，企业的持续发展增强职工的凝聚力。

以公正求和谐。和谐的要旨在于公正。矿业公司党委坚持公开、公正、公平、择优原则，大力实施公开招聘、竞聘上岗，形成人才脱颖而出、人尽其才、才尽其用，事业造就人才，人才成就事业的良好机制和人才环境。为了建立和谐的劳动关系，他们通过加强劳动合同管理，规范用工行为；通过建立协调机制，及时调解劳动争议；通过定期开展劳动合同管理大检查，确保依法依规办事；按时缴纳各项社会保险费用，维护职工权益，建立和维护了稳定和谐的劳动关系。在收入分配上，他们坚持市场化原则，建立厂矿单位经营成果与工资总额的量化关系，实施工效挂钩分配，把经营成果作为评价依据，发挥调动各方面积极因素、激励各单位经营生产不断创造新业绩的主导作用。调研同行业和市场工资价位，结合实际制定生产操作工人、专业技术人员、班组长和科级干部的收入比例关系，形成“工资分配指导线”和相应的管理办法，使各层次人员的收入差距始终控制在合理范围之内。厂处助理以上干部的收入与所在单位职工的收入水平挂钩，维护职工利益。首钢矿业公司营造了“企业增效、员工增收”、“企业成长、员工成才”、“企业和谐、员工幸福”的良好局面。

以稳定保和谐。牢固树立稳定是硬任务的思想，正确处理改革、发展、稳定的关系。他们关心职工生活，抓住住房、医疗、户口、子女考学、就业等职工最关心、最直接、最现实的利益问题，千方百计创造就业岗位，使终止合同的4000多人实现了再就业。实施“三查一访”制度，建立困难职工档案，完善帮困救助工作责任体系，帮扶困难职工5600多人、解决生产生活问题500多个。组织职工互助保险，2300多名患病职工获得保险赔付300多万元，减轻了众多家庭的经济负担。组织捐资助学活动，为帮困助学基金募集资金100余万元，向280多名困难职工的子女上学提供了资助。发挥各级组织的作用，建立责任体系，完善工作机制，做好“大排查、大化解、大稳控”工作，保持了矿区的和谐稳定局面。

以文化育和谐。首钢矿业公司把文化管理视为企业管理的最佳境界，牢固树立“以人为本，追求卓越，用有限的资源创造最大价值”的价值观念，形成了企业与职工共同发展的企业精神，塑造了“守制、诚信、创新、执行”的企业文化。倡导并践行“守制文化”，在企业权益、内部秩序的维护，环境的改善，对内对外交往中，严格用法律、法规和企业制度规范企业和职工行为，树立了良好形象。倡导并践行“诚信文化”，对上、对下、对内、对外、对历史、对现在、对将来，实事求是、说到做到、认真负责；对外交往既维护自身利益，又不损害对方利益，首钢矿业公司成为经济交往中争相合作的理想伙伴。倡导并践行“创新文化”，坚持决策、管理、执行三个层次创新的有机结合，领导团队的创新为企业指明发展思路和市场方略；厂矿、处室的创新使企业管理有了行之有效的方式和落实决策的工作方法，车间、班组和机台、岗位的创新使职工的聪明才智得到充分发挥。三个层次的创新相辅相成、相互促进，形成了强劲的创造力。倡导并践行“执行文化”，在全面落实专业责任制和岗位责任制、严格执行决策与制度的过程中，培育严细认真、雷厉风行、只争朝夕、持之以恒的作风，提升整体执行力。为了丰富职工的业余文化生活，他们投资5500万元，建设功能齐全、设施先进的首钢矿山体育馆，连续17年从5月到10月举办首钢矿山文化节，丰富多彩的文化活动，不仅成为职工家属不可或缺的高品质“文化大餐”，而且成为企业文化建设中的亮丽风景。

先进文化的塑造，调整和规范了企业与市场、职工与企业以及人与人之间的关系，广大职工形成共同的价值追求，学习力、创新力、执行力、凝聚力不断增强，促进了企业的和谐发展。首钢矿业公司获得“首都文明单位”、“首都文明单位标兵”称号。

第三节 肩负使命 担当重任

思多久，方为远见；行多久，方为执着。在首钢实施搬迁调整的进程中，首钢矿业公司肩负神圣使命，承担了艰巨任务。

一、矿山人的钢铁梦

梦想是希冀，是渴望，也是追求。

矿山人的钢铁梦，由来已久。早在20世纪80年代中期，大步前行在改革春风里的首钢，就曾经设想在河北迁安的新庄附近营建新的钢铁基地，此举着实令首钢矿山人热血沸腾。尽管建设新庄钢铁基地的设想因种种原因而搁浅，然而钢铁梦的种子从此便深深地埋入了矿山人的心田。

当历史的车轮叩开新世纪大门的时候，埋在矿山人心田的钢铁梦的种子重新萌发了。矿山毕竟是资源型企业，虽然通过创新办矿模式、实施水厂铁矿“剥岩还欠”工程，资源危机得到缓解，但是如果依然仅仅守着资源吃饭，总有难以为继的一天，如何保证矿山基业常青？经过良久思考和审慎研究，首钢矿业公司做出了“延伸产业链条，采取紧凑式新工艺，建设200万吨钢铁项目”的战略选择。

矿山人的钢铁梦，不是空想，更不是幻想。古时候，曹操占天时，孙权占地利，刘备占人和，鼎立三国。如今，首钢矿业公司建设200万吨钢铁项目可以说是天时、地利、人和均占。当时，钢铁需求旺盛、市场火爆，此为“天时”；首钢矿业公司拥有资源储量6.6亿吨，通过烧结扩能改造和球团系列建设熟料产能达到1000万吨(减去供首钢北京高炉 700 万吨，富余 300 万吨），所在地迁安市的铁矿资源储量 21 亿吨，此为“地利”；迁安市建设“钢铁迁安、中等城市”，明确表达“愿意合作开发钢铁项目并配置铁矿资源”，此为“人和”。矿山人的钢铁梦，合情、合理、合乎客观规律。

看准的事，说干就干，雷厉风行。磨磨蹭蹭不是矿山人的性格。2002 年 2 月，首钢矿业公司成立了“钢铁项目筹备组”，项目调研、论证、选址、地形图测量和工程初勘等工作迅速展开。

为了选好 200 万吨钢铁、100 万吨焦化两个厂址，首钢矿业公司组织工程技术人员，广泛深入地调查研究。在首钢设计院的协助下，经过充分的地质、水文汛情考查和论证，首钢矿业公司把钢铁厂址选在了紧邻首钢矿业公司球团厂、烧结厂的 2300 亩区域内。这里是沙河流经的洼地，不是农田，不用与当地农民征地；紧挨烧结、球团生产线，装上皮带，高炉所需的原料便可实现“嘴对嘴”供应。把焦化厂址选在了大石河铁路东侧的 60 公顷区域内。这里与自有铁路相邻，焦煤运输方便；占地只有零星的散居户，动迁花费少；地处下风向，有利于保护环境。

围绕平衡水源、电力、运力、原料、供热、煤气等要素，首钢矿业公司总经理郝树华带领一干人马，从张官营水源地出发，顺滦河而下，步行 10 里，调查水源，确定了在水源地增加 5 眼井的水源平衡方案；经过周密计算，确定了投资少、施工周期短的运力平衡方案；通过与唐山供电局协商，确定了在赵店子变电站增加 1 台 18 万 KVA 变压器作为主供电源并解决电力电量指标问题，将新庄变电站由单回路供电改为双回路供电作为保安电源的电力平衡方案。通过走访调查，确定了焦煤、石灰石等原料平衡方案。……

项目推进紧锣密鼓，顺风、顺水。

首钢矿业公司与迁安市商定：双方以股份合作方式开发 200 万吨钢铁（含 100 万吨焦化）项目，在迁安市注册；首钢矿业公司占 99％的股份；迁安市用土地征用税入股，占 1％的股份。

2002 年 9 月 13 日，首钢总公司下达了《关于批准迁安矿山 200 万吨钢铁厂项目内部立项的通知》。

沙河改道是钢铁厂建设的前提条件。首钢矿业公司多次与迁安市、唐山市、天津市的水利部门疏通关系，按照唐山水利设计院给出的设计方案，确定了沙河改道的有关问题。

按照首钢设计院给出的“初步的项目建议书”，首钢矿业公司确定了“沙河驿——杨店子”的环路改造方案，100 万吨焦化厂建设也很快实现“三通一平”，木厂口——首钢矿业公司的铁路复线建设也告竣工。

首钢矿业公司 200 万吨钢铁厂项目的筹建，成为首钢迁钢公司诞生的摇篮。

二、勇承重任为大局

2002 年 12 月 31 日，朱继民走上首钢党委书记、董事长领导岗位。

2003 年 2 月 2 日，农历大年初二，朱继民带领人马来到首钢矿业公司考察 200 万吨钢铁项目，当场拍板：首钢要跳出北京，开拓新的发展空间，在迁安不能小打小闹，要立即改变方案。

随即首钢总公司做出了依托首钢矿业公司，在河北迁安建设钢铁创新发展基地的决定。首钢迁钢的施工建设、生产用水、铁路运输、高炉生产原料、钢厂焦化工业副产品与工业尾料再利用、污水处理、废钢加工、工业废料外排、物资仓储、消防、通讯、办公、住宿、就餐等 3 大类 28 个方面的工作，全部依托矿业公司。

2003 年 3 月 25 日首钢迁钢正式奠基。

首钢矿山人站在全局的高度充分认识总公司建设钢铁基地的重要意义，在服务钢铁发展上，表现出高度的文化自觉和坚强的执行力。为履行使命、全面完成迁钢建设的依托任务。首钢矿业公司领导班子深入研究，进行了系统部署。本着服务迁钢与发展矿业本部“并举共进”的工作原则，重新调整了班子成员的分工，确立了以工程管理、铁路运输、生产组织为主线，以精准、优质、协调、高效服务迁钢为目标，实施系统管理创新的工作思路。

三、依托项目创全优

首钢矿业公司承担的首钢迁钢一期建设施工点位分布在百里矿区，涉及地方10个政府部门、4个乡镇、30多个行政村，拆迁面积2万余平方米，涉及居民600多户。在异常复杂的环境中，用9个月时间，全部依靠内部力量，高标准完成这么多的艰难任务，在首钢矿业公司的历史上前所未有。面对繁重而紧迫的任务，首钢矿业公司成立了迁钢建设配套工程总指挥部和单项工程指挥部，制定了迁钢建设配套项目总体实施方案，把施工责任、质量标准、完成时限，逐一落实到人。按照集约化、专业化原则，整合了土建、金结、安装等施工队伍，超前进行了多方面的技术业务培训1000余人次，在提高施工队伍整体素质的基础上，建立竞争机制，聘任项目经理，大力推行项目法施工。为保证施工质量，逐项制定了高于国家标准的企业施工质量标准，层层把关，严格全员全过程质量控制。

在全面推进迁钢配套工程项目建设的同时，他们抓住主要矛盾、集中力量，打歼灭战。全长11000米的水源工程，需要挖土方15万立方米，铺设近2万米的管道，打制深井5眼，建加压泵站1座，还要架设与供水管线相匹配的高压供电线路，这些工程全部从当地农民承包的土地穿过。为了不影响农民的春种，工程指挥部集中了机械厂、电修公司、协力公司、实业公司、矿建公司等5个单位的施工力量，昼夜兼程，会战两个半月，赶在春种前，高质量地完成了施工任务。

红泥处理工程共有5个通廊，其中3号通廊横跨6条铁路的电机车供电网络。如果按照既定的方案施工，6条铁路的电机车供电网络从拆除到恢复，至少需要10天时间，而且会使大石河铁矿的生产受到严重影响。针对这个难点问题，工程指挥部经过反复研讨，优化了施工方案，避免了 6 条铁路供电网络的拆装，不仅实现了施工与生产两不误的目标，而且缩短了工期，降低了施工成本。

为适应迁钢投产后的工艺需求，矿业烧结厂必须对原料、返料、成品三大系统的 21 条皮带进行增容改造。为了避免施工与烧结生产的矛盾，矿业公司采取边生产边施工的方法，对皮带通廊进行了加固。并利用两次全流程检修的时机，对 21 条皮带实施了增容改造。既保证了施工质量和节点要求，又没有影响烧结生产，实现了施工与生产两不误的目标。

炼铁过程中的水渣处理工程①不仅地基处理工艺复杂，而且需要制作。

安装 514 吨的钢结构，混凝土浇筑量高达 1500 余立方米，常规施工至少需要 4 个月的工期。为了确保迁钢按期投产，矿业公司工程指挥部进一步整合强化了施工队伍，变 1 班作业为 3 班作业，严格落实班、日计划，24 小时施工不断线，仅用不足 3 个月的时间，抢在高炉出水渣之前完成了施工任务。

在首钢迁钢三期整体建设中，首钢矿业公司共承担了依托、配套完善项目 26 个，全部提前完成了施工任务并实现了一次试车成功，不仅打出了高质量、高效率，而且节约投资 19076 万元。

四、物流配送快节奏

保证建设迁钢的物资储备和供应，是矿业公司要打的一场硬仗。不仅要确保物资供应，而且还要有存储的库房和安全保证。首钢矿业公司针对首钢迁钢物资数量大的情况，对分散设置的仓储设施资源进行了集中优化整合，形成了拥有 12000 平方米库房、1800 平方米料棚、10000 平方米场地的三大库区。同时，对各库房增设了

---

① 水渣处理是炼铁过程中把热熔状态的高炉渣置于水中急速冷却的过程。

高层货架和叉车、龙门吊车等设备和消防设施，提高库房利用率50%。特别是建设了7000平方米标准化库房，实现了物料的现代化仓储。仓储资源的整合与储存结构的优化，为保证迁钢的物资储备和供应打下了坚实基础。

在首钢迁钢建设时期，面对工程设计变更和追加计划频繁、设备配套供货不完善、各种新材料使用较多、采购量大、任务急迫等多重矛盾，为确保建设各配套项目的物资供应，首钢矿业公司采取措施，知难而进，应对挑战，积极与技改、设计部门以及施工单位等方面及时沟通核实情况，加强现场协调服务，解决现实存在的问题，准确下达采购计划3000余项，全部按时、按质、按量保证了工程所需物资。为确保迁钢按期投产并稳定顺行，首钢矿业公司详细制定了《服务迁钢物资供应管理程序》，明确了计划上报、物资入库、保管、出库所有细节的工作，超前理顺了与迁钢的业务程序，提前半年组织业务人员核定了迁钢主要原燃料的质量标准及要求，开展了资源调查，确定了组织方式，先后开展了大宗原燃料的代理采购、辅料采购供应及迁钢购进物资的仓储服务。为确保迁钢材料供应，业务人员严格落实既保迁钢，又保矿业的“一岗双责”，安排专人24小时值班，先后为迁钢供应了20类500个品种的辅助材料和备件，共计797378.18元。首钢矿业公司为首钢迁钢代储了工具、钢材、运输带、钢丝绳、小五金、耐火材料、劳保用品等大量物资，仅润滑油就达64个品种，由于超前安排细致，基础工作扎实，充分发挥了代储功能。

矿业公司承担了为迁钢废钢、生铁、石灰石、喷吹煤四种大宗原燃料的代理采购任务，任务十分繁重。特别是废钢铁采购，市场资源尤为紧张，运作模式更加复杂。首钢矿业公司借鉴首钢总公司成熟的经验，筛选了几个规模较大的供货单位作为基地培养，在首钢迁钢投产及废钢加工间未建成的情况下，组织了合格废钢的采购。为了搞好废钢配送，首钢矿业公司组建了专门队伍，进行专业化培训，开发了专用废钢运输车，对废钢的质检、判级和装运卸实施一条龙标准化管理，保证了废钢配送的万无一失。通过积极努力，充分发挥首钢的品牌优势和矿业公司的信誉优势，四种大宗原燃料的代理采购总额达6200万元。

在首钢迁钢生产过程中，随时都有大量的固体废物产生。这些固体废物不及时排除，势必影响迁钢生产。因此，首钢矿业公司承担了迁钢固体废物的回收工作。针对这些废品品种多、地点分散，环境复杂、回收难度大等实际情况，首钢矿业公司多次与迁钢共同查看现场，针对不同的废品确定不同的运输车型和路线，制定了《迁钢固体废物回收管理办法》，明确了各单位的分工责任，理顺了业务程序，保证了废品及时顺利回收。迁钢投产以来，共组织回收利用迁钢烧结、球团、澳矿返矿、渣钢粉、石灰石渣等固体废物近2000万吨。

五、铁路运输创一流

为保证迁钢所需物资内运、高炉铁水转运、产品发运以及钢渣外运等铁路运输的需要，首钢矿业公司新建铁路11.22公里，并从铁路检修队伍中抽出50多人，组成铁路工程队。承担各站点和线路的建设工程。

为适应迁钢投产对铁路运输服务的发展要求，克服人员、费用、设备不足带来的困难，他们大力实施系统管理创新的一系列举措，积极从内部挖掘潜力，缓解正线铁路运输压力。对运输实施扁平化管理变革，生产调度以货运为中心“以站保场”推行作业长制；设备管理全面推行点检定修机制。全面实施精细化管理，变革财务管理模式，严格收支预算，强化目标管理和全过程控制。贯彻“装足、卸净、满轴、正点”的方针，制定实施《运输生产组织量化考核标准和监督考核体系》，全面推行岗位操作标准化，严格计量，按班控制，对影响机车效率的问题进行认真分析，并采取相应措施改进，使非运用车保有量由日均30辆左右，降低到10辆以内，翻斗满轴率由90%提高并稳定到100%，提高了运力。创新生产组织方式，改用敞车经翻车机直接供料，编组定数增加到每列25车，每车60吨矿粉全部卸净，提高效率50%。对机车调度监督系统利用计算机网络技术进行扩容改造，对无线电平面调车系统进行了扩容、改造升级，大大提高了自动化、信息化管理水平。通过一系列创新举措的实施，有效整合了人力、机车、车辆等资源，使机车作业率、台日运量和全员劳动生产率等10项指标，均创出历史新纪录，其中机车综合能耗同比下降了26.96%，并挖潜4台蒸汽机车、20辆自翻车、150多人，专门成立“迁钢段”，为迁钢提供铁路运输服务。

为适应服务迁钢驾驭重型特种车辆、承运高温液体、在煤气区作业、高炉精准连续生产的客观要求，首钢矿业公司采取多种方式超前对机车司机、调车员、调度员以及列检、信号等人员进行了系统培训，制定并严格执行《迁钢一期铁路运输生产组织方案》，推行以“交标准班、上标准岗、说标准话、干标准活”为内容的标准化行为规范，确保了机车完好率、高炉出铁正点率、机车作业准确率、服务满意率均达到100%，使服务迁钢的运输总量、铁水运量、重车处理、钢坯外发等各项铁路运输任务全部超额完成。

六、精诚服务高效率

首钢矿业公司本着方便工作、方便管理、方便生活的原则，全方位精诚服务首钢迁钢发展。

场地腾迁毫不迟疑。为了迁钢一期建设，首钢矿业公司拆迁了供电线路、家属区49栋251户职工住房；为了迁钢二期建设，首钢矿业公司迁移了110KV—120和121供电线路、110KV电炉总降变电站；拆除了材料处、消防队、机装队、电装队、福利处、预制品厂；为了迁钢三期建设，首钢矿业公司腾迁了轧辊车间、球团厂的办公楼和生活设施及物资公司设备库。首钢矿业公司为首钢迁钢三期建设，共提供土地520.8亩。

辅助生产责无旁贷。首钢矿业公司计控室承担了迁钢、迁焦的重煤、钢渣、水渣、矿石等物料计重3500余万吨，承担了发电设备和电机维修维护工作，承担了部分设备、备件的加工工作，承担了迁钢原料、上料、炼铁、除尘等区域的检修维护工作。

供电供水一路绿灯。首钢矿业公司为迁钢开通了4路、总容量为9000KVA的供电线路，保证了迁钢建设施工用电。从首钢矿业烧结厂配电室和大石河铁矿大采线路各提供一路电源，保证了钢渣厂生产用电。首钢矿业公司在挖掘内部潜力，每年拿出1100万立方米的水指标给迁钢使用的同时，申请河北省水利厅为迁钢增加年取水490万立方米的指标，保证了迁钢一期用水。继而，首钢矿业公司又先后为迁钢申请取得每年1846万立方米的取水指标，在滦河东岸的西里铺区域，新打井23眼，新建了加压泵站并扩大了容量，新铺了两条供水管和两条连通管，完善了水源地管网；在张官营深井区域，新打井4眼，更新改造加压泵、加压泵站配电柜等设备，满足了迁钢二期和三期的用水需求。自2004年以来，首钢矿业公司向迁钢的供水量，每年由216万立方米增加到2900万立方米。

人才支持无怨无悔。按照首钢总公司统一部署，矿业公司将运输部的行政管理权划归总公司运输部，将商业处废钢车间及人员、大石河污水处理厂及人员划转迁钢公司；矿业公司累计向迁钢、迁焦输送领导干部、专业技术管理、岗位操作等各类人才1340名，成为迁钢经营生产的骨干力量。

后勤保障全力以赴。首钢矿业公司为迁钢公司、迁钢建设指挥部和首钢总公司支援迁钢建设单位提供办公用房278间；为迁钢、迁焦安装维护办公电话2300多台，全面整合、升级改造了公司机关、大石河、机械厂、烧结厂、球团厂五个生活区的资源，为迁钢、迁焦提供了731间单身宿舍及良好的就近就餐服务。

首钢矿业公司真正成为首钢迁钢建设的强大后盾。

七、优质炉料保供应

首钢迁钢分三期建成投产，生产规模由 200 万吨提升至 800 万吨。首钢矿业公司既要保证首钢北京地区的炉料供应，又要满足首钢迁钢公司的炉料需求。面对全新的挑战。首钢矿业公司通过提升炉料产能，创新组织方式，开展技术攻关，变“被动供”为“主动保”，实现对钢铁生产“零影响”的目标。

实施技术改造，建设 360 平方米烧结机，提升炉料产能。球团矿两个生产系列年设计产能为 300 万吨。随着迁钢高炉的陆续投产，对球团矿的需求量显著增加。为保证球团矿的足量供应，围绕提高生产能力，实施了多项技术措施。如，通过改造回转窑支撑、链篦机和回转窑传动系统，高压供电系统和皮带传动系统优化，延长了设备检修周期，提高了设备性能和运行稳定性；通过造球盘及筛分系统改造，开展迁焦煤气放散利用和气煤混喷技术研究等，解决了工艺技术制约产能提升的“瓶颈”问题；烧结矿生产按照“不改变烧结机的主体结构，充分利用烧结机的‘边缘效应’，提高烧结效率”的设计思路，相继对原有 6 台烧结机实施技术改造，使单台烧结机的有效烧结面积由 99 平方米提升到 110.5 平方米，烧结矿产能大幅度提升。在此基础上，首钢矿业公司发挥整体优势，自主组织 360 平方米烧结机建设。系统集成了烧结行业相关的工艺技术，提升了科技含量。在工期紧、施工条件复杂的情况下，克服拆迁、生产、建设等各种矛盾，用 10 个半月时间将整体工艺技术装备水平国内一流的 360 平方米烧结机建成投产，2 个月时间产量达到设计水平。通过技术改造和大型烧结机建设，矿业公司的熟料产能达到 1500 万吨。

优化输送方式，确保炉料供应。从迁钢连续生产，炉料“嘴对嘴”供应的实际情况出发，首钢矿业公司确立了“优质、高效、稳定、顺行”的生产组织方针，制定实施了 22 项生产联系协作程序和 23 项内部延伸的工作制度，推行了工艺操作制度化、设备维检标准化、生产组织精细化的管理模式。在工艺操作上，球团矿生产围绕重点环

图 2　竣工投产的第二条球团生产线。(由矿业公司宣传部供稿)

节,严格配料、合理控制温度,统一四班操作,减少过程波动;烧结矿生产,针对配料、混合、烧结、成品整粒四个特殊过程,完善工序标准及考核办法,制订了 40 余条操控措施并认真组织实施,减少过程波动,稳定并提高了实物质量。

首钢矿业公司坚持按用户需求供料,针对首钢迁钢提出的降低 3#高炉返矿率的需求,采取多项措施开展了“提品位、保粒级、降筛分技术攻关”。最大程度地满足了首钢迁钢的需求。矿业公司员工开展保铁攻关,进行降硅实验,提高炉料品质,为降低生铁成本做出了突出贡献。

自首钢迁钢投产至 2012 年底,首钢矿业公司累计向迁钢供应烧结矿 5838 万吨、氧化球 1468 万吨。精准、优质、协调、高效的炉料供应,为首钢迁钢公司的发展起到了应有的作用。

第四节　提升产业　转型发展

作为传统的矿山企业，调整和优化产业结构、推进产业升级、转变发展方式，是拓展生存和可持续发展空间的必然选择。对此，首钢矿业公司进行了创造性的探索和实践。

一、发展相关产业

首钢矿业公司的相关产业是企业改革的产物。她伴随着企业改革的推进而发展，伴随着企业改革的深入而壮大，经历了曲折成长过程，采取了"四步走"发展战略。第一步，围绕建立现代企业制度，调整组织结构，将在计划经济条件下形成的服务矿产品生产的辅助性单位与矿产品生产单位剥离，形成了多元发展相关产业的经济实体雏形。第二步，将全公司分立出去的经济实体以及委托经营的资产，按照有所为有所不为的原则进行调整和重组，重点培育支柱项目，促进相关产业"散、弱、小"问题的解决。第三步，变革产权制度，对与矿产主业联系不紧密的独立法人子公司，进行改制，实现企业所有制性质的根本变革；对于重点发展的相关产业，区分具体情况，采取国有成分相对控股或者参股，吸纳本企业职工、民营企业和其他国有企业的资本、高等院校的技术等方式，实现投资主体多元化。第四步，大力实施"市场经营、产品结构"两个突破，推动相关产业市场化、规模化发展。

有没有名优产品、名优产品的多少，是产业发展水平和竞争实力高低的重要标志。首钢矿业公司把打造名优产品（工程）贯穿于相关产业的成长过程。古语说得好，取法其上，得乎其中；取法其中，得乎其下。首钢矿业公司实施创名优产品（工程）坚持了高标准和循序渐进原则。每年针对确立的创名优产品工程项目，按照高于国家或行业标准的原则，逐一制定创名优产品工程项目的"执行标准”。不仅使创名优产品(工程)在生产组织、技术交流、质量检验、经营管理、项目评定等方面有了共同遵循的依据,而且使创名优产品(工程)的实施,从一开始就站在了高起点上。并编制成《首钢矿业公司相关产业创名优产品(工程)目录》,作为实施创名优产品(工程)目标管理的指导性文件下发执行。为保证创名优过程有条不紊、扎实推进,对于每一个创名优产品和工程项目,都从设计水平、技术攻关、工艺改进、技能培训、质量保证及检验手段等方面,制定保障措施。根据创名优产品和工程的目标任务及具体措施,细化编制主要进度节点计划,明确实施单位、主管专业处室及责任人。形成了由财务效益指标、市场评价指标、技术质量指标、社会效益指标、发展前景和行业、专业特性指标组成的评价指标体系,组建了评审机构,实施了直观考核、专业考核、“包保核”考核相结合,合理化成果奖励与单项创新成果奖励相结合的激励办法,推动名优产品(工程)不断深入。

“四步走”战略的实施和名优产品(工程)的持续打造,使相关产业得到由小到大、由弱到强的发展和提升。形成了矿山装备制造和矿山生产技术服务两大新的产业,企业实现了由单一的矿产品生产向多元经营转型。北京首钢重型汽车制造股份有限公司自主研发SGA170电动轮自卸矿车、SGA190“交交变频”电传动自卸矿车,填补了国内空白;形成了30～190吨级矿车系列化产品,成为国内第二大矿用汽车制造厂和国家级的高新技术企业;在实现市场化、规模化经营基础上,引进战略投资者,吸纳广西“柳工”入股并将厂址搬入迁安工业园,走上了强强联合新的发展之路。矿山机械制造厂形成了球磨机、造球机、破碎机等拳头产品;成功开发动静压轴承球磨机、管磨机、卸矿车、电机车等台套设备;自主研发的KY—250牙轮钻机,增设了GPS定位系统和钻机自动调平、千斤顶着地检测系统,提高了自动化水平,性能指标达到同行业先进水平。皮带机已由部件生产向整机的系列化、标准化、专业化方向发展,具备了设计、制作、安装的综合能力；北京速力科技有限公司坚持吸收、创新和市场转化的发展路子，利用矿业积累的技术成果和管理经验闯市场，形成矿山自动化、信息化优势产品，竞争力不断增强，市场持续扩大，取得高新技术企业资质。在为包钢、河北钢铁等多家矿山提供技术服务的同时，承揽赞比亚采矿智能调度系统、印度、巴西球团厂自动化等工程，成功进入国际市场。实现了低投入、高回报，创出良好经济效益。2012 年，首钢矿业公司相关产业实现产值 19.89 亿元，是 2000 年的 3.41 倍。

二、开发外部资源

跨入新世纪，首钢的搬迁调整已经未雨绸缪。在首钢总公司十五届二次职代会上，做出了“矿产资源业要作为一个单独的产业加快发展，打造成首钢的优势产业”的战略决策。首钢矿业公司看到，“面向新世纪、建设新首钢”需要更加“给力”的矿产资源作支撑。2003 年 12 月，矿业公司以总公司名义出资 8400 万元（占股 70%），中国首钢国际贸易工程公司出资 3600 万元（占股 30%），注册成立北京首钢矿业投资有限责任公司（以下简称“首钢矿投公司”）。

首钢矿投公司一成立，就确立并实施了跨地区、跨行业、跨国界、跨所有制的“四跨”发展战略，用更加开放的思维，采取灵活多样的运作方式，倾力于外部资源开发的探索与实践。

矿投公司成立不久，便与涞源县京源城矿业有限公司签订了承包经营合作协议，实现了外部资源开发零的突破。矿投公司发挥人才、技术、管理等方面的优势，组织实施了规范化的设计与开采，将老厂的选矿生产能力由 7 万吨提高到 10 万吨。为进一步扩大采选产能，投资新建了一座年产铁精粉 10 万吨的选矿厂。承包经营的第一个月就取得了可观的经济效益，迅速使京源城矿业有限公司“起死回生”。在 2003～2008 年的协议合作期间，京源城矿业有限公司共实现利润 8678.65 万元。首钢矿业公司取得净收益 2853.47 万元，年均投资收益率54.85%。

首钢矿投公司还通过参股合作的形式，拓展外部资源开发范围。承德远通冶金物资有限公司（现更名为河北远通矿业有限公司），拥有铁马沟至樱桃沟矿区面积为3.07平方千米的探矿权、土地使用权和采矿优先权，仅铁马沟矿体的地质储量就有1亿吨，且地表出露多、硬度较低，易于开采，同时可享受多项优惠政策。加上承德地区铁矿资源丰富，具有较好的找矿前景和外部环境。经过友好协商，2004年2月5日，首钢矿投公司与鞍山信诚能源有限公司、承德远通冶金物资有限公司签订合作协议，首钢矿投公司以参股合作的形式，与其他两家股东合作经营。将“滦平县伟源矿业有限公司”改组成“滦平县伟源矿业有限责任公司”。首钢矿投公司通过派驻管理、技术人员，使铁马沟选矿厂生产组织不断优化，迅速打出年产精矿粉25万吨的设计产能。项目合作的当年，生产矿石62.47万吨、精矿粉6.41万吨，实现销售收入3147.61万元。项目合作的第二年铁矿石、精矿粉产量，分别提升到364.09万吨、34.72万吨，实现销售收入16463.49万元。合作经营“滦平县伟源矿业有限责任公司”的成功，进一步坚定了采取资本联合方式开发外部资源的信心。于是，首钢矿投公司以“滦平县伟源矿业有限责任公司”的合作经营为标杆，持续扩大合作范围，相继在承德地区开发了龙王庙铁矿、大乌苏沟铁矿及罗锅子沟铁矿资源。

为增强外部资源开发项目的控制力，首钢矿投公司在股份合作项目的运作中，全力争取控股经营。辽宁省凤城市翁泉沟矿床，是国内已探明最大的固体硼矿床，矿石储量2.8亿吨，硼储量2185万吨，占全国已探明储量的58%。但是，该矿体结构复杂，有用矿物磁铁矿和硼镁石互相嵌布，浸染粒度微细，属难解离矿物，硼、铁、铀均属贫矿，地方企业曾多次尝试开发这里的矿产资源，但一直未取得理想效果。2003年4月底，首钢矿业公司领导带领相关人员实地考察，调研分析了国内硼工业发展趋势。经过反复商洽，2003年6月

16 日，首钢矿业公司与凤城市签订了合作开发协议。2004 年 3 月，首钢矿投公司出资 1.12 亿元（占 56%的股份），与丹东东方测控技术有限公司等其他三家公司，组建了辽宁首钢硼铁有限责任公司。由此，叩开了首钢矿投公司跨行业开发外部资源的大门。然而，跨行业发展目标的实现面临着严峻挑战，首钢矿投公司知难而进。作为控股股东，冲破重重阻力，全力组织项目开发与建设。2010 年 6 月采矿、选矿系统及铀水冶试生产，2011 年 7 月硼化工投入试运营。截至 2011 年底，投资 13 亿元的一期建设全部完成，项目运营步入良性发展轨道。首钢矿投公司以科技为先导，组织精干力量，开展采矿、选矿、硼化工等技术攻关，委托科研院所完成了选矿分离硼铁、连续选铁、重选铀工艺优化、硼精矿沸腾焙烧及硼化工工艺优化、铀精矿水冶工艺等多项试验研究，多项技术措施的成功实施，不仅使硼、铁、铀资源得到综合开发利用，而且提升了产品质量。辽宁首钢硼铁有限责任公司被评为“全行业技术标杆企业”、“矿产资源综合利用先进企业”；成为我国首批、辽宁省唯一的国家级资源综合利用示范基地。

在此基础上，他们继续延伸产业链条，实施从矿石到钢材的系统开发。安徽六安市霍邱已探明铁资源储量约 20 亿吨，远景储量 30 亿吨以上。按照首钢总公司与安徽省六安市政府签署的《霍邱铁矿深加工项目合作协议》，首钢矿投公司（占 51%的股权）与安徽大昌矿业集团有限公司（占 49%的股权）共同出资组建“安徽首矿大昌金属材料有限公司”，对六安市霍邱县附近的矿产资源进行整合，实施采矿、选矿、球烧、炼铁、炼钢、轧钢等工序建设，生产铁精粉并就地深加工。具有国内先进水平的铁矿深加工基地建设正在按计划推进。由河北远通矿业有限公司控股 55%，首钢矿投公司持股 35%，承德钢铁集团有限公司持股 10%联合组建的承德信通首承矿业有限公司，经过两期施工，建设了设计年产能 400 万吨球团厂。由此实施了河北承德、辽宁丹东、安徽六安“三大产业基地”发展战略。

充分利用首钢矿投公司在承德地区的其他合作项目生产的富含钛铁精粉，成功开发出高钛、中钛、钒钛、低钛等系列产品，成为全国规模最大的优质商品球团生产基地，产品销往辽宁、山东、上海、福建等12个省市。

外部资源产业的发展，为首钢矿业本部的设备制造、技术服务等非矿产业的发展提供了良好机遇，形成了资源产业与相关产业同步协调发展的良好局面；同时促进了当地经济发展，仅承德地区的合营项目，就已上缴税费19亿元以上，安排当地就业3000余人。截至2012年底，首钢矿业外部资源产业累计实施开发项目15个，培育了河北承德、辽宁丹东、安徽六安三大产业基地，控制资源量11.3亿吨；已形成年产球团矿400万吨、铁精粉350万吨、磷精粉50万吨、钛精粉15万吨及硼、铀等综合产能；累计股权投资19.34亿元，获得投资收益6.26亿元、享有合营公司权益21.82亿元。

首钢矿业公司在首钢总公司搬迁调整的大背景下，通过深入创新、创优、创业，已发展成为以矿业为基础，采矿、选矿、球团、烧结规模化生产，矿山装备制造、矿山技术服务产业化发展，集生产、科研、开发、投资为一体的特大型现代化矿山企业，展现出以迁安地区矿产业为主体，非矿产业和外部资源产业为两翼展翅高飞的发展格局。

创新无止境，发展不停息。站在新的历史起点上，首钢矿业公司提出了“继往开来、百年矿业”的发展目标，具体内涵是：继承和发扬建矿50多年来创造的“永不满足、学习创新，知难而进、追求卓越，科学严谨、精益求精，乐于奉献、顾全大局”的矿山精神，发挥50多年来积聚的竞争优势，进一步转变发展方式，加快发展速度，提高发展质量，把首钢矿业公司打造成为基业常青的“百年矿业”。

首钢矿业公司正朝着既定目标昂首阔步、奋力前行。

第二章

勘探先行

炼铁离不开采矿，而采矿先要进行探矿勘查。在首钢，有一支为钢铁冶炼探矿勘查的先行者队伍。他们不仅为首钢的钢铁生产风餐露宿，探明矿源，而且早在1993年，就为首钢搬迁调整在曹妃甸进行过勘查。他们就是首钢搬迁调整的先遣军——首钢地质勘查院（简称"首钢地勘院"）。

第一节　肩负重托　建功业

首钢地质勘查院成立于1953年，至今走过了60年的发展历程。首钢地质勘查院原属冶金部华北地质局，1958年划归首钢，改名为石景山钢铁厂地质勘探队，伴随首钢的历史变迁，1995年6月正式更名为首钢地质勘查院。通过一代代地勘人的辛勤劳动和努力，累计提交了铁矿储量46亿吨，从根本上解决了首钢有铁无矿的历史，为首钢的资源战略和结构调整做出了突出贡献。

一、历史变革

首钢如何拥有了自己的地质勘查院？话还要从1958年"大跃进"时期讲起。1958年以前的石景山钢铁厂，仅掌握炼铁技术，并没有自己的铁矿原料基地，需要从山东、宣化甚至从海南岛运矿石，不仅运费成本高、生产效率低，而且质量也不稳定。因此，石景山钢铁厂急需一个原材料供应基地，保证具有相当的品位和一定的矿石供应量。1958 年初春，北京市市长彭真同志来石钢视察工作时，时任石景山钢铁厂厂长周冠五向彭真同志进行汇报，引起彭真同志的高度重视。当彭真同志询问铁矿资源时，周冠五同志指着铁矿资源概图上的迁安、滦县说："这是个好地方。这儿的资源勘探刚刚开始，前景大有希望。冶金部华北地质局的一支勘探队正在这儿勘探。"这支队伍就是冶金部华北地质局 503 队（首钢地勘院的前身）。在彭真同志的支持下，石景山钢铁厂派出以党委书记肖平与主管基建的副经理高杰为首的代表团到滦县司家营铁矿考察，并与 503 队领导洽谈归属石钢事宜。1958 年 8 月 8 日经彭真同志建议，冶金工业部地质局 503 队正式整建制划归石景山钢铁厂，并将司家营铁矿和迁安铁矿区划归石景山钢铁厂作为矿石原料基地。503 队改名为石景山钢铁厂地质勘探队，其组织关系、行政人事等管理归首钢管理，资产、资金划拨、行业与技术管理、地质任务下达等由冶金部地质司负责进行行业管理，形成了双重管理的格局，这种管理格局一直延续至今。首钢地勘院开始了立足为首钢资源战略服务的光荣而艰巨的任务。自 1958 年初次提交大石河三千万吨铁矿石储量勘探报告开始，结束了首钢有铁无矿的历史，从此，一曲气吞山河的英雄壮歌回荡在冀东大地上。

首钢地质勘查院现有首钢地质勘查院地质研究所、北京爱地地质勘察基础工程公司、北京金地通检测技术中心、北京首地印刷厂 4 个具有法人资质的实体单位和 6 个职能部门。其主要的业务领域包括地质勘查业和工程勘察与施工业。形成了以地勘为基础、工勘为支柱的产业格局，并在境外独资设立了"首勘矿产地质勘查有限责任公司（秘鲁）"，具有国家经贸部核发的在境外进行工程承包的资格。控股设立了"华夏矿业评估有限公司（香港）"，具有在香港对涉矿类企业上市进行评估的资格。

地质勘查业现有地质勘查技术从业人员 80 余人，主要从事金属、非金属矿产找矿勘查与研究工作。工程勘察与施工业现有技术人员 90 余人。主营项目有岩土工程勘察、设计、岩土工程施工、测试、工程测量、水文地质勘察与凿井、非开挖管道铺设和地下管网探测等业务，承担的勘察、设计及施工项目遍布北京、河北、江西、山西、安徽、辽宁、吉林、河南、山东、贵州及内蒙等地。每年完成各类项目 100 余项，近几年产值近 1 亿元左右。

近 60 年来，首钢地勘院肩负着为首钢腾飞发展提供资源保障和为首钢大厂建设提供地质勘察、地基基础设计和施工服务的重任，立足服务首钢的资源战略和搬迁调整战略，为首钢的发展做出了突出贡献。地勘业共完成各类地质勘查项目 300 余项。在冀东和京北地区共发现与勘探大、中、小型铁矿 56 处，提交铁矿资源量 46 亿吨；在北京和河北迁安地区勘探了十多处冶金辅助材料石灰石及白云岩矿，提交储量 5 亿多吨。其中北京地区 3 亿多吨，占北京市石灰石熔剂灰岩总储量的 92%。满足了首钢对矿石原料的需求，为我国冶金工业发展做出了突出贡献。

工勘业自 1984 年成立以来，积极投身到首钢老厂区改建、扩建工程中，见证了首钢从 400 万吨到 1000 万吨钢产量的巨变过程。在首钢曹妃甸、迁钢、首秦、宝业、长钢、贵钢、首黔等“一业多地”建设项目中取得了突出的成绩，为首钢搬迁调整战略的顺利实施做出了积极的贡献。从 2002 年到 2011 年，随着首钢搬迁调整建设步伐的加快，积极投身到了首钢迁安钢铁基地建设、首钢京唐公司钢铁厂建设、秦皇岛钢铁厂建设、唐山宝业钢铁基地、顺义冷轧基地、山西首钢长治钢铁改造、贵州首黔项目建设一期勘察、贵州首钢贵钢搬迁改造工程勘察、地基处理及基坑护坡设计及施工工作中，为实现首钢战略性结构调整和转型做出了贡献。同时首钢地勘院利用与国土资源部、北京市国土资源局等各种渠道配合矿业公司为首钢矿山争取到 16.97 平方公里的矿权区，为首钢矿山的后续发展提供强有力的保障。工勘业在迁钢、曹妃甸等大厂建设中，作为技术质量管理的负责单位之一，为首钢的大厂建设严把质量关、攻克技术难题、优化技术方案，为首钢的腾飞发展奠定了坚实的基础。

二、矿藏筑起的无字丰碑

自 1958 年整建制划归石钢后，首钢地勘院就肩负着为首钢资源战略提供服务和保障的重任，彻底改变了首钢有铁无矿的历史。首钢像一只展翅云空的巨鹰，飞腾在改革的天空。人们不会忘记，富饶的冀东燕山脚下蕴藏有 46 亿吨铁矿储量，就是哺育这只雄鹰成长的母胎地。这座座群山树起的无字丰碑，铭记着首钢地勘院地质工作者的丰功伟绩。

1959 年，在“大跃进”的锣鼓声里，大石河选矿厂建成投产。选矿证明，矿石虽贫，却具有易采、易选的优点。

1962 年秋，国家计委召开会议决定，水厂铁矿勘探列入国家重点建设规划项目，为集中力量加速勘探，由冶金部和地质部联合勘探。水厂勘探会战，探明铁矿储量 4.37 亿吨。在全国铁矿资源概图上，水厂矿床列入大型铁矿床行列。1966 年，国家正式批准了水厂铁矿建设项目。从此，石景山钢铁厂开辟了自己找矿、探矿并进行开采的新纪元。

正当迁安矿山开发初见端倪的时候，“文化大革命”运动开始了，首钢地勘院因受各种干扰，被迫离开了迁安。1969 年在“文革”阴风不散、派性干扰的情况下，刚恢复工作的党委书记丑之骍带领党委一班人，做出决定：“集中力量，挺进迁安，为矿山生产服务！”这一正确决定，成为首钢地勘院在迁安地区进入找矿黄金时期的重大转折点。

1969 年冬天，随着顶风冒雪拉运钻探设备的卡车长驱直入矿区，地质工程师和一批技术骨干经过五个月的野外施工，在大杨庄探明 720 万吨的铁矿储量，仅用十四天，电铲车就急匆匆地在大杨庄拉出了第一铲黑黝黝的矿石，缓解了大石河采区资源短缺的被动局面。

告捷大杨庄，再战前裴庄，又经过五个月的野外施工勘查，他们又提交了4800万吨储量的勘察报告。此后，一些重大矿点，如孟家沟主矿体，孟家沟1、2号矿体，柳河峪矿体的找矿全面展开。

一天，刚刚恢复工作不久，正在迁安筹划矿山发展的周冠五同志在首钢地勘院领导窦洪泉等同志陪同下爬上了前裴庄的山顶。

举目瞰视，十几部钻机摆成"大决战"阵势。

窦洪泉对周冠五说："迁滦地区属于沉积变质系，成矿条件非常好，构成大面积含矿带"。

周冠五听了非常高兴。每一个机台都要驻足停留，他被忘我奋战、无暇顾及一身泥浆的钻工们感动得连声赞叹："好样的，首钢的腾飞，要给你们先记头功！"

自1970年到1972年的三年勘探会战，首钢地勘院先后在大杨庄、前裴庄、柳河峪、孟家沟主矿体和1、2号矿体，蔡园、蔡园西沟、羊崖山等十几个矿点共探明铁矿两亿多吨，孕育了地质认识的一次巨大的飞跃。

三年勘探，不仅是探明矿源的收获，首钢地勘院在探矿的同时，结合实践潜心研究矿区地质构造，提出了迁安矿区地质构造可能不是通常的板状单斜层构造，而是紧密褶皱，呈"U"型构造的设想。经钻探证实，在两个单斜之间，深部潜赋厚厚的矿体，形成向斜槽部控矿模式。这个发现，轰动了全国地质界。李四光地质科学奖获得者王永基教授在他的一篇总结冶金地质铁矿勘查50年的历史与经验的科技论文中，对首钢地勘院的这一发现给予高度评价，他指出："七十年代初……首钢地勘院对冀东地区迁安宫店子铁矿进行构造研究分析，突破了铁矿产于单斜构造的认识，查明铁矿赋存于复杂的向斜（或向形）构造中，在向斜轴部铁矿体增厚。这一认识的总结和应用，促进了此类型铁矿床的勘查工作，发现了一大批隐伏矿体，大幅度地增加了储量。初步估计，向斜控矿的认识，使铁矿储量增长了近百亿吨。”

1975 年 5 月 29 日，刚恢复工作不久的邓小平副总理在人民大会堂召见全国钢铁企业座谈会代表时，语重心长地叮嘱大家：钢铁是工业的支柱，经济发展的基础……“一定要把钢铁生产搞上去”。周冠五感悟到了国家领导人对钢铁工业寄予的厚望，他再次风尘仆仆地来到了矿区，视察了全区勘探情况，高兴地说：“只要有了矿，首钢腾飞即可指日！”

1976 年，随着首钢 4 号高炉投产，公司做出扩大水厂铁矿再生产规模的决定。当年初春，首钢地勘院集中十部机台，摆成两条勘探线，进行二次勘探水厂铁矿。

此时，水厂铁矿已成为全国最大的矿山基地，为提高矿山现代化生产能力，首钢已决定，由美国一流专家负责设计工作。经过地勘院技术人员四个月的勘查计算，勘探剖面图上终于绘出了横断面形如巨形波浪线的“三向两背”（三个向斜、两个背斜）构造矿体。水厂矿储量由 4.7 亿增加到 7.4 亿吨。这个数字标志着水厂铁矿成为共和国难得的大矿，铸成首钢腾飞的黑金跑道。

当凝结着首钢地勘院钻探职工的汗水和技术人员心血的水厂矿区勘探报告被地质科长禚成方带到美国接受计算机检验，数以万计的数据几乎没有误差时，美国专家惊问：“你们用的什么比计算机还精确工具呀。”

禚成方答道：“用的是中国传统的算盘加中国人的智慧。”

美国专家连声赞叹：“OK！这是一部科学报告。”

随着大杨庄、二马、柳河峪、水厂等矿床的相继建矿开采，百里矿区内，一条纵贯南北矿区分割东西矿带的铁路线两侧，一处处剥采台阶错落有致的采矿坑像一只只黑色的聚宝盆镶嵌在南（大石河）北（水厂）选矿场间。奔驰的矿车，喧闹的采矿场和机器轰鸣的选矿厂，初露一座现代化大型矿山的风采。

然而，首钢地勘院并没有停止勘探矿山的脚步。1978 年春，矿区大面积航测磁力线穿透百余米厚砂砾岩层"捕捉"到潜伏于大西山下的孟家沟盲矿体。孟家沟以拥有近3亿吨铁矿储量成为迁安矿区第二大矿床。

从1986年到1988年，在探明水厂矿床达峪沟段和姑子山段2.6亿吨储量的基础上，水厂矿床以拥有10亿多吨铁矿量成为我国一座特大型铁矿床。

三、超前谋划，服务首钢资源战略

河北省迁安铁矿区是首钢最重要的矿业基地，但是，伴随着中国经济的快速发展，随之而来的是我国资源的匮乏。矿产资源不可再生，人类生存环境受到了严重的制约。

对于这种危机，首钢地勘院的老地质工作者早就有所担忧。早在1991年，首钢地勘院主任工程师卢浩钊同志编写了《冀东寻梦——重新发现迁安矿区》。卢浩钊同志在迁安矿区工作过三十多年，对该区的矿床特征及成矿地质规律有着深刻的认识，在临近退休之际，卢浩钊同志对迁安铁矿进行了全面总结，对迁安矿区典型矿床控矿构造模式提出了新的认识，认为这些矿床仍有巨大的找矿潜力，并利用近一年的时间完成了此文。该成果为迁安矿区后来的深部找矿指明了方向，并起到了较好的指导作用，体现了一个老地质工作者对地质工作的执着追求和勇于探索的精神，也体现了地勘人高度的主人翁责任感和使命感。

随着首钢决定在迁安矿区建设迁钢以后，更加增强了对迁安铁矿资源的迫切需求，对地质勘查工作的迫切需求也随之摆到了首当其冲的位置上来。

2003年3月10日，首钢地勘院决定成立"迁安铁矿区资源开发远景评估研究"项目组，该项目通过对矿区内已有的地质、物探资料进行综合研究，结合野外地质调查，对老矿山开采现状进行走访了解，总结成矿规律，筛选出六个潜力区，并对迁安铁矿区内铁矿资源做出远景评估，预计可增加远景资源量 15.5 亿吨，为后来迁安危机矿山接替资源勘查提供了理论依据。

2004 年按照国土资源部的要求，首钢矿业公司和首钢地勘院地质研究所成立了资源潜力调查工作组，具体部署了资源潜力调查工作，组织对正在开采的大石河铁矿杏山、二马、孟家沟采区和水厂铁矿，以及已经闭坑的大石河、杨庄、羊崖山、裴庄、柳河峪采区的资源储量和残留量进行调查核实，对深部和矿区近外围铁矿磁异常进一步分析，结合矿区地质成矿规律，初步确定了找矿靶区。提交了《河北省迁安市首钢矿业公司铁矿资源潜力调查报告》，依据要求编写了《全国危机矿山接替资源勘查项目立项申请书》。

经过项目评价筛选，因接替资源潜力巨大，首钢迁安铁矿接替资源勘查项目被列入“2005 年度全国危机矿山接替资源勘查项目计划”的第一个，从此拉开了危机矿山找矿的序幕。2006 年 3 月，国土资源部对全国上报的 40 多家危机矿山进行评估，审批立项首钢矿业公司杏山和二马两个矿山为危机矿山项目。

2006 年 4 月，初春的矿山乍暖还寒，首钢地勘院地质研究所的专家和技术人员就进入了找矿施工现场。地质研究所的技术人员，每天要背上二十多斤重的仪器，带上干粮和水，爬坡下梁，奔波在荒山野岭之间。危机矿山勘查工作需要填制 1∶2000 地质图。为了保证填图质量，技术人员要每隔 20 米就要做一次地质性状描述，一天下来，徒步行走几公里、十几公里，人晒黑了，脚上磨出了水泡，对他们来说早已习以为常。

人们的辛苦没有白费，经过几年的努力，两个勘查区新增铁矿资源量 2.43 亿吨。其中二马 1.12 亿吨，杏山 1.31 亿吨。通过该项目的实施，可延长矿山服务年限 39 年，潜在经济价值达 80 亿元，对区域经济发展起到巨大的推动作用。

国土资源部领导对首钢地勘院地质研究所的工作给予充分肯定，并将杏山和二马矿区例为全国危机矿山找矿典范。

为表彰首钢地勘院地质研究所在全国危机矿山接替资源找矿专项行动中的突出表现和显著成绩，首钢地勘院于2007年被国土资源部评为“全国地质勘查行业先进集体”。首钢迁安铁矿接替资源勘查项目于2011年被国土资源部授予全国危机矿山接替资源找矿先进集体——重大找矿突破奖。

在为首钢资源战略服务的行程中，首钢地勘院不仅在地质找矿和工程勘察技术服务方面做出突出贡献，而且在技术研究和工艺流程上也取得可喜佳绩。时任首钢地勘院副经理、探矿工程师葛振河同技术人员组成的人造金刚石钻进研究小组，经过十几年的磨砺，反复探索，于1972年夏天，成功地把人造金刚石第一次代替天然金刚石制作的钻头用于迁安孟家沟矿区岩心钻进施工，取得钻进400米勘探钻孔的佳绩。

1978年北京的春天阳光明媚，中南海金黄色峰塔璀璨夺目，在粉碎“四人帮”后召开的第一个全国科学大会上，首钢地勘院关于人造金刚石研究课题荣获全国科学大会一等奖。

自1984年到1992年钻探生产指标在冶金地质系统连续8年夺得冠军称号。连续7年被评为“探矿生产优胜单位”、“安全生产先进单位”和“黑色冶金地质勘探五好队”，被北京市评为“大庆式企业”和“学大庆先进企业”；有9项科研成果在指导找矿理论方面获得重大突破。2010年11月首钢地勘院地质研究所研究的岩心钻探定向钻进取芯技术获得国家新型实用专利。

为表彰首钢地勘院对冶金工业持续、长久、稳定和高速发展做出的突出贡献，1992年1月16日，庄严的中南海灯火辉煌，时任首钢地勘院党委书记葛振河代表全院职工接过党和国家领导人授予首钢地质勘查院“全国地质勘查功勋单位”的水晶奖杯，此时此刻集聚在电视机前的地质勘探队员流下了幸福的热泪。凝视着用汗水铸成的透明水晶奖杯，饱含那30亿吨铁矿储量。共和国的功劳簿上，载下了首钢地勘院卓越的功勋。

图 3　矿藏筑起无字丰碑。（王玺先　摄）

“30 亿吨”的找矿实践，结出丰硕的科学成果，获国家和部级科研成果 15 项。

“30 亿吨”的背后，衬托着几千名首钢地质工作者对地质事业的无比忠诚。

富足的铁矿资源，燃亮了一颗企业巨星。为首钢的腾飞发展奠定了坚实的基础。

首钢，像一只雄鹰，从这片土地上腾飞了，30 亿吨铁矿为这只腾飞的雄鹰增添了后劲。

第二节　会战迁钢

建设迁钢，是首钢搬迁调整首开先河的重大工程。而首钢地勘院是最先开进迁安的先遣军。

一、初战告捷

说起迁安，首钢地勘院的老职工们记忆犹新。1985年，首钢地勘院就参与了首钢迁安新庄钢铁基地会战。完成了基地建设的初勘和详勘工程，后由于项目的立项等各方面原因，项目未能实施。

2002年底，首钢迁钢钢铁基地进入设计阶段，首钢地勘院受首钢迁钢建设工程指挥部的委托，进行工程的勘察工作。场地未平整前，这里主要是丘陵地带，有山坡和稻田，且当时正值隆冬季节，气温很低，钻机需要在山头和田间施工，施工难度可想而知，首钢地勘院爱地公司总工程师李强、技术负责魏尚军，亲自在现场组织把关，为了准确地掌握第一手地质资料，为迁钢钢铁基地地基提供准确的数据和处理办法，他们克服了工期短、气温低和搬运道路等方面的困难，用了一个月时间完成了整个场地的勘察外部作业工作，及时准确地提交了报告，对后期的建筑设计及整个场地范围地基处理提出了指导性意见和建议。

2003年随着迁安钢铁基地工程建设项目开始实施，勘察、强夯、桩基、检测等各项工程都全面铺开，项目时间紧，任务重，又是首钢的重点工程，为保证项目建设的工程质量和工期要求，专门设置迁钢建设现场指挥部，最多时有30多人投入到迁钢的工程建设任务中，并结合实际，根据迁钢建设的设计规划，针对项目建设不同特点，分别设置几大功能片区，钢区、铁区、公辅区等。

为确保迁钢建设项目顺利进行，首钢地勘院从工程质量上进行统一管理控制，所有人员都常驻施工现场，随时进行指挥协调和技术服务保障工作。每一个项目依据项目法进行施工，由项目经理依据项目经理责任制对项目进行管理，包括对施工方案的编制、项目部人员职责、现场管理协调、外协队伍及设备的使用和管理、施工报告的编制等工作。通过前期各项工作的理顺，确保后期的工作正常顺利开展。

受首钢迁钢建设工程指挥部的委托，2003 年伊始，首钢地勘院迁钢项目组开始对迁钢钢铁基地地基处理各种桩型进行试桩，为设计提供参数依据。该项目正处春节期间，天气非常寒冷，一方面进入现场施工道路都没有；另一方面是由于极寒的气温给施工带来很大麻烦。为满足首钢建设的需求，立足为首钢搬迁调整服务，再苦再难，地勘人都义无反顾、无任何条件地承担了任务。本次试桩工作于 2003 年 1 月 15 日进入现场，开始桩位测放工作，至 3 月 10 日完成桩施工及各项试验工作。共完成：高炉区钢筋混凝土灌注桩 3 根，总延长米 45 米；抗拔锚桩 66 根，总延长米 990 米；热风炉及料仓除尘区岩基试验钢桩各 3 根，共计 6 根，总延长米 78 米。岩基静载试验点 6 个；钢筋混凝土灌注桩静载试验点 3 个；桩的极限侧摩阻力试验点 6 个。取混凝土试块 3 组，做 28 天抗压强度试验 3 组。取纯水泥浆试块 4 组，做 28 天抗压强度试验 4 组。放测桩位 75 个。春节期间，首钢地勘院院长赵宪敏也亲自来到现场助阵，在全体工程技术人员的共同努力下，出色完成了本次任务，为首钢迁安 200 万吨钢铁工程炼铁区域桩基方案提供了宝贵详实的基本数据。为迁钢基地建设争取了时间，受到了指挥部的认可和好评，并由衷地赞叹："这就是咱们的子弟兵"。

二、不负期望

进入 2003 年，迁钢钢铁基地大规模建设开始后，首钢地质勘查院作为子弟兵承担了地基处理方案设计选型和部分地基处理任务。在设计方案选型过程中，首钢地勘院爱地公司总工程师李强任总设计师，通过前期地质资料及试验和对现场的多次考察，并结合国内国际地基处理经验，提出了对整个场地采用高挖低填，强夯结合灌注桩、CFG 桩进行地基处理的方法，特别是在回填稻田底部水量较大对强夯效果影响较大时，采用沙井排水法处理很好地解决了地下水丰富影响强夯效果的问题。整体地基处理方案受到设计院和指挥部专家一致认可，并且在后期的实际应用中效果良好。

设计整体方案制定后，进入大规模施工阶段，首钢地勘院作为地基处理施工的主力军承担了钢区的强夯和高炉及配套、钢区等重点部位的灌注桩及CFG桩施工任务，在施工过程中，首钢地勘院参战人员深知指挥部把重点部位的地基处理都交给了首钢地勘院，原因就是出于信任。首钢地勘院领导多次在会上强调，大家要牢记指挥部的重托，一定要把质量放在首位，工期放在第二位，严把质量关，为首钢交出合格的基础工程，同时也为其他参战单位作出表率。只有基础牢固了，我们的厂房结构才能稳固。大家牢固树立质量意识，严格按照设计图纸要求施工，特别是关键环节和关键点都要认真组织自查。如在钻孔灌注桩施工过程中，对于孔底沉渣只要超标，不用监理通知就自觉重新冲洗，直到指标满足规范要求为止。多次受到指挥部和监理公司的表扬。

在施工过程中，"非典"疫情波及全国，给施工带来了前所未有的困难。项目实施初期，为方便现场的施工管理和协调，首钢地勘院迁钢建设现场指挥部和各项目部都设置在现场附近，租住民房、吃小饭店。但这场突如其来的"非典"，打乱了正常的施工部署，因工作原因，现场人员需要经常往返于北京迁安之间，北京疫区来的人成为了另类，受到当地人员的排斥，饭店不再让吃饭，车辆不让进入，返回现场的技术人员需要全面消毒，同时也需到派出所进行观察。在这种情况下，为确保迁钢建设项目的顺利进行及现场技术、施工人员的身体健康和生活保障，在主管生产的邓斌副院长积极组织下，立即将院属迁安地勘队基地利用起来，把地勘队队部作为地勘院迁钢建设项目的基地，投入资金进行修缮，购置生活用品和必备的办公用品，创造各种条件，自己建立食堂，丰富职工业余文化生活，把后勤生活保障统一管理起来，解决了现场人员的吃、住和健康保障问题，这一举措，确保了项目施工的正常进行。

在首钢迁安钢铁项目建设过程中，由于需要在沙河河滩上进行地基基础施工，给施工带来许多难以想象的困难。沙河的西岸是土，东岸是沙，地下水位高，土质较差，地质变化复杂。首钢地勘院爱地工程公司结合该区域的地质特点，对地基处理的设计方案进行了周密合理的设计，为保证工期和质量，提出了以分层碾压和回填强夯相结合的方案，既满足工期要求，又能确保工程质量，同时也大大降低了工程施工费用，最终指挥部采用了该设计方案。主厂区4月底开始回填土强夯和分层碾压，不到四个月的时间，创出了强夯面积101万平方米，一期工程完成强夯及分层碾压176万平方米的佳绩。

针对迁钢工程整体建设来说，首钢地勘院是迁钢建设专业技术人员集中的单位，他们利用专业技术优势，集中全部力量达到了迁钢建设的需求，满足首钢建设的需要。特别是遇到急、难、险、重的工程任务，都能看到首钢地勘院广大干部职工忙碌的身影。正如迁钢建设总指挥苏显华所说的："地勘院作为首钢的队伍，没有任何条件，必须带头，全面保证迁钢各项工程建设的需要。"在项目初期，对各个方面来说都有一个尽快适应的过程，人员也比较紧张，通过一段时间的努力，从项目组织、人员管理、安全生产、后勤服务保障等逐渐理顺，形成一套完整体系，并制定相应规章制度，确保工程项目的高效、顺利开展。

三、为了"2160"的梦想

首钢地勘院爱地工程公司与兄弟单位一起，于2005年4月～2006年7月共同参与了迁钢2160mm热轧工程的勘察设计等方面的工作。"2160"是冶金钢铁生产的大型宽带板材热连轧设备，指轧制板材的最大宽度2160mm。在首钢说起"2160"，可以说是尽人皆知，这是因为这是首钢从20世纪90年代就一直希望能够立项的工程，但由于种种原因，终未实现。现在终于要在迁钢实现，所有参加这个项目的人，都知道这个工程的分量有多重。迁钢2160mm热轧工程规模很大，主厂房长约650m，宽40～140m，深7.3～15.3m，属于超大超深基坑。是集岩土工程勘察、设计、施工及变形监测为一体的综合性项目。

吴文杰，现任首钢地勘院爱地公司副总经理。2005年初，当时还只有28岁的他，担当起了迁钢2160工程试桩项目负责人的重担。试桩，是要通过试验，选定桩型及单桩竖向承载力特征值。试桩工作的好坏将直接关系着未来工程建设质量和正常投产，责任重于泰山。别看吴文杰年纪轻轻，可凭着专业知识和毕业后在首钢地勘院的磨砺，工作起来十分精明干练。2005年正月十五，当人们还沉浸在与家人团聚的节日喜悦中时，他已带领着施工人员进入了2160施工现场。由于他们是第一个进入的单位，现场内道路不通，白天气温回升，地面冻层溶化，泥泞不堪，钻机等设备无法运到现场。为了抢时间，抢进度，他和大家一道利用晚上温度下降，地表变硬的机会运送设备，而白天自己又组织施工人员修路。为了保证试桩成功，真正嵌入到基岩，他和大家一起，边打孔，边不时地用手触摸钻机返上来的岩土浆，对岩性进行鉴别。虽是初春，含水的岩土浆依旧是冰冷刺骨，特别是到了晚上，大伙儿的手被冻得通红。就这样，凭着毅力和拼搏的精神，完成了最深25.6米、最浅18米的十八根试验桩任务。因试桩孔径大，稍有不慎，就会发生桩孔坍塌，为了防止坍塌，他们在孔口采用了长钢筒护壁的施工工艺，有力地保证了施工质量。在对试桩进行承载力试验中，吴文杰又遇到了难题，承载力试验需要上千吨的钢坯用于加载，而从厂区道路到试验现场几百米距离刚刚修好的路，早被重型车辆轧翻了浆，无法通行。为早日完成试桩任务，他们从附近的矿上买来废矿渣，对道路进行修整。经过大家的艰苦努力，2005年4月4日，一份高质量的试验报告交了上去，为设计院提供了准确的设计参数和2160地基处理提供了可靠依据，圆满完成了试桩任务。

2160 工程的地基处理涉及多项技术问题，经过首钢地勘院科技人员的共同努力，较好地解决了相关技术问题，不仅降低了工程造价，而且技术、质量和效益达到国内同类工程的领先水平。2160 工程的主厂房护坡采用爱地工程公司科研成果，已获得国家发明专利的《短土钉连续墙基坑支护方法》；旋流沉淀池及冲渣沟隧道支护采用钢筋格栅喷射混凝土方法，充分利用圆形结构的受力特点，最大限度地发挥钢筋混凝土的抗压强度，提高了基坑支护的安全度；节约了钢筋混凝土用量，降低了工程造价，这两项技术具有突出的独创性和示范作用。2160 工程勘察基坑支护及地基处理技术获得 2008 年度全国优秀工程勘察设计银质奖。

四、重质量，保工期

从 2002 年开始，首钢地勘院积极参与首钢搬迁调整战略和资源战略的实施。在参与首钢迁安钢铁基地建设中，先后完成了首钢迁钢公司配套完善项目炼钢工程详勘；首钢与开滦精煤公司合资建设焦化厂详勘；迁钢一期工程煤气柜、制氧站、水处理及 110KV 总降、管网支架、综合楼详勘等 20 多个勘察项目，为设计提供了详实的工程、水文地质资料及地基土的物理力学指标，并提出了合理的地基处理方案。

首钢地勘院在岩土工程勘察设计和施工中，一贯坚持重质量、保工期。

迁钢作为大型现代化的钢铁基地，加固地基是一项重要的基础性工作。加固地基有多种方式，经过勘察，在分析场地工程、水文地质资料及地基土的物理力学指标基础上，他们建议强夯和 CFG 桩为主体的地基处理方案，得到了设计院和指挥部的一致认可。2003 年 1 月～2004 年 8 月，首钢地勘院爱地工程公司承担了迁钢一期强夯、高炉灌注桩、炼钢及高炉铸铁机 CFG 桩、试桩及变形监测等多项工程。

迁钢主厂区占地约120万平方米，大体东北高、西南低，场地从南向北分6个台阶填土整平，最大填土厚度约7米，由于填土的面积大、厚度也较大，天然土层存在淤泥质土及可液化砂土，回填土的成分主要为西沙河的粉细砂，地基处理的时间为55天。根据以上这些特点，他们对地基处理方法，进行了科学的对比研究。认为采取强夯的地基处理方法对于软土地基承载力提高的幅度大，处理速度快，费用低，因而被推荐为首选方案，得到迁钢指挥部和设计院的认可。强夯处理后经检测效果良好。

受首钢设计院委托，首钢地勘院爱地公司承担了迁钢1号高炉桩基试验工作。迁钢1号高炉设计容积大，荷载大，对变形要求高，为了使高炉桩基做到安全可靠、经济合理，在理论计算的基础上，必须经过试验验证，用最直接的数据，来进一步优化、完善设计方案。通过这次试验，不但给高炉灌注桩设计提供可靠的依据，还对灌注桩的施工工艺进行有益的探索，回转钻进、旋挖钻进施工工艺优于冲击钻进施工（工期、质量），但无论何种工艺施工，均需要配备较长的钢护筒。首钢设计院根据爱地公司的试桩结果，进一步优化了高炉桩基设计方案，取得了良好的效果。

为了解炼钢、炼铁、制氧、连铸、公辅及料场等设施在施工过程中及使用初期的沉降情况，保证建筑设施的正常使用寿命和安全性，并为以后的勘察设计施工提供可靠的资料及相应的沉降参数，对所有设施沉降观测的必要性和重要性愈加明显。地勘院的技术人员在其主要建筑设施上布设了375个沉降观测点，分别进行了7次沉降观测，历时14个月。结果显示，地基最大沉降量、平均沉降值和最大倾斜值均完全满足规范及设计要求，地基处理效果良好。

为了确保质量和施工进度，他们制定了严格的网络进度计划，加强了与兄弟单位的协调配合，集中人力物力，在保证质量的前提下，尽可能加快工程进度，受到业主及设计、监理公司等单位的好评。为迁钢工程建设按期投产做出了积极的贡献。地勘院承担的迁钢项目 2006 年获得冶金行业部级优秀工程勘察一等奖。

第三节　曹妃甸壮歌

2005 年，国务院批准了在曹妃甸建立现代化的钢铁基地。首钢地勘院作为勘查队伍第一批开进曹妃甸。但是，早在十二年前，他们与这里就有过一次亲密接触，那次接触，令当事者至今想起来还胆战心惊。

一、初探曹妃甸

1993 年，正是首钢实行承包制，得到快速发展时期。开发海外事业及钢铁业发展急需要有自己的港口，在获知渤海湾北部曹妃甸可建一深水港后，首钢便产生了开发此地、兴建两个 20 万吨级港口的设想。

1993 年 9 月，正是秋末时节。时任首钢党委书记的周冠五第一次向当时任首钢地勘院院长赵化刚交代了勘察曹妃甸的任务。

1993 年 10 月 3 日，已进入了深秋时节。首钢地勘院一行 5 人和首钢迁安矿业公司总指挥部 1 人组成的测量大队，第一次乘船上了曹妃甸。

在没到曹妃甸之前，他们幻想着这座小岛肯定是画儿一样的美丽。可一到岛上才发现竟是难以置信的荒凉。南北长约三公里，东西宽有五公里，全是沙滩。他们在岛上只待了一个多小时，就乘船返回了。

从 10 月 24 日始，首钢地勘院先后分三批，50 多人，带着钻杆、柴油发电机和工程用的钻塔、钻机、发电机、水泵、柴油等设备材料和器具，再次来到曹妃甸。

10 月 28 日下午，试开钻，到晚上 11 点，钻深三十米。

谁知，就在他们开钻的第二天凌晨，突然下起了瓢泼大雨，海面上突发风暴潮。一米多高的潮水很快涌进了帐篷。潮水的冲击力越来越大。岛上用钢丝绳拴好的装满十吨的柴油桶，像树叶一样地被潮水卷进了大海里，而勘探队这五十来个人，对大潮来说，他们轻得像一只只小蚂蚁。

面对墨黑的雨空，他们焦灼地用无线电向远在北京的建设总指挥部大声呼喊："我们很快就被大潮吞没了，马上来解救我们!"正在当地咀东渔港的院长赵化刚找到当地渔民和一艘大船，赶到岛上救援。29 日下午 3 点多钟，终于将勘探队员接回到安全地带。

图 4 地勘院的先行者们初探曹妃甸。(李晓光 摄)

在一个多月的勘察中，大家过着海为歌、沙拌饭、海水浸、风当餐的生活，但他们以火一样的热情，以为首钢发展奉献一切的精神，经受住了苦与乐、生与死的考验。

作为曹妃甸最初的开拓者，他们以钢铁般的毅力和干劲为曹妃甸的开发获得了极其珍贵的第一手地质资料。它探明了曹妃甸海下地质条件，证明了曹妃甸的确是全国海岸线上少有的深水大港的港址。

二、再聚京唐

2003～2008年，首钢地勘院承担起首钢京唐钢铁公司地基勘察的重任，相继完成了可研、初勘、详勘工作。六年中他们与兄弟单位一起共进行过三次勘察。当时的勘察技术水平比起10年前已经有了很大提高，工作条件大为改观。水上勘察采用了搭建钻井平台和物探测量船，并使用了美国产水上漂浮式浅层地震仪，高压空气枪激发，GPS接收机定位等先进设备，吹填后勘察采用了汽车钻、百米钻，利用优质泥浆护壁的同时，采用薄壁取土器进行取土，确保勘察质量。三次勘察工作共完成勘察报告72份，强夯检测报告48份，完成钻孔12000多个，总进尺50多万米，强夯检测钻孔24000多个，进尺约15万米。勘察中通过现场钻孔取样，进行室内高压固结等多种试验，分不同阶段查清了场地地层岩性结构、成因、层位变化、均匀性、状态等，查清了地基土的物理力学性质和承载能力，变形特征并提出了建议值表，进行了海上深孔钻探，最大孔深达491.42米。查明了场地区域构造稳定性，第四系土层厚度、基岩埋深，特别是地表60米范围内对工程影响较大的地层情况。为曹妃甸钢铁厂建设提供了技术保障。

2005年，国务院批准了在曹妃甸建立现代化的钢铁基地。首钢地勘院长期以来承担了首钢项目的基础勘察与施工任务，特别是通过迁钢项目施工的积累和磨练，首钢地勘院在首钢树立了良好的形象。因此，总公司领导把曹妃甸钢厂建设地基处理管理任务交给了首钢地勘院，广大干部职工深切感受到，这是总公司的信任，也是首钢地勘院工勘业发展史上一次难得的重大机遇。

2006年11月28日在首钢地勘院召开首钢京唐钢铁厂详勘资料研讨会。会议由首钢京唐钢铁厂工程部主持，首钢总工室、首钢设计院及勘察施工单位领导参加了会议。为确保施工质量，会议明确了曹妃甸施工技术、资料管理统一由首钢地勘院负责。制订了首钢地勘院京唐公司地下施工统一管理实施方案。首钢地勘院成立了领导小组，下设工程科研组、勘察报告审图组、工程咨询组、数据处理组和现场工作组，这次会议标志着首钢地勘院开始全面开展曹妃甸钢铁基地建设施工及管理工作。

12 月 26 日首钢京唐公司领导及相关部门负责人来首钢地勘院检查指导工作，12 月 30 日，首钢地勘院爱地公司召开了全公司职工参加的“抓住机遇，为全面完成曹妃甸施工任务而努力奋斗”动员大会，吹响了首钢地勘院全力投入首钢曹妃甸钢铁基地建设的号角。

首钢京唐钢铁公司厂址地貌属滨海浅滩，东西两侧潮沟最大水深为 2～5 米。建厂的前提是围海造地，而海上勘探则是建厂工程基础设计的依据。首钢地勘院作为建厂初期勘探的技术服务单位，主要负责进一步了解区域内工程水文地质条件，为钢铁厂整体布局提供地质条件依据。初勘 300 多个深 45～80 米的钻孔，总进尺近两万米，工期 50 天。

施工是在两条捆绑在一起的渔船上，钻机轰隆隆地吼叫着紧张地钻进着，首钢地勘院副院长庄桂成作为现场总指挥，疲倦的脸上挂满微笑，望着茫茫的大海，他满怀豪情地对记者说：“海上勘探受海洋气候影响极具危险性和挑战性，远远超出陆地勘探的困难，很多时候 3 天才能打一个钻孔，但我们有决心有信心，发挥首钢地勘人的光荣传统，将这项勘探工程创出‘国优’，并以此为新起点，实现更大的发展和飞跃”。

正是这样的一群敢于担当、默默无闻的地质工作者，支撑着首钢曹妃甸钢铁基地建设的基石，用他们的辛勤汗水，确保圆满完成了曹妃甸钢铁基地建设的初勘任务。

三、软土地上的硬磨练

由于曹妃甸原是一个海岛，钢铁基地地基处理面临许多新课题。针对场地工程地质条件，首钢地勘院爱地工程公司开展了一系列的课题研究，比如：通过土的性质分层研究以及强夯适宜性研究，建议场地吹填后应进行大面积强夯，加速地基固结，消除液化，提高地基承载力，分四个区开展了现场大型强夯和桩基试验工作；开展了 CFG 桩、PHC 桩、灌注桩对比研究；深基坑支护方法研究；地下水腐蚀性和抗浮设防水位研究，并进行了地下水长期监测；开展了建筑物长期沉降变形监测研究；地下地理信息系统研究，建立了综合三维地下地理信息系统数据库，包含工程勘察、桩基及地基处理、地下管线、地下水和建筑物长期沉降监测分析等四个模块。

通过以上工作，圆满解决了曹妃甸钢铁基地地基处理问题，提出了合理的地基处理方法和曹妃甸地区的桩基设计专用参数表，推荐了合理的抗浮设防水位，基坑护坡降水方法，第一次将土钉墙、复合土钉墙技术，引入曹妃甸软土地区护坡，并取得了巨大成功。完成了《曹妃甸钢铁基地地下地理信息系统》和《曹妃甸钢铁基地地基处理、基坑支护及地下水综合研究》两个课题，其中多项技术成果具有突出的独创性和示范作用，技术上达到国际先进水平。他们结合实际进行的课题研究分别获得了首钢总公司科技进步二、三等奖，三维地下地理信息系统建设已获得国家软件著作权，并获得部级优秀软件一等奖。首钢地勘院承担的煤料场、矿石料场及综合管网详勘工程获得 2010 年部级优秀工程勘察一等奖。

2250mm 热轧工程项目是首钢京唐钢铁公司的重点项目。首钢地勘院爱地公司凭借合理的工程造价和良好的企业形象以及可靠的技术保障，竞标承担了 2250 热轧工程建设降水、护坡和基坑的挖土方施工。该工程长 636.5m，宽 64～184m，深 5.1～16.17m，护坡面积 28137m^2，开挖土方 65 万 m^3。2007 年大年初三，当人们还沉浸在春节的喜庆气氛之中时，爱地公司的工程技术人员就已开赴施工现场。在热轧项目施工中，爱地公司的工程技术人员克服重重困难，攻克了一道道难关。由于热轧基坑为海相地层，水位高，给施工带来极大难度。爱地公司一方面组织施工人员打井，并派专人24小时维护看守，不间断排水；另一方面组织紧急采购钢板和山渣铺路，在基坑中间挖明沟排水，收到了明显的效果，为土方开挖、坡体支护创造了必要的条件。该工程第一次在曹妃甸软土地区成功采用土钉墙护坡技术，2009年获得部级优秀工程一等奖。

与此同时，他们还承担了首钢京唐公司钢铁厂2250热轧工程钢卷库公辅系统等31项CFG桩工程设计及施工任务，充分应用了《曹妃甸钢铁基地地基处理及应用综合研究》科研成果开展设计工作，设计方案合理，施工质量优良，起到了事半功倍的效果，该项目2011年获得部级优秀工程一等奖。

除2250热轧工程外，首钢地勘院在曹妃甸钢铁厂基坑护坡中还承担了15m深基坑海水取水泵房、2250mm和1580mm热轧工程层流沉淀池护坡设计及施工任务，海水取水泵房工程运用复合土钉墙技术，在流砂层取得了支护15m深基坑的成功范例。此项目2010年获得部级优秀工程二等奖。

在施工中，他们遇到了许多新的难题。比如：曹妃甸1580mm热轧工程旋流井，直径32m，深46.9m，属于超大、超深基坑，涉及软土、流砂及高承压水等处理难题，是国内国际同类工程中规模、深度、难度最大的工程之一。首钢地勘院承担了该项目基坑护坡设计工作，他们采用钢筋混凝土地下连续增加钢筋混凝土支撑圈梁方案，不但满足了护坡要求，而且作为主体结构一部分使用，最大限度地降低了工程造价，为业主节约了1000多万元，取得了良好的经济效益。该项工程于2010年1月完成竣工验收，经过几年的实践证明，技术、质量和效益达到国内同类工程的领先水平。2011年获得部级优秀设计二等奖。

首钢地勘院在曹妃甸地基处理中，还完成了炼铁高炉热风炉、自备电站主厂房及原水处理抗拔桩工程等多项钻孔灌注桩施工，钻孔灌注桩施工项目2010年获得部级优秀工程一等奖，高炉桩基检测项目获得部级优秀项目二等奖。

首钢地勘院承担的首钢京唐公司一期主要建筑物及地面沉降观测项目 2011 年获得部级优秀工程二等奖。唐海(首钢)国际专家服务中心岩土工程勘察 2009 年获得部级优秀工程勘察二等奖。

通过京唐公司项目的硬磨练,首钢地勘院培养了一批年轻的岩土工程师,这些在京唐钢铁大厂经受磨炼的青年同志已经逐渐成长为首钢地勘院的专业技术骨干。

第四节　昂首前行　协调发展

首钢地勘院在首钢实施搬迁调整战略以来,紧紧抓住机遇,以服务好首钢的发展为目标,不断从体制机制创新、管理创新、人才队伍建设、技术能力建设、企业文化和党的建设等方面入手,提升首钢地勘院的综合实力和整体水平,使各产业协调发展,为实现建设全面和谐可持续发展的地勘院的愿景目标打下坚实的基础。

一、“三二一”工程增实力

首钢地勘院党委在首钢搬迁调整实施中,就自身发展提出了实施“三二一”工程,按照“保质量、高执行、抓成本、提产能、创品牌、建和谐”的工作方针,规范企业行为,不断提高资源找矿能力和工程施工、质量监控能力,实现了自身的长足发展。

“三二一”工程,即大力发展三大产业,抓住两个机遇,加强一个基础。大力发展三大产业是指继续保持“以地勘业为基础、工勘业为支柱、印刷业相补充”产业结构格局,大力发展地勘、工勘和印刷三大产业,为首钢地勘院的长远可持续发展奠定坚实基础;抓住两个机遇是指充分利用首钢地勘院自身的优势和渠道,抓住国家加强地质工作和首钢搬迁调整战略实施的两大机遇;加强一个基础是要进一步加强基础管理工作。

保质量，就是要落实首钢交给首钢地勘院在建设新的钢铁基地工程建设中的专业管理任务，通过报告评审、技术支持和咨询服务等专业管理手段来满足新钢厂的地质工作需要，发挥地质专业在工程质量保障中的管理作用。高执行，就是要全面推行管理制度和工作流程的建设，通过高质量、高效率、高灵敏地执行制度和流程，提高管理水平，提高经济运行质量，提高首钢地勘院适应首钢搬迁调整和自身发展要求的能力。抓成本，首钢地勘院在首钢搬迁调整战略实施中，既是专业管理单位，又是施工单位，低价中标是目前工程市场的实际情况，要想在竞争中找到自身的生存空间，必须继续推进全成本管理，切实抓好成本控制，才能有更大的竞争优势。提产能，就是增强首钢地勘院的整体生产能力，为市场开发打造坚强的后盾支持。在经营生产中"不被人牵制"同样需要提高自身的产能水平，产能的提高才是真正的企业核心竞争力的提高。创品牌，就是要通过提高首钢地勘院在资源勘查、工程建设领域的服务能力和水平，逐步提升首钢地勘院的品牌认可度。建和谐，就是努力在首钢地勘院内建设和谐向上的企业人文环境，从班子建设、产业协调、上下管理、部门之间、职工关系都要按照和谐的理念开展工作，建设和谐企业既是我们的目标，也是克服发展中的困难和实现各项任务目标的前提和基础。

二、目标明确促和谐

在服务首钢搬迁调整战略过程中，首钢地质勘查院努力实现创新创优创业，保持特色、服务首钢。经过广大干部职工的共同努力、顽强拼搏，全院的经济规模、资产状况、技术能力、管理水平、盈利能力、职工收入等各方面都有了较大的进步，为首钢地勘院和谐可持续发展奠定了坚实基础。

通过首钢搬迁调整，首钢地勘院整体经济规模得到发展壮大，经济运行质量得到提高，首钢地勘院正在向更高层次、更高水平跨越。

首钢地质勘查院至今已走过了60年的历程，为国家、为首钢做出了重要贡献。首钢地勘院取得的成就是和几代地质工作者的辛勤努力和流血奉献分不开的。改革开放以来，首钢地勘院走过了从过去计划经济到进入市场经济的转变的艰难历程，面临着很多问题，到20世纪90年代末全院总产值也没有突破2000万元，净资产不到2000万(包括不良资产)。在首钢搬迁调整战略实施过程中，首钢地勘院从2002年完成产值3070万元到2011年完成产值14514.80万元，为2002年的4.73倍；在册职工人均年收入从2002年18892元增长到102072元，为2002年的5.4倍；经营总收入完成13058万元，为2002年的4.9倍；利润完成902万元，为2002年的89倍。首钢地勘院在为首钢搬迁调整战略做出自己应有贡献的同时，也实现了自身的跨越式发展，为首钢地勘院的和谐可持续发展打下坚实的基础。

三、优化结构强主业

首钢地质勘查院为更好的服务首钢发展，满足首钢发展的需要，通过首钢搬迁调整战略的实施，积极在产业格局上进行探索。2002年地勘院实施了产业结构调整，推进管理体制创新，加速企业化进程。本着“精干地勘业、加强改进工勘业、剥离工企业、退出商贸服务业”的指导方针，形成以工勘为主体，实行“一个机构两块牌子”的“院司合并”管理格局。减少了管理层次，规范了运行机制，并由原来的事业单位运作方式正在向企业化的运作方式转化。

2006年首钢地勘院党委审时度势，进一步扩大实体单位的经营自主权，对管理不善又不盈利的小的经营实体采取关停并转，调整内部管理结构，院司分离，清晰经济界线，清晰责任，强化二级单位自主开发自主盈利的能力，院党委始终按照“责任清楚、权力匹配、利益适当、制衡有效”的原则为各产业配置新班子，本着“要求、指导、规范、服务、监督、纠正，但不干涉”的指导思想加强激励和约束，调动了实体班子和广大职工的积极性，取得显著成绩，对首钢地勘院今后的平稳发展起到积极的推动作用。

按照充分发挥首钢地勘院传统产业优势，把主要精力转移到进一步做强地勘和工勘两大主业，稳固印刷业、扶持优势创新产业的新思路，2010 年制定实施了“地勘院机构调整方案”，将金地通检测技术中心由爱地公司划归首钢地勘院直接管理，成为独立法人的二级单位，按照现代企业制度的要求，转换检测中心的经营机制、进一步独立和规范了检测中心的经营形式、在人员配备级别设置等方面提升了检测中心的管理层次，全面促进了检测中心的快速发展。

四、提升管理聚人才

首钢地质勘查院近年来通过实施绩效管理，推行工效挂钩，真正把职工的月收入与企业当月的经营业绩挂起钩来，把职工月收入的增长与企业当月经营业绩的增长挂起钩来，同时按月对每个单位利润、收入和重点工作完成情况进行考核，通过“一挂钩和三考核”，既保证了企业不断的做大做强藏富于企业，又保证了职工的收入与企业的发展保持同步增长，同时，真正调动了职工多创、多超从而多得的积极性和创造性。

伴随经营业绩的提升，首钢地勘院实施工资改革，建立长效机制。在稳步推进绩效管理，促进全院经济实力稳步提高的基础上，为进一步稳定职工收入并保持适度增长，努力构建合理的工资结构，建立分配的长效机制，用分配来促进三支人才队伍建设，实现人才与企业的共同发展。

从 2003 年起，首钢地勘院陆续引进优秀毕业生，不断加大人才培养力度，逐渐优化职工队伍结构，稳步提高职工工作能力和专业技术水平，为地勘院可持续发展和服务首钢搬迁战略提供坚强的人才保障。近几年，面对经济发展与人才引进受到户口、指标等限制的矛盾，他们就改革用人机制进行了不断的实践与探索。通过制定下发“地勘院劳务用工管理制度”，改革用人机制，拓宽了人才引进渠道。在分配、上保险等职工待遇方面一视同仁的基础上，建立人才聘任机制，即每年择优聘任一部分人才，与院里签订劳动合同，这样既拓宽了各单位人才引进渠道，也调动了这部分人才的积极性，保证企业发展对人才的不断需求。

五、文化引领聚人心

企业文化是企业历史发展的积淀，首钢地质勘查院近 60 年的发展历程已经为“首钢地勘”企业文化建设积累了宝贵的财富。特别是经过近年来的经营生产实践，积淀了浓厚的文化内涵。他们提出了“建设可持续发展的地勘院”作为战略愿景目标，提出了“我们的一言一行都代表地勘院”的责任理念，“业主的满意就是我们的标准”的质量理念，“每一个施工项目都是我院施工标志”的品牌理念。他们还设计了“首钢地勘”徽标，重新诠释了“诚信敬业，创新发展”的企业精神，确立了“以地勘业为基础，工勘业为支柱，其他产业为补充”的产业结构格局，初步形成了企业的管理理念。

院党委着重从改善领导干部的心智模式和管理方式入手，加强领导干部的思想建设和作风建设。要求领导干部在转变观念、改变工作作风、执行规章制度、提高工作能力等各方面要有所改变、有所提高、有所加强、有所突破。各级干部要做到“三提高”，即：提高学习能力，提高研究规划企业发展的能力，提高解决处理企业存在的问题和职工关心的热点难点问题的能力。不断提高领导班子成员的政治素质和综合能力，提高工作效率及驾驭全局的能力。提高责任意识，突出作风建设，以过硬的作风、实干的精神和人格的力量凝聚人心、推动工作。

他们重视企业文化的软实力建设，并力争与首钢地勘院硬实力相匹配，围绕经营生产重点任务，做好宣传报道和舆论引导工作，共同建设"人格受尊重、生活有保障、成长有空间"的首钢地质勘查院，营造"企业有生气、领导有正气、职工有士气"的发展环境，鼓舞首钢地勘人克服一切发展中的困难，共同创造美好的未来。

首钢地勘院正如其行业特色一样，他们脚踏实地，深入探索在祖国的大地上，昂首阔步在首钢的沃土上。

第三章
设计精品

将焦距拉远，历史的脉络便会从时间的长河中浮现出来。

进入新世纪，首钢实施战略搬迁调整，开启了创新创优创业的伟大实践。首秦、迁钢、京唐、水钢、贵钢、长钢、通钢……一座座雄伟先进的钢铁基地拔地而起，气势磅礴、恢宏壮观。这些工程的设计者就是首钢国际工程公司（原首钢设计院），昨日，他们用激情铸就了首钢的辉煌，今天，他们用豪情擎起了新首钢的宏伟，他们还将用壮志描绘出首钢伟大转型的美好明天，用心设计国内外的精品工程。

第一节　百炼成钢的工程技术参谋部

在首钢，有一支被大家公认的工程技术参谋部，首钢钢铁业发展的排头兵，这就是昔日的首钢设计院，今天的首钢国际工程公司。

一、高炉情缘

首钢设计院的前身只是石景山钢铁厂总机械室设立的一个设计组，成立于 1952 年 12 月。后来，在此基础上成立了石钢设计科。

伴随着首钢的历史变迁，首钢这个不可或缺的设计部门不断发展壮大，直至 1973 年 2 月，首钢公司设计处与北京冶金设计公司合并成立了首钢设计院。

首钢设计院的成立，与首钢四高炉的建设有着一段不同寻常的情缘。

首钢设计院成立前的首钢有三座高炉，一号炉是民国段祺瑞政府的财政次长陆宗舆从美国买来的；二号炉是日本人从国内拆运过来的；三号炉是“大跃进”期间建成的；而四号高炉的设计建设却是首钢设计院成立过程中的一件大事，也是他们第一次承担这么大的设计项目。

1970 年 6 月 8 日，周恩来总理在接见参加全国重点钢铁企业座谈会的全体代表时，对首钢即将建设的 4 号高炉给予了极大的关注和热情的支持。周总理满怀深情地鼓励首钢代表：“首钢要为首”。

在周总理的鼓励下，首钢开始建设 4 号高炉，容积定在 1000 立方米以上，这在全国都是寥寥无几。

首钢设计院是第一次承担这样大工程的设计任务，时间非常紧迫，加之当时正值“文革”时期，在生产停顿，无人可请教的情况下，要由自己来完成这项开创性的设计，而且，在技术水平上要达到国内一流，无疑对首钢的设计人员是一次巨大的挑战和考验。时任冶炼科副科长的谢有润，承担起炉前液压泥炮的设计任务，按工艺要求，必须要有一个能够摆渡 240 度的回转机构，在没有任何参考资料和参照物的情况下，谢有润到上海东方红造船厂，专门对轮船摆渡的设计原理做了考察，借助大轮船上有个能摆渡 360 度的装置，中国第一台 280 吨液压泥炮终于在他的组织下诞生了。

1970 年 6 月 25 日，4 号高炉正式破土动工。1972 年 10 月 15 日，4 号高炉开炉点火，投入生产。这座开创了首钢设计史的高炉，承载着首钢的精神与骄傲，虽然于 2007 年 12 月 31 日 24 时在首钢搬迁调整中熄火停炉，但它与首钢人一起走过的艰辛历程，将永远是一笔宝贵的精神财富沉淀在首钢人心间。

二、市场风云

历史的时针走到了1990年的春天，首钢的发展迈进到一个追星赶月的年代。

1990年首钢已经形成了400万吨铁，500万吨钢的生产能力，按照首钢的规划目标，到“八五”最后一年的1995年，首钢的铁要达到900万吨以上，钢达到1000万吨以上。同时在齐鲁再建一座千万吨的大钢厂。

行军打仗要有先锋，作为首钢工程建设的先遣部队，设计院肩负的任务异常繁重。

为了完成这些艰巨的设计任务，首钢设计院这一时期的规模和实力得到了迅速的扩大和提升，一批又一批年轻大学生，带着青春的活力和梦想加入到了这支队伍，很快首钢设计院的人数从1000多人增加到了2700多人，其中35岁以下的年轻人占到了70%以上。这就是后来人们常说的首钢的“三千子弟兵”。

从1990年到1994年，对于这三千子弟兵来讲，是他们经受锻炼成长最快的一个年代。据有关资料记载，首钢设计院仅在1993年至1994年两年里，就完成了15万多张图纸的设计，申报设计专利12项，9项获得国家专利，完成设计投资34亿元，是国内同等大型设计院工作量的两倍以上。

从1995年到2002年，首钢的发展遇到了前所未有的挑战。

首钢地处首都北京的特殊环境，使其在北京发展钢铁产业受到人们的质疑。环保压力和国内外钢铁市场的激烈竞争压力，使首钢面临着实施战略性结构调整的艰巨任务。首钢设计院也遭遇了从来没有预见过的生存和发展危机。

1995年，首钢停建、缓建了108亿元的建设项目，过去挑灯夜战、加班加点都忙不过来的首钢设计院，一时间变得“门庭冷落”。这支曾经被首钢领导器重、兄弟单位仰慕的三千子弟兵到了集体“断粮”的地步。在首钢设计院财务账上，仅有10余万元资金，不得不借钱为职工发 70%工资。

开拓国内外市场是首钢设计院生存发展的唯一出路。经过多次分析形势,研究对策后他们决心深化改革,开拓市场,走出吃“皇粮”的旧体制,在市场上闯出了一片新天地。

1996 年,首钢进行集团化改革,首钢设计院成为全资子公司,抓紧申办了法人资质和对外营业执照,取得了进入市场的通行证。从 1996 年开始,首钢设计院在拥有冶金甲级设计资质的基础上,相继取得了民用建筑、工程总承包、工程造价咨询、工程监理等甲级资质和国家外经部批准的对外承包工程经营权,并在冶金设计行业首家获得 ISO9001 质量体系认证。

接着,首钢设计院又采取一系列举措实施配套改革,解决机制体制不适应的问题。精干主体,分离辅助,减员增效,兴办经济实体,模拟市场经济核算……这是 1996 年以后在首钢设计院职工流行语。职工把兴办多种经营实体形象地称为“放小船”。其实,放小船并不是那么轻松,有时需要忍受阵痛带来的埋怨,有时需要承受市场风大浪急颠覆的现实。

电力室有人员 250 人,减员、放小船的任务繁重。“不能眼睁睁地看着大家拿 70%的工资等活干”!主任宋道锋和副主任李德武把人员一分为二,成立迅力公司,李德武带 98 人去闯市场,其余人员由宋道锋带领干首钢的项目。

与电力室一样,其他室也纷纷成立了开发部,到市场里找饭吃。

按照设计院分流人员与外面合作的精神,给排水设计室领导与以前有业务来往的西山环保设备厂洽谈,达成合作意向。1997 年 3 月成立北京四方技术开发有限公司。经过几年的磨砺,虽然四方公司没有太多盈利,但前往四方公司工作的设计院员工的确得到了锻炼。2001 年,四方公司撤销,这只小船上的人员在市场上游走了几年,开阔了眼界,增长了见识,又回到了设计院。

而此阶段,行政处、档案处等辅助部室却开始真正被推向了市场。

1996 年，由 41 名转岗人员成立北京首钢方圆商贸中心，这也成为了首钢设计院减下来人员的“蓄水池”。对方圆公司面临的困难，设计院“扶上马送一程”。前期投资 30 万元给方圆商贸中心盖了一排商业用房，又拨给 20 万元作为流动资金。职工工资设计院包发 5 个月，即从 1996 年 10 月起，方圆商贸中心要自己挣钱养活自己。“皇粮”断了，只能到市场上刨食儿。一些人没少碰钉子，甚至流眼泪，但后来都慢慢适应了市场，增长了才干。

2001 年 4 月，首钢设计院的科技档案处成为设计院的一块改制“试验田”，改制后，他们更名为“北京首设图文科技有限公司”，在工商行政管理局正式注册成功，获得法人资格，实行独立核算，自负盈亏，并独立承担民事责任。改制后的北京首设图文科技有限公司完成产值指标逐年递增，五年资产翻了一番。这次改制为后来首钢设计院的整体改制积累了经验。

艰难时期人才的流失，是首钢设计院的切肤之痛。从 1996 年分立子公司到 1998 年，首钢设计院从 2700 余人锐减到 1300 余人。但坚守下来的首钢设计院人，在市场竞争中摸爬滚打，用勇气与毅力闯出一条生存之路。

成功与拼搏为伍，困难为勇者让路。首钢设计院勇创市场，用了不到五年的时间就走完了其他设计院需要 8～10 年才能走完的改革路程。

三、不辱使命

2005 年 2 月，国家发改委正式批复了首钢搬迁方案，同意首钢实施压产、搬迁、结构调整和环境治理，首钢将在搬迁调整中加快发展方式转变，钢铁主业形成了“一业多地”发展新格局。

作为首钢“一业多地”搬迁调整方案的总体设计者，首钢设计院经受住了这一历史的考验，并大大提升了自己的综合实力，一跃进入国家级工程技术企业的行列。

地处秦皇岛市的首秦，是首钢设计院参与的第一个搬迁调整设计项目。这个工程于2002年9月在首钢批准立项，仅用100天时间就由河北省完成了从立项、环评、可研、论证等批复，被称为首钢的希望工程。

为了使首秦工程方案充分体现“紧凑型、高效型、循环型、节能型、清洁型、环保型、数字型”的设计理念，设计院领导以“敢为天下先”的气魄，带领全院干部职工，打响了建设品牌工程的战役。

他们打破常规，创新思维，创造性开展首秦工程设计，多项创新工艺、创新技术的采用，首钢设计院开创了国内冶金建设史、设计史上的先河。

按常规，建设这样一个百万吨级的综合性钢铁厂，应占地2.6平方公里，首钢设计院发挥技术优势，采取紧凑型短流程布置，布局紧凑，工艺流程顺畅，实际占地仅1平方公里，并为首秦二期工程留出了0.5平方公里的可发展面积。

首钢设计院在世界范围内首次创造性地解决了大型冶金工厂原料场大量占据宝贵土地资源的问题，并使传统钢铁冶炼流程简约化，降低能耗、物耗，有效节约资源，保护环境。与同规模原料场相比，占地面积节省了约三分之二，投资减少上亿元，有效降低生产运营成本。

迁钢几乎与首秦同步建设，设计周期非常短。工程一开工，首钢设计院立即成立现场服务组，抽调了设计项目经理、专业负责人和数十名技术骨干，立即进驻施工现场，对施工实行全天候技术服务，及时调整和优化施工方案，确保了工程建设顺利推进。

作为迁钢一期、二期工程的现场负责人和三期工程总负责的首钢国际工程公司设计管理部副部长邓少泉，在繁重的任务和管理组织面前表现出不畏困难、勇往直前、敢于攀登、周密安排、顽强拼搏的精神，受到大家的一致赞扬。为了确保迁钢工程施工建设的顺利进展,他常常是忙的顾不上吃饭和睡觉,几十天不回家更是常事。在他的带领下,迁钢的设计团队配合施工高效有力,为迁钢工程的顺利进展做出了积极的贡献。

首钢设计院炼钢专业高级工程师潘忠勤,在工作上一直保持着"巾帼不让须眉"的魄力。2002 年 10 月,她作为设计项目经理开始负责迁钢一期到三期的炼钢、连铸、石灰套筒窑和废钢加工等工程的设计及组织实施工作,她通过创造性地工作,保证了工程的设计进度和设计质量要求。多年的超负荷工作,使人到中年的她身体消耗很大,大病小病经常伴随着她,每当同志们看到她带病工作,常常心疼地劝她休息,而她总是说"时间不等人"。她无法在身边照顾高龄的父母,就连她母亲病重住院的日子里,她都很难抽出时间前去看望,正在备战高考的女儿得不到她的细心辅导,她的工作热情感染着周围的每一个人,也带动着周围的每一个人热情地投入工作。

在迁钢、首秦和京唐,这样感人的事迹比比皆是,奉献是他们无悔的选择。

2006 年春节,首钢总公司领导朱继民率队到首钢设计院慰问,他紧紧握住院长何巍的手说:"首钢在曹妃甸建首钢京唐钢铁大厂,你们是设计总包院。首钢的命运就交给你们了!"

面对这份沉甸甸的责任,何巍院长坚定地表示:首钢搬迁调整,特别是京唐钢铁大厂建设,给我们设计院带来了重大机遇与挑战。首钢京唐钢铁大厂建设是党和国家的重托,是振兴首钢的希望工程,也是提升我院综合实力的平台,我们一定不负重托,要集中全院的智慧,出色完成任务。

从 2005 年 2 月 18 日国家发改委正式批复首钢京唐钢铁厂立项,到 2009 年 5 月 22 日京唐 5500 立方米一号高炉顺利出铁,4 年多来,首钢设计院的干部职工不辱使命,履行京唐工程总体设计单位光荣职责,以"敢为天下先"的勇气,自力更生、敢打敢拼,对国家负责、对历史负责、对工程负责,用心设计,把创新之魂融入京唐工程设计建设全过程，倾心打造中国钢铁旗舰，和全体首钢人一起奏响了勇于创新、善于创新的华彩乐章。

在首钢京唐工程设计方案中，首钢设计院确立了220项技术攻关课题。这些课题主要包括：我国最大、世界上为数不多的大型焦炉、烧结机、球团焙烧机、高炉、转炉、板坯连铸机、热连轧机、冷连轧机和以低消耗、低排放、高效率为特征的余热、余压、余气、废水、含铁物质和固体废弃物充分循环利用等。

5500立方米特大型高炉是首钢京唐工程中最具代表性的创新工程之一。由首钢设计院组成了一支由副总经理张福明等人组成的技术创新团队，呕心沥血，查阅技术资料，考察了多座国内外的特大型高炉，终于设计成功。2008年1月，全部炼铁工艺、设备施工图设计任务完成，共设计出施工图265套5727张，高炉采用10大类68项新技术，使首钢京唐一号高炉成为集当代先进技术之大成，世界最先进的高炉：

——首次使用了首钢自行研发、拥有自主知识产权的并罐无料钟炉顶技术，（炼铁高炉在布料时采用的先进技术）打破了国外公司在大型高炉炉顶设备上的垄断；

——首次在特大型高炉上使用自行设计的高炉煤气全干法除尘，每小时节水几百立方米；

——首次采用高炉铁水“一包到底”铁钢联合运输技术，即：高炉铁水运输车垂直方向进入炼钢车间，铁水不用放倒运输，并在运输车上完成在线脱硫，大幅减少了热损失和环境污染；

——首次在特大型高炉上采用BSK式新型顶燃热风炉，与国外大高炉普遍应用的外燃式热风炉相比，提高风温50℃，节省投资30%……

首钢京唐钢铁公司集中应用国内外先进技术220项，其中三分之二为原创和集成创新技术。

首钢京唐钢铁公司使用的是500平方米烧结和带式焙烧机，为我国第一大型烧结机。此前，首钢最大的烧结机为150平方米，国内最大的烧结机在太钢，为450平方米。烧结室负责人李长兴带着他的团队搞开发与设计，仅仅用一年多的时间完成了国外设计人员需几十年完成的工作量，实现了跨越式发展。

自首钢京唐钢铁公司投产以来，生产效果良好，产品质量较高，电耗、原料消耗都很低，证明设计非常成功。德国专家说："这是我们见过的世界上投产最顺利、指标最好的工厂"。

第二节 体制改革插上腾飞的翅膀

实施辅业改制，是国家和北京市推进国有企业改革的重要举措，是企业转变经营机制、实现又好又快发展的重要举措。

2008年3月20日，是首钢设计院难忘的一天，是首钢设计院承前启后、继往开来的一个新的起点，一个新的里程碑。

这一天，首钢国际工程公司正式揭牌成立。

这一天，这个新公司将以新的体制、机制站在一个新的发展平台上，开始新的创业，新的腾飞……

一、二次创业

2008年3月20日，在首钢国际工程公司揭牌仪式上，时任首钢总公司党委书记、董事长朱继民做了讲话。他说，首钢设计院为首钢的发展做出了重要贡献，从首钢的第一炉钢到5500立方米世界级大型高炉，从首钢的小型线棒材到先进的冷热轧生产线，无不凝聚着一代又一代设计者的智慧和心血。首钢设计院实现企业改制不仅仅是名称的简单更替，更是承前启后、继往开来的里程碑，标志着新公司又站在了一个新的发展平台，开始了第二次创业。

自此，首钢国际工程公司完成了体制改革，真正成为了自主经营、自负盈亏、自我约束、自我发展的法人经济实体和市场竞争主体。公司改制后，从国有独资转变为国有相对控股、骨干员工持股；从大型国有集团的企业院所转变为面向市场的工程公司；从以工程设计为主转变为以工程设计为核心、以工程项目管理为主体的工程总承包。新公司、新体制使企业获得了既有“国企的潜力”又有“市场的活力”的双重竞争优势，为公司的变革和调整创造了广阔的空间。首钢国际工程公司拉开了二次创业、腾飞发展的大幕。

而此时，国内冶金行业几大工程技术公司早在10多年前就已经全面进入市场，无论是经营规模还是扩张能力，都已占尽了市场先机。首钢国际工程公司作为外部市场竞争领域的“新兵”，如何才能面对如林强手，突出重围，迎难而上，实现不断超越，成为了摆在他们面前的新课题。

面对改革发展的形势和市场经济需求，首钢国际工程公司确立了新的发展方向和战略定位：以冶金工程为主业，以钢铁技术为支持，形成与钢铁业相关联的装备制造业发展，推进技术产业化，用优质服务满足市场需求；以战略投资为纽带，形成企业多领域发展的综合优势。

面对机遇与挑战，首钢国际工程公司领导班子提出了新的发展目标。要求围绕“以商务运作为主线，以技术销售为核心，以项目管理为中心”的思想，把握经济运行规律，建立适应市场形势及公司长远发展需要的组织架构，坚持“走出去”战略，大力开发国内、国际市场。

新公司成立后，首先对组织架构进行了较大的调整，组建了运营管理部、市场部、设计管理部、项目管理部、采购部等五个业务部门，分别承担起经济运行管理、营销体系建设、工程设计管理、总承包管理、资源供应保障的专业职责，形成了以市场开发为龙头、快速响应市场的组织结构。并按集中整体、分层能级的管理模式，着力打造市场营销、设计管理、采购管理、项目管理、技术创新、职能管理六大功能。

2010 年上半年，为进一步做好市场开发工作，理顺国内和国外两方面市场开发工作，打造国际市场开发能力，他们成立了国际市场部，专职开发国外市场，建立海外市场营销体系，加强国际市场开发功能建设，并积极承揽国外工程项目。同时，调整了设计管理部职能，将国内市场营销职能划入设计管理部。设计管理部在做好设计工作组织管理的同时，要做好国内市场和首钢内部市场的开发，重点通过良好的工程服务打造和建立尽可能多的成熟目标客户。

公司还进行了分配机制改革，制订了专业设计室和事业部组织项目管理办法，鼓励专业设计室和事业部面向市场，主动承揽项目。2010 年上半年，各设计室继续利用自有资源积极开发市场，取得了较好成绩。签订设计合同 17 项，合同额 740 万元；签订总承包合同 9 项，合同额 1.6 亿元。

二、苦练内功

首钢国际工程公司通过进一步机制创新与管理创新，增强了企业发展的动力。

首先他们调整了总承包管理模式，以目标管理为核心，强化项目经理负责制和行政管理支撑，通过控制分项目标，实现工程总目标。实现目标给予奖励；超额完成目标，按比例提奖；未完成目标，分析落实责任，对因主观原因造成的给予考核。实现了责、权、利的有效结合。同时，建立了奖励分配的新机制。工程技术人员对新的提奖制度和机制称之为“里程碑”。一个总包项目设三到四个里程碑，完成一个阶段目标，提取发放一个阶段奖金。总目标完成了，叫总里程碑，发总奖。直接参与者发奖金额的 80%，后勤服务部门发 20%，既体现参与又体现配合，使公司上下、前方后方，大家都把心思用在做好工程项目上。

责任明确，目标统一，机制到位，各团队的积极性调动起来了，行政管理权力也到位了，出现了总包项目完成一个，带动一片，被客户认可的可喜局面。

“集中整体，分层能级”是这一时期首钢国际工程公司提出的一个响亮的管理理念。所谓集中整体，即公司集中优势力量和整体调度全局，完成公司层面的大项目。所谓分层能级，各专业部门在完成公司项目的前提下，利用自己的专业技术优势，在公司项目资源的支持下，去承揽、组织新的项目。

各专业设计部门在公司“集中整体、分层能级”政策的指导下，通过组织工程总承包项目，提升专业实力，增加市场影响力，取得了良好成果。动力室总包的京唐海水淡化配套25MW发电机组项目，成功打造出世界首例三工况低温多效海水淡化系统，使京唐海水淡化成本降低了45%以上，较好地实现了能源的梯级利用，成为京唐公司循环经济、节能减排的典范。工业炉事业部总包的迁钢冷轧1#高温环形炉项目技术含量高、装备水平高、质量要求高，项目团队精心组织，克服了工序交叉繁杂，施工难度大等困难，保证了工程实施的高效率、高质量和高水平，提升了技术实力。

改制后，首钢国际工程公司就企业的收入分配制度进行了比较彻底的改革。制订《专业设计部门收入分配管理办法》，各专业设计部门结合部门实际制订了《二次分配办法》，通过计算机系统将员工工作客观量化，体现工作价值，进行二次分配，也为年度员工绩效考评工作打下了良好基础，得到了员工普遍认同。

由于专业设计部门收入分配制度的有效执行，专业设计部门组织项目设计和项目管理产值清晰，收入分配与项目收益紧密挂钩，各部门开发市场、组织工程设计和工程总承包项目管理和积极性明显提高。为公司经济规模总量增长、完成年度指标做出了很大贡献。更重要的是专业设计部门的市场观念明显增强，经济活力显著提高。

首钢国际工程公司面向市场的体制机制改革，为他们搏击市场练就了内功，提升了自身的核心竞争力。改制5年多来，在冶金市场总体疲软的环境下，公司累计签订总包合同额接近200亿元，实现了经济规模总量新的跨越。

三、合作共赢

从1996年分立为首钢全资子公司后，首钢设计院就开始面向市场探索内部管理的改革创新和优化，使得首钢设计院一步步提升了自身实力，不仅在开拓市场上不断取得新的业绩，而且在整合资源与国内外企业合作中，自身的实力不断增强。

在中国冶金行业内，中日联公司的干熄焦技术已经占领国内市场的半壁江山，这是首钢国际工程公司利用资质和渠道与日本新日铁先进技术成功嫁接的典范。

随着世界性能源短缺的不断加剧和我国能源需求的不断增加，以及国家环保法律法规的进一步完善，对钢铁企业发展提出了更高的要求，具有节能、环保突出功效的干熄焦技术，成为钢铁企业发展中的一个不可缺少的重要环节。干熄焦是使用惰性气体循环来回收热焦炭显热的设施，回收了热焦炭显热的循环气体通过余热锅炉产生高温高压(或中温中压)蒸汽，这种无需能源支出而产出的蒸汽可以用于发电，或者作为钢铁厂的蒸汽热源使用，它是一种经济性很高的节能系统。同时，它还是一种关爱地球的绿色环保系统，回收显热使用的惰性气体在冷却焦炭的“干熄槽”和“生产蒸汽的余热锅炉”之间是以密闭状态进行循环的，不会向外排放造成大气污染的物质。

干熄焦这项技术彻底改变了传统的湿法熄焦中余热资源浪费以及含有粉尘和有毒、有害物质雾气对大气环境严重污染的状况，是焦化领域中的一次重大变革。

2004年2月10日，由首钢设计院和新日铁工程公司共同组建的北京中日联公司正式成立，为干熄焦技术走向中国市场拉开了大幕。

2004年6月6日，首钢设计院与新日本制铁株式会社、北京中日联节能环保工程技术有限公司组成的联营体中标武钢焦化公司1＃、2＃焦炉干熄焦总承包工程，标志着首钢设计院在国内特大型钢铁的市场开发中取得了突破，也标志着首钢设计院制定的利用品牌技术进入特大型钢铁企业的竞争策略取得了初步成效。

从武钢1＃、2＃焦炉干熄焦工程2005年11月投产到现在为止，北京中日联公司在国内已经承揽了35套干熄焦项目。在印度承揽了5套。员工从原来的7人扩充到119人。

中央电视台2007年采访了北京中日联公司并在《新闻联播》节目中播出。像这样小的公司能在中央电视台黄金时段报道，并不容易，给首钢和首钢设计院争得了荣誉。中日联也获得了国内很多奖项。承揽的重钢1号、2号干熄焦，2010年、2011年相继投产，重钢到重庆市总工会申请了“重庆市五一劳动奖状”，用户为工程总包单位申请奖项，是对工程的最高打分。在颁奖后的庆功酒会上，重钢主管搬迁项目的董荣华副总经理对中日联公司的领导说：“重钢从来没有给总包商申请这样的奖项，希望你们能理解这里面的意义，把第三座干熄焦干得更好”。董经理说的重钢第三座干熄焦，于2012年8月10日顺利投产。

与此同时，2003年2月18日，首钢与比利时CMI在北京饭店签署合资合同，双方出资组建北京考克利尔冶金工程技术有限公司(以下简称“考克利尔公司”)，共同开拓彩涂、镀锌产品的中国市场。北京首钢设计院占股40％。考克利尔公司成立初期，员工只有10人。其中，北京首钢设计院派去的员工有7人，外方2人，社会上聘用出纳兼办事员1人。

考克利尔公司的发展从减少亏损起步。考克利尔公司成立以来，与比利时CMI合作，共承揽了19套镀锌生产线的设计与供货。从2006年以后持续盈利。实现了首钢总公司构想的利用一家国际顶级公司帮助首钢建设高端镀锌线目标。首钢新建的8条镀锌线全由比利时CMI与考克利尔公司联合建设。同时,也实现了北京首钢设计院提出的利用合资公司扩大业务范围、学习先进管理经验和理念、锻炼队伍的目标。公司员工由创建初期的8人发展到了现在的60人。

国内市场的开放与合作,他们更是如鱼得水,如虎添翼,大展实力。其中的一个大手笔就是以资本为纽带结盟的两个红色兄弟,接手并控股贵州水城钢铁公司设计院和山西长治钢铁公司设计院的改制、重组。

2009年9月27日,水钢设计院通过改制重组总体方案。根据总体方案,改制后的公司性质为非国有控股的有限责任公司,由首钢国际工程公司控股、水钢及水钢设计院骨干人员参股组建的一个产权清晰、投资主体多元化的新公司。

水钢设计院有限公司改制后,经营能力、盈利水平、市场空间、员工收入都实现了大幅提升。新公司运行以来,充分利用改制企业灵活的体制和机制,有效调动员工的积极性,努力提高员工的技术业务水平和服务质量,为水钢集团、首钢总公司在贵州的其他企业提供更多、更优的技术服务,在巩固原有水钢市场的基础上,积极开拓外部市场,勘察、设计、总承包等各方面的工作有序推进,为完成年度各项指标奠定了坚实基础。

长钢公司设计院的改制,从2010年1月18日开始酝酿、摸索、调研。其基本思路和目标是:根据专业化和地域化相结合、技术与劳务相分离的原则,按国际通行的工程咨询设计公司的模式进行改造,最终形成以咨询设计为龙头,集项目(产品)开发、工程设计、工程管理及施工为一体,为工程建设全过程提供服务的国际型大型企业。力争用不长的时间,使改制后的公司逐步建设成为符合现代企业制度、具有较强核心竞争力的国际型工程公司。

2011年1月15日,长钢设计院改制揭牌成立山西首钢国际工程技术有限公司。改制重组以后形成了1+1大于2的效应,当年签订设计合同1800万元,完成年度计划的120%;实现营业收入1352万元,完成年度计划的135.2%;实现利润394万元,完成年度计划的197%;员工人均年收入7.075万元,完成计划目标的101%。

牵手贵州水钢、山西长钢两个亲兄弟,首钢国际工程公司这步棋走活了。同时也吹响了他们进军大西南和大西北广阔市场的号角。

首钢国际工程公司还充分利用科研院所的技术研发平台,和武汉科技大学合作共同开发了2×65孔6米捣固焦炉技术,技术、设备、建设、安装全部实现国产化,并在川威140万吨焦化工程中成功应用;与北京科技大学就进一步提高高炉寿命进行深入研究,通过设计优化,使高炉寿命达到25年以上,为京唐高炉成为当前世界上最长寿的高炉奠定了坚实的基础。公司还与西马克、达涅利、奥钢联、新日铁、CMI等国际知名公司进行交流与合作,在合作中迅速提升技术能力;与法国SIDEM公司进行了海水淡化工程的设备供货和技术合作,建设了中国钢铁企业第一条海水淡化生产线。

首钢国际工程公司领导深切认识到,只有把企业的实力做强做大,才能成功整合社会资源。

第三节 打造工程技术核心竞争力

首钢国际工程公司的领导班子在深入研究国际一流工程公司的发展规律后,深刻认识到,必须以科技创新为驱动力,实现从工厂化设计向产品功能性转变,用科技创新和技术研发的新理念,引导企业发展从规模扩张向核心竞争力提升转变。

一、创新驱动

近年来,首钢国际工程公司持续构建科技开发和技术创新体系,整合创新资源,完善创新途径,不断加大对科技创新的投入力度,科技创新成果数量不断攀升。

公司逐步建立完善的科技创新组织体系,形成了以科技质量部牵头,内外部课题并举,公司与部室两级课题共同开发等多种科技开发形式。“十一五”期间,公司共立项科技开发课题159项,参与了国家“十一五”科技支撑计划项目新一代可循环钢铁工艺流程“长寿集约型冶金煤气工艺技术开发”和中国工程院“提高我国产品自主设计能力的发展战略研究重大专项”钢厂流程设计等多项国家级课题研发。立项课题注重以国内、外钢铁行业结构调整、节能减排、循环经济、低碳经济带动改造的生产工艺及装备为研究对象,同时,结合各专业自身技术的发展,围绕优势专业技术更强,弱势技术升级,进行科技开发课题立项。

公司坚持以自主创新为主,集成创新与引进消化创新为辅,整合内外部多种科技资源,不断完善科技创新的途径和方法。2011年,公司炼铁设计室自主开发顶燃式热风炉技术,达到国际先进水平,形成品牌技术,具有较强的市场竞争力。公司设备开发成套部消化吸收国外先进技术,开发出热轧带钢横切机组成套技术,应用于迁钢开平机组和京唐横切机组项目中,装备水平和技术水平达到国际先进水平。公司设备开发成套部和电气室联合开发的重载非接触式供电运输车专利技术在迁钢冷轧项目上成功应用,开创了非接触式供电在冶金行业应用的先例。

公司还不断加大对技术创新硬件和软件投资力度,科研经费和科技成果表彰奖励投入每年保持稳步增长,配套设备和设施逐步增加。目前,公司已经建成了球团、无料钟炉顶、热风炉、电气自动化等多个工程技术创新实验室。

为了进一步完善科技管理制度体系,公司制订了科技开发项目管理办法和科技成果奖励管理办法,实现科技开发课题从提出到市场转化的全周期管理;建立激励机制,促进科技成果快速转化为生产力;制定技术委员会管理办法,明确技术委员的选拔方法和责、权、利,充分发挥技术委员会的作用,加快提升技术水平。

截至目前,公司共获得国家科学技术奖和全国优秀工程设计奖等 30 余项,获得冶金行业和北京市优秀设计及科技成果奖等近 300 项,有 100 多项技术获得国家专利,有近 20 个项目创中国企业新纪录和世界新纪录。

二、更高更强

首钢国际工程公司改制后,不但在体制上真正实现了从企业设计院向全面面向市场的工程公司的转变,而且经过首钢搬迁调整多个重大工程的锻炼和洗礼,使首钢国际工程公司在技术、人才、管理等综合竞争力上都得到了全面提升。

2011 年 3 月,首钢国际工程公司取得了国家住房建设部颁发的工程设计综合甲级资质,正式跻身于工程综合服务国家级大型单位行列。

工程设计综合甲级资质是我国工程设计资质等级最高、涵盖业务领域最广、条件要求最严的资质,为了打造一批具有较强国际竞争力的国际型工程公司,住房和城乡建设部确定在全国范围内,最终授予工程设计综合甲级资质的企业将控制在 50 家左右。持工程设计综合甲级资质的企业可承接我国工程设计全部 21 个行业的所有工程设计业务,并可承揽施工总承包一级资质证书许可范围内的工程总承包业务。

全国获得综合甲级资质的工程公司中,冶金行业仅有 4 家。首钢国际工程公司是全国企业中第一家和北京市属企业中第一家获得综合甲级资质的单位,标志着公司已经跻身于国家级大型工程综合服务单位行列。

2011 年 11 月 21 日,首钢国际工程公司获得国家高新技术企业认定,这是首钢国际工程公司发展历程中一个新的里程碑。

公司获得高新技术企业认定，充分体现了公司经过长期积累，在企业技术创新、技术力量、工程业绩、技术装备和管理水平等多方面所具有的综合实力，不仅可以使公司每年享受上千万元的国家税收减免，而且会大大提升北京首钢国际工程公司的市场竞争力，对公司未来发展将产生重大、深远的影响。

“海阔凭鱼跃，天高任鸟飞”。自 2008 年起，首钢国际工程公司又凭借双排式钢卷运输托盘系统专利技术，先后与宝钢湛江项目部、马钢设计院、中冶赛迪、中钢设计院、韩国 POSCO、意大利 DANIELI、武钢防城港项目部、武钢热轧厂等进行了多次技术交流和合作，进一步开启了开放合作展现实力新进程。

渐渐地，不是首钢国际工程公司在激烈竞争的国际市场向人家推销专利技术，而是人家找上门来洽谈。2011 年 3 月，从韩国浦项来了两位客人，没有任何客套话，开门见山就说：“我们到首钢国际工程公司，就是冲托盘来的。”

原来，他们是从网上搜索到的信息。当时韩国浦项在光阳钢厂已经决定采用链式运输钢卷的方案。得知中国的首钢国际工程公司有个专利——世界上最先进的钢卷双排式托盘运输系统，于是立刻飞到北京，火速赶到首钢国际工程公司。

2012 年 6 月，韩国浦项与首钢国际工程公司正式签订了合同。韩方代表说：“我们钦佩你们的立场与技术，我们浦项在世界钢铁企业已经连续 5 年综合竞争力第一。成套引进中国的技术这是第一次。”

三、聚才兴业

作为知识和技术密集的科技型企业，首钢国际工程公司一直倡导“以人为本”的人才管理理念，努力建立一支与公司战略目标相适应的资源充足、结构合理、富有弹性、胜任岗位的职业化人才队伍，并为公司的技术创新建立人才“蓄水池”。

首钢国际工程公司在人才培养中，坚持序列化、层级化、专业化、动态化原则，努力形成"人人都是人才，人人都可以成才"的人才成长氛围。序列化就是通过构建不同的岗位序列，实现人才上升从小"h"到大"H"，再到职能管理、设计、采购、项目、营销等多条专业上升通道齐头并进的转变；层级化就是通过在不同的序列中设置层级，拓展人才上升空间，并可以相互交替上升；专业化就是通过多种形式的培训，为各条跑道添加专业化动力；动态化就是通过科学的绩效考评办法，实现动态管理，从工作业绩、工作能力、工作态度三个维度丰富考评标准，完善职工绩效考评体系，优升劣降，不适应者淘汰。

2005年，首钢搬迁调整全面开始，各项重点工程都是对首钢设计院学习创新能力的考验。为此，首钢设计院提出了"承担一项工程，培育一批人才，掌握一门技术，打造一个品牌"的目标，以重点工程为载体，让各类人才在实践中经受锻炼。

2011年，公司制订颁发了《员工薪酬调整实施细则》，大幅度提高了专业人才资质津贴标准，为培养和保有人才，尤其是专业高端人才创造了条件。公司对取得注册建筑师、注册结构工程师、注册咨询师、注册会计师等注册资质的技术人才每月给予500元到4000元的资质津贴，鼓励员工通过学习培训和考试，取得国家或者行业的相关职业资格认证。

截至目前，首钢国际工程公司主体职工1082人，研究生以上257人，本科学历679人，本科以上学历人员占到了87%；高级以上职称342人，中级职称345人，中级以上职称占到了总人数的63%。首钢国际工程公司有10人享受政府特殊津贴，77人被评为首钢技术专家，139人被评为首钢技术带头人；具有教授级高级工程师职称66人。各类注册工程师313人，与5年前改制时的214人相比，增加幅度达到46%。

第四节　服务世界钢铁

改制后的首钢国际工程公司，坚持“立足首钢、面向国内、走向世界”的发展方向，延续并超越首钢设计院历史的成绩与辉煌，在抓住首钢搬迁调整的历史性机遇，为建设新首钢做出新贡献的同时，不断提高运行质量和服务水平，努力建设技术领先、管理先进、文化优秀、业绩突出的国际工程公司，在服务世界钢铁，打造国际先进水平的集成化新型企业中迈出了坚实的步伐。

一、情系首钢

无论是原首钢设计院，还是改制后的首钢国际工程公司，他们那份首钢的情结，那颗首钢的心永不褪色。

近年来，首钢国际工程公司坚持做精首钢市场，凝聚优势力量，发扬勇于担当的精神，当好技术参谋，认真完成了首钢京唐、迁钢、首秦、水钢、贵钢、长钢、通钢等“一业多地”战略布局重大工程的规划和设计任务。近期，正在积极开展京唐二期、首贵、首黔和霍邱等项目的前期工作，为总公司决策和项目立项提供了强有力的技术支撑，并积极扩大服务范围，利用优势技术提供工程总承包和设备成套服务，取得了良好成效。

2010年5月12日，位于贵州省的首钢水钢棒线材工程项目部正式成立。5月18日，首钢国际工程公司由史良春经理带队，一行4人正式进驻工程现场。现场的环境远比想象的恶劣：场地凹凸不平高差3米以上，臭水沟随处可见，生活及工业垃圾满地。场地未平整，排水及环场道路未形成。

贵州六盘水地区，流传着一句民谣：天无三日晴，地无三里平，人无三两银，这是当地气候、地理和经济状况的真实写照。

面对如此恶劣情况，他们未被困难吓倒，在史良春的带领下马不停蹄地投入了工作：打印图纸、制定各种规章制度、与业主、施工单位洽谈等等，每一天都忙到很晚才回到住处。

担当水钢棒线材工程总包任务的首钢国际工程公司面临的最大挑战是在同一厂房内建设两条线，施工场地狭窄没有作业面，还要与不同的分包单位打交道，协调场地、排水、临时道路等等。特别是要安排占地面积较大的混凝土搅拌站、沙石料堆场、钢结构加工场地、钢筋加工场地、临时工棚场地等等，难度非常大。

水钢棒线材项目部的所有成员，每个人都是一本书，每个人都有感人的故事。其中有新婚未过百天就奔赴现场的于永刚；有刚从一个工地回家就又奔赴水钢现场的巩乃宗；有工作兢兢业业、认真负责的李兆光；有默默无闻、虚心好学的曹小哲等等……每个人全都是勤勤恳恳，恪尽职守。全体项目部同仁都表现出了极高的工作热情和极大的工作耐心，长时间高强度地奋战在各自的岗位上。

熬夜加班是家常便饭，有些同志的孙女出生了，他们也顾不得回家看一眼；有些同志病了但仍然不下火线，白天带病工作，晚上打吊瓶；有些同志连续三个月没休息过一天；太多的同志半年没有回过家。青年工程师姚宗元于 2010 年 5 月从土建室调到项目管理部进行项目管理工作，为了水钢棒线材工程的需要，他未能给刚做完手术的母亲陪床，就赶往水钢工程现场，这一走就是整整半年，他只能通过电话来表达对母亲的思念与牵挂，尽一份作为儿子的孝心。在工作过程中，他注重质量和进度管理，积极与业主单位和监理单位沟通，重视对分包单位树立总包的权威和威信。姚宗元不但负责轧线及水处理施工，同时还承担煤气加压站的施工负责人，协助现场经理对加压站工程进行整体管理。面对工期紧、任务重的严峻形势，他积极组织分包单位大干快抢，工期吃紧的时候午饭都来不及吃。为了成功引气，他连续好几个昼夜奋战在施工现场，经过顽强的不懈努力，煤气加压站工程按期完成，工程质量和进度得到了业主单位的好评。

当工程顺利进入设备基础施工阶段时，冬季也渐渐地来临了。据历史数据显示，南方冬季温度一般为零度左右，但是2008年的冬季却与往年不同，出现了百年不遇罕见的冰冻雨雪天气。此时设备基础及5米平台的混凝土浇筑已完成80%，设备已开始陆续进场，设备安装在即。面对恶劣的天气，在采取各种保温措施均无济于事的情况下，为确保工期，首钢国际工程公司项目部及时做出计划调整，以确保设备安装为中心，抢时间抢进度。他们在冰冻雨雪中坚持到腊月二十八，在此期间首钢国际工程公司为大家寄来了大棉袄，大家说："这是温暖牌的！"

2011年9月4日下午5:00，首钢水钢集团公司炼钢轧钢项目工地彩旗招展，鞭炮齐鸣。由首钢国际工程公司总承包建设的水钢精品棒线材工程举行热烈隆重的竣工投产仪式。

建设首钢贵钢新特材料基地是首钢集团兼并重组、产品结构调整的又一重要举措，首钢总公司领导高度重视，亲自为项目把脉掌舵。而承担首贵新特材料基地的规划设计，对于特钢工程实战经验不多的首钢国际工程公司来说既是挑战更是机遇。

2008年12月20日，首钢国际工程公司总经理何巍带着刚出差回来的设计管理部副部长侯俊达一同飞往贵阳。登上飞机，侯俊达才知道此行的重任，是与贵钢高层对话，洽谈首钢贵钢迁建新特材料循环经济工业基地项目规划设计事宜。

侯俊达参与过首钢宝业基地的前期规划，在特钢方面有过专门的研究。何巍点他的将是有道理的。在飞机上，两人的话题就没有离开过首贵基地。

贵钢公司党委书记、董事长胡支国等热情地接待了何巍一行。胡支国更迫切地想听到首钢国际工程公司关于"首贵基地"设计大思路。会见、交谈是聊天式的，但侯俊达从轻松自然的氛围中感受到了这是一场关键的"考试"。

何巍提出首贵基地规划要"利旧旧"和"利新旧"。利旧旧——

就是把首钢北京地区停产的旧设备改造以后用到这个工程上；利新旧——把首钢宝业订货闲置的设备盘活，用到首贵的工程上。两大系统有机组合既满足高端产品定位的要求，又充分利用现有设备有利于控制工程成本和加快工程建设速度，有利于盘活首钢国有资产，有利于首钢国际工程公司全面兑现实施，首钢集团、首钢国际工程公司、首贵公司本是一家人，这样的"三得利"得到了各方的认同。

首贵基地是国家级项目，项目的设计需要国家发改委审批。当务之急是拿出总体项目设计方案，通过向首钢总公司汇报、向国家发改委汇报这两道关。

首钢国际工程公司设计管理部及相关部门立即组织实施。各设计经理都参与到总体方案设计中，大家心往一处想，劲往一处使，不分昼夜、不分节假日，一切服从首贵基地项目设计需要。

项目总设计师王力群思路清晰，会同各个设计经理带领专业人员围绕产品生产工艺展开技术攻关。总图设计室主任向春涛带领总图规划团队人员，针对贵州地貌特点，绘制出了厂址红线范围地形分析图。总体布置在满足工艺要求前提下，实现了竖向布局合理，以减少挖填土方，保证工期和施工成本不浪费。

编制总体方案最紧张的时候，大家加班到次日凌晨两三点钟。"那段日子，设计管理部及与首贵基地相关的专业设计团队都把办公室当家了。"侯俊达这样说。他也是一心扑在首贵基地不回家的人员之一。

功夫不负有心人。向首钢总公司的汇报顺利通过。

首钢国际工程公司首贵基地总体方案得到了首钢总公司领导的高度赞扬。"汇报"过了第一关，投身首贵基地的相关人员没有放缓脚步，因为向国家发改委专家论证会"汇报"，是更高层面的考核，工程"通行证"论证会说了算。

首贵项目团队人员在继续忙碌，完善总体方案。方案做了一版又一版，用了多少纸，关键部位图纸修改了多少遍，大家都记不清了。

侯俊达向专家论证会汇报的电脑演示文稿有132页，他记得非常清楚，这是他反反复复修改的，而且还不止一次地演练操作，防止面对专家汇报时出现故障。

受国家发改委委托，中国国际工程咨询公司于2011年9月27日～29日在贵阳组织对首钢贵钢公司环保搬迁项目进行调研评估。与会的均为我国各大钢、各大企业的总经理、总工等专家，还有首钢、贵钢的主要领导、贵州省发改委、经信委、国资委、省能源局和贵阳市的主要领导。首钢国际工程公司何巍总经理、侯俊达副总工程师与有关技术人员参加了会议。

受首钢总公司和贵钢公司委托，首钢国际工程公司向会议报告了项目的总体规划、建设方案以及可行性分析。专家们对项目进行了全面评估，经过与会领导和专家的充分讨论，项目顺利通过评估审查。在这之后的环保评估会、节能评估会、水资源论证会都一次通过。

2012年2月15日，首钢国际工程公司与首钢贵阳特殊钢有限责任公司在贵阳市金阳世纪金源大饭店隆重举行《首钢贵阳特殊钢有限责任公司实施城市钢厂搬迁建设新特材料循环经济工业基地精品线材生产线项目总承包合同、精轧机供货合同、电气传动及自动化设备供货合同》签字仪式。首钢国际工程公司与贵钢公司签订精品线材生产线总承包合同。

2012年12月24日，首钢国际工程公司和首贵公司炼铁工程项目管理和设备采购、炉顶设备供货、热风炉和干法除尘总承包签字仪式在首贵基地施工建设现场举行。

2013年1月27日，首钢国际工程公司党委书记孙桂华、总经理助理袁文兵、副总工侯俊达等一行来到首贵精品线材项目总承包现场，听取了现场经理史良春的汇报并参观了工程现场。看到奋战在条件艰苦的工程现场的同志们，孙桂华一再叮嘱要做好大家的后勤保障工作，当听到现场人员反映业余文化生活少的情况，孙书记立即指示，请工会为项目总包现场配备了一个乒乓球桌。

目前，首贵基地整体设计全面推进，精品线材项目2013年6月底投产。高炉项目已经开工，电炉搬迁项目也已经开工，其他项目在全面推进之中。

首钢国际工程公司项目部团队与首贵公司有个约定，要在中国特钢史上留下光辉的一页，投产之后，全国特钢年会在首贵基地举办一次年会，邀请各方专家前来观摩指导。

从大西南到东北，首钢一业多地的触角伸到哪里，哪里就有首钢国际工程公司设计师的身影。

2011年9月下旬，首钢国际工程公司又先后与首钢通化钢铁集团签订了360平烧结机、1号2号焦炉技术改造工程设计合同，与吉林通化钢板石矿业公司签订了120万吨球团工程设计合同。

吉林通化钢铁公司（以下简称“通钢”）是首钢集团的重组企业之一，从2010年下半年首钢总公司做出通钢淘汰落后升级改造的决策后，首钢国际工程公司组织有关专业，积极组织开展有关项目的前期论证及设计工作，多次与业主进行技术交流和方案汇报，得到了首钢总公司及通钢公司的充分肯定。经过首钢国际工程公司、通钢项目部、建设单位的通力合作与积极奋战，2012年8月至2013年1月，通钢球团、焦化和烧结项目陆续投产，得到了各界的一致好评。

山西长治钢铁公司是我国红色钢铁的摇篮。首钢总公司兼并重组长钢后，首钢国际工程公司再次承担起了首钢长钢发展的技术参谋，从2010年底至2013年，首钢国际工程公司先后承担了长钢20万立方米高炉煤气柜、9号高炉TRT发电、100万吨棒材和线材等多项工程，为首钢长钢的发展做出了应有的贡献。

二、面向全国

面对国内钢铁市场持续低迷、竞争日趋激烈的状况，首钢国际工程公司国内市场开发团队从钢铁企业加速节能减排、结构调整、产品升级的需求出发，运用公司的技术优势和服务优势，确定营销重点，以点带面，逐步形成了遍地开花、区域化发展的市场格局。目前，已基本形成了四大国内区域化市场。

一是西南片区，主要包括四川、云南、贵州等地。2010 年公司精心打造了四川德胜烧结品牌工程，该项目充分体现了公司的技术实力和项目组织管理能力，在项目建设过程中，就陆续有客户慕名前来参观。通过该品牌的示范效应，成功签订了川威集团球团、焦化总包项目，云南德胜烧结、原料、焦化和白灰回转窑项目总包合同等。

二是西北片区，主要包括山西、陕西、内蒙古、甘肃等地。2011 年，公司在该区域成功签订了山西文水炼铁、炼钢、公辅和烧结四项总包合同。继而，又成功运作了包括内蒙古黄河干熄焦、太钢 200 万吨球团项目等。

三是中南片区，主要包括江苏、山东、安徽、湖南等。2010 年以来，公司与江苏中天钢铁集团有限公司、涟钢、江苏永联钢厂签订了工程设计合同与相关的项目合同。使公司在中南片区市场上又多了一个展示实力的舞台。同时，首钢内部市场即将启动的安徽霍邱和福建凯西钢铁基地，也在中南片区。

四是北京周边片区，主要包括北京、河北等。该片区在 2010 年，接连签订了宣钢 360 平烧结机、宣钢 8 号高炉大修改造、宣钢 100 万吨球团、赤城宝龙球团等总包合同。该区域市场活跃，公司正在进一步跟踪市场信息。

同时，国内市场销售团队继续以目标客户开发为重点，以信息网络建设为着力点，力争实现更多的点的突破和辐射，以更好地带动市场区域化运作。除已经形成的区域化市场片区外，还重点跟踪了河南平顶山中鸿煤化干熄焦工程等项目。

2012 年，公司总包的太钢球团项目，连续几个月综合评比第一，被太钢集团树立为袁家村铁矿项目样板工程，并组织了其他项目团队进行了参观学习，现场项目经理被评为优秀项目经理并授予三等功。2012年6月底点火烘炉的川威焦化总承包工程，作为配套系列项目中启动最晚，但却是最早实现点火烘炉。公司秉承“敢于承诺，兑现承诺”的理念，始终将业主的需求放在突出位置，克服项目建设中的各种不利因素，与中冶赛迪、中冶华天等同行业知名公司同台竞技，在各项综合评比中始终名列第一，使流动红旗第一次落在首钢国际工程公司后就没有流动过。

三、走向国际

2008年，首钢国际工程公司成立，开始直接面对国外市场承揽工程。在这个更加开放，更能展示实力的舞台上，他们面对激烈的竞争与挑战，很快张开了合作共赢腾飞发展的翅膀。

改制当年，他们积极整合资源、拓展营销渠道成功承揽了马来西亚金狮集团在本土筹建的钢厂焦化、烧结工程。这是首钢国际工程公司成立以来独立承揽的第一个海外项目，具有里程碑的意义。

首钢国际工程公司承揽的马来西亚钢铁厂项目，包括烧结项目和焦化项目，这两个项目都包括设计、采购、施工和调试。即我们常说的总包和一条龙服务。

虽说由于全球金融危机爆发，2009年业主方叫停了这个项目，但它对于首钢国际工程公司来说，其意义在于借此打开了大门，健步走向海外。

2009年，首钢国际工程公司又依靠成熟的优势技术成功签订了巴西球团总包项目。在全球金融危机大潮中，这个项目更坚定了首钢国际工程公司开拓国际市场的信心。首钢国际工程公司整合资源，调兵遣将，目标是打造南美洲球团市场的品牌项目。

巴西项目部的工程技术人员30多人，由首钢国际工程公司副总经理兰新辉担任巴西项目经理，重点项目由公司领导出任项目部经理，有利于大事把关，难题解决，指挥快捷，提高了效率。巴西项目以年轻人为主,1982 年毕业进入首钢国际工程公司工作的闫华担任巴西项目执行采购经理,并负责项目执行中发生的问题。

做国外总包项目,方方面面要求很多,必须要有计划。巴西最大特点是法律健全,一项工程从货物到港、清关,一点不漏,都有法律条文管着。

高强度的工作压力考验着每一个人。

闫华一个人应对业主方商务、物流、项目三个部门,平时四五十封电子邮件,一天最多传递 70 多个邮件。巴西项目经理卢卡斯说:"从邮件上看,闫华在晚上、周末、节假日,一直在工作,我们公司很需要这样敬业的人!"

在巴西工地工作的每一位首钢国际工程公司员工,身后都有一串感人的故事。

胡国新是公司采购部长,兼任巴西项目部副经理,所有国内国外的采购事宜都由他负责。他是教授级高工,曾任电气室主任,项目管理能力很强。巴西项目是他第一个参与操作的项目,从新建制度,到解决国际项目管理纠纷,以及召开供货商管理大会、经验交流大会,用扎实的工作来支撑项目向前推进。

张卫华是烧结室派出的这个项目主要设计人,他在施工现场从初到工地的技术服务人员变成了名符其实的工程管理人员,身兼多职,一切服从工程需要。

魏毅超,科技质量部 2011 年 10 月派往巴西项目部的英语翻译,他为了尽快适应工地需要,把每次谈判记录进行整理,积累知识,用心学习。还自学了葡萄牙语。巴西业主对他评价最高,为他起名叫马各纽斯,中文意思最好的男孩。魏毅超成了现场实际上的管理人员,大家有困难都找他。2012 年,他被评为首钢国际工程公司优秀员工。

在巴西项目中,首钢国际工程公司不仅打出了自己的品牌,而且还与巴西员工结下了深厚的友谊。

2012年2月至3月,首钢国际工程公司驻巴西和印度代表处陆续开始运行,公司海外市场开拓迈出了坚实的一步。至此,公司海外市场驻站代表国际市场实时开发将进入常态化,此举将大大提升公司国际市场的开发力度,对公司“走出去”战略将产生积极的推动作用。

2013年5月13日,由首钢国际工程公司主办的“巴西VSB公司136万t/a球团项目投产仪式暨BSIET钢铁冶金技术展示会”在巴西贝洛市成功召开。巴西首条链篦机—回转窑球团生产线顺利投产引起了巴西钢铁业界40多家公司的高度关注,中国驻里约热内卢总领馆经济商务领事张吉三先生到会表示祝贺。

目前,首钢国际工程公司完成和正在建设的海外工程项目已遍布印度、马来西亚、越南、孟加拉、菲律宾到巴西、津巴布韦、安哥拉、秘鲁、沙特等世界各地。

第五节 共同成长的精神家园

改制以后,企业党组织的政治核心作用如何发挥,党的思想政治工作应当怎样定位,思想政治工作的方式、方法如何进一步创新?诸如此类的困惑曾令一些改制企业领导纠结,然而,到了首钢国际工程公司这事儿却变得应对自如。原因很简单。首钢国际工程公司党委一班人预料到了改制以后党组织会遇到一系列新课题,未雨绸缪,党委一班人认识统一:党组织要为企业改制保驾护航,党的思想政治工作要贯穿改制的全过程。从组织制定改制方案,到召开职工代表大会讨论方案,党组织的政治核心作用都一步到位。这样的“到位”带来两方面收获:一是改制工作及改制以后的公司运行顺利;二是为传统的国企党组织适应股份制企业摸清了路子。

一、党建新风

2008年改制之前,首钢国际工程公司做了一个大动作,把过去的组织部、宣传部、纪检、团委等部门合并,成立了企业文化部,和工会合署办公。部门合并,人员调整,队伍年轻化、知识化、专业化,一切都是为了适应改制后的公司发展需要。

历史不可割断,党组织的政治核心作用也有一个传承问题。改制后,作为首钢的相对控股的多元投资公司,虽然在党组织关系上与首钢保持了上下级党委领导关系,但在行政关系上,从行政隶属变为了资产纽带的产权关系。在管理机制上不仅保留了原来的"老三会",还建立了"新三会"。员工从国企身份变成了社会人,同时也具有劳动者和股东的双重身份。

首钢国际工程公司党委明确了在改制企业党建工作总的思路,提出"把方向,促发展,带队伍,保和谐"。在政治核心作用的实现形式上,履行好六种职能。即:在重大问题决策上发挥参与职能;在选人用人上发挥管理职能;在保证决策执行方面发挥服务职能;在调动各方积极性过程中发挥协调职能;在加强党风建设和反腐倡廉工作中发挥监督职能;在企业思想政治工作和企业文化建设上发挥领导职能。

针对改制企业如何创新思想政治工作,公司党委提出了"三个结合":一是把思想政治工作与现代企业制度相结合;二是把思想政治工作与企业生产经营相结合;三是把思想政治工作与员工的需要相结合。他们将思想政治工作与现代企业制度相结合,实现了组织、工作和管理上的一体化,助推党的工作融合到经营生产管理工作之中。如,他们整合宣传资源,率先构建了局域网、大屏幕、外网、内部刊物、外部媒体等五大宣传平台,使思想政治工作在新体制下运行有了明确的遵循,"软工作"变成了硬任务。企业文化部精心策划的展会、年会展板,围绕公司的品牌工程、品牌技术制作的工程专题片、中英文画册等。2010 年至 2012 年,先后在《世界金属导报》上开展了首钢京唐、迁钢、首秦工程自主创新技术成果展系列报道共 88 篇,并在全国冶金勘察设计企业第一家出版发行了《冶金工程设计理念的创新与实践》和大型报告文学《蓝图记忆》书籍，突出了为经营生产服务的功能，展示了公司思想政治工作的成果，为展示企业形象和开拓市场提供了强力支撑。为企业的经营生产服务，发挥思想政治工作的“开路、疏通、推动、升华”作用，既是思想政治工作找准位置，有为、有威、有位的途径和桥梁，也是为企业经营生产提供思想文化保障的引领和支撑。

和谐稳定是改制企业转型发展的首要任务，保证企业的和谐稳定，实现企业与员工的和谐和共同发展，关键是要发挥思想工作稳定器的重要作用，重点是抓大事、解难事、办实事。

抓大事——在企业改革发展的关键时候、在重大政治敏感时刻，首钢国际工程公司的思想政治工作始终发挥“明确方向、统一思想、稳定队伍”的作用。比如：在辅业改制中，党委主要抓住改制法律政策的宣传、改制的民主程序严格执行。在金融危机的冲击中，党委主要抓住员工思想统一和稳定，和中央保持一致，与员工、与客户共克时艰。在企业转型发展中抓住员工思想观念转变，以思想观念的转变引导机制的创新。

解难事——员工是企业的宝贵资源，在他们最需要帮助的时候送去党的关怀，化解员工在工作、学习、成长、劳动分配中遇到的问题，解除他们在生活中遇到的难事、急事。一位女员工因年度考评结果不满意，本人情绪激烈并与单位领导发生冲突，经过党组织多方了解和协调，帮助她解开了思想疙瘩。一位中年员工患上绝症，需要长期单独使用呼吸机，但所有的医院都不能提供，也不同意接收住院。经首钢国际工程公司党委多方协调使他住进了首钢医院，公司还出资为他购买了呼吸机。看到专门为他购买的呼吸机，他含泪颤抖的写下八个字：“感谢公司，感谢领导”。党组织的关怀，温暖着他生命的最后旅程。

办实事——为员工办实事，让员工充分享受企业发展的成果，使思想政治工作从“虚”走向实。公司先后实施了办公环境改造工程，建设了绿色停车场、改造了食堂等。工作环境的优化，使员工增强了在公司舒心工作、快乐生活的荣誉感。为体现企业对员工的关怀，公司制定了送温暖基金管理办法，专门修订了员工困补办法，改制五年来，公司向重病员工及突发事件造成家庭困难的员工发放补助金约 45 万元，给 1000 多人次员工送去了党组织的关怀。为了体现对员工健康的关怀，首钢国际工程公司从 2009 年开始将员工体检由两年一次改为一年一次。针对公司的工作特点，实行了弹性工作制度、员工年休假制度，使管理更加人性化。

二、文化引领

2008 年 3 月，举办首钢国际工程公司改制成立后的庆祝活动。企业文化部集思广益，决心打破常规、另辟蹊径，结合首钢国际工程公司的特点，与时俱进，搞一场“让文化搭台营销唱戏”的文化活动。

2008 年 3 月 29 日，庆祝公司改制成立专场音乐会在中国国家大剧院隆重举行。来自社会各界特邀嘉宾和首钢国际工程公司员工约 1800 人，共同欣赏了由国际著名指挥家普拉松先生和中国顶级交响乐团中国国家交响乐团合力倾情奉献的一场经典交响音乐会，同时也亲身感受了中国现代建筑设计精品——国家大剧院的建筑艺术魅力。

虽然音乐会是晚上 7:30 分开场，而首钢国际工程公司有些员工在下午 4 点多就已经到达国家大剧院。早早到来的公司员工和家人兴高采烈地参观了大剧院。大家在感慨国家大剧院气势磅礴的建筑风格和充满现代艺术气息的内部构造的同时，纷纷合影留念。大家说：“早早过来，除了带着家人来看看美景，主要是为了好好欣赏和学习一下国家大剧院的建筑风格和设计艺术，为咱们公司未来的业务设计开拓一下思路”。

两个小时的演出时间在不知不觉中悄然流逝，全场演出，观众反响极为热烈，掌声不断。既定曲目演奏完毕后，指挥和乐团共同

图5 2010年3月，首钢国际工程技术公司举办的交响音乐演唱会。（王永平 摄）

谢幕，忘情的观众久久不愿离去，持续热烈鼓掌达五分钟之久。普拉松先生激动之情也难以言表，连续三次返回指挥台向观众谢幕，以示感谢。

音乐会结束后，观众恋恋不舍地离开了国家大剧院，一些员工似乎还陶醉在音乐会的氛围中。大家边走边议论着自己的感受。“真是不虚此行，太震撼了，在首钢国际工程公司工作感到光荣与自豪！”被邀请来的国内外客户感到首钢国际工程公司的高品位设计水平与高雅的文化是相匹配的，坚定了他们继续进行合作的信心。

首钢国际工程公司董事长、总经理何巍表示：“本场交响音乐会举办的十分成功，鼓舞了公司士气，陶冶了员工情操。今后，我们还要继续加强员工的精神文化建设，继续提高公司在国际化进程中的软实力。”

三、奉献社会

热爱首钢、奉献社会是首钢国际工程公司一贯坚持的理念。他们为山西文水县南武乡中学捐资建设的“BSIET 公益计算机教室”，就是一个生动的体现。

2012 年 9 月 21 日，对于山西文水县南武乡中学来说，是个非常重要的日子。这天，校园里彩旗飘扬；平时杂草丛生的操场，干净整齐、生机勃勃；陈旧的教学楼也像换了新装，窗明几净、一尘不染。

这一天，首钢国际工程公司捐资建设的“BSIET 公益计算机教室”捐建仪式在这里举行。

建计算机教室，对南武乡中学来说的确是件大事。这所曾经辉煌过的学校，学生最多时曾达到 1000 多人，随着农村经济的迅猛发展，家庭条件较好的孩子都去了县城读书，现在学校只剩下 178 名学生。政府的教育经费是按学生人数拨发的，数额有限。建一个正规的计算机教室要 20 多万元，对他们无异于天文数字。全校只有校长办公室里有一台电脑。在电脑已经普及的今天，南武乡中学开设电脑课却成了不小的奢望。县里教育网站的许多珍贵资源，南武乡中学也无法享用。

正在山西文水县合作建设海钢工程的首钢国际工程公司，正计划要为文水县搞一项公益活动。“海钢项目管理部”的同志慷慨解囊，无偿为南武乡中学建立一间正规的计算机教室。

计算机教室设在三楼最大的一间教室里，新装修，铺了木地板；崭新的电脑桌椅排列得整整齐齐；49 台电脑安坐在桌子上，静候捐建仪式在这里举行。

文水县、南武乡两级政府及首钢国际工程公司有关领导，南武乡中学师生代表和当地媒体记者，共 100 余人共同见证了这个爱心时刻。

当人们进入计算机教室的时候，只见电脑屏幕上赫然打出两行大字“感谢首钢国际工程公司、和谐团结的初一班”。

这是初一班同学们的杰作。昨天晚上他们在这里上了南武乡中学有史以来的第一节计算机课。讲课的武老师曾经在别的学校教过计算机,自打调到南武乡中学就再也没有动过电脑。为了第二天的捐建仪式,他讲授的第一节课的内容是“如何写艺术字”。这堂课的成果就是展现在电脑屏幕上的字,用以表达全校师生对首钢国际工程公司的感激之情。

捐建计算机教室,是首钢国际工程公司践行“干一个工程,创一个品牌”和“工程做到哪里,社会责任就延伸到哪里”理念的具体行动。近年来,首钢国际工程公司还和崔永元公益基金会联合开展了“关爱乡村教师,放飞美丽梦想”主题活动,组织开展了“献给汶川地震灾区孩子的爱”捐赠活动,还积极参与到奥运会、残奥会、国庆大阅兵等重大节日和活动的服务中去。公司在自身综合实力不断发展,企业和员工和谐共荣的同时,积极履行企业社会责任,让爱心和责任一起成长,发扬光大。

图6 “钢铁是这样炼成的——关爱乡村教师”主题活动。(王永平 摄)

第四章

基建壮歌

在首钢集团搬迁调整过程中，活跃着这样一支敢打必胜、无坚不摧的基本建设队伍，他们是今日首钢矗立在渤海之滨一座座高炉、热轧生产线和座座厂房的奠基者，他们无数次承担起急、难、险、重的施工任务，为首钢的成长壮大和搬迁调整立下了汗马功劳。这支队伍就是被首钢几代人誉为“首钢子弟兵”的位居全国建筑行业百强之列的北京首钢建设集团有限公司。

第一节　奠基者的足迹

北京首钢建设集团有限公司成立于1956年，是首钢集团下属的建筑企业。历经半个多世纪辉煌发展历程，现已成为具备承接世界先进水平大型钢铁联合项目、各类工业与民用建筑、市政工程、物资经销能力的大型综合性建设公司。

一、青春成就十里钢城百里矿区

翻开尘封多年的历史档案，1956年4月石景山钢铁厂“密劳字第47号文件”和1956年5月石景山钢铁厂“密劳字第65号文件”中，“石景山钢铁厂就基建工程管理组织机构作出安排，有五个管理科室和一个建筑安装工程队，全部编制为534人”的字样跃然纸上，这是档案中关于首钢建设系统最早的文字记载。首钢建筑业是伴随钢铁主业的发展得到步步提升的。1957年，石景山钢铁厂建筑业成立之初，完成施工产值488.60万元，其中工业建设占85%，住宅建设占15%。1958年5月28日，朱德委员长视察石景山钢铁厂，并为钢厂扩建剪彩，这一年石景山钢铁厂的建设者们经过14个昼夜的拼搏奋战，建成了3吨侧吹小转炉，结束了首钢有铁无钢的历史。1961年靠车拉人抬建成了首钢自己的原料基地——大石河铁矿。1964年12月24日，中国第一座氧气顶吹转炉在首钢建设者手中诞生，揭开了我国转炉炼钢新的一页。1970年第二个原料基地——水厂铁矿投产，首钢实现了精矿粉自给自足。

伴随钢铁生产规模的不断扩大，从1971年始，首钢基建队伍逐步组建了第一、第二建筑工程公司和首钢民用建筑工程公司。1976年首钢成立基建指挥部，下设第一建设公司、第二建设公司和矿山建设指挥部。直至首钢搬迁之前，首钢形成“首建”（北京首钢建设集团有限公司）和“首冶”（北京首钢冶金工程建设有限公司）两大建筑公司。时间飞转，转眼进入90年代的首钢大发展时期，首钢建设者秉承“做天下主人　创世界第一”豪迈气概，发扬“三天不卸甲、一天打八仗”的拼搏精神，接连建起了五焦炉、二炼钢、制氧厂、中厚板、线材厂、矿山金属化球团厂、烧结厂、矿山水厂铁矿扩建等一大批重点工程，中国第一座纯氧顶吹转炉炼钢厂、第一台210吨转炉及其配套设施、第一座无料钟上料高炉和环形出铁场设施、国内一流水平的高速线材厂以及210吨自备电站等工程相继在首钢建设者的手中诞生。许多老同志至今还记得从比利时拆回的220吨转炉大件通过长安街时，成千上万的市民夹道围观，欢呼雀跃的喜庆场景；许多老基建人至今还记得在高炉、炼钢改造现场连轴转、挑灯夜战的红火场景。首钢老厂区通过基建工人的双手建成了4座高炉、5座转炉、一条高速线材生产线，达到年产将近1000万吨钢材的前所未有的巅峰阶段，“十里钢城”初具规模。在厂区外围，首钢人先后建起了八角、古城、老山、杨庄、苹果园、模式口等一大批新的生活小区。首钢基建队伍以他们青春的年华，建造了十里钢城。这里有他们的汗水，有他们的梦想，有首钢几代人永不磨灭的铁色记忆。

二、七年彷徨，逆境求生

1995年，首钢总公司实施了压缩基本建设规模，调整投资方向的经营方针，停建了上百个基建项目、压缩投资规模上百亿元，企业面临生死的考验。"建总还能撑多久?"许多人瞪大了困惑的眼睛，心中充满担忧。当时的建总领导被迫把眼光转向市场。在艰难的探索中，他们先后完成了中华世纪坛旋转圆坛钢结构、世界大学生运动会运动员村7、8、9、10号楼、解放军总后丰台综合楼及青海省国税局大楼等一批项目工程。但是，由于进入市场的时间短，从经营思路到管理方法存在诸多的不适应，使得首钢建筑业一度几乎走进了绝路。

这一时期，首钢钢铁业也正承受了来自环保、政策、市场等方方面面的压力。进入20世纪90年代，环保问题致使要求首钢限产和搬迁的声音不绝于耳，一度被提到"要首都还是要首钢"的高度。2001年7月13日，北京市成功申办第二十九届夏季奥运会的消息像一支催化剂促进了首钢搬迁战略的进一步实施。首钢在党中央、国务院和北京市的大力支持下，成为中国第一个向沿海搬迁的大型钢铁企业。

千载难逢的历史性机遇，给首钢建筑业打开了生存的空间，也为首钢建设集团日后的破茧成蝶、发展壮大奠定了坚实的基础。

第二节　十年搬迁　破茧成蝶

2003年1月，首钢做出了做大做强钢铁主业、积极支持和发展优势产业的重大战略决策。3月25日，首钢总公司在迁安矿区举行迁安钢铁基地的开工仪式，拉开了首钢全面进行战略搬迁调整的序幕。首钢建筑业迅速响应总公司的号召，以科学发展观为指引，踏上了冀东大地，拉开了首钢搬迁调整的大幕。

一、迁钢建设崭露头角

2003年春节刚过，设置在河北迁安鸽子窝的首钢一建设迁钢工程指挥部里，谭胜万、崔平等几十名工程技术人员正紧张地忙碌着，迁钢炼铁高炉的土建、炼钢厂房的基础垫层、变电站、储水池等多项工程即将开工，水、电、道路、平整场地等诸多问题亟待解决，图纸、进度计划需要熟悉和安排布置，源源不断地从北京总部运来的办公设备、行李物品还来不及分解、安排……大家已经连续三十几天没有好好休息，许多同志的眼里布满了血丝。在距离鸽子窝数公里之遥的迁安松汀的一个废弃农机站院子里，站满了刚从北京赶来的首钢一建设民建公司的干部、工人，几天前，这里刚被公司租下来作为他们在迁钢的钢结构件加工基地和生活管理区。短短的半个多月后，由他们承建的八万立方米煤气柜和储水池两项工程的基础建设就要开工了。

迁钢一期工程2003年3月25日奠基，2004年10月15日举行竣工投产典礼，历时570个昼夜，不仅创出国内钢铁企业建设的高速度，并以工程的高质量荣获了多项国家和行业的大奖。其中炼钢主厂房、2160mm轧机主厂房荣获国家钢结构奖；一号高炉、污水处理厂、500立方米套筒窑和2160热轧工程荣获全国冶金优质工程奖。此时的首钢建筑业还没有走出经营管理的低谷，职工的收入没有得到明显的改善。然而，建设者们凭着强烈的主人翁责任感和对首钢发展的美好憧憬，义无反顾地奋战在火热的工地上。

2005年4月8日，承载着几代首钢人梦想的迁钢2160工程破土动工。为了能在首钢建设者自己的手中实现这个梦，时任首钢建设集团党委书记王文利、总经理杜朝晖曾经数次向总公司领导请战，并在王青海总经理面前立下了保质、保量、保工期完成2160施工任务的军令状。

2160热轧项目，地上建筑面积90平方米、地下建筑面积780平方米，年产量为400万吨板卷，整个工程需要完成挖运土方112万立方米，回填土12万立方米，降水井114眼，基坑护壁1.8万平方米，抗拔锚杆7076根，CFG桩1.5万根，混凝土29万立方米，防水3.5万平方米；建筑彩钢板13万平方米；电气安装总共要敷设基础配管2.2万米、电缆桥架安装5万米、电缆敷设84.5万米；2160工程的钢结构制作及设备安装累计40余项1100多套19000多吨，数量之巨大前所未有。此外还包括液压系统、润滑系统、水系统、热力系统、燃气系统等各类介质管道施工10万多延米，以及41000平方米的厂区道路及1760米的排水管道施工等等。

图7　在迁钢工程施工中的首钢建设者。（赵泽民　摄）

接受任务后，按照总公司和首建集团党委的要求，首建迁钢工程总承包部首先细化了每一阶段的节点任务并逐项落实解决。在施工组织、施工方法等各方面保证科学、及时、准确。2160基础工程全面展开后，参战的工程技术人员更加专注施工中的每一个细节，面对从未施工过的大体积箱型基础，副总工程师刘耀齐和身边的同志从优化施工技术方案入手，在钢筋绑扎、混凝土浇筑的每一个细节上都认真研究、反复论证、科学施工。最终克服了板带热连轧超大箱型钢筋混凝土基础体积大、埋置深，基础内空间多，形状复杂等施工难点，在基础降水和保证箱型基础内不渗漏为主要内容的"跳仓法"施工中，闯出了一套自己的施工方法，填补了首建集团在特大型无缝箱型基础施工的空白。2005年6月20日，国家钢铁协会"创优检查专家团"在检查2160工程后高度评价了BOX基础的施工质量。我国裂缝专家王铁梦观后称："首钢2160工程中的BOX基础是最好的，将来最大的受益者是业主、是首钢，为今后生产顺行打下了好的基础"。

首钢建设者在土建施工刷新纪录的同时，也在2160热轧线上创造着设备安装的奇迹。R1、R2粗轧机是2160工程的核心设备，承担设备安装任务的施工人员全部是首建集团第一安装公司自己的职工。在R1、R2牌坊吊装前，59岁的总包部副总经理王荣华同志率领工程技术人员反复研究德国SMS公司的安装手册，他们大胆改变了外方设计的吊装方案，改进优化后的施工方案更加实用、便捷，成倍提高了工效，先后仅用11天完成了4块底座和4片牌坊的吊装，重达230吨的操作侧牌坊吊装只用了73分钟。经过外方专家的测量完全符合精度要求。

2006年12月23日，2160热连轧工程竣工投产并成功轧制出首钢历史上第一卷热轧卷板。为了这个梦的实现，首钢建设者表现出的敢于登攀、超越自我和顽强拼搏的精神是难以用文字表述的。

二、首秦项目再现锋芒

秦皇岛首秦建设任务是首钢建筑业继迁钢一期之后，承建的第二项重点工程。首秦 4300mm 轧机工程是首钢搬迁调整的重要组成部分。工程从 2005 年 7 月 28 日举行开工典礼，8 月 8 日正式挖土施工，到 2006 年 10 月 20 日举行投产仪式，历时 15 个月全面完成了集土建、钢结构制作安装、设备安装调试、电气系统等多项大型工程建设任务，实现了安全、高速、优质、按期投产，创造了国内同类工程建设史上的奇迹。这是首建集团首秦工程总包部、二公司、三公司、钢构公司、二安装公司以及管铁公司等各参战单位精心组织、团结奋战的结晶。回想起在首秦 4300mm 轧机工程建设中的 450 个日日夜夜，当年的建设者们至今心里都难以平静。

首秦 4300mm 轧机工程施工任务重、工期要求紧，工序复杂，施工难度大。为了实现总体目标，总包部从强化施工组织入手，狠抓施工中各个环节的控制。

4300mm 轧机土建工程由原首冶二公司刘向东、三公司王伟林两个项目部承担。项目部结合工程建设实际，发动施工技术人员研究施工方案，采取了“地脚螺栓外固定架安装法”、“地下全现浇混凝土基础分段防水混凝土施工法”等新工艺。简化了工序，降低了施工难度，减少工程造价，加快施工进度，到 2006 年元月完成了所有的基础坑、槽的回填任务。

在 4300mm 轧机主厂房中，最值得首钢建设者自豪的是重 148 吨、被称为“国内第一梁”的超大型吊车梁的制作和安装。这是一个大截面、大跨距、大重量的吊车梁，制作安装这样的超大型吊车梁在首钢建设史上尚属首次。施工现场不具备加工制作条件，在场外加工制作运输困难。为解决这一难题，经组织专业技术人员多次讨论，采取了在场外分两段加工，加工完运至现场安装位置后，在原地拼装焊接成型的施工方法。吊车梁钢构件的排版、放样、下料、切割全部采用电脑控制，并用全自动数控切割机进行切割，不仅确保了构件的切割精度，而且提高了工作效率。由于吊车梁的钢板较厚，焊接要求全熔焊透，对所有坡口用自动切割机进行加工，然后采用铣边机精密加工，保证构件的贴合面不小于85%。在焊接过程中，建设者们采取专业技术措施，确保焊接质量，经组装后各项几何尺寸、焊缝质量及整体起拱度均符合设计规范要求，受到了监理及业主的高度评价。到2006年4月5日下午3点30分，4300轧机钢结构安装中8根跨长48米，高6米，安装高度23米，单体重量148吨的大型吊车梁全部安装就位，比施工计划提前了3天。

在4300mm轧机定尺剪、双边剪等设备安装中，施工技术人员对施工现场反复测量、计算，确定吊装方案，一次吊装就位成功。定尺剪的安装调试精度要求高，为保证安装质量，专门购买了价值50万元的液压拉伸器和激光准直仪，仅用了50天就将定尺剪全套设备安装调试完，工程质量验收一次合格。双边剪的安装施工人员克服了安装量大、工序复杂、调试精度高以及设备进场不配套、设备本身存在问题多等一系列困难，千方百计保证工程进度。通过大家的精心施工，双边剪整套设备试车成功，剪板一次成功！

一切为业主，全力保投产是首秦总包部在4300mm轧机工程建设中始终坚持的原则。2006年春节期间，首建集团施工的二标段基础部分基本上已全部施工完，而另外一家公司承包的施工项目仍未施工，工期明显滞后。大年初四，首钢总公司领导到现场慰问职工期间了解到这个情况后，决定将该项目交与首建施工，并要求一个月时间完成。首建集团立即组织人员投入了紧张的施工，他们克服了地下水位高，施工模板未拆除，无法进铲排冰等困难，采用了吊车吊运的施工方法，仅两天时间就完成了施工任务。接着，指挥部决定由首建集团帮助另一家公司完善墙皮柱基础的施工任务，保证墙皮和主厂房达到彩板封闭的条件。首建三公司领导当即组织有关人员进行测量放线，连夜组织50余人进行施工，及时完成了70多个墙皮柱基础的施工任务，受到首秦工程指挥部的高度赞誉。接着指挥部又把其他几个工程项目转给三公司施工，均保质保量按时完成了任务。不但保证了4300mm轧机工程整体的施工进度，而且给首建集团争得了荣誉。

第三节 瘦身强骨 融合蓄力

首秦和迁钢的业绩显示了首钢基建人的实力与奉献精神，但与此同时，首钢基建业历史上存在“首建”和“首冶”两家公司，在搬迁调整中急需整合，使两家公司发挥出 1＋1＞2 的效果。

一、整合出效益

“首建”和“首冶”是首钢基建业的两支队伍。首建公司地处京城，有过兵强马壮的辉煌历史。“首冶”史称首钢第三建设公司，起初主要是在河北迁安进行矿山的开发建设。1995 年以后，首钢建筑行业的两兄弟生产经营双双陷入困境。如果说有什么区别，那就是“三建设”更穷，可以说是穷困潦倒，几乎陷于绝境。但是，穷则思变，三建设在极端困境中，率先奋起改革，在市场中游泳、呛水、拼搏，较早地开拓出一条适应市场经济的求生之路，使首钢人刮目相看。而首建公司（过去简称“建总”）作为首钢基建行业的龙头老大，人员多，历史包袱重，在市场变革中举步维艰。为适应搬迁调整的需求，2005 年 12 月，总公司作出了对首钢建筑业进行整合，成立北京首钢建设集团有限公司（简称“首建”）的决定。新的首建集团一成立，新上任的党委书记、董事长王文利和总经理徐小峰分别走访下属公司，广泛听取干部职工的意见建议。从调研的情况看，新班子认为造成企业亏损的原因是多方面的，但根子还在于思想观念的落后，没有及时适应市场的变化，经营者缺乏风险机制，导致企业陷入困境不能自拔。为使企业尽快走出困境，实现提速发展，首建新班子决心对企业进行脱胎换骨的改革，确定了在总公司的支持和帮助下用两年时间实现“改革脱困、创新发展”的目标，形成了“转变观念、建立机制、修订制度、推行项目法施工、严格落实考核”五步走的措施和以强化执行力为基础的改革发展基本思路。在经营管理上，首建集团开始推行“34551”管理模式，即坚持三个一切：一切妨碍企业增效与发展的思想观念和制度必须坚决调整；一切与市场无关或关联不大的机构必须坚决革除；一切不能给企业带来效益的组织方式和人员必须坚决优化和精简；引入四个机制：在职工中引入生存机制；在干部中引入竞争机制，干部一律实行竞聘上岗；在经营者中引入风险机制，经营者都要上缴与项目挂钩的风险抵押金；在项目经理中引入成本承包机制，激励项目经营者精打细算，多超多留；抓好五个环节：抓好项目法施工的竞标、抵押、审计、兑现、解体五个环节。项目经理必须通过竞标、议标，获得施工项目；中标项目经理必须交纳风险抵押金；项目施工必须有过程审计和最终审计，按审计结果进行效益分配，项目竣工后按协议条款奖惩规定兑现；奖惩兑现后，项目部解体，项目经理及管理人员回到人才中心准备再次竞聘，劳务人员回劳务市场待聘；建立五大市场：将企业资源统一管理调配，发挥资源优势。按市场经济要求，在企业内部建立劳务市场、物资供应市场、设备租赁市场、人才市场和资金市场。五大市场与各项目部的关系都是经济关系。实行一个制度：实行经营目标承包奖励机制，对经营者严格考核，按考核结果兑现全部奖惩约定，以激励经营者的积极性，提高企业的盈利水平，不断积蓄经济实力，为持续发展打好基础。除按照“34551”管理模式严格管理，整合后的新班子对下属单位经营班子和部室领导全部进行了重新聘任，对一些干部进行了调整。用新思维、新观念和新机制适应市场的变化，为首钢建设集团在较短时间内迅速扭转亏损局面、走向良性发展奠定了良好的基础。

为了使原首建公司和首冶公司尽快融合为一体，首建集团党委首先从企业文化的整合抓起，确立了企业文化建设实施方案，明确了“服务业主、造福社会”的企业宗旨，“自强开放、务实创新、诚信敬业”的企业精神，确立了“选择了首钢建设集团，就是选择了放心”的品牌理念,并在此基础上形成了新首建有特色的企业文化。在局域网上,开设了"员工交流论坛",公开了党委书记的"文利信箱"和总经理的"小峰在线"。运用信息化手段,架起了干部员工沟通的桥梁。大力营造"尊重知识、尊重科学、尊重人才、尊重个人创造"的企业文化氛围;在用人理念上大力倡导"不看资历看实力,不看年龄看状态,不看关系看业绩,不看辛苦看效益",为加快两种意识形态的融合,他们还开展了一系列丰富多彩的会议与文化活动,这些努力没有白费,不到半年,原两个公司的员工已经很好地融合到一起,促进了工作的顺利开展,加快了迁钢、秦皇岛两项重点工程的进度。

至此,首钢建设集团利用不到一年的时间,完成了整合,整合后的首建集团像一艘战舰,蓄势待发,驶向辽阔的海洋。

二、奠基京唐,绽放光荣梦想

2007年,在首钢建筑业整合一年以后,首建集团在曹妃甸建设京唐钢铁公司的项目中,承担了5500立方米高炉主体工程、高炉原料和供返料系统等一系列主要工程建设任务,合同资金高达18亿元,占钢铁厂一期一步总建筑安装投资的23%,首建集团京唐工程指挥部总指挥李斌说,首建既然是首钢的企业,那么在建设新首钢的过程中就要起好带头作用,为参加建设的各兄弟单位做好表率。他们在这个工地总计投入4000多人,购置了大批重型设备。对曹妃甸项目首建集团是不遗余力,全力攻坚,确保京唐钢铁厂按期正式投产。

京唐钢铁公司项目,得到中央领导的高度关注。首建集团的施工人员永远忘不了2007年的五一劳动节。这一天,沐浴在五一节阳光中的曹妃甸,碧空如洗、风和日丽。首钢京唐钢铁公司5500立高炉施工现场彩旗迎风招展;标有"首钢建设集团承建5500立高炉主体工程"和"首钢建设集团为祖国做贡献"字样的横幅立于高炉基础重要位置显得格外鲜艳。工地上打桩机、大型吊车、混凝土振捣棒、运输车辆发出轰鸣的声响，和指挥哨声交织在一起，演奏着一曲火热的旋律。上午11时许，时任国务院总理温家宝在国家有关部委、河北省委和北京市领导的陪同下，来到5500立方米高炉施工现场。温总理像个温和、亲切的长者，一下车就亲切地和现场的职工们一一握手，向大家致以节日问候。在5500立方米高炉的示意图前，温总理听取了首钢领导对工程建设情况的详细汇报。随后温总理视察了正在建设的2250mm热轧生产线。并饶有兴致地从正在进行绑钢筋作业的职工手里接过钢筋钩，在桩笼上做了一个钢筋板扣，引来工人们一片掌声。中午吃饭时，温总理端着不锈钢饭盆，坐在职工们中间，边吃包子边和大家聊家常、聊工作，听首建集团党委书记王文利同志说到参战职工都在用心干这项工程时，总理赞许地与大家说，“用心”这个词我常用。“用心”包括两个方面，一个方面是认真，全身心地投入；另一个方面是动脑，要有创造、发明。“用心”的根子还有一个，这个“用心”就是对国家对企业的热爱。温总理强调，自主创新是首钢搬迁调整的一个核心问题，如果没这一条，我们就没必要再搬再建了，就是要提高。

总理的到来，对首钢建设集团的干部职工是极大的鼓舞和鞭策，化作了所有参与首钢京唐建设的干部职工“创新创优创业”“建设世界一流钢铁大厂”的壮志豪情。

在京唐项目施工中，每位建设者都付出了极大的努力。作为首建集团京唐工程指挥部调度长的裴洪占，从来到工地后，除“五一”回了一趟家，一直坚持在施工现场。他负责的2250热轧工程规模大，需要及时协调解决工程中出现的各种问题。为了提高工作效率、节省时间，他自费买了一辆摩托车，每天驾驶摩托车穿梭于施工现场、监理单位和工程部门之间，经常加班到深夜。在炼铁工程现场，毕志国青年突击队的队员们顶着灼热的太阳，进行施工。6月的曹妃甸，白天气温已经高达35摄氏度以上，工程建设者的衣服上一条条汗碱清晰可见，高温、日晒、大风、降雨、沙尘考验着建设者的意志，面对这些，首建集团干部员工为首钢京唐钢铁公司建设做贡献的心依然滚烫。为贯彻温总理“三个精心、两个严格、四个确保”的指示精神，毕志国青年突击队的同志们坚持质量第一，他们承担的工程在确保质量的基础上，工期比计划提前了一个月。

为确保 2250 热轧项目工程的进度质量，首建集团在施工中制定了强有力的保障措施，从原材料、混凝土配比及保温养护等方面进行控制，确保底板混凝土的质量，同时，在施工中广泛采用新技术，如采用了井管降水技术、深基坑支护技术、海水高性能混凝土技术等，有效地保证了工程的质量，降低了成本，质量达到国内先进水平。他们还在岛上建起了钢结构加工厂房，实现构件现场制作。在构件加工制作期间，他们引进了 4 台 20 吨吊车，应用了数控切割、数控钻孔、自动埋弧焊、气体保护焊、喷砂除锈、远红外电加热片预热等新技术，保证了加工质量，促进了施工进度。

图 8　首建集团领导与曹妃甸总包部的同志一起研究工程进度安排。(赵泽民　摄)

春风送暖、春潮激荡，在2007年春天的脚步声中，曹妃甸京唐大厂21.05平方公里的土地上，一座座高炉、焦炉、热轧厂房像破土而出的春笋般树立起来，一天天在长高，一天一个模样，焕发着勃勃生机。2008年，京唐钢铁厂的建设初具规模。10月18日，世界排名第五，我国最大的京唐1号5500立方米高炉点火，历时19个月，兑现了首钢建设者对温总理的承诺；2009年5月21日，高炉送风投产标志着京唐一期一步工程全线建成投产，首钢的整体搬迁取得了初步的成功。

三、奥运工程，彰显国企实力

就在首建集团鏖战曹妃甸京唐钢铁大厂的同时，他们在另一个战场也拉开了帷幕——这，就是首建集团承揽的北京奥运会项目。

燃放火炬，是历届奥运会最为激动人心的时刻。2008奥运会在中国举办，应该做什么样的火炬？用什么样的特殊方式点燃？这是每个中国人都关心的问题，更历来是媒体赛前争相追逐的焦点。

2007年12月24日，距北京奥运会开幕还有228天，时任中央政治局委员、北京市委书记、北京奥组委主席刘淇将制作奥运会主火炬塔的工程郑重交给首钢。北京奥组委要求：在神秘的面纱被撩开之前，绝不能对外透露涉及主火炬塔的任何信息，制作单位也被列为必须严格保守的秘密，任何可能导致泄密的谈话和交流都被严格禁止。为了严守秘密，首钢内部将主火炬塔工程一律统称为“TS”工程——即“特殊”工程，并专门制定了详细的保密制度和规定。制造奥运主火炬，对于首钢人是莫大的荣誉，但这些能工巧匠们愣是把这个秘密在心里憋了7个多月。

主火炬塔是在北京通州区西集的一座工厂里进行建造的，这个工厂位于京沈高速路边，上空是飞机航线，为了确保不泄密，施工人员特地在建造场地上建起了一座100米长、50米宽、40米高的全封闭绿色围挡，整个建造过程都在围挡中进行。虽然是建造一个施工精度要求极高的“大块头”，而又有谁能想到当初首钢人刚接下这份设计任务时，竟是一份没有精确尺寸的意向设计图。只是给出了主火炬塔的基本轮廓和大致尺寸，因为设计方也根本给不出可以施工的精确数据。

据负责该工程的项目部经理李庭祥介绍，“鸟巢”本身是钢结构的，因此热胀冷缩就成了个大问题。经首钢工作人员的测量，“鸟巢”建筑的高度在冬天和夏天之间能相差 70 厘米。而他们制作主火炬塔时是冬天，安装时则已是夏天，且不说实现火炬塔与碗带连接天衣无缝，就是让火炬塔在“鸟巢”上准确定位都很难，设计图和实物本身能相差 80 厘米。

主火炬塔设计难，制造更是难上加难。火炬塔全长 32 米、重 45 吨、最大直径 12 米。其主体结构全部由异型钢管组成，用于搭建主体结构的管杆就有 2000 多根，而且没有任何两根是完全相同的。管杆的口径也差别悬殊，最粗的 399 毫米，最细的只有 70 毫米。事实上，45 吨只是火炬塔本身的重量，它下面还有运行小车和轨道设备，再加上托梁柱，实际落在“鸟巢”上的总重量是 405 吨。安装时，为了把这个“巨无霸”吊上“鸟巢”顶部，动用了国内最大的一台吊车——可以载重 800 吨的汽车吊。

奥运主火炬的神秘感得到了最大限度的保持。直到 2008 年 8 月 8 日当晚开幕式开始的时候，许多四处寻找主火炬的现场观众也未能一睹芳容，这个高达 30 多米的“巨无霸”还安稳地躺在“鸟巢”附近“睡大觉”。直到当晚 10 点 08 分，工作人员才悄悄按下按钮，在一些设计严密的滑轨、液压装置的配合下，高达 30 多米的奥运主火炬才渐渐挺起身躯，缓步运行至“鸟巢”碗口，直至与“鸟巢”的碗带连接。而此时此刻，场上正是欢腾的各国运动员入场式，几乎没有人注意到一个“巨无霸”正在自己身旁悄悄站起。开幕式当晚主火炬塔从横卧在“鸟巢”的顶部悄悄站起，其动力全部来自液压装置。据首钢建设集团董事长王文利介绍，其间要攻克的许多难关不仅外界难以想象，连他们的专业队伍都从来没有遇到过，哪怕只一个环节出现问题，主火炬工程都可能功亏一篑。

从接受任务到奥运会开幕的8个月里，首建集团火炬塔项目部的成员从冬到夏，多少个夜晚，当北京的居民进入梦乡的时候，他们正穿行在鸟巢顶部巨大的钢结构网架之间，在昏暗的光线下，恶劣的施工环境里，忍着闷热和疲惫，一丝不苟的做好每个环节的工作。很多人的身上都有磕碰的伤痕，很多人为了少上厕所而不喝水，很多人被太阳晒得黝黑脱皮，很多人因上来下去的往返跑肿了腿。然而，当他们看到圣火在主火炬塔熊熊燃烧的时候，所有的疲惫与辛劳都化作了自信和自豪。他们的神情中流露的是首钢人敢为人先、创新不止的勇气。他们同样是奥运会上的英雄。

首钢建设者与主火炬塔同期完成的奥运项目还有国家体育场鸟巢项目70个楼梯、10056块看台板及4600块踏步板的安装；国家体育馆3377吨钢结构的制作安装；奥林匹克公园(B区)国家会议中心配套钢结构联通桥工程以及奥运会、残奥会开闭幕式的排练场工程。由于首建集团承建的这些工程质量过硬、进度超前、组织科学，先后受到北京奥组委、北京奥运会开闭幕式运营中心及国际奥委会高级官员的高度评价和赞扬。

北京盘古大观工程，由一座写字楼、三座公寓和一个酒店组成。全部建筑连成一条龙的形状，与“鸟巢”、“水立方”一路之隔，正好成为两座奥运会主要场馆的“背景墙”，地理位置十分显著。首钢建设集团承建的是39层的钢结构写字楼、连接几座建筑的廊柱钢结构工程、南北多功能厅和公寓顶部的钢结构工程。其中重约200吨的巨型抽象“龙头”结构，仅悬挑在空中的龙头后部就将近30米长，而施工的工期只有380天，是一块难度大、任务紧、责任重的“硬骨头”。在首建集团接受任务后，迅速成立项目部，面对建筑面积超过40万平方米且全部为钢结构的超高建筑，项目部始终保持着高昂的斗志，攻克了一个又一个难关。接连创出了钢结构制作与安装的好水平。针对“龙头”的超难度设计，他们请来了建筑大师和焊接行业的专家帮助优化施工方案，寻求理论和技术上的支持，制定了“工厂化生产、现场拼接组装的整体工艺”和“利用抽减支柱塑造龙头前端、利用分段处理与空中悬挑对接制造龙头后端”等施工方法，为龙头的顺利安装奠定了基础。由于前期各项工作准备充分，龙头结构吊装一次成功，并通过了专家的检测，所有焊缝均符合技术规范要求。写字楼的建设获得了2007年度中国建筑结构金奖。

四、璀璨网幕，炫出爱国情怀

首建集团圆满完成奥运会祥云主火炬塔工程后，2009年，给祖国60岁生日又献上了一份最美好的礼物。这就是国庆夜晚由他们制作的焰火网幕，被安置在天安门广场的中心位置，作为联欢晚会焰火表演的主要内容惊艳登场。当璀璨靓丽的图案变化把联欢晚会的气氛一次次推向高潮的时候，他们真切地感受到自己的脉搏正在和祖国母亲的一起跳动，许多同志的眼里都充满了激动地泪水。

2009年3月12日，首建集团接受了国庆焰火网幕制作任务。任务下达后，首建集团迅速组建了以奥运火炬塔工程为班底的指挥系统，抽调200多名过硬的技术骨干组成施工队伍；会同导演组和有关部门编制了详实细致的工作方案、详尽的保密制度；动用了近百台最精良的吊装、运输设备配合焰火幕演练、转场等各项机动程序。

焰火网幕表演是国庆60周年联欢晚会的重要内容，它的主体长90m、高25m。上面设置18万个火药燃放点，数千条导线，总重量达180吨。这个工程是由国庆晚会导演组创意、唯一可以与北京奥运会开幕画轴相媲美的高科技结晶。工程开工前，除了充足的技术准备，首建的项目组与首自信、机电公司机械厂、LED制作、焰火生产等厂家签订了责任状。针对焰火网幕的工艺特点和施工难点，他们会同导演组和有关部门编制了详实细致的运行方案、技术方案、安全性分析、实施流程、保密制度等详尽的文字资料；开工后，他们将焰火网幕的加工、制作、吊装、调试、运输、演练等工作细化、分解落实到每一个具体的岗位和人员身上，力争每个环节都万无一失。焰火网幕加工、制作和调试期间，正值北京市大风集中、高温、多雨的春夏季节，不利的气象条件给工程施工带来诸多不便。但是，怀揣着为祖国母亲生日献礼的拳拳赤子之心，全体施工人员克服困难、日夜奋战，不辞辛苦，全力配合导演组提出的要求。使焰火网幕在短短的两个多月时间里就达到挂网调试条件，接连完成了在天安门广场的预演，并最终实现了国庆之夜的完美演绎。

同年9月，位于唐山市与曹妃甸之间，距离唐山市65公里，距曹妃甸工业区24公里，由中国首钢国际贸易工程公司和北京首钢房地产开发有限公司共同出资，由首建集团承包建设的渤海国际会议中心，经历时9个半月的建设，惊艳落成并圆满投入使用，这座五星级酒店总建筑面积8.6万平方米，像一颗璀璨夺目的珍珠在渤海湾里熠熠生辉。

这段时间首建集团承揽的海外工程也佳绩频传，新成立的首钢建设集团国际工程分公司采取“借船出海”方式进入了国际市场，拿到了多个国际项目，海外工程签约15.3亿，占集团市场额的23.6%；房地产筹备组成功运作了建筑面积32.93万平方米的渤海家园住宅小区，为首建集团进军房地产市场，开拓了全新的合作模式。钢结构公司与首秦公司合作板材深加工项目，为下一步向钢铁主流程延伸、进军造船业奠定了基础。

短短两年，首建集团紧紧抓住了首钢搬迁调整的机遇，从一个给职工难以发放工资的全面亏损企业，到今日取得的令世人瞩目的业绩。

第四节 历经风雨 改制水到渠成

2006年12月，北京市国资委批复了首钢建设集团及其下属11

个单位的改制报告，2008 年 11 月 28 日完成了改制工商挂牌。首建集团通过改制，确立了新的法人治理结构，进一步增强了企业的活力，提高了市场竞争能力，改制揭开了首建集团新的一页。

一、励精图治，谋划企业科学发展道路

改制后的首建集团，展开了弃旧图新的积极谋划。按照首钢建设集团股东大会精神，改制后首建集团要坚持解放思想、实事求是、科学发展的原则，就明确经营发展定位、市场开拓、理顺管理程序和全面落实经营承包责任制等重大问题进行了新的思想整顿和组织调整。

首先他们按照市场化的需求，清晰集团“三个中心”的定位，理顺管理程序。即集团总部为决策中心，任务是“方向、决策、监督、服务”；各二级经营实体为利润中心，以完成上缴利润为经营目标，通过自身的独立经营运作实现效益利润；各项目部为成本控制中心，以成本控制为目标，优化施工方案、降低施工成本、提高工作效率、实现项目预期效益。

他们明确集团 3+1 经营板块的发展定位。一是作为冶金建筑特级企业，进一步做强、做大建筑主业；二是塑造首钢建设集团钢结构品牌，向高端建筑市场拓展，打造首建集团的产品制造业，提升产品附加值；三是围绕“立足首钢、依托首钢、服务首钢”的主题，开辟集检修、协力、备品、备件于一体的检修服务业。在三大板块的基础上，积极开拓海外市场，依托三大板块的有效资源，逐步做精、做大海外市场

他们积极拓展内外市场，抓住首钢搬迁调整的大好机遇，加大首钢内部项目的跟踪力度；继续开拓首钢检修市场，打造首钢建设集团维检、协力品牌；同时巩固已有市场，开发新市场。

他们按照“上缴包死、超包分成”原则，全面落实经营承包责任制。在内部管理上进一步量化精细管理、调动创优激情、控制工程

成本，增强项目盈利能力，全面提高集团的整体运营水平。

为了实现集团可持续发展，改制后的首建集团，坚持走科技兴企之路。完善技术创新体系，加大技术研发投入力度，把握国内外施工技术发展的动态和趋势，学习和引进日本、韩国钢结构加工制造业先进的管理方法，并与中冶建筑研究院和上海交通大学联合，走“院企结合”、“学企结合”的路子，进入高端钢结构市场。建立有效的激励机制，推动技术创新工作的持续开展。

改制后的首钢建设集团延续了多年来重视文化引领作用的好传统，在对多年来企业文化建设进行总结的基础上，提炼、总结、归纳并编辑印制发行了新的首建集团员工 CI 手册。2009 年 10 月，首建集团党委全面启动首建集团企业宣传片制作的工作。摄制组转战北京、迁钢、秦皇岛、曹妃甸、天津等地，对首建集团近年的重要工程业绩进行了全景式的跟踪拍摄。这一年，首建集团党委先后荣获全国企业文化先进单位，北京市思想政治工作先进单位，首钢总公司“六好班子”，全国治安工作先进单位。三篇论文荣获首钢政工成果一、二等奖。

二、钢铁构件，撑起集团发展一片天

塑造首建集团钢结构品牌，使钢结构产品成为支柱产业，是首建集团的经营方略。钢结构是以钢材制作为主的结构，是主要的建筑结构类型之一。钢结构是现代建筑工程中较普通的结构形式之一。为了发展钢结构，首建集团组建了钢结构骨干企业联合体，简称“首钢钢构”。首钢钢构以钢结构研发设计、生产制造、工程安装、物流配送于一体，具有钢结构工程专业承包一级资质和中国钢结构协会颁发的中国钢结构制造企业特级资质证书。可将钢结构产品出口海外以及在海外进行施工。目前，公司拥有北京西集、石景山和唐山海港三块加工基地，钢结构加工能力累计达到 15 万吨以上。

中国的钢结构市场非常好，首建集团成立以来参加了多项国家重点工程钢结构的制造和安装，先后承接了首都机场改扩建 T3 航站楼工程、北京奥运会主火炬塔、国家体育馆主体钢结构工程、奥林匹克公园射箭场、奥林匹克公园会议中心配套设施、北京亦庄奔驰汽车厂房、特宇板材热镀锌生产线、首钢顺义冷轧生产线、大厂机电公司厂房和首钢集团迁钢、秦皇岛、曹妃甸、宝业钢铁基地钢结构厂房、北京盘古大观广场写字楼，及安哥拉、印度、菲律宾等国内外几十座钢结构桥梁的钢结构制作及安装业务。连续十年超额完成集团下达的经营任务，已经名副其实地成为了首钢建设集团的一项支柱产业。

三、借船出海，开启国际工程新天地

改制以来，首建下属的国际工程公司经受住国际金融危机的考验，在困境中求生存、谋发展，他们走出国门建设了许多工业、民用工程，更从亚洲走向了非洲、中东、欧亚，实现了工作重心向国际市场的转移，让世界了解了中国，让世界了解了首钢。

安哥拉市政基础工程合同额达到 5.7045 亿元，是首建集团第一个上亿元人民币的海外项目。2008 年 8 月 31 日开工建设，2012 年 10 月 18 日竣工交验。

污水处理厂项目是安哥拉第一个技术最先进、处理能力最大的污水处理项目，是首建国际公司充分发挥首建集团工业项目的施工优势承揽的第一个工业项目。合同额达 1.0896 亿元人民币。2009 年 5 月 15 日开工建设，2012 年 10 月 18 日竣工交验。

凯兰巴凯亚西一期净水厂及其配套设施是首建国际工程公司继污水处理后承担的第二个施工总包工业项目，合同金额达到 1.2196 亿元人民币。2010 年 5 月 30 日开工建设，2012 年 8 月 31 日竣工交验。该项目的最大特点是施工专业性强、工期紧。尤其是滤池和折板絮凝沉淀池的设计较为复杂、施工难度较大。首建集团和国际工程公司领导对此项目都非常重视，党委书记、董事长王文利亲自给安哥拉项目部打去电话，祝贺净水厂项目的开工，并对项目部的工作提出具体要求。国际工程公司副经理兼安哥拉项目部经理吴卿同志带领施工团队按照合同兑现工期和质量的承诺，圆满完成任务，为首建的海外项目工程再添亮点。

从缅甸多功能柴油机厂到安哥拉的市政项目，从本格拉的现代化体育馆到沙特独具民族特色的移民住宅，首建的参战将士披荆斩棘，克服了气候和水土不服等诸多的困难，在西非的红土地上创造着奇迹。在工程一期市政基础建设中，他们遇到了建设周期长、道路的战线长、设计变更多、沿路拆迁问题复杂、与高速路接口的衔接问题等等在国内没有想到的困难和问题。金融风暴的袭击，使得他们曾半年多没有开过工资，强烈的责任感和使命感驱使着项目部的这群年轻人勇往直前，终于在四年后迎来了安哥拉一期市政工程、净水厂、污水厂的完美收官。

四、构筑通向建筑业技术质量高峰的坚实道路

技术创新能力是企业持续发展的核心竞争力。首建集团不断提高对企业技术质量工作重要性的认识，成立了首钢建设集团技术中心，制定了企业技术创新战略与规划，逐步建立和完善了企业的技术创新体系。并以夺取全国建筑质量最高奖——鲁班奖为目标，全力提升技术质量水平，增强企业的核心竞争能力。

首建集团依托各分公司逐步建立了土建研发部、机电研发部、钢构研发部和中心实验室等十部一室，并制定了《技术中心管理办法》、《科技项目管理办法》等一系列的制度文件，规范了集团在研发战略制定、科技投入、项目研究、立项研发、科研人员考核、成果奖励等方面的管理，健全了技术创新组织体系和管理机制，为企业技术中心开展技术创新提供了有力的支持。围绕着首钢京唐、迁钢等首钢搬迁调整重点工程，积极组织科研、技术攻关和推广应用“四新”技术活动，取得了一系列喜人的成绩。首钢建设集团在社会和首钢

的科技成果评比中，屡屡获奖，仅2010年以来就获得首钢总公司级以上科技成果8项，截止到2011年10月集团共有22工程获奖。2010年以来，申报并受理专利26项，其中发明专利11项，实用新型专利15项。获得授权专利15项，其中两项发明专利。

建筑施工工法是企业开发应用新技术工作的一项重要内容，是企业技术水平和施工能力的重要标志。2010年以来，首建集团先后完成企业工法10项、部级工法3项。部级工法分别是：一安装分公司的“大型高炉热风炉自动焊接施工工法”、钢构分公司的“高炉炉壳平板开孔施工工法”、设备维修分公司的“高炉中修炉身悬挂法更换炉壳及冷却壁工法”。上述技术的推广使用在首钢“一业四地”重点工程建设中发挥了积极的作用。工程标准的编制是建筑企业实力的重要标志，2010年以来首钢建设集团主编国家标准两项，参编国家标准四项、行业标准两项。这些成绩的取得推动了企业技术水平的不断提升。

勇争第一、永不满足，开拓创新、拼搏奋进的首钢建设者在技术上刻苦努力、不断进取，终于收获了甜蜜的果实。2011年11月7日，是一个令全体首钢建设者骄傲的日子。这一天由他们承建的首钢京唐一期一步冶炼工程、参建的北京顺义冷轧工程和内蒙古鄂尔多斯体育馆工程分别荣获中国建筑业的最高奖项——中国建筑工程鲁班奖。

在首钢战略搬迁调整的十年中，首钢建筑业像沐浴了一场摧枯拉朽的春风，又像经历了一次荡涤尘埃的大潮，让这个群体从臃肿变得精干强壮，从一个不识水性的懵懂少年历练成为熟悉恶浪狂潮的青年水手。企业综合实力明显提高，主要经济指标连创新水平，“首钢建设”的品牌越叫越响，企业资质成功晋级，科研技术成果频出，企业文化建设活力凸显。2013年元旦刚过，首建集团与中国航空技术国际工程公司签订了四亿五千多万元的埃塞俄比亚机库大单。首钢总公司党委书记、董事长王青海同志在首钢建设集团调研期间曾经感慨地指出："搬迁调整的十年中，首钢建设集团做出了重要的贡献。如果没有你们，我们这几个大工程不可能建到这个水平，我们的投资不可能这么省，质量也不会这么好，首钢建设是我们自己的子弟兵，关键时刻冲得上去"。

第五章

机电风采

北京首钢机电有限公司(以下简称“首钢机电公司”)是首钢集团下属改制企业,伴随着首钢发展历程,经过几辈人的艰苦创业,通过不断深化改革和创新发展,公司从小到大,由弱到强,特别是在首钢搬迁调整中,机电公司抓住机遇,开始步入向现代化企业高速发展的轨道,成为首钢支柱性骨干企业。

第一节　历史印迹

首钢机电公司伴随着首钢发展应运而生,经受了风雨的洗礼,记录着几代首钢机电人从创业到发展的足迹,谱写出一曲曲动人的凯歌,在首钢发展的历史中,无不闪现首钢机电人的风采。

一、一道亮丽的风景线

当人们走进首钢厂东门,映入人们眼帘的是一座令人瞩目的四白落地的高大厂房,厂房最上方是一个长 198 米的大型彩色壁画,一只雄鹰矗立在高山之上,伴随着云涛,在一轮红日映照下,傲视着远方……这一在工业企业绝无仅有的大型彩色壁画,构成了首钢一道亮丽的风景线,这就是首钢机电公司特重型车间。它标志着首钢几代领导人的一个梦想,就是在建设现代化钢铁企业同时,建设一个世界上最大最强的装备制造业公司。

怀着这一梦想，1986 年首钢总公司决定组建首钢装备制造企业。1986 年 10 月正式成立了首都钢铁公司制造部，这是北京首钢机电有限公司前身。主要负责成套设备单体设备的设计、制造、组装、调试、检修，备件、结构件、非标准件的内部制造安排及引进设备消化等工作。下属工厂有机械厂、冶金机械厂、矿山机动厂、金属结构厂、电修厂等，常规设备只有上百台老式机加工设备，只能对钢厂进行常规的简单机修和检修，很难承担首钢大规模的发展建设的要求。首钢必须建立一支具有现代化实力设备的制造队伍，成为首钢发展建设的主力军。

正是这一时期，首钢准备依靠自己的力量，建设一条 2160mm（以后简称“2160”）板材生产线，而制造大型的冶金装备必须要有大型先进加工设备，于是首钢党委决定对首钢机电公司机械厂进行大规模技术改造，先后投入了三个多亿，建设了特重型车间、重型车间、精密车间，装备有各种大型机加工装备的现代化车间拔地而起，拥有了三十多台世界上最先进的现代化大型加工设备，其中：新上了 7 台大型镗铣床、4 台 8 米立车、8 米数控龙门铣、11 米龙门刨、125 毫米滑动钻床、16 米圆车及各种精密加工机床等一大批大型加工装备，1988 年 3 月正式投产运行，使机电公司加工设备实力在当时一跃成为华北地区排名第一。特重型车间建成，轰动了国内机械制造业，迎来一批批知名人士和专家参观，当年就接待了国内外宾客近千人次，而且受到党和国家领导人的关注。1992 年 5 月 22 日，邓小平同志在北京市和首钢领导人的随同下，视察了机械厂特重型车间。7 月 24 日时任国务院副总理邹家华也视察了这一车间。

韩国浦项综合制铁株式会社会长朴泰俊到首钢参观访问时，曾问道：“听说贵公司铸造出了 2160 轧机机架，你们能加工吗？”当他们参观了特重型车间看到 10.75 米，宽 4.65 米，高 1.8 米的特大型机架已在大型龙门铣就位时，说：“我信服了，没想到贵公司机械制造方面有这么大的能力。”莫斯科中央研究院四名专家在特重型车间参观时，连声赞叹：“首钢了不起，首钢人真了不起！”

二、珍藏的记忆，难忘的日子

机电公司曾经为首钢发展立下过赫赫战功，深深留在首钢机电人的记忆中。

1990年6月27日，首钢机电公司机械厂重型车间迎来了不平凡的时刻。只见一个长14.6米，重46吨的庞然大物——鱼雷罐体已开始缓缓升起，向鱼雷罐车慢慢移去，在场的所有人顿时屏住了呼吸，默默地盼望着国内第一台自行设计和制造的鱼雷罐合装成功。4点50分鱼雷罐体合装一次成功，质量全部达到标准。大家再也抑制不住兴奋的心情，一张张脸上挂满了笑容。鱼雷罐车是一种大型铁水运输设备，具有热损失小，保温时间长，节约能源等优点，不仅可以满足各种大型炼钢转炉生产的需要，还可以代替炼钢工艺中混铁炉设备，在铁水运输过程中完成脱硫、脱磷等操作工序，降低生产成本和节约能源。它的设计标准和技术要求非常高，制造难度大。没有雄厚的技术实力和先进的装备是造不出鱼雷罐车的。当时，国内除一家大型机器厂与国外合作，采用日本的技术专利，用3年多时间生产出一种型号的大型鱼雷罐车外，各钢铁公司所有的鱼雷罐车全都靠引进。

首钢机电公司机械厂发扬首钢人的开拓精神，以其精湛的技术和先进的装备，勇敢地承担起鱼雷罐车的制造任务。这是首钢自行制造的我国第一台大型鱼雷罐车，一次可容纳铁水260吨，是钢铁生产中运输铁水的特种车辆。46吨重的大罐体的焊接，要求悬空架起并能转动自如。面对这一技术难关，工作者们群策群力，通过对一台大轧辊磨床进行改制和通过自制的焊接架，使罐体加工后的实际精度超过了设计水平。传动部分的减速装置采用了首钢机电公司自己的专利——蜗轮副。一道道技术难关被一个个突破了。这一成功结束了我国不能制造鱼雷罐车的历史，标志着机电公司制造大型成套设备的实力。

1992 年 7 月 22 日也是机电公司最为难忘的日子，一座具有国际先进技术水平的一号焦炉在北钢焦化厂建成投产，在试车的现场，首钢领导把目光聚集在机电公司制作的焦炉四大机车设备——推焦机、拦焦机、装煤机、熄焦机车的运转上，一次试车成功，这是对首钢机械制造业的一次检阅，试车得到了首钢总公司领导和专家的高度评价。在成功的背后却有难以忘怀的日日夜夜奋战。这座 6 米焦炉采用的是从德国奥托公司引进的国际最先进的技术，但是外方没有 6 米焦炉四大机车的图纸，图纸转化改造设计的任务落在机电公司身上，上万张图纸，经过机电公司技术人员顽强拼抢，几十万个各种参数的计算，四个月的时间完成了全部图纸转化设计任务，部分地方根据首钢实际，成功进行了创新和改造设计。当奥托公司专家宾格先生看到这一成果，惊讶地耸起双肩："在我们德国，电脑绘制四大机车的图纸，得 120 人工作 8 个月，而你们只用四个月就完成了，真是不可思议！"接下来就是设备的制造，面对设备制造工艺复杂、精度标准高、大型部件超过了机床加工范围等种种困难，特别是推焦机两层平台，大车结构的设备长 35 米，高和宽各 15 米，重达 400 多吨，设备中有 10 多个复杂系统组成，是四大机车中加工难度最大的设备，机电公司组织全公司进行会战，硬是闯过一道道难关，在制造过程中工人们还发明了先进的加工法，工效提高了 10 倍，这一加工法后被首钢总公司评为最佳操作法一等奖。在机电公司各单位的共同努力下，最后成功完成了设备制造任务，联合检查验收一次成功。消息一传开，便在国内外引起了轰动，专门负责设备调试的德国奥托公司专家考劳奥斯先生，仔细察看了首钢制造的设备之后信服地说："如果今后世界上谁再采用奥托公司的设计，我将首先推荐首钢来制造"。

1992 年 11 月 12 日这一难忘日子，在第三炼钢厂 3 号连铸台上，在一双双殷切的目光的注视下，钢水从钢包徐徐流进中间包浇入结晶器中，向着热送辊道缓缓而去，成功了，首钢自行设计制造的具有国际一流水平的八流方坯连铸热试成功了。而制造这一成套设备的正是首钢机电公司。连铸机振动装置工艺要求在每分钟上下振动 150 次，振幅 20 毫米的情况下，左右偏摆不能超过 0.15 毫米。承担制造的首钢机电公司工作者和技术人员反复研究加工方案，通过自制胎具、支架和改进刀具等措施，大幅度地提高了各部件的加工精度。在组装调试中，工作者对每一条线、每一处配合位置都反复进行检验校对，严格要求。钳工为了减少安装偏心套细微的偏差，用刮刀一点点地进行刮研和修磨，确保整机质量。连铸机大包回转台的关键部件中心立柱和主转臂梁都是高精度超大件设备，其中，设计要求整体加工，承重能力要达到 700 吨以上，中心立柱长 5.25 米、最大直径 4.8 米、总重 70 多吨，加工精度上下公差仅允许 0.08 毫米，不仅首钢的各种大型设备无法加工，而且也超出了国内现有机床的加工范围。时间不等人，通向成功的唯一之路就是大胆前闯，打破常规，创新工艺。首钢机电公司机械厂组成了由技术人员和一线工作者参加的专题攻关组，通过对中心立柱设计结构多次“会诊”，提出了上下分体加工、组装焊接的全新工艺，并详细制定出确保精度的措施。机械厂重型车间、二金工车间、结构车间的立车、钻床、镗铣床一齐开动，各工种密切配合，精心加工。经检测，分体加工的各配合精度比原设计要求提高了两个等级。上下半体对接精度是成败的关键，焊接工作者采用预热后四点对称顺时针同步焊接，确保了中心立柱的性能、精度完全达到设计要求，闯出了我国超大件设备制造的新路。这台八流方坯连铸从设计到加工制造到安装，仅用了 16 个月，被国际舆论誉为“世界”奇迹。

依靠自己的力量，建成国内最先进的 2160mm 热轧板项目，是首钢几代人的梦想，1992 年 5 月 5 日国内罕见的 2160 大型轧机机架首次由首钢机电公司机械厂浇铸成功，并进入特重型车间进行加工制作，当时新华社记者在现场进行了采访，接着《北京日报》又在一版显著的位置刊登了题为“我国最大的热轧机机架铸造成功”的文章。1992 年 6 月 13 日来自国内 20 个部委、高等院校、协会及企业的 35 位专家，参加了首钢热连轧机机架铸造工艺评研会，对该机架的铸造成功做出这样的评价：“首钢机电公司浇铸成功的特大型大机架，不仅是首钢的光荣，也是全国冶金钢铁企业的光荣，也必然对中国机械制造业水平的提高产生积极的影响。”在这之后，机电公司又完成了 19 个热连轧特大型机架的铸造，全部取得成功。

在这一时期，首钢机电公司先后完成了连铸机、转炉、高速线材轧机、棒材轧机、高炉炉顶无料钟装料设备、除尘落地风机、煤制气工程空压机、铁水渣罐车、鱼雷罐车、350 吨天车、压差发电、950KW 电机等一大批重点工程的设备制造与供应。并完成高炉、炼钢、冷轧等大修改造及一大批备件和检修任务，不仅为首钢的发展建设做出了重要贡献，而且培育了一支具有创新创业精神，能打硬仗的机械加工队伍，同时，为首钢后来的大规模发展建设和搬迁调整积累了经验。

第二节　创新求变　敢与强手过招

2003 年，首钢搬迁调整的全面启动，为首钢机电制造业带来了极大的发展机遇。一方面机电制造业成为首钢一业多地建设的主力军，一大批由首钢机电人制造的现代化装备源源不断地运往首钢新建钢铁企业，投入使用，创造出骄人业绩；另一方面搬迁调整带动了首钢机电制造业的全面发展。在首钢现代化设备制造过程中，全面提升了产品制造技术和装备实力，锻炼了职工队伍。随着企业软硬实力的全面提升，在国内外市场竞争中首钢机电成为行业中令人刮目相看的一匹“黑马”。

一、立下军令状,打响攻坚战

在首钢搬迁调整中,一大批建设工程开始上马,全国各路知名制造商也闻讯云集到首钢。摆在机电公司面前的是具有几十年专业经验的强手,必须与强手过招才能赢得工程项目。这时候首钢京唐公司两条连铸生产线开始招标,一号线被一家连铸专业生产厂家抢到手,他们向首钢领导表态时说:“我们是国内连铸专业生产的老大,在产品质量和交货期方面,任何厂家都不是我们的对手。因此,把所有的连铸线交给我们干是首钢最明智的选择”。另一条线是不是给机电公司,在首钢内部产生了较大争议,主要是用户不放心,领导担心,机电公司毕竟没有干过这样大的工程项目,是给新手还是给强手,决策者看法不一。为拿到这一项目,机电公司从上到下提出了一系列措施。一位分管机电公司的首钢副总经理向总公司领导做了保证,机电公司党委总公司立下了军令状,最终,首钢总公司决定这项工程交由机电公司来完成。这场重点工程攻坚战全面打响,成为机电公司一项争气工程和希望工程。

当时负责工程设备制造的是机电公司机械厂新上任的党委书记李国华和厂长张满苍,他们提出的口号是:输谁也不能输给我们的竞争对手,丢什么也不能丢掉这条连铸生产线。机电公司机械厂领导带领技术人员,组织对生产技术工艺中每一个可能出现的问题进行攻关。经过干部职工的日夜拼搏,不到半年时间,机电公司与竞争对手同时完成设备制造任务,随后,机电公司又顺利完成了生产线的现场安装,而这时生产一号线的那个厂家,由于设备加工尺寸出现问题,无法安装,如果重新进行返修,将直接影响工程节点进度。这时,工程指挥部决定,由机电公司负责帮助返修。一号线经过机电公司机械厂职工返修后,两条生产线正式进入到试生产运行阶段。在试运行过程中,机电公司负责的这条生产线,各项性能和综合技术指标均达到国际先进水平,过钢量也超过了对方。机电公司承接的这项工程不仅赢得了用户信任,也得到了首钢总公司领导和外国专家的赞誉，同时，还赢得了竞争对手的尊敬。他们说，我们输的不是技术，而是输给了具有首钢精神的首钢人。

二、情系飞剪，为梦而搏

机电公司在首钢京唐公司连铸生产线建设上树立了良好声誉，首钢搬迁调整中的各项任务接踵而来。2006年，迁钢21600mm热轧项目关键设备飞剪加工制造任务，正式确定由首钢机电公司机械厂一分厂承担。迁钢2160飞剪是热轧板生产线的关键设备，设备总重达260吨，属于冶金设备加工制造的最高精度，长期以来国内使用的该类设备主要靠国外引进，这次全部由首钢机电公司机械厂自主加工制造完成，其难度之大可想而知。

为了完成这一艰巨任务，分厂正式成立了飞剪加工制造指挥部，经过半年夜以继日的拼搏，飞剪设备加工和组装全部完成，当制造完成的飞剪设备一次通过外国专家的验收时，不少人激动地流下热泪。近半年时间里，他们付出了太多心血。机械厂一分厂厂长李文海，身患严重的心脏病，当领导决定加工制作任务由他来出任总指挥时，高兴的一夜没睡好觉，多少往事历历在目，10年前就是由他亲自组织完成2160大机架浇铸，没想到10年后的今天，他又能担当重任，组织完成比大机架更高的飞剪制造，让他多年的梦想终于有了一个实现机会，为了干好热轧飞剪设备的制作任务，他硬是三个多月没回家，工人三班日夜的干，他每一个班都盯在现场，组织协调指挥每一个工序节点按期完成和达到高标准要求。当外国专家总体验收一次过关时，他怎能不激动，不流泪呢。

分厂副厂长张雪玲是名女同志，为了解决飞剪加工制造中大量工艺技术难题，她不知道熬了多少不眠之夜。为了缩短加工制造周期，提高加工质量，她和李文海共同提出新的合体加工创新方案，可作为技术权威的外国专家提出质疑，认为国外从来没有这样先例，当他们用这一方案完成合体加工的两个大承轴，验收全部达到技术要求时，这名外国专家里里外外检查了一遍又一遍，一点毛病没挑出来，竖起大拇指说，你们真了不起！

飞剪合装负责人工程师张广裕，为了保证合装一次成功，白天组织合装攻关研究最佳方案，晚上自学软件，为让每一个参加合装的职工对飞剪工作原理有一个整体概念，他精心制作了一套飞剪工作的三维动画，给参战人员进行讲解。首钢总公司领导朱继民在机电公司机械厂调研时，专门看了他制作的这套三维动画软件，给予高度评价。又有谁知道为了这一切他所做出的牺牲，他的小孩身患重病，生活不能自理，妻子为了支持他的工作，只能请长假回家专门照顾孩子。

这一桩桩一件件无私奉献的感人事情不胜枚举，深深地感动了在场的外国专家，他买了四条高级香烟发给大家。在合装一次成功后，他又掏出钱交给李文海厂长，一定要请大家吃饭，并动情地说："你们太让我感动了！"

三、惊世之作，为荣誉而战

由德国西马克公司设计并负责监制的迁钢 2160mm 工程的板卷箱设备，交给了机电公司机械厂二分厂加工制造。外国专家凭着他多年的经验，一到机械厂就下了这样的断言：制造板卷箱你们不经过装三遍、拆两遍是不会搞明白的，也是根本装不上的。2250 轧机的板卷箱整机制造在冶金设备制造业中被视为顶级产品，板卷箱是连接 2160 粗轧机和精轧机之间的一个关键设备。所有加工尺寸都大大高于一般的冶金设备，所有的零部件都设计得"奇形怪状"，不仅加工难、测量难，组合装配更难，能制造出这台设备就是一种工艺、技术、加工、装配综合能力和水平的体现。这台外国人设计的板卷箱还有一个神奇之处，就是经过粗轧机的钢板进入到板卷箱后，钢板在里面就像变魔术一样，待再出来时，头可变成尾，尾可变成头，板卷箱里没有任何加温装置，钢板在里面却能自动升温，使温度均匀后再送入精轧机。对于这些奇形怪状的设计和独特奇异的功能,外国专家说,这就是他们的核心技术,这就是2160的核心设备。难怪在板卷箱加工制造过程中,首钢电视台想做新闻报道,外国专家坚决禁止拍摄。

在机电公司机械厂工作了36年的二分厂厂长,板卷箱加工制造的总指挥郭业杰说,1994年,首钢为我们分厂配备了4台从捷克引进的镗铣床和数台国产的数控加工设备,就是为了加工制造2160热轧板设备的。我们都等了十几年了,今天总算有机会搏一把,为首钢的发展亲手制造2160轧机设备,我们要干得圆满漂亮,就要一次把板卷箱合装成功,让外国人看看我们首钢人的精神、能力和技术水平。2160板卷箱的制造开工后,承担任务的二分厂从领导到参战的每一名职工就是一个心思,以"求变创新"的精神,"严、细、深、实"地对待每一项工作,把能想到的问题和困难都想在前面,把能做的工作都做到位,决心把这台板卷箱设备的加工、组装、调试工作做到一次成功,并且一定要比外国人干得更好。为此,厂长郭亚杰日夜盯在现场分析难点,准确制定出每一个工作步骤和实施方案。技术副厂长张继龙为攻克解决一个个工艺技术难题,每天工作到后半夜。党支部书记高照民刚做过结肠癌手术,也和大家一起吃住在现场。领导的表率作用和身先士卒的奉献精神,极大地激发了每名职工的责任感和使命感。镗铣工段长王建东在接到加工夹送辊机架的任务后,为了保证精度要求和定位准确,经常不离开机加工现场,从镗铣床到数控龙门铣床,他一道工序一道工序地跟班走,确保了每一个定位尺寸的准确无误。钳工孔永强家在外地,在制造板卷箱期间,他的爱人带着小孩来北京看他,他把爱人和孩子安排住下后,在合装现场一干就是好几天没回家。开始他爱人很生气,但当他向爱人讲清自己承担的工作重要性后,爱人通情达理地说:"我们娘儿俩的事你就不用操心了,一定要干好工作,为中国人争气。"

2006年7月26日,机电公司机械厂二分厂加工制造的2160热轧机板卷箱一次合装试车成功。职工为表达自己的心情，特意做了一朵大红花挂在了板卷箱上，负责监制的外国专家认真细致地检验后也服气地说，“这真是一个惊世之作，你们干出的这台板卷箱比我们在国内制造得还好、还快”。

此时此刻，作为板卷箱合装的主力人员钳工班长张龙更是激动得热泪盈眶。几个月来，为了制造好这台板卷箱，他研究消化的图纸就达 2 尺多高，他和同事们不管活儿多难，任务多紧，靠着一股认真负责的精神、开拓创新的劲头，硬是没有出过差错，最后连外国专家都称赞他们说：“你们是中国最优秀的工人，你们的工作让我放心”。在板卷箱合装成功的现场，干部职工们说：“今天 2160 板卷箱在我们手里一次试车成功了，以后有机会我们还要到迁钢去，亲眼看一看用我们制造的设备生产出来的板材，把这一切永远保留在我们的记忆里，让它成为我们一生最美好的回忆。”

四、抓住机遇，点亮智慧之光

出色的制造业绩是市场的通行证，它为机电公司赢得了市场的快速发展。2003 年以来，机电公司先后承接和完成了首钢京唐公司 8 条连铸生产线中的 6 条大板坯连铸设备生产线，其中 4 号连铸生产线实现了自主集成；出色承接和完成了迁钢 14 条大板坯连铸生产线的设备制造；出色承接和完成了首秦 4 条连铸生产线设备制造，其中最大厚度为 400 毫米。他们还先后完成了首钢京唐、迁钢和首秦公司三大钢厂 8 台套高炉并罐式无料钟式炉顶装料设备，其中，包括两台世界上最大的 5500 立方米高炉设备制造。完成了这三大钢厂大型氧气顶吹转炉 10 座；京唐两台海水淡化主体设备的制造；为首秦制造 4300 毫米热轧板生产线轧机；为迁钢生产制造 2160 毫米热轧板生产线轧机等设备。分别完成迁钢与京唐的 40 万吨横切机组和京唐 30 万吨横切机组；迁钢 80 万吨推拉式酸洗线及大型焦化设备、大型电机、液压设备等一大批高端冶金设备制造。这一项项良好的制造业绩，创出首钢机电人的良好形象，在首钢发展建设历史上书写出华丽而炫目的篇章。

图9　机电公司制造的横切机组。（陶晓海　摄）

借助首钢搬迁调整的有利时机，首钢机电公司产品由点到面构筑了机电公司产品体系。在首钢内部市场创出的良好业绩，进一步推动了外部市场的开发，主要产品的市场占有率逐年扩大，先后完成了包钢、武钢等国内大中型钢厂一批技术改造项目，外部市场销售收入比重从过去不到10%扩大到50%以上。先后为国内各大钢厂生产制造了80多台套高炉炉顶设备；近百台套大型转炉；50台套连铸设备，其中国内钢铁企业17条薄板坯连轧生产线，机电公司制造了13条线，创下国内同行业第一。板坯连铸、高炉炉顶、大包转台等部分高端设备制造水平和市场占有率，进入国内同行业前三名。还制造了50台套轧机设备；近百台套大型鱼雷罐车；焦化四大机车等。2003 年与德国海瑞克公司合作,先后生产制造近 50 多台套用于地铁工程的大型盾构机。出色完成了国庆 60 周年联欢晚会焰火网幕机械传动部分制作任务,以及天安门广场国旗杆维修和升旗仪式保障任务,获得北京市颁发的首都国庆 60 周年最佳保障奖。出色完成了北京奥运会大型火炬机械液压传动部分的制作。圆满完成了天安门广场花坛制造工程中的花坛主旋转机构制造部分,为北京奥运会做出了贡献,进一步展示了首钢和机电公司的良好对外形象。

机电公司在海外市场也取得了重大进展。先后承揽了印度、巴基斯坦、意大利等国家的一批冶金设备制造项目,与中首公司合作签订了印度埃萨焦化项目 3.35 亿元总包合同,与首建公司合作签订了越南清化冶金股份公司项目总包 5.5 亿元的合同,为取得海外工程总包资质创造了条件,从设备供应开始向工程总包发展方式转变,展示出良好的海外发展前景。

如果说首钢三大钢厂武装着世界上最先进的装备,那么支撑这批装备的则是世界上最先进的技术,而应用这最先进技术的就是机电公司一支优秀的技术团队。他们借助首钢搬迁调整的机遇,点亮了璀璨的智慧之光,拥有了掌握世界先进技术的学习能力、消化吸收转化能力,从先进的工艺制造技术开始向成套设备设计能力的跨越。

机电公司在首钢搬迁调整中,通过几大工程全面建设,全面提升了冶金设备制造的水平,带动了高端设备制造业的发展步伐。他们一步步地从冶金机修行业跨入到具有设备供应总包能力和中高端制造水平的装备制造型企业,制造工艺技术有了显著提升,逐步形成了以板坯连铸设备为代表的中高端产品系列。板坯连铸机扇形段制造能力由 2003 年初期年产十几台上升到 400 台套。特别是为京唐制造的 4 号连铸机设备,消化和自主集成了全部成套技术,实现了从过去单体设备制造向成套设备制造的转变。同时,还完成了由设计院设计、机电公司制造的 5500 立方米高炉炉顶设备、首秦

4.3m轧机，与法国西达姆合作的京唐3#、4#两台海水淡化主体设备等一批高端产品，拥有了自主集成技术和部分自主知识产权。

迁钢2160平整机、开卷机组等三大主体设备，历来是意大利米洛公司的核心技术。机电公司机械厂接受任务后，经过测绘、转化、工艺设计、平面设计、三维动画设计，数据计算达到了几十万组，最终技术研发取得圆满成功，达到了较高水平，并获得首钢2011年科学技术进步一等奖。同时板坯连铸结晶器制造技术也取得了新突破，获得首钢2011年科学技术进步二等奖。随后，机电公司又消化吸收了安德鲁兹“推拉式酸洗生产线”技术，对迁钢公司80万吨推拉式酸洗线项目进行了自主设计、集成……机电公司还组织有关技术人员消化吸收国外知名公司产品技术，经过测绘、转化、工艺设计、平面设计、三维动画设计，先后完成了迁钢、京唐推拉式酸洗线设备、40万吨横切机组和平整开卷机组等项目，为实现设备总包创造了业绩，奠定了基础。

在推进备件国产化方面，机电公司也实现了突破性进展，并取得一系列成果。如，成功开发了迁钢板坯连铸机扇形段配套使用的夹紧油缸及控制阀组、首秦宽厚板坯连铸DRY辊国产化的开发，京唐2250热轧机组定宽压力机锤头组织集成开发，京唐除磷机夹送辊及首秦机架辊堆焊的研发制造，等等。另外，重点进行了一批高端备件产品的研发，形成了专业化的生产单元，加快了修复技术和检修技术的全面提升。

2003年以来机电公司获得自主知识产权专利18项。还获得板坯连铸机、2160工程飞剪、板卷箱、大型电机、奥运会火炬塔、系列混铁车等12项首钢科技奖。

首钢10年的搬迁调整，为机电公司腾飞发展增添了雄健的翅膀，企业综合经济实力大幅度提升，成为国内装备制造业市场上不容小视的一匹“黑马”。

2008年以来，机电公司年平均销售收入达到13—17亿元水平，比2003年以前翻了两倍;年利润水平在3000~6000万元,比2003年以前年均利润100多万元翻了百倍以上;年人均劳产率达到50~60万元水平,是2003年以前年人均劳产率20多万元的两倍以上。设备制造量每年在4~5万吨左右,年产值水平在12~14亿元,比2003年以前增加一倍以上;年市场平均承揽量在15~20亿元水平,比2003年以前翻了两倍以上。其中,社会市场承揽量从过去不到10%,扩大到50%以上。

企业的发展带动了装备实力不断提升。机电公司购置了一批大型的数控设备,数控化比率明显提高,为扩大经济总量和高端设备制造创造了必要条件。

设备制造创造了良好的市场业绩。生产的各类连铸机设备,其中:为国内钢铁企业制造了13条薄板坯连轧生产线,创下国内同行业第一,板坯连铸扇形段已达年产400台套的生产能力,市场占有率在国内排名第二位。大包转台等设备目前排在国内同行业前二位;为国内外各大钢厂生产制造80~300吨转炉100余座,排在国内同行业第一位。设计制造了各种高炉炉顶设备50多台套,排在国内第二位,其中5500立方米高炉炉顶设备为当时世界最大,用于曹妃甸首钢京唐钢铁公司。为国内外各大钢厂设计制造了260/320/350/450吨鱼雷型和筒型混铁水罐车系列上百台套,排名国内第二位。还制造了大型热连轧机的飞剪、板卷箱等主体设备,4300mm宽厚板轧机成套设备,宽带钢冷轧连续退火、热镀锌机组、热带钢平整分卷机组、横切机组和托盘运输机组等一批高端的冶金设备,部分设备出口西班牙、印度、巴基斯坦等钢厂。还设计制造了580m^2以下的烧结设备,7m以下的焦炉和焦化除尘设备。与德国海瑞克公司等合作,生产制造用于地铁和隧道建设的盾构机,在华北、中南地区创造了良好的市场业绩,已在北京和广东地铁和中国铁路隧道建设工程施工中得到了广泛应用,现具备年生产制造20台的能力。同时,自行设计及与法国CBE公司合作的管片模具项目,在隧道混凝土砌块方面也创造了较好市场业绩。拥有美国机械工程协会颁发的ASME质量资格认证，全面掌握海水淡化蒸发器主体设备制造技术，能够生产制造各类大型热能交换设备和压力容器。冷加工的制造水平，在各大钢厂机械加工行业处在领先的位置。

图10　机电公司为京唐公司5500立方米制作的高炉炉顶。（陶晓海　摄）

首钢搬迁调整一业多地的发展建设和技术改造项目为机电公司提供了广阔的市场空间，构筑了机电公司核心竞争力。

第三节　机电人　机电魂

人是企业第一资源，是推进企业发展的动力和源泉。人是大海，能载舟，也能覆舟。发挥好人的能动性和创造性，就可使企业的方舟在惊涛骇浪中扬帆远航。机电公司以这种大海的文化，博弈于改革年代的风口浪尖，为机电人铸魂，为机电公司的发展注入活力。

一、绿色通道，催生“精英”人才

伴随我国经济的发展和首钢的搬迁调整，机械制造与自动化专业人才短缺的矛盾日益凸现。机械行业的人才现状已经受到国家有关部门以及行业相关专家学者的特别关注，并提高到了一个战略方针和行业目标的高度。处于快速发展中的首钢机电公司同样深切感受到人才的重要，他们采取一系列的措施，搭建具有机电公司特色的绿色通道，为每个岗位的人员提供个人发展空间，在个人成长中感到有奔头、有希望，这是推进机电公司几年来发展的成功经验。

2008年以来，他们率先实施专业技术管理系列改革，开通专业技术管理人员职业发展的“绿色通道”。专业技术管理系列从高级到初级，设置五个职务、十三个职级按梯次结构设置，依据绩效考评结果聘任相应的职务。按照聘任的职务和个人的基本工资，核定职级。每年随绩效考核与职务、职级的升降挂钩。同时，实施技能操作系列改革，开通高级技能人才成长发展的“绿色通道”。一线技能操作岗按照高级技师、技师、高级工、中级工、初级工五个技能等级，构建工资系列，设置技师、高级技师、操作专家三个聘任职务等级，六个职级进行聘任，实行津贴制度，每年随绩效考核与技能等级的升降挂钩。进一步形成技术水平高低、贡献大小与收入挂钩的人才成长晋升机制。每年组织开展岗位技能竞赛活动，选拔培养多种技能人才。凡参赛人员按理论考试成绩、实操成绩和敬业态度进行层层考评。对达到本工种决赛1～3名的给予奖励，并推荐参加首钢和北京市工业职业技能比赛，对获得前三名的给予一万元以上奖励，并享受月津贴。企业的绿色通道的建立，极大调动了职工学技术的积极性，催生了一批机电公司技术精英。

仅以下面三个典型人物为例：首先是卫建平工作室应运而生。卫建平是机电公司由工人成长起来的高级工程师，现为机电公司机械厂卫建平工作室主任，2006年，机电公司机械厂成立了“数控与刀具开发创新工作室”，卫建平任主任，即“卫建平工作室”的前身。最初的工作是研究高效加工和使用推广新型刀具。通过推行“高效切削”,把数控技术与刀具革命结合起来,把信息化手段、数控化手段、自动化手段连接起来,把当前傻瓜式照相机一键操作引入到加工制造业,转为新的生产模式和加工方式。2003 年机械厂一年只生产 7 套连铸扇形段,而 2010 年上半年就生产 180 多套,产能提高 50 多倍。连铸机扇形段的框架加工,从过去月加工 10 几个增加到 40 多个,加工效率不到一年就追上了国内专业厂家。产能效率目前已达到国内顶尖专业制造厂家的水平。而且国际上最先进的四个品种规格的扇形段已都能生产。另外,卫建平工作室还创新了利用互联网的远程加工和操作,在一个终端的管理平台上实现多点、多地、多台设备的在线监视和运行过程管理,实现了在线交流,即时锁定了所有设备运行数据、定额工效和问题诊断,大大提高了加工效率。2008 年“卫建平工作室”获得“北京市优秀人才培养资助”,被北京市总工会命名为“数控应用技术研究与培训卫建平工作室”。在总结这一试点经验基础上,市总工会、市科委联合进行推广,于 2009 年 12 月 24 日命名了“2009 年首批 10 家首都职工创新工作室”,“数控应用技术推广与提高卫建平工作室”名列其中。他所带领的工作室,在推进企业的发展理念、创新管理制度、再造工艺技术流程、适应生产力发展、转变生产组织模式、实现企业数字化、信息化、自动化的工作进程等诸多方面,发挥了极其重要的作用。提高劳动效率几倍、几十倍,使复杂的劳动简单化。2010 年 8 月在首钢“三创”会上,被首钢党委树为创新先进典型,并在会上全面介绍了卫建平工作室的先进经验。2012 年 4 月 27 日卫建平同志荣获全国五一劳动奖章。“卫建平工作室”的经验和做法,在机电公司内产生了积极的连锁效应。为全面适应高端产品的发展要求,一个个创新团队相继应运而生。创新平台已成为企业人才培养的重要基地。2010 年以来,一批高技术、高技能人才脱颖而出。有近百名同志被评为企业之星,50 多个集体被命名为优秀创新团队。

卫建平工作室的出现激励了青年技工的成长。2012 年 8 月 6 日，在第四届全国职工职业技能大赛中，机械厂 26 岁的青年职工刘琪，凭借扎实过硬的技术，在决赛中一举夺得车工组个人第三名。此次比赛属国家级一类职工技能比赛，按照中华全国总工会、科学技术部、人力资源和社会保障部、工业和信息化部等主办方规定，获得个人比赛前 5 名的选手将授予全国技术能手称号，获得个人比赛前 3 名的选手将授予全国五一劳动奖章。刘琪也因此成为首钢最年轻的全国五一劳动奖章获得者。2009 年 9 月从北京市工贸技师学院毕业的刘琪，由他的老师介绍认识了首钢机械厂高级工程师卫建平。还幸运地被安排在“卫建平工作室”，负责首钢技师学院的数控技工教学培训，同时承担机械厂内小型、批量件产品的加工生产。在三年多的工作学习中，他接触到许多产品加工过程中遇到的急难问题，直接参与了高效加工的创新实践，因而专业技能水平迅速提高。更重要的是，他通过与卫建平的朝夕相处，从言传身教中，有了更高的进取目标和学习动力。随着不断地进步，刘琪在迅速成为一名技术骨干的同时，也担当起生产一线的组织管理工作。为了掌握比赛涉及的技术内容，他虚心向卫建平师傅请教，精心准备，每天休息不到 4 小时。下决心在与国内顶尖高手一搏中为首钢争光。2012 年 8 月 4 日至 6 日，刘琪在强手如云的竞技中，同另外两名选手代表北京市参加了第四届全国职工职业技能大赛总决赛，刘琪和来自全国 25 个省市的 76 名参加车工类比赛的选手一起，经过 6 小时实操比赛和 90 分钟的理论比赛，最终获得车工个人第三名的优异成绩。为北京为首钢赢得了荣誉。

还有就是最高级别的三星级冷作高级技师桑建国，被外国专家誉为中国最“牛”焊接高手。桑建国是机电公司机械厂铆焊工技术带头人，也是厂里干这一行最高级别的三星级冷作高级技师，可以说是工厂屈指可数的铆工技术高手，现为机电公司焊接工作室主任。几年来，从扇形段，到转炉、托圈，再到大型的鱼雷罐车和 2160

飞剪的工程制造，基本上都是他第一个先干出来，等到大家都会干了，他又去接更新更难的任务。机械厂结构分厂在承担首钢京唐钢铁公司 5500 立方米高炉的炉顶设备制造中，他又是一马当先，冲在前面。5500 立方米高炉炉顶的料罐，高 8 米，直径 4 米，不仅形状特殊，制作精度高，而且还要同心，因此放样下料的难度非常大。任务一下来从拆图到放样、下料，难题一个接一个。桑建国坚定地迎难而上，他先用电脑按照设计图拆分画出所有部件的放样图，计算和标出了 1000 多个原始数据，然后再一遍遍地给一同参加制造的同事讲图，讲每一处的放样方法。为保证首钢搬迁调整的顺利进行，当高炉炉顶料罐的制作全面开始后，面对紧张的工期，他以不屈不挠的创新精神和超凡的智慧，带领大家一次次攻克技术难关，出色完成了首钢京唐 5500 立方米高炉炉顶的设备制造任务。用他的话讲，一个好的铆工没有十年八年练不出来。他从干鱼雷罐车，到承担我国从德国西马克引进的第一套扇形段的试制，再到转炉、托圈和 2160 等大型轧钢设备的制造，就是在完成一项项艰巨任务的实践中锻炼出来的。应该说，机电公司近年来的快速发展给了他成长的大舞台，提供了个人成才千载难逢的机遇。

谈到机电公司的高端技术人才群体，首钢的几大钢厂对他们的名字都耳熟能详。每当飞剪设备遇到技术难题，首先想到的是机电公司飞剪专家张广裕，在他的带领下，任何飞剪设备技术难题都能手到病除；每当连铸设备遇到技术难题，首先都会请教机电公司连铸专家刘小青，京唐、迁钢和首秦的连铸设备使用的是不同的国际知名公司的核心技术，这些技术都被他吃透于心，再复杂的技术问题在他手上都能一一化解。首钢机电公司现任班子 6 名成员中，有 5 名同志获得研究生以上学历，其中两名获得 EMBA 工商管理硕士学历。正是这些在首钢的设备制造实践成长起来的技术精英，撑起了机电公司创新发展的一片天。加快机电公司向着首钢制造、首钢品牌和首钢服务的高端化的发展步伐。

二、创新为文化铸魂

机电公司几十年来几代人的文化传承，形成机电人独特的优良传统，近些年来在公司党委积极倡导下，不断注入新的文化内涵，形成了“精细严谨、尽责敬业、自强自立、赢在执行”的企业精神，成为机电人共同遵循的行为准则。“回报股东、造福员工”的企业宗旨，成为机电人一切工作的出发点和落脚点。“自主创新、优质高端、用户满意、追崇品牌”的目标追求，成为机电人创新发展的总体要求。还有“始于用户需求，终于用户满意，成就用户，成就自己”的价值理念。“想到就要做到，做到就要做好，力图精细化，追求零缺陷”的管理理念；“包容、净化、滋养、充满活力”的大海文化，构筑了企业核心价值体系。

这些先进的文化理念，在企业创新实践活动中，不断升华，闪烁着耀眼光芒，一大批创新成果应运而生，传颂着许多可歌可泣的动人故事。下面仅举以下四个创新的小故事：

“高效加工”创出高效率的故事。机电公司机械厂一分厂在加工扇形段上钻 56 个直径 27.5mm 的孔，过去的加工，先要由数控龙门铣床将孔的位置确定下来，然后再由钻床完成钻孔、铰孔等工序。往往加工后的孔不是光洁度不够，就是尺寸超差。请一名机床操作高手完成 56 个直径 27.5 的孔最快用时 10 小时。为了提高加工效率，他们创新了高速切削方法，用时 35 分钟，工差精度 0.02mm。加工扇形段直径 41.5mm 的 23 个孔，过去完成一片少说也需要 2 天时间。采用高速切削的方法，用时 120 分钟。这种“高效加工”新工艺新技术，已成为他们的独一无二专利技术，得到了用户的高度评价。

挑战“轴承座”，连破三道难关的故事。扇形段轴承座水冷板焊接工序原来是靠外委完成的，为了实现工厂自制，公司专门组成攻关组，攻克难关。第一道难关是水冷板材料为不锈钢，具有一定的韧性，仅凭手工摵制，很难完成与轴承座本体的紧密贴合，直接影响下一步的焊接质量，容易造成泄漏。他们按照轴承座的形状设计制作了压制水冷板的胎具，自行设计安装了稳定臂和滑道，运用一次冲压成型技术，实现了一次冲压成功，平均不到一分钟就能压制一个，效率成倍提高。第一道难关被攻破了。第二道难关是轴承座在焊接时按要求需加热到100～150℃，其他企业的经验是砌加热炉，但是制管工段没有加热炉，也没地方砌炉子，怎么办？为解决这一难题，他们自己动手焊接箱体，制作了两台简易的加热箱，为这两台箱子制作了一台电控柜，用“土法子”第二道难关被攻破了。第三道难关是轴承座的水冷板焊接完成后，要进行打压试验，量大工期紧，怎样提高工作效率？他们特制了打压保压工装台架，取得成功，没花一分钱，彻底告别了过去多年的外委。

“国产化、首钢化”集成技术降低成本的故事。机电公司机械厂研发中心在京唐40万吨横切机组设计转化中，把“国产化、首钢化”作为目标进行创新。京唐40万吨横切线原设计中的36台德国进口联轴器，为高强度、高硬度弹性体联轴器，国内几大联轴器厂家均无符合相关性能要求的产品。为此设计人员根据其原功能、输入功率等，查资料计算扭矩、强度等性能参数，保证其连接安装尺寸。经过对扭力限制器原理功能分析，在保证原各项性能要求的前提下，设计人员将其国产化，采用摩擦片式安全离合器替代了进口产品，每台制作成本仅为3000多元，36台联轴器工厂就节约成本近50万余元。仅就京唐40万吨横切机组标准设备国产化这一项创新实践，就为工厂节约资金400万元以上。

职工创新工艺巧装卡，效率提高四倍的故事。涟钢高炉料罐的上段是一个近似锥体形状的不规则体，加工其中的一个部位，按传统工艺至少需要2～3天的时间，此件一旦拖期，将影响后部工序，机电公司一分厂生产厂长、工段长与大家一同商讨对策，通过开发数控镗铣机床的功能，进行大胆的实践和创新，只用了不到6个小时就完成了加工。效率提高了四倍，综合效益提升数倍。

这样的创新故事在企业中不胜枚举，正是这一次次生动的创新实践,使机电公司倡导的先进企业文化在基层生根开花结果。

机电公司26年来的发展历程,伴随着首钢几次大规模的发展建设,继承了首钢光荣传统和创新、创优、创业的企业精神,融入到首钢机电人的血液中,也造就了属于首钢机电人独特的“自信、自立、自强”的企业性格。首钢发展建设中一条条连铸生产线,一座座大型转炉,世界上最大最先进的5500立方米高炉、4.3米轧机、海水淡化设备等一大批融世界顶尖技术的设备制造,通过首钢机电人的双手,把首钢多年的梦想变为现实。

如果说“自信、自立、自强”赋予了机电人坚强的性格,那么,“创新和超越”就是首钢机电之魂。

第四节　转型攻坚

2010年全球金融危机,钢铁业不景气,对首钢机电制造业带来极大冲击,同时,机电公司正处在新厂基地建设和搬迁调整期间,企业发展面临着空前的考验。摆在领导班子面前的是如何破解机电公司新一轮的发展难题,走出困境,去赢得未来的发展。针对这一问题,机电公司领导班子中开展了一场大讨论,讨论的焦点集中在机电公司在当前形势下,要不要进行全方位的转型,转型发展的定位是什么?转型发展的实现途径是什么?讨论在大家的思考中不断深化,在深化认识的基础上逐步形成了统一。

经过上下反复研讨,大家一致认为,机电公司要想适应未来发展要求,必须要实现四个转变:一是加快由单纯的制造型向制造服务型企业转变,变出售产品与出售服务并重;二是加快向成套设备总包方式转变;三是加快以信息化手段实现精细化管理的转变;四是加快向开放合作型企业转变。求变创新,求变思治,在变中求生,在变中升华,在变中实现自我超越成为机电公司上下共识。方针思路目标确立后,机电公司转型发展攻坚战全面打响。

一、由制造商向服务制造商转变

机电公司转型的第一战役是加快由单纯的制造商向服务制造商的转变。过去，机电公司制造了不少设备，但缺乏服务意识，制造出设备，以后设备运转如何就不再关注，剩下的市场全让给别人了。今后，要把传统的以产品制造为核心向提供具有服务内涵的产品和依托产品的服务转变。从被动服务向主动服务转变。

思路开阔了，服务的方式开始多样化。机电公司在迁钢、首秦、京唐三大钢厂的检修基地从过去等活儿的被动服务方式，向与用户协商的点检定修领域转变，受到了迁钢、京唐和首秦的欢迎。点检定修是一种科学的设备管理方法，它通过点检员对设备进行定点、定期检查，对照标准发现设备的异常现象和隐患，掌握设备故障的初期信息，及时采取措施将故障消灭在萌芽阶段；定修就是根据你点检设备的状况，向生产单位提出设备检修方案，提供检修的策略，是大修还是中修，或者是小修等。这样就避免了生产单位使用的设备过度维修或欠修。这种服务得到用户一致好评。同时，这样的服务开始向首钢以外的企业延伸，机电公司为湖南涟源钢铁公司组织的点检定修，受到涟钢上下一致好评，涟钢主管设备的副总经理专程来机电公司表示感谢，并洽谈深化合作项目，增加人力、物力，使点检定修工作能够长期开展下去。

为了使点检定修工作上水平，机电公司组织一批技术人员深入到首钢和外部钢铁企业，分析现场设备使用状况，测算各种数据，并建立健全了首钢各企业以炼钢、冷热连轧为主线的全部设备点检定修数据库，及关键设备数据库和检修档案库。数据库的建立，为机电公司深化服务创造了条件，做到心中有数，也为首钢三钢企业点检定修用户提供一揽子的技术解决方案创造基础。

点检定修工作延长了生产线机械设备的使用寿命，大大降低了设备运行成本，提高了经济效益。首钢迁钢公司连铸生产线从过去20万吨过钢量下线检修，逐步提高到40万吨、60万吨、直到120万吨,创造了检修的历史最好水平。迁钢领导多次对机电公司服务给予感谢,他们说:你们是我们钢铁设备运行的“守护神”,你们的优质服务是给我们吃的最好的“定心丸”。

首秦400板坯连铸机大修,过去修复质量不好,首秦公司决定把大修任务交给机电公司。面对业主对工期、质量要求高的双重压力,机电公司首秦检修基地以优质服务水平,打造出机电人良好的形象。首秦3号机出坯辊道检修遇到第一难关是出坯辊道辊总长度是3673mm,超出了目前加热炉(3000mm)和加工车床(3000mm)的工作长度。在设备条件不具备的情况下,大家集思广益,将车床尾座与车身向后离开500mm,制作一块下压板用来固定尾座。解决了尾座与车身脱离开的固定难题,同时巧妙地利用工装卡具解决了尾座顶尖与机头的同轴度,保证了超大件的加工精度难题。修复的另一难题是焊前加热和焊后退火。加热炉进深不够,出坯辊道比炉子的深度长出673mm,经过分析他们决定将加热炉开关提前打开,放入辊后将炉门放下压在辊轴头上,将其裸露部分与炉门敞开部分用保温材料封堵固定,经过检测完全达到技术要求。两项创新措施,完成了超出加工能力范围的工件。出坯辊道修复攻关,初战告捷,赢得首秦人的赞誉。

机电公司京唐检修基地地处京唐公司腹地,拥有得天独厚的检修服务资源。如何在检修市场激烈竞争的环境下,变服务资源为服务收益,他们的体会是,只有站在用户角度思考问题和解决问题,才能赢得用户的青睐,稳住长期市场。他们经过调研了解到,京唐现在2150热轧四条线,年产量420万吨,仅各类轴承的费用支出就达2000万元。其中,添置新轴承的数量占到总数的45%。新轴承一个就要1000多元,进口的更高达6000多元。他们从轴承修复入手,购置了轴承清洗机和检测仪,搭建了轴承修复流水线,使下线后用过的轴承迅速经过清洗、检测、分类配组,再装配成符合使用标准的再生轴承继续使用。京唐检修基地为京唐公司降低吨钢成本发挥了重要作用。

针对迁钢新建的板坯连铸机需要对结晶器铜板电镀修复，平均每年修复费用在千万元以上，不但成本高，而且周期长，对生产影响非常大。机电公司按照用户要求，在迁钢检修基地，及时引进美国AG公司专有技术，建设了两条专业化生产线，使迁钢连铸机结晶器铜板电镀修复问题得到解决，全面提升了高技术、高水平服务的能力。服务赢得了用户，服务使设备制造向设备运行维护和再制造延伸。

二、向产品高端化品牌化转变

机电公司转型发展的第二个战役是以冶金装备制造为主，向产品高端化、品牌化和总包方式转变，全面提升机电公司设备制造实力。

为全面提升自身的技术实力，机电公司牢牢坚持现有产品的高端发展方向，先后组织精兵强将对冶金高端产品技术进行重点攻关，实现产品技术的自主集成，形成高端成套产品的设计能力，全面提升制造工艺技术，提高产品高端化的制造水平。同时，他们加快产品结构调整，对具有批量性和消耗型的产品及短平快的产品进行重点开发。为适应5500立方米高炉精确布料的要求，机电公司组织高炉无料钟炉顶矩形断面布料溜槽的研制，与京唐公司炼铁部，共同设计开发了具有首钢特点的矩形断面布料溜槽，有效提高了高炉精细化操作水平，节能降耗，稳定顺行，提高产量。

迁钢公司环形退火炉的内罩属易损易耗件，平均使用寿命3年(包括中间修复)。外商实施技术保密，只提供成品，对材料和焊材实施垄断，造成内罩价格昂贵。首钢迁钢和机电公司联手，用半年时间对内罩工况、损坏机理、材料选用、焊接工艺等诸多方面进行调研和专家的技术交流，开始对退火炉关键部件进行国产化攻关，全面提出了技术方案、工艺方案和工程实施方案，并完成焊接工装制作及内罩的制作，使用后取得满意效果，达到与进口件同寿命或高于进口件水平，一年为用户节省了 600 万元以上的备件费用。

面对我国黑色钢铁业产能过剩、产品空间缩小、市场占有率下滑的状况，机电公司及时将目光转向有色冶金市场，盯住节能、环保、低成本的高科技项目，拓宽自身的生存发展空间。机电公司与安徽一家合金科技有限公司经过长达 9 个月的洽谈，最终签订了一项镍铁合金工程项目的总包合同。镍铁合金工程项目在方案设计上采用环保、节能、低成本的新型工艺，复杂系数高，技术难度大，是机电公司进入的一个全新的领域。机电公司有关专业技术人员不辞辛苦，长途南下安徽、上海等省市，多地跟踪客户半年之久，反复交流洽谈 15 余次，终于赢得客户签订了合同。并最终达到业主要求，完成设计方案，实现了总包工程项目和自主集成设计新的历史性突破，加快产品转型发展迈出了关键一步。

机电公司还加快非冶金产品的开发，盾构隧道掘进机，就是他们开发的一个重要项目。盾构隧道掘进机，简称“盾构机”，是一种隧道掘进的专用工程机械，广泛用于地铁、铁路、公路、市政、水电等隧道工程。我国近些年来，地铁工程投资规模庞大、地铁工程建设的关键设备盾构机市场容量可观。而全国各大城市地铁施工中用的盾构机均为从国外进口。机电公司看到这个具有良好市场潜力的项目，从 2011 年开始组织盾构机核心技术的研究，全面掌握消化了盾构机产品技术，提升自主集成和自制率水平。他们制作的盾构机一次性达到了德国海瑞克公司的验收，海瑞克监制人员和外国专家对效率及对装质量给予了极高评价。

在唐山东海转炉设备项目中，用户提出采用下吊挂型的转炉设备，过去，工厂只有上吊挂型技术，为了满足用户的要求，机电公司机械厂经过反复攻关，自主设计了 120 吨下吊挂型式的转炉，并在制造中采用了多项自主创新技术，使制造工期缩短了近 30%，使产品质量又有新的提升。此项技术开发，进一步带来一大批新的市场合同，极大地丰富了传统产品的卖点，延长了传统产品的市场寿命。

三、寻求强强联手

机电公司转型发展的第三战役是深入推进对外开放合作，利用社会资源实现强强联合，提升综合实力和市场竞争力。

机电公司领导班子非常清楚地看到，机电公司近年的长足发展，一方面是首钢搬迁调整，给机电公司创造发展平台；另一方面得益于国外最先进的技术。就拿机电公司核心产品连铸机来说，京唐、迁钢和首秦的连铸生产线分别使用的是意大利达涅利公司、德国西马克公司和西门子奥钢联的技术，正是与三家国际最知名公司合作，使机电公司全面吸收和掌握了三家的产品技术和制造技术，成为国内连铸机专业生产厂家。事实证明，要想真正把公司建成为国内一流装备制造企业，唯一途径就是走开放合作的道路。

近年来，公司领导班子带领一批专业人员，积极走出去，有针对性走访一些设计院所和企业，率团到奥钢联、德国夏尔克公司洽谈，寻求合作机会，进行多层次接触和洽谈。开放合作工作取得了新的进展。

2012 年，他们与台湾一家生产汽车零部件的企业洽谈了合作意向，该公司主要以生产汽车用的高强螺栓为主，有意在北京建新厂。2012 年 8 月中旬，机电公司与该公司初步洽谈，达成了在机电公司的河北大厂基地利用新建厂房和迁入设备，起步 10 万吨的年生产能力，台湾公司提供技术和工艺，购买首钢钢材加工制造，双方共同打开国内市场。2012 年 9 月台湾公司的董事长率队专程到机电公司考察并正式商谈，签定了扩展合作领域的委托书。

机电公司还与北方工业大学联合开展汽车车架变截面辊弯成形技术研发与应用。变截面辊弯成型技术是当前汽车制造业中一种节材、节能、高效的净成型技术，德国奔驰、宝马率先采用这种汽车车架和白车身构件的变截面辊弯制造技术。北方工业大学经多年研究，掌握了相关的核心技术。机电公司有多年成套装备制造技术、设备和工艺手段，有较强的售后服务技术力量。两家经多次谈判，签定了合作协议书，两家全方位合作，优势互补。该项合作已得到北京市科委的资金支持，将拥有良好的市场前景。

机电公司还积极打造和开发绿色环保产业。2012 年 9 月份机电公司与北京一家科技公司共同合作研发制造的“餐厨废物再生利用”设备完成设计，并进行第一台试制合装。通过有关部门鉴定后，首批订单 1000 余台设备制造，合同额达到 1.8 亿元左右。

机电公司还与北京一家环保工程公司共同签订了为北京市教委院校食堂餐厨废物再生利用生产实验设备的合同，市场量也很可观。

机电公司配合首钢喷薄公司，承担纳米纤维锂电池隔膜项目的设计和设备制作，这是首钢重点转型的高科技项目，由机电公司承担设计和设备制造，2012 年已完成中试项目，这一项目一旦试制完成，将是世界上第一条最先进的高科技生产线，将会产生巨大的经济效益和社会效益。

开放合作，强强联手，为机电公司带来新的发展机遇，形成了多级合作开发的新发展模式，拓宽了发展领域，带来了新的希望。

四、搬迁调整，展望未来

按照北京市城市规划的要求和首钢搬迁调整的整体安排，正式确定了首钢机电公司纳入整体搬迁。搬迁调整为机电公司转型发展提供了机遇。2007 年底，首钢总公司董事会同意机电公司购买河北大厂工业园区用地，用于机电公司等单位的搬迁。2007 年底，机电公司与河北大厂工业园区管委会正式签订购地协议。2008 年 10 月 26 日首钢装备制造业廊坊基地及大厂首钢机电公司项目奠基仪式在河北省大厂县工业园区举行，标志着首钢机电公司大厂成套装备基地建设全面启动。

同年，为了实现为首钢钢铁企业的贴身服务，保障首钢钢铁企业的设备的稳顺运行，在首钢京唐、迁钢和首秦三大钢铁公司周边地区投资建设三个首钢机电公司维检基地。

经过机电公司近几年艰苦创业和不懈的努力，初步形成了首钢机电公司两大板块的战略发展的布局。

一是形成以“三钢”备件检修基地为支撑的发展板块。即在首钢京唐、迁钢、首秦三大钢铁企业周边，通过投资建设，已形成机电公司“三钢”检修修复基地，以服务首钢为主，辐射国内各大钢铁企业，提供最佳的设备检修、备件制造和设备再制造服务。逐步成为综合能力强、技术高端、管理现代、特点突出、优势明显，集机电液为一体的钢铁制造服务基地。作为支撑机电公司未来发展的重要支柱，努力达到国内同行业的一流水平，并具有较强的钢铁服务市场的竞争能力。

二是形成以大厂制造基地为支撑的发展板块。大厂基地围绕首钢钢铁主业的发展与自身优势，构建冶金中高端产品、工程机械产品、环保节能产品、矿山机械产品四个生产单元，按照四个产品单元，构筑专业化的生产线，实现最优化的工艺布局及相配套的先进加工设备，全面形成机电公司综合制造能力。

新基地建设项目征地面积 506 亩，总建筑面积 24 万平方米，项目总投资额 9.8 亿元，建设重型机械设备、通用设备、传动装置、金属结构、热处理等大型厂房以及配套的办公、生活和公用设施，生产能力达到年产各类产品约 7 万吨。新厂建成后生产工艺流程更加科学、合理、便捷，加工生产配套能力进一步提升，专业化程度得到较大的提高，设备产能水平将上一个新的档次。

新基地还将建立机电公司技术研发中心和市场营销中心，形成产品设计研发、工艺研究、技术管理为一体的创新体系，成为带动机电公司发展的龙头。

在建设现代化厂房的同时，还将逐步建立完善的生活后勤保障体系。职工宿舍将建设公寓式的生活设施。室外建立篮球场地,满足职工生活和文化娱乐的需要。

首钢机电公司完成整体搬迁调整后,将发展成为产权制度明晰、企业管理高效、技术装备先进和竞争优势明显的一流企业。一个集服务领先、技术领先、管理领先、企业文化建设领先,有特色的、充满活力的大型企业集团,以崭新姿态,矫健步伐,跨入新世纪。

第六章 数字首钢

以电子计算机为代表的自动化、信息化技术，对当代社会生产力的迅速发展起着举足轻重的作用，谁掌握了它，谁就插上了腾飞的翅膀。

在首钢的发展历程中，北京首钢自动化信息技术有限公司(以下简称“首自信公司”)用自动化、信息化新技术，一次又一次提升首钢的技术能力与管理水平，让有90多年历史的老首钢，不断脱胎换骨走向新的辉煌。

首自信公司是首钢集团旗下的自动化、信息化专业公司。致力于为首钢钢铁主流程客户提供钢铁四级自动化系统方案咨询、设计、编程调试、设备成套、安装施工、运行维护于一体的全方位服务。在立足首钢、服务主业的基础上，首自信公司还积极开拓外部市场。自动化信息化业务辐射到北京、鞍山、武汉、广州、济南、太原、本溪、唐山、以及印度、津巴布韦、越南等地区的钢铁业，水处理、造纸、能源、石油、煤炭、电力、轻工、公安、金融等行业，拥有各种经营资质和专业承包资质，在国内外市场享有较好的信誉和知名度。

踏着首钢搬迁调整、“创新、创优、创业”的节拍，首自信公司立意创新，使首钢的自动化、信息化水平再次走到了时代的前列。

让我们沿着首自信公司创新发展的历史足迹，探寻那不平凡的历程。

第一节　舞起腾飞的翅膀

20 世纪 70 年代，经济发达国家的钢铁企业，相继在生产和管理上普及应用了电子计算机，那时首钢仍处于人工控制的水平，劳动强度高、劳动条件差、企业经济效益低。

其实，敢为人先的首钢，早在 1965 年就从日本引进了计算机，准备在中国钢铁业率先打开应用计算机这扇神秘的大门。可这段路却整整走了 13 年。

一、自动化助跑首钢大发展

1965 年 5 月，首钢就成立了 7 个统计计算机站，开始了向企业生产的自动化、管理的信息化迈进。由于当时的客观条件所限，开始用的全部是手摇计算机。公司领导在一次现场办公时，对大家许愿，要不了多久咱们就要用电子计算机了。1965 年底，首钢从日本引进了一台电子管计算机。

那时的计算机不仅很神秘，而且电子管计算机个头非常大，首钢在炼钢厂房里专门为它建了一个大机房。准备用在炼钢局部生产工艺环节上，探索运用计算机进行生产过程的控制。

当时不仅在钢铁企业，就是在整个中国，电子计算机都是一个神秘的稀罕物，能摆弄它的人也不多。听说首钢从日本引进了计算机要搞炼钢生产自动化，中国科学院、清华大学都派人前来会战，一批最早学计算机的学生也被分配到了首钢。正当他们准备在这里大干一场的时候，“文化大革命”开始了，当时的领导和那批搞计算机的学生连同这台引进的电子管计算机全部靠边站了。

这一停就是 13 年，直到改革开放后，才给首钢的电子计算机应用开辟了广阔的天地。1978 年 8 月，首钢成立了自动化研究所，集中专业人员，投入大量资金，统一进行全公司的电子计算机的推广应用，首钢应用计算机指挥生产的科技革命，从此步入了发展轨道。

说到首钢计算机的应用发展，不能不提到两个人，一个是自动化研究所的所长王成明，一个是副所长毛普庆。

王成明，1937 年出生在吉林省榆树县一个农民家庭。1957 年，王成明从吉林电气化专业学校带着各科全优的成绩，来到了首钢的前身——石景山钢铁厂。

20 世纪 60 年代初，中苏关系破裂，“老大哥”扔下了在建的首钢 300 小型轧钢生产线，扬长而去。1962 年，有关部门组成专家组，协助续建这一苏联援建的“半截子”工程。中小型厂技术员王成明全力以赴参加了攻关。工程历时两年获得成功，并采用汞弧整流技术的自动化控制系统，进入国内冶金自动化领先水平，王成明所在的电气精调组也被评为先进小组。

1975 年以后，王成明参加了冶金部技术工作组，到日本进修考察后投入了武钢 1700mm 热带轧机建设工程，荣获“技术专家”称号。1978 年，王成明返回首钢，先后出任过总公司计控室副主任兼自动化研究所所长；首钢自动化工程公司总经理；电子公司总经理和首钢副总工程师等职务。当时王成明手下的专业人员包括他在内只有 8 个人。如何把首钢从日本引进的，计算机修复和利用起来，成了王成明的一块“心病”。

就在这时，毛普庆来到了自动化研究所，被首钢任命为自动化研究所副所长。

毛普庆“文革”前从上海交大内燃机专业毕业，本不是学习计算机的，来到首钢后她顶着“文革”中造反派给她扣上“白专典型”的帽子，照旧学习新知识。她集中精力和时间，比较系统地学习了电子计算机技术，以她自己的聪慧和刻苦很快就敲开了电子计算机和集成电路的神秘之门。

由于她的计算机技术是自学的，因此一直不被别人知晓，但她那颗为发展中国自动化的心和那份执着的热情并没有熄灭。

首钢不用我，就另找出路。于是她一纸上书把当时的领导周冠五告到了冶金部。信中说：“中央强调要发展自动化，首钢的自动化搞了十二年，计算机却没有应用到生产上去。我要求人尽其才，让我去宝钢工作。”

她要远走高飞了。周冠五看到这封告状信很是震动，了解情况后，立即提出任命她为自动化研究所副所长。此后，她又以优良的工作成绩被晋升为所长，并作为优秀的计算机专家被北京市政府聘请为电脑开发应用方面的顾问。

新“官”毛普庆一上任王成明就与她商量着说：“普庆同志，公司急需启用这台‘锈’了的计算机。给你半年时间，把它统统启动起来，行吗?”她回答的更干脆“用不着半年，三个月，我包了。”说到做到，毛普庆1980年8月走进炼钢厂计算机机房，当年10月份，全部机器都投入了正常运行。从此以后，首钢的自动化和电脑的实际应用真正起步了，并很快开辟出一个个新局面。

焊管厂用计算机实现了焊接速度的自动化监测和自动定尺剪切，产品合格率从80%跃到93.7%，钢材利用率提高了3%。

初轧厂实现了用单板机控制钢坯长度、重量、根数、用计算机控制均热炉；

一烧结车间六道工序，八百多台设备，实现了生产全过程自动化……

在这些令首钢人至今仍记忆犹新的成绩里，凝聚着首钢老一辈电子人的心血与贡献。他们当年的付出，不仅在今天为首自信公司的发展奠定了基础，更是留下了一笔宝贵的精神财富。

1978年12月，党的十一届三中全会召开，号召全国人民解放思想，实事求是，把工作的重心转移到经济建设上来。从此首钢进入大发展的快车道。在这个大发展的历程中，电子计算机的大力推广与应用，为首钢插上了展翅高飞的翅膀，让首钢实现了现代化的跨越式发展。

1978 年，首钢成立自动化研究所后，逐步拥有了一支较高素质的近千人的专业队伍，在电子计算机的应用方面也达到相当高的水平。1979 年 12 月 5 日，二高炉移地大修改造工程竣工投产，这是首钢应用电子计算机技术进行生产过程自动化控制的里程碑工程。成为我国第一座采用电子计算机控制的高炉。

1983 年，首钢电子公司正式成立，一个集电子技术应用、电子产品、微电子产品的开发与自动化工程建设于一体的综合性电子企业诞生了。

首钢电子公司成立后，从 1983 年开始，在一年多的时间里，结合高炉大修改造，先后又在 2 号高炉等 3 座高炉上，实现了对高炉上料、热风、喷煤和高炉本体四大工艺环节的综合自动化控制。经过这次改造，不仅使 2 号高炉实现了全面自动化控制，而且成为世界上第 6 座在主控室内无模拟盘、无二次仪表、无操作台的三无控制室，把高炉生产自动化水平推进到先进行列。

从这以后，首钢开始了向钢铁生产现代化的大进军，逐步实现了炼铁、烧结、炼钢、轧钢等钢铁生产工艺过程的电子计算机控制。

在 20 世纪 80 年代的 10 年里，首钢电子公司的科技人员，瞄准世界先进水平，先后完成了炼铁高炉、烧结车间、第二线材厂、自备电站、炼钢转炉、连铸等一系列生产主体设备的自动化控制工程，使首钢主要生产工序基本实现了自动化，取得了明显的经济效益。许多国内外冶金专家看了首钢的自动化改造工程之后，都连连称赞：这是奇迹！首钢人了不起！

二、信息化促进首钢新飞跃

首钢的信息化建设，是从 1981 年开始的，当时首钢对国家是利润递增包干的承包制，内部层层实行以责、权、利相结合，包、保、核为中心的工业经济责任制。各项工作都要以数据为依据，各种信息量急剧增加。每天需要处理的单据上万张，报表台账 10 万余种，数据量多达3000余万个。传统的人工统计方法,已无法满足企业经营管理的需求,应用电子计算机进行企业的经营管理提上日程,势在必行。

在首钢领导的支持和有关部门的配合下,电子公司在运用电子计算机进行企业经营管理上进行了大胆的探索,逐步建立起了首钢三级计算机管理信息系统,使首钢逐步走上了信息化管理的新阶段。

首钢三级(公司、厂矿、车间)电子计算机管理信息系统从1982年7月开始规划,到1984年8月第一期工程建成,历时两年零一个月。8月1日,我国第一个企业电子计算机管理网正式投入使用,开始为首钢领导和各级管理人员提供辅助性决策信息。

1984年9月至1986年6月,首钢又进行了三级计算机管理信息系统的第二期工程,使网络达到拥有21台电子计算机、200多台终端机的规模,实现了计划、财务、生产、技术、物资、销售、设备、劳资、安全、人事等管理专业系统的数据资料查询、统计核算、经营动态分析、预测等功能,在全公司的经营管理的决策中发挥了重要的作用。电子计算机完成的管理业务覆盖面已占全部管理业务的80%左右,各级管理人员要了解所需信息,在几秒之内就可在自己终端上显示出来。全公司每天生产、经营情况第二天一上班就可以看到,每月公司的成本利润等经营数据也比手工汇总提前了7天。

1986年10月,国务院电子振兴办公室委托原冶金部组织了"首钢电子计算机应用成果鉴定会"。来自有关部委、大专院校、冶金企业40多个单位的100多名专家、学者通过考察和充分讨论,认为首钢的三级电子计算机管理信息系统,设计合理、功能齐全、覆盖面广、运转率高、建设速度快、应用效果好、经济效益明显、为国内首创,达到国内先进水平,为我国工业企业电子计算机管理信息系统的建设提供了可借鉴的模式和经验。

1987年,首钢三级电子计算机管理信息系统连续荣获:北京市开发应用项目一等奖;冶金工业部优秀应用项目奖;冶金工业部科技进步一等奖和国务院电子振兴办公室颁发的全国数据统计及管理软件先进应用荣誉奖，优秀软件应用二等奖。1989年10月，首钢电子计算机管理信息宽带调试成功，实现所有用户都可以互用软、硬件资源，并能传输声音和图像，进一步提高了原有网络的功能。

三、ERP——首钢信息化建设的新阶段

对于首钢企业管理实践具有重要里程碑意义的是，2004年7月首钢实施ERP（Enterprise Resource Planning，企业资源计划系统）信息化一期工程正式上线运行。这是首钢管理信息化建设上的新飞跃的重要标志，是首钢历史上第一次将主流程生产经营的几乎全部活动都置于世界最先进的信息平台上；第一次实现上百万数据的梳理、规范、标准化、电子化和集成化，真正实现了数据统一、实时和共享；第一次培养出了一批杰出的集系统配置、系统运行、系统开发和系统管理，同时又非常熟悉钢铁业务流程的，业务知识和信息技术相结合的复合型人才。

建设ERP信息管理系统，首钢面临很大难度，一是ERP是牵涉全局的项目，必须思想统一，上下协调，全面推进，绝非一个专业所能完成的；二是首钢真正懂ERP的人不多，人才缺少，要下力量培养自己的技术人员，才能真正推进和掌握ERP系统，实现科学开发、科学运用。对此，首钢的领导也充分意识到上马ERP是首钢的一场重大管理的变革，是实实在在的一把手工程。当时的首钢领导罗冰生和朱继民亲自挂帅，不但每周都要听取首钢信息化建设的汇报，而且具体参与指导推进ERP项目，要钱给钱要人给人。正是在这种上下一致，坚定不移的努力下，首钢ERP信息化一期工程于2003年7月开始实施，并于2004年7月正式上线运行。

首钢ERP信息化一期工程上线运行后，基本打通了首钢产销一体化流程。涉及首钢生产、供应、销售、质量检查、财务、计量、备件等专业的300多个业务流程基本实现通顺运转。一个对首钢主业务全

面的、集成的、动态的、实时的信息平台在首钢正式建立起来。特别是首钢技术人员自主开发的与SAPERP无缝集成的三级系统(MES),达到高度集成,直接控制了首钢钢铁主线物流的三级系统,不仅满足了上传、查询、管理的需要。在首钢的经营管理业务中发挥出重要作用。而且在中国钢铁企业,自主开发大规模三级系统并与SAP无缝集成更是一个巨大的创新成果。

如今,在首秦、在迁钢、在京唐等一个个新的钢铁大厂的建设中,成功地把当今世界先进的自动化、信息化技术应用在了生产、经营及各项管理工作中。实现了计算机、通信技术和信息管理技术相结合,实行了数据、语音、视频三网合一,建设了基础自动化(BAS)、过程控制(PCS)、生产制造执行(MES)三级系统和企业资源计划系统(ERP),实现了生产过程控制自动化、生产管理智能化、经营管理信息化、办公系统现代化的全过程自动化信息管理。

四、推进"两化"融合,打造数字首钢

进入新世纪以来,首钢为适应搬迁调整、转型发展的需要,进行了新一轮企业自动化信息化建设,大大提升了企业综合竞争力,促进了数字化首钢建设。

在这一时期首钢钢铁主业的搬迁调整有两个主要特点:一是钢铁产业的产品结构调整,由以长材生产为主向以高端板材生产为主转变;二是钢铁产业的地域布局调整,由集中在北京石景山地区向北京顺义及河北多地域转移。与此相适应首钢的管理模式也发生了明显的变化:一是探索把握对高端钢铁产品生产经营的管理;二是实现集团对"一业多地"多法人公司的有效管理。

这些变化对首钢自动化、信息化建设提出了新的要求。根据整体发展需要,首钢规划了在推进两个转变、探索新型工业化道路过程中的信息化带动工业化发展的路线:首钢自动化信息化建设,将经历三个阶段考验,实现三级跳,最终跃上国际先进水平。

第一阶段是在首钢现有基础上，实施双高产品、拳头产品的战略，通过管理集约和技术进步提升经济效益、积累技术储备、培养人才团队、构建企业管理信息化平台，使得自动化信息化作为两个转变的载体的理念和作用基本形成。

这一阶段是首钢北京地区主干网络系统及企业资源计划 ERP 管理信息化平台体系建设阶段。在首钢石景山老钢铁主业基地构建起了千兆企业园区网络系统，构建了覆盖首钢 10 个钢铁主流程厂矿和 15 个专业管理部厅范围内的 ERP 系统，实现了首钢北京地区以财务管理为核心的 ERP 系统。同时，首钢还依托首自信公司，同步自主开发实现了面向长材产品的 MES 系统，实现了首钢北京地区钢铁主业从原燃料进厂到最终产成品出厂的全流程一体化管理信息化平台体系。

第二阶段是在第一阶段基础之上通过首钢在钢铁高端产品新的生产线的建设过程中，进一步消化吸收国内外先进技术、管理经验，通过开放合作的技术路线，进一步系统固化、优化首钢在钢铁工业高端产品方面的技术、管理基础，使企业管理信息化达到国内先进水平，充分发挥自动化信息化作为两个转变载体的作用，首钢技术管理团队对钢铁企业普适的五级自动化结构达到全面的把握。

这一阶段是首钢搬迁调整后，将首钢石景山老钢铁基地的 ERP 平台体系无缝扩展到首钢在 2006 年和 2007 年陆续投产的新钢铁基地(迁钢、京唐、首秦和顺义冷轧等)。并增加了设备管理、项目管理和首钢集团及分子公司一级的决策支持系统(商务智能 BI)，再加上连接企业运营层业务及生产执行层业务的 XI 系统。这样，首钢以套装软件平台为基础的十个专有管理模块体系全面覆盖了首钢“一业多地”的钢铁主业范围，业务数据可全部集中并共享于北京的数据中心；与此同时，由于首钢三个新建钢铁基地均是板带企业，在首钢三个新建板带钢铁基地实施和应用了包括订单管理、物料需求计划、生产排程、产线排序、制造执行与物流跟踪、生产监控与调度、

PDI下达与PDO上载、计算机辅助的热装与热送、质量设计和LIMS(实验室管理)、磨辊间管理、原辅料管理、大型工器具管理、仓储管理与天车定位管理等在内的MES功能体系，其中有2/3的功能模块是首钢信息化建设团队在学习和消化套装软件平台的基础上，结合引进平台技术和首钢特点开发的。这些分立的新钢铁基地MES系统平台通过XI系统与首钢北京地区的ERP系统在业务体系上实现了无缝对接，与ERP系统融合为一体，成为一个覆盖全首钢"一业多地"钢铁主业所有核心业务体系的一体化的管理信息化平台，这个统一、集成的管理信息化平台体系具有充分的柔性，既适应了首钢北京地区长材为核心的，面向库存生产为主的运营管理需求，又满足了首钢"一业多地"以件次和过程管理为核心的，面向订单生产为主的板带生产运营管理需求。

在首钢迁安、秦皇岛、顺义面向板带的生产执行制造系统(MES)的建设中，首钢的生产计划体系逐步实现了各基地各个层次计划的无缝衔接。同时，质量设计体系逐步形成了具有首钢特色、集成炼钢、热轧、冷轧等特定的工艺规则、标准和主数据等冶金知识库，推动了技术质量专业管理；也实现了由分段管理转变为一贯管理，由分散管理转变为集中管理的管理模式，提升了管理水平。

这个阶段的信息化建设成为首钢信息化建设史上新的历史丰碑，主要成果包括：构建了首钢钢铁主业集中整体分层能级管控架构的业务流程体系；进一步完善了以增值财务为核心的财务管控系统；构建了体现钢铁高端产品精益生产要求的产销系统；构建了首钢"一业多地"钢铁主业运行规范，精细可控的物流系统；构建了贯穿于企业物流全过程，体现全面质量管理的质量设计系统；实现了总公司和生产基地两个层面各专业系统的无缝集成，实现了资源计划的集中性，统一的采购、销售管理平台及统一的财务资金控制，同时支持各基地灵活运作及总部与基地的平衡管控；有效地支撑和促进了首钢长材为主的钢铁生产管理体系转型为高端板带为主的钢铁生产管理体系，由于信息化平台体系的建设适当超前于业务转型的节奏，所以这套协调一致的整体信息化平台体系将会伴随着首钢专业部门未来5～10年之久的业务成长过程，并将发挥越来越重要的作用。

第三阶段是在前两个阶段之上，发挥后发优势，自主集成创新，通过首钢京唐钢铁基地、迁钢配套完善的建设，以信息化作为全面创新的载体，全面达到当代钢铁工业的制高点，构建中国钢铁工业21世纪的概念工厂，以信息化引领竞争优势的构建。

这一阶段是首钢京唐信息化平台体系、首钢迁钢配套完善工程、首钢总部信息化平台提升阶段。这个阶段的建设内容，主要包括首钢京唐钢铁公司、首钢迁钢配套完善工程，京唐公司的基本建设与信息化建设同步，钢铁生产系统与信息化系统同步投入使用，以及围绕着首钢北京等“一业多地”的总公司信息化平台体系提升，围绕着首钢集团包括京西重工在内的非钢铁产业的管控信息化体系建设等。

2006年，胡锦涛总书记和温家宝总理等中央领导同志先后到首钢京唐钢铁厂视察，温总理指示，要努力把首钢京唐钢铁厂建设成为产品一流、管理一流、环境一流、效益一流的现代化的大型企业。首钢京唐钢铁项目自动化信息化的建设就是在“四个一流”思想指导下的创新实践。

2008年开始至今，实施了首钢京唐信息化平台体系建设和首钢总部及迁秦顺三地信息化平台提升。具体包括钢铁业企业资源规划(ERP)系统、制造执行系统(MES)、自动仓储系统(WTM)等9大系统。目前，首钢集团运行的ERP系统中支撑的业务流程数量达到1065个。同时，首钢建立了以北京为中心的“一业多地”信息化运行维护体系，实现运行维护知识的共享。

首钢在工业化和信息化融合过程中，取得了自主创新、集成创新的一系列重大突破。“烧结闭环控制系统”等32项科技开发成果获得全国冶金科技进步奖或省市级科技进步奖项。目前，首钢在信息化专业上已拥有26项软件著作权登记、5项软件产品登记、6项软件产品登记以及1项专利，首钢的信息化队伍通过了CMMI5的最高国际认证，形成钢铁企业四级综合自动化信息化整体解决方案，开发了具有首钢自主知识产权的系列软件平台，如首钢京唐公司采用高炉铁水不更换铁水包直接兑入转炉内的生产组织模式，即“一包到底”，是国内首次采用的最新的生产工艺，填补了我国冶金企业信息化建设的一项空白。仅此一项创新成果的应用，每年就为企业产生直接经济效益1200多万元。

自首钢进入搬迁调整、产业结构优化升级以来，在自动化信息化建设方面，取得了一系列重大成就。

一是在推进首钢钢铁主业由传统管理向现代化管理转变，经济效益增长模式转变的过程中，积极适应首钢钢铁主业转移和做大、做强、做精的需要，形成了整个首钢自动化信息化大的运行体系和平台架构。

目前，已投入运行的包括首钢钢铁主业集中整体分层能级管控架构的业务流程体系、以增值财务为核心的财务管控系统、体现钢铁高端产品精益生产要求的产销系统、首钢“一业多地”钢铁主业运行规范、精细可控的物流系统、贯穿于企业物流全过程能体现全面质量管理的质量设计系统，实现了总公司和各基地两个层面各专业系统的无缝集成，实现了资源计划的集中性，统一的采购、销售管理平台及统一的财务资金控制，同时支持各基地灵活运作及总部与基地的平衡管控；有效地支撑和促进了首钢长材为主的钢铁生产管理体系转型为板带为主的钢铁生产管理体系。首钢集团运行的ERP系统平均每月处理采购订单11000多张，销售订单8000多张，生产订单13000多张，每月自动产生的物料凭证和财务凭证分别是40多万和70多万个，数据月增长量60G。

二是在工业化和信息化融合过程中，抓住以信息技术改造、提升传统钢铁产业的有利时机，带动自动化信息产业自身核心能力的提升。以工业控制软件为切入点，在二级数学模型、特大型高炉自动控制、特大型钢企信息化、特大型钢企能源管控等系统的研发应用方面，取得了自主创新、集成创新的一系列重大突破。截至目前，首钢在信息化专业上已拥有26项软件著作权登记、5项软件产品登记、6项软件产品登记以及1项专利，有力提升了首钢四级自动化系统设计、工程总包、技术总负责的能力，企业创新发展能力取得了历史性进步，具有国内一流水平的首钢钢铁四级自动化核心能力框架体系已基本形成。

第二节　在整合改制中壮大

首钢以搬迁调整为契机，实现了在自动化、信息化上前所未有的跨越式发展。与此同时，首自信公司也在首钢搬迁调整中越做越强。

一、打好管理基础，提升攻坚能力

2005年2月，国家批准了首钢搬迁调整的方案，要实现这一目标，就要运用现代化信息技术，实现自动化、智能化高效管理。但当时首钢自动化队伍还处于分散管理的状态，必须对其资源进行优化组合，提升信息化队伍创新发展能力。

2005年3月，总公司对北京首钢高新技术有限公司（原首钢电子公司）和北京首钢计量自动化系统工程有限责任公司（简称“首钢计量自动化公司”），两支自动化队伍进行集中整合，组建了北京首钢自动化信息技术有限公司，简称为首自信公司。

新成立的首自信公司一方面从体制机制创新入手，通过优化整合内部资源，将原高新公司、计量自动化工程公司分别划分为七部一所，实现了由首自信公司统一领导下的专业事业部制的新管理体制。另一方面制定了科研开发创新成果应用与考核奖励管理办法，完善了自动化、信息化科技创新体系和运行机制。有效地形成了新的合力，并很快在承担的一系列首钢重点工程项目中显现出了优势。

迁钢配套完善工程是形成最终产能的重点工程，首自信承担了4000立高炉和炼钢自动化的设计，设备成套、施工安装及调试任务。首自信在高炉和转炉的自动化系统建设上积累了较为丰富的经验，但迁钢的项目却是一个新的挑战。其难点一是工程建设时间上与京唐一期二步重叠，给技术人员的调配带来了不小的难度；二是要求工期都必须比进度计划提前15天，使自动化系统的调试没有了完整的时间；三是工期的提前给自动化施工和自动化设备的安装带来了极大的困难。面对种种困难，首自信公司迁钢项目经理部及时制定了新的组织方案，提前协调紧缺人员，打破常规创造条件安装设备。如：喷煤系统储煤仓的检测装置因在煤仓的顶部，设备安装要在梯子和平台装好后再进入现场施工，但为了争取工期，在梯子和平台都没有安装情况下，他们找兄弟单位借来吊车，吊起吊篮，让安装人员站在吊篮里完成了设备的安装任务。这样的困难在施工的每一天都要碰到，施工的技术人员开动脑筋想办法，解决了一个个难题，确保按照指挥部的要求时限完成了任务。

京唐公司的板坯连铸机全自动控制系统是项核心技术，一直被国外几家有名的公司所垄断。为了打破技术垄断，公司决定4#板坯连铸机自动控制系统首钢自己干，由首自信公司承担全部系统的设计、设备成套、施工和设备安装调试任务。要求项目在9个月内完成，整个工期不到正常工期的一半。在如此紧张工期的情况下，还要完成引进系统技术的消化吸收，可以说任务是难上加难。但首自信人以科学组织，严细作风，刻苦攻关和苦干硬干的拼搏精神，通过充分发挥整体优势，于2010年6月20日提前完成了各项工作，保证了全套设备一次热试成功，创造了连铸机自动化控制系统自主集成和施工建设的一个奇迹，也为首自信公司在高水平的连铸控制领域占据一席之地打下了良好的基础。

二、打好研发基础，提升核心技术能力

对于整合后的首自信公司，总公司领导寄予厚望，把首钢自动化、信息化的发展定位为“首钢实现发展战略的基础，是推进首钢创新工程的重要载体”。在如何加快首钢自动化、信息化的发展步伐，做到用信息化带动工业化，以工业化促进信息化，实现“两化”融合中，总公司为此确定的具体目标是“一年打基础，两年显效果，三年新变化”。

整合后组建的首自信公司，按照总公司的要求，确定了矢志不移，服务主业，自主创新，集成创新，打造核心竞争力，在“十一五”期间形成国内一流水平的钢铁四级自动化核心能力的目标，决心通过引进、消化、吸收这条路径，加快发展方式的转变，为首钢钢铁主业实施地域转移、产品升级发展提供自动化和信息化有力支撑和可靠保证。

可是原高新技术公司主要是侧重首钢自动化工程项目建设，计量自动化工程公司主要侧重首钢生产自动化设备维护工作，都没有设立专门的过程自动化研发机构，这成了制约他们自身发展的瓶颈。

两家整合成立首自信公司后，要不要组建专门的过程自动化研发队伍和研发机构，当时的班子意见并不统一，分歧的焦点是，首自信公司是搞工程项目的，是要挣钱的单位，不是搞科研开发往里搭钱的，没有必要成立专门的研发机构。

但经过反复的讨论和深入的思考，首自信公司感到，总公司为首自信确定的目标是，在“十一五”期间形成国内一流水平的钢铁四级自动化核心能力，为首钢钢铁主业实施地域转移、产品升级发展提供自动化和信息化有力支撑和可靠保证。要实现这一目标，如果没有强有力的研发队伍，专门的研发机构，雄厚的研发力量做后盾，首自信公司在追赶国内外自动化、信息化先进水平的进程中，就提

不起速，也进不了中高端。

思想的转变，认识的统一，首自信公司很快组建了自动化研究所。从组织机构上为首钢自动化、信息化科技水平的提升奠定了基础。

今天看来，这个自动化研究所真是太重要了，虽然它不能直接给公司创造效益，首自信公司每年还要拿出上千万的科研经费供他们使用，但他们在首自信的发展中的作用是至关重要的，是任何一个单位所无法替代的。

自动化研究所成立以来，共承担完成了总公司和首自信公司自动化、信息化研究与开发项目近百项。其中有 32 项科技开发项目取得重大突破，分别荣获了首钢总公司、中国钢协或北京市有关科技进步奖项。其中，“首钢高炉专家系统”在京唐 5500 立方米大高炉上推广使用，并在迁钢配套完善工程中应用。“烧结专家系统”在完成了首秦公司开发应用的基础上，又在京唐 550 平方米大型烧结机上成功应用，实现了烧结生产的优化控制，有效提高了烧结生产作业率，创造了显著的经济效益。自主开发的“炼钢自动化系统”在迁钢配套完善工程中得到成功应用，形成了首钢自动化炼钢技术自主集成能力。“LF 炉二级数学模型系统”在迁钢配套完善工程中推广实施，对实现生产操作的规范化、标准化，降低原材料消耗，满足高质量、优质品种钢的生产需求起到了促进作用。

实现自动化炼钢是首钢几代炼钢人的梦想与追求，2006 年 12 月，首钢通过引进与合作，在迁钢 3 号转炉率先实现了用计算机控制的一键式自动化炼钢。但作为自动化炼钢的核心技术——动静态模型，任何厂家对外都是严格保密的。

花钱可以买来自动化炼钢，但是买不来核心技术，更不能提升首钢的核心竞争力。如不能破解这一难题，自主掌握这一核心技术，有了自动化炼钢，其开发品种和提升质量上也会受制于人，必将限制到首钢发展冶金高品质钢的速度。为此，首钢从实现一键式自动化炼钢那天起，就把破解这一领域的核心技术作为主攻方向，首钢总经理王青海亲自挂帅，成立了首钢自动化炼钢攻关小组。

在联合攻关的过程中，作为破解自动化炼钢核心秘密主攻单位的首自信公司，与迁钢公司紧密合作，仅用了一年半的时间，就在核心模型技术上实现了关键性突破。完成了自动化炼钢自主创新和原始创新的任务。设计了具有首钢自主知识产权的核心算法与模型架构，实现了静态和动态模型在线控制，真正实现了智能化自动炼钢。为验证其实际效果，首钢将自主集成的炼钢模型系统与在线使用的引进系统现场进行了2000炉次的并行对比运行，通过对系统模型参数的不断优化与系统自学习功能的不断修正，最终实现了首钢自主研发的自动化炼钢模型系统，于2008年7月初开始用首钢自主集成的炼钢模型系统，代替引进系统进行自动化炼钢。在自动化炼钢过程中各项主要技术指标达到国内一流水平。在迁钢举办的自动化炼钢总结会上，与会领导和专家对这一成果给予了高度评价，说这一科研成果不仅使首钢真正拥有了自动化炼钢的核心技术，其追赶世界先进水平的速度也是惊人的。

2007年初，首自信公司自主承担了京唐公司的烧结机智能控制系统的设计、施工任务。在这个项目中，首自信公司必须独立完成二级计算机数学模型的开发。为做好这项工作，自动化研究所对比了国内的烧结系统应用情况，以及日本、芬兰等国际知名厂家的烧结机控制系统后发现，尽管国内外的烧结控制系统研发上取得了明显进展，一些厂家采用了智能化控制系统，但大部分仅仅解决了某个局部环节的智能控制问题，而首钢京唐公司建设的是国内最大的550平方米烧结机，要想使其发挥最大效益，达到国际一流生产水平，重复他人的做法，只做“局部文章”显然不够。首自信公司必须通过自主创新，向实现烧结机智能化闭环控制的国际先进目标迈进。下定决心后，首自信公司自动化研究所集中优势，开展了一系列的攻关，终于攀登上了大型烧结机智能化控制这一新的高峰。

2009年7月1日,该系统在首钢京唐公司550平方米烧结机投入运行,烧结生产保持高水平,各项经济技术指标已经达到或超过设计指标,并且大大降低了成本,减少了人力,提高了工作效率。550平方米烧结机智能闭环控制系统的研发成功,使首钢在国内首次实现了烧结机的整体智能闭环控制。中国金属学会召开的科技成果评价会认为,这项具有首钢自主知识产权的"烧结智能专家系统"在优化配料、烧结终点判断、返矿的动态平衡控制等方面取得了多项技术创新成果,在控制理论应用方面也实现了新的突破,填补了首钢及国内空白,达到了国际领先水平,具有广阔的发展前景和推广价值。

首自信公司承担京唐5500立方米高炉自动化项目总包任务后,这些自主创新、集成创新的成果得到了进一步体现。这座大高炉的自动化控制系统,受控点是首钢目前投产的最大高炉的两倍多。由于首自信公司采用了许多自主创新的技术,使操作终端仅为其他大高炉的四分之一,创造了世界上大高炉控制规模之最,也标志着首钢自动化水平向高端领域发展又前进了一大步。对此,首钢京唐公司的评价是:"首钢京唐高炉控制系统是一流的,技术水平是一流的,首自信公司真正发挥了主力军的作用。"

三、打好人才基础,提升创新能力

要把首自信打造成国内一流水平的自动化公司,必须有一支叫得响,用得上,打得赢的人才队伍。为此,首自信公司始终把提高队伍素质,提升创新能力作为突破口。通过招收培养年轻人和引进具有专业特长的复合性高端人才相结合,不断强化队伍的素质建设,使首自信公司这支队伍的年龄结构、文化结构、技术业务结构发生了根本性的变化。目前,首自信公司职工已由2005年的1800余人壮大到4000多人,平均年龄由2005年43岁,下降到了现在的33岁,其中,博士7人,硕士112人,大专及以上学历人员已占在岗职工总数的84.5%，已形成了一支由博士、硕士研究生、教授级高工、高工、技术专家所组成的百余人的高智力、高技术“领军”人才团队。

2006年，首自信公司引进的龚彩军博士，在自动化研究所领衔研发了轧钢二级控制系统及模型。在配合外方进行首秦4300mm宽厚板轧机、京唐1580mm热轧机生产线调试中，他通过潜心分析研究，消化和掌握了西门子二级控制关键技术和模型，现已成为首自信公司轧钢技术及数学模型研发的领军人才。

2006年毕业于北京科技大学钢铁冶炼专业的硕士研究生邱成国，来到首自信后，通过主持转炉炼钢、LF炉精炼、RH精炼过程控制系统二级模型设计开发，已成长为炼钢、连铸自动化方面的领军人物。

2008年，首自信公司从日本日立公司引进的“海归”人才高雷，一来就把他安排到自动化研究所主持轧钢领域二级系统的研发工作。他带领研发团队，在顺义冷轧生产工艺数据动态分析系统、轧钢二级计算机系统平台和京唐1580mm热连轧二级自动化控制模型技术等研发中取得了多项突破，2009年被评为首钢技术专家，同年担任了自动化研究所副所长。

四、体制变革，提升市场竞争力

2008年10月8日，北京首钢自动化信息技术有限公司改制揭牌仪式在首钢文馆举行。整合改制后的首自信公司拥有了更多的自主权，经营机制更加灵活，经营成果与职工利益更加紧密挂钩，真正成为市场竞争的主体，改制提升了企业的整体素质，使首自信站在了一个新的起点上。

整合改制后，首自信公司依托首钢钢铁主业发展优势，培养造就了一支技术水平较高、专业配套较全、熟悉工艺、经验丰富、能打硬仗的自动化建设队伍；形成了集自动化信息化系统设计、编程调试、设备成套、安装施工、技术服务于一体的产业构架。在铁、钢、轧自动化控制系统、二级数学模型、三级 MES、四级 ERP 的咨询服务及系统开发，以及能源计量系统、交直流传动系统、生产安防监控系统、网络系统集成等领域，形成了一批拥有自主知识产权的核心技术、综合解决方案和软件专利产品，具有了承担大型钢铁企业一至四级，自动化、信息化“交钥匙”工程的整体实力。

在炼铁自动化领域，可以独立承担容积从几百立方米到 5500 立方米高炉的自动化设计、系统集成、软件编制等交钥匙工程。自主研发的高炉专家系统，在避免异常炉况、稳定生产、强化指标方面发挥了重要的作用，为高炉实现“优质、高效、节能、降耗”的目标提供了科学的保障。现已用于首钢京唐 1 号和 2 号两座 5500 立方米大高炉和迁钢 4000 立方米大高炉。

2005 年自主研发的工长管理系统，包括工艺操作模型技术、数据库技术、高炉管理技术等，为高炉规范、优化、统一操作提供了保障和科学的管理手段。现在应用这一自动化系统的国内外客户达 18 家 20 多座大型高炉。

在炼钢自动化领域，先后自主研发成功转炉自动化炼钢控制技术、LF 炉二级控制系统、RH 精炼自动控制技术等信息自动化系统。其中，转炉自动化炼钢控制技术在迁钢应用后，一次拉碳，碳温双命中率可以提高到 95%以上，大大降低了转炉后吹率，缩短了冶炼周期和提高了钢水质量，显著提高了炼钢生产的经济效益。

在轧钢自动化领域，拥有冷轧处理线控制系统集成技术，包括二级过程自动化、一级基础自动化和零级传动系统的设计、设备制作成套、施工、调试和技术服务及主斜坡发生器技术、线协调技术等核心控制技术，并于 2010 年自主研发了冷轧处理线张力控制技术。冷轧处理线控制系统集成技术，适用于彩涂、镀锌、退火、重卷、平整等冷轧板处理生产线的自动化控制。

在钢铁信息化领域，能够自主承担钢铁业制造执行系统

(MES)、计量、检化验系统(LIMS)、基于 SAP 平台的 ERP 等系统的咨询、开发实施及配套的网络、系统集成等项目建设及运维服务。自主研发的实验室信息管理系统,实现检化验过程的信息化和自动化,同时也保证检化验结果的客观公正。目前,已成功在首钢迁钢公司、首钢京唐公司、首钢技术研究院三地上线运行。

与此同时,首自信公司还先后总包完成了首钢京唐能源中心信息化管理和京西重工信息化建设等重大项目。特别是京西重工信息化项目,是首自信公司承接的第一个跨国非钢产业,汽车零配件行业的 ERP 实施项目,是第一个跨国实施现场与远程相结合的 ERP 工程。反映了首自信公司的核心竞争力也越来越强。

首钢自动化、信息化产业,近几年的快速发展,受到工信部、北京市经信委和社会各界的关注。2010 年在工业和信息化部发布的中国软件业收入前百家企业名单中,首次入选的首自信公司就名列第 66 位。2010 年 5 月,在北京市经济和信息化委员会发布的《北京市软件和信息服务业“四个一批”工程首批入选企业名单》中,首自信公司被入选为北京市“做强一批高端企业、面向在细分市场具有领先优势的企业”之一。

首自信公司在打造首钢自动化、信息化核心竞争力中,形成了自主创新、集成创新的能力,在钢铁四级自动化领域里,有了“破低端,冲中端、攀高端”的基础。正如公司党委书记顾里云指出的,是首钢钢铁主业的快速发展,给首自信公司提供了千载难逢的历史机遇;是首钢对自动化队伍的集中整合,迅速提升了首自信公司干大事,打大仗、打硬仗的攻坚能力;是首钢打造核心竞争力的宝贵资源,把首自信公司推向了自动化、信息化的高端;是首钢搬迁调整“一业多地”建设,自动化、信息化快速发展的历史机遇,为首自信公司提供了大展身手的空间。可以说,没有首钢这片沃土,就没有首自信的发展和今天。

第三节　磅礴大业　激荡豪情

新世纪,在首钢拉开了搬迁调整的大幕之时,为了还首都一片蓝天,为了企业可持续发展,首钢人一批又一批奔赴外地,陆续在冀东地区的抚宁、迁安、渤海湾的曹妃甸摆开了战场,开始了“一业多地”的创新、创优、创业,用辛勤汗水和智慧先后建起了首秦、迁钢和京唐等一座又一座现代化的大钢厂。

崭新清洁的厂区,在蓝天碧海的映衬下让人眼前焕然一亮;庞大纷繁、纵横交错的机械设备按部就班、有条不紊地运行着,给人以强烈的震撼;偌大的厂区和生产线上基本无人监守,实现了全方位电子监控,在指挥监控中心的大楼里,数百块液晶显示屏将高炉、炼钢、轧钢等各条生产线与各专业部门的运行实况及详尽数据尽收眼底,在这个展宏图创伟业舞台上,首自信的干部职工同样演绎了创新首钢自动化、信息化的传奇史诗。

一、首秦,4300mm 鏖战

首秦公司 4300mm 宽厚板轧机工程,是首秦完善工艺流程,形成核心竞争力的关键项目,更是首秦公司技术含量最高,自动化水平最高的一场攻坚战。该工程 2005 年 7 月 28 日开工建设,仅仅用了 15 个月的时间,首钢人就把一座现代化的宽厚板轧钢厂奉献在世人面前,可以说创造了冶金建设史上的奇迹。在创造这一奇迹中,首自信公司参战的工程技术人员,经受住了高难度、高技术、高风险、高强度、高标准工作的考验,为 4300mm 宽厚板轧机的顺利过钢投产做出了突出的贡献。

首秦 4300mm 宽厚板轧机项目的工艺设备技术十分先进,自动化控制系统庞大、复杂。其中主轧机、矫直机等自动化和传动系统的设计和供货,分别由西马克和西门子这两大世界知名厂家负责。

图 11　首自信公司员工在 4300mm 生产线投产仪式上的合影。（丁福春　摄）

面对如此具有挑战性的工程，首自信公司以努力学习和掌握世界先进技术的意识，主动出击，积极参与，承担起了全线辅传动变频控制设备的成套及调试；全线液压及润滑站、精整、冷床自动化设备成套及编程调试，以及配合外国专家进行自动化调试等多项任务。

在这项目中，首自信公司所承担了 879 台套辅传动变频设备、低压配电、自动化系统、机旁操作箱、操作台等设备制造和出厂调试工作，正好与同时承担的迁钢 2160mm 轧机近 800 台套自动化控制设备制造和修配改的任务重叠。两项加在一起的巨大工作量都要求在三个月内必须全部完成，这对承担任务的首自信传动事业部和天津电气分公司两个单位来讲是从来没有过的。为了保质保量完成这两个项目的设备制造任务，两个单位调集精兵强将，对陆续收到的图纸加班加点组织产品设计，对进口配件加急采购，根据工程需要随时协调成套和调试的进度，组织全体职工倒班作业。先后克服了厂房紧张，国外设备交货晚、临时变更等多种困难，抓好根据现场工程进度科学组织安排设备制造的顺序方案，按时按质地保证了设备交货，未发生一件拖期现象，确保了 4300mm 宽厚板项目设备安装的顺利进行。

为把最新的技术应用到项目中，首自信人主动加压，大胆运用新技术。将介质系统的传统低压配电柜改为智能型 MCC，实现了低压电器产品网络控制，大大提高了 4300mm 宽厚板工程的自动化水平。在设备制作和调试中，技术人员攻克了一些外国公司产品的许多难题，为 4300mm 宽厚板项目介质系统安装和调试打下了良好的基础。

介质系统能否正常运行是 4300mm 宽厚板项目全线试车的前提。为确保调试进度，在全线施工十分紧张的情况下，首自信主动承担了原其他公司承担的电源和通讯网线的施工任务，主动担起了为介质系统提前调试创造了条件。负责介质系统编程调试的工程师于彤和肖瑜白天在现场打点，与外方专家讨论控制程序，晚上在宿舍对程序进行修改和测试，第二天一早就把前一天外方要求修改的程序交给外方测试，外方专家对他们的工作效率非常惊讶并给予了高度评价。

冷床区和精整区自动化的设计、编程和调试，具有控制点分散、对象多、现场仪表复杂、自动化程度要求高等特点。首自信公司设计室主任王学文带领技术人员反复研究工艺说明，认真编写每一条程序。进入现场后，加班加点，争分夺秒地调试，积极组织设备厂家和技术人员解决工程中出现的每一个问题。从 7 月份进入现场到 10 月 20 日轧机轧出第一块钢板，3 个多月的时间，他没有离开过现场，出色地完成了两个区域的连锁试车任务。

辅传动全线设备共 389 台，不仅校线和调试量大，与工艺要求配合紧密，而且还要同时与所有控制网络通讯。负责辅传动调试的技术人员段大军、刘赫、许连生等人日夜加班加点，克服了电室潮湿、人手短缺等困难，精益求精调试每一台设备，在外方到达现场之前已将所有辅传动设备调试完成。在与外方进行系统联合调试中，他们密切配合，将以往在外方 PLC 中的计算参数拿到变频器中去计算，白天配合外方试车，晚上一起研究处理，遇到问题决不留到第二天，有效地保证了从动态特性速度到跟随的每个参数都达到完美，使辊道电机控制达到了国内先进水平。

8 月份，打点调试的工作全面启动了。打点是实现自动化控制中最关键，也是最费时的一项基础工作。外国专家调试的部分共有 1600 多个点，要一个一个的去对，他们认为，完成这项任务最少也要三个月的时间。而按工程要求生产线必须在 10 月份试车过钢，外国专家认为这是根本不可能的。然而首自信的工程技术人员倒排工期，誓保正点过钢。他们一方面凭借多年在重点工程中练就出来的顽强作风日夜拼搏，一方面凭借多年积累的实践经验不断创新工作方法，日夜对照图纸进行打点工作，结果仅用一个月的时间就完成了全部 1600 多个点的打点任务，经实际核对后，无一处出现纰漏，外国专家佩服气地竖起大拇指说："了不起，非常好"。总公司领导也称赞道，打这种硬仗还得靠咱们的子弟兵。

在首秦 4300mm 宽厚板工程中，首自信公司的干部职工以勇于拼搏、连续作战的作风和对工作认真负责的态度，战胜了一个又一个挑战，经历一次又一次的考验，涌现了很多感人的事迹。副总经理陈志，是首自信 4300mm 宽厚板项目工程的总指挥。他不仅要统揽全局，随时协调解决设备成套、施工、调试出现的各种难题，还天天深入到工作现场，严格检查每一项工作，任何问题也不放过。职工们说，只要还有一个人在现场工作，咱们的陈总就不会离开。项目经理陈思俊一心扑在 4300mm 工程上，时刻协调设备制造和现场的自动化工程进度。从 7 月份进入 4300mm 现场，到生产线试车轧钢没回过一天北京的家。张立伟孩子小，爱人上三班，但为了工程他舍小家，顾大家，始终坚守在自己的工作岗位上。有一次在打点调试中发现电气图纸与程序图纸的点号位置不一致，为找出问题，不影响第二天外国专家的调试,他带领员工从晚上 6:00 开始对所有接线进行检查和更改,直到第二天早晨 9:00 才干完,顾不上休息,就又开始配合外国专家进行打点调试工作。

温爱三、廖宝峰是 2005 年毕业的大学生,主要负责配合外方进行打点调试。三个多月来,无论是记录各项调试数据、分析技术难点,还是处理设备安装中的问题,无论是正常白班,还是连续加班到夜里,他们始终都以饱满的热情投入工作,深得外国专家的信任。目前已经成为外国专家不可缺少的帮手。

10 月 20 日,火红的大板坯在计算机的精确控制下,通过输入辊道进入主轧机,经过几个道次的轧制,成为了平整的钢板,首秦 4300 轧机生产线执轧试车成功,在全场一派沸腾的欢呼声中,连续奋战了 100 多个日日夜夜的首自信员工自豪地说:"轨道上的位置传感器、测温仪……都是我们亲手安装调试的。"无限的自豪溢于言表。

二、迁钢,2160mm 攻坚

承载着几代首钢人梦想的"2160"热轧板项目,使用的是世界上最先进的设备——西门子的 TTC 控制系统。为了保证产品质量的稳定性,传输系统都是网络通讯,生产全流程完全是自动化,人工干预很少,整个轧机的程序设定,完全由一级计算机系统、二级计算机实现完成。首自信公司负责的任务主要有四方面:一是介质,整个轧制生产线使用的润滑系统,液压系统;二是轧线自动化;三是主传动系统;四是辅传动系统。它包括了主传动最大功率为 8000 千瓦的电机 8 台;3750 千瓦的电机 2 台;2625 千瓦的电机 2 台;其他中型和小型的传动系统近 2000 台等,仅功率柜就有六七百套。而这样大的工作量,工程时间仅有四个月,2006 年 8 月 25 日进驻工程现场,必须保证 12 月 23 日热试过钢。面对时间紧、任务重、技术高、难度大的巨大压力,首自信人迎难而上,要在 2160 这个平台上,向所有人证明,整合后的首自信公司打大仗、打硬仗的力量;向所有人证明,在前所未有的困难面前，敢于“亮剑”的首自信精神。

为了抢时间、保质量，提前拿下2160工程，首自信公司集中投入了各个部门的精干力量。科学组织各环节工程进度，保证工作一环紧扣一环。当时参与各道工序的最多时达近千人，最紧张的时候，仅调试人员、维护人员在现场的就有二三百人之多。

那些日子里，2160施工的现场，处处让人感受到首自信人所向披靡奋战拼搏的氛围。

攻坚克难，破解难题。2160传动系统硬件，是利用1994年引进的美国GE公司的功率柜，软件控制系统则是西门子的控制系统。如何把两个世界顶尖公司的软硬件设备，完美地结合在一起，是工程中最大的难题。为攻破难题，解决技术问题，他们查找了大量的技术资料，积极吸取借鉴先进企业的技术，进行了上百次的模拟试验，解决了一系列技术上难题，保证了工程的顺利进行。而通过这次实践也使首自信公司在高新传动领域的施工、国产化，进口软件消化、吸收等方面，逐步走向成熟。

面对“2160”这么大的工程，首自信的领导们深知，自己必须比职工想得更多，做得更多。必须靠前指挥，深入一线，身体力行，吃苦在前。只有领导干部做出了表率，职工才会跟着你拼命干。否则，在这么短的时间内完成任务是不可想象的。为此，在整个项目施工中他们坚持干在前，指挥在前，吃苦在前，及时掌握第一手资料，现场解决遇到的困难。和职工同吃同住同甘苦，与现场职工一起提出了“一盒饭、一瓶水，完成一项不凡的任务”的“盒饭精神”。在“2160”施工现场，无论总指挥关绍博，还是各个事业部的部长，如果不是特别介绍，从外表上看和普通一线施工人员没有一点儿区别，有的只是显得比别人更疲惫和劳顿，当时大家戏称他们是“处级民工”。正是他们的这种“土”和“苦”与职工的距离拉的更近了，大家拼搏攻关的劲头也更足了。

前方打仗，离不开后方人员的支持。在2160工程施工中，首自信公司上上下下都有一个共同的意识，不管是谁的问题，不管谁的责任，只要在我们手里耽误了工期，就是我们的责任。

一次，在调试过程中一个接触器意外烧坏了，可现场已没有备件，一个紧急电话立刻打回北京，要求迅速从其他设备上拆下送来。北京与河北迁安的施工现场，往返距离有 350 多公里。北京下午两点半接到前方电话后，大家仅用了两个小时就将接触器拆装完成，晚上九点半备件被送到了 2160 工程现场。然而换上之后一连试，又发现还有两个接触器需要更换，电话又打回北京。前方的需要就是任务，北京的同志晚上九点半又开始拆装工作，车就在边儿上等着，两个小时后备件出发了，凌晨两点半赶到了现场，待全部接触器安装调试完毕，已经是凌晨四点了。

在 2160 项目施工中，无处不闪现着首自信人的敬业和奉献精神，当工程进入最后阶段，工作越来越紧张，大家日日夜夜奋战在现场，忘我的工作着。很多人已经离家在 2160 现场连续奋战了三四个月。生活条件的艰苦，他们相互鼓励共同克服，而对家人的思念却不能由别人替代，但每个人都清楚时间就是工期，确保按时完成所担负的工作就是使命。

韵建新，老母亲重病动手术，他却不能床前尽孝。

李振兴，孩子在家崴伤了脚，他只能在电话里简单问候几句。

赵东林，想儿子想了两个多月，抽空回了一次家。可他到家已经是深夜 11 点多，第二天天不亮又出发赶回工程现场。驱车几百里，他见到了儿子，儿子却没有看见爸爸。

……，有着太多太多可歌可泣，无私奉献的故事。

首自信公司 2160 项目的领导关绍博曾深情而幽默地讲道："这里只有兄弟姐妹，没有老婆孩子。"

在 2160 工程现场，首自信每一个人都有一份难忘的经历，每一个人都在谱写着一首敬业奉献之歌。正是这平凡的点点滴滴，汇聚成了首自信人自强不息、团结拼搏、攻坚克难的企业精神，担当起了为首钢搬迁调整，转型发展插上信息化自动化腾飞翅膀的重任。

三、京唐，勇攀高峰

如果说，首秦和迁钢的自动化、信息化建设是首自信公司的练兵场，那么京唐公司自动化、信息化建设就是考验他们战斗力的一场大决战。

首钢京唐公司自动化、信息化建设引人瞩目，其建设规模之大、时间之短、要求之高在国内钢铁业史无前例。首自信作为全面依托单位，总包了首钢京唐钢铁项目整体信息化体系的规划、设计和建设任务，承担了自动化设计、施工、编程调试任务。首自信公司从领导到员工都清醒地认识到："这个项目为首自信提供了一个千载难逢的创业平台，是企业的立足之本，发展之机，只能成功，不能失败。"为此，首自信公司组建成立了首自信京唐自动化指挥部，下设炼钢、炼铁、焦化等七个项目经理部，将全部工程分解承包到每一个经理部门，明确职责、任务、标准和时限，科学地组织开展了京唐公司自动化、信息化建设的大会战。

首自信公司工程事业部，承担包括5500立方米的高炉、炼钢、炼铁、焦化、烧结等系统自动化建设的施工。工程建设中，他们发扬了特别能吃苦、特别能战斗、特别能奉献的精神。仅敷设电缆就达800多万米，按距离测算，能从北京到曹妃甸好几个来回。在施工紧张阶段，施工人员连续近两个月，天天干到半夜才收工，工作服被汗水、雨水浸泡的早已分不出颜色。放电缆、校接线，嗓子喊哑了他们顾不上喝一口水；在闷热潮湿的桑拿天，他们钻进积水没过膝盖的电缆隧道，连续施工30多天，靠着一股子拼劲提前完成了电缆敷设。

2008年4月1日，首自信自动化事业部计算机室的17名工程技术人员，集结到了天津开发区，利用这里的一处大厂房，开始了一场特殊的战斗——"百万米冲刺"。任务是要将一卷卷总长度达100多万米的电线，截成一根根1到2米的连接线，然后再按着设计图，

图 12 信息化项目上线前的紧张备战。(王树成 摄)

把他们配装到 2090 台套的盘箱柜中,集成首钢京唐铁、烧、焦、公辅、原料、炼钢、连铸、套筒窑 8 个大项目的自动化控制系统。任务量之大,时间之紧迫,超出了所有人的想象。室党支部书记陈砚华说:从 2005 年到 2007 年的三年时间,他们实际完成的盘箱柜是 1100 台,而这次 4 个月时间要完成前三年总和的一倍。调试班的班长徐国宇粗算了这样一笔账,一台盘箱柜,平均要用线 700 多米,共计 300 多根线,每根线要拔出 2 根线头,穿 2 个线号,压 2 个线鼻,再接插到 2 个端子上,就这么 5 个动作,他们在完成这 2000 多台套盘箱柜中,就要重复 600 万次以上。

而他们面对的还不仅仅是工作量的巨大,关键在于工程质量要求之高、集成水平之新也是前所未有。京唐项目八大生产和辅助系统的自动化集成设计和成套,涉及中国、德国、意大利、法国、美国等几大公司，都是世界一流的，有的是第一次使用，有的是第一次成套，所以要求一是必须按图集成；二是必须保证质量；三是发现问题必须及时与设计沟通。

在如此短的时间里，17 个人如何才能完成这一极为艰苦的任务呢？“创新”，没有创新，这样艰巨的任务是不可能完成的。他们在使用的工具上创新；在结构距离与定位上创新；在成套材料上创新；在成套连接架上创新；在柜内连线技术上创新；在管理上创新……正是通过这一个又一个创新，一道工序又一道工序的改进，使平均一人一天完成过 10 个控制箱的成套，而对于比较复杂的 PLC 可编程控制柜，过去一人要用 2 到 3 天才能完成一台，现在一天就干出了 3 台。6 月他们接到首钢京唐炼钢系统急需 83 台控制柜的任务，仅用一周的时间就全部完成，整整比计划的工期提前了 10 天，用户惊叹道：“真没想到，你们干的这么快。”

在紧张的工作中，无处不体现着首自信人忘我拼搏和锐意进取的精神。25 岁的井红春，从到天津后就一心扑在了盘箱柜接线的工作中，常常一干就是十几个小时。由于她的速度特别快。每天几个固定的系列动作都要重复成千上万次，大家送了她一个“小机器人”的绰号。可谁能想到，她刚来时就已经怀孕了，领导几次要她回北京休息，可她就是不回去。总是说，我的身体还行，现在这里人手紧，多一个人就多一分力量。从 4 月 1 日开始，在三个多月时间内，她一个人完成的大控制柜的集成就达 130 多台套。

苗亚鑫也是一名女同志，在北京她与 80 多岁的老母亲住在一起，日常生活一直靠她来照料。自从来到天津盘箱柜集成基地后，她除了每天中午给母亲打一个电话问候一下外，一次也没有请过假回过家，大家几次让她回家看看，她说，老母亲知道我工作忙，已经说好了完成任务我再回去看她。

徐国宇是名年轻的班长，由于他技术比较全面，结构活忙，他就干结构，接线缺人手，他就去接线，一天总是忙个不停。7 月初的一天，由于长时间的劳累，他病倒了，发烧38度多，到医院输完液后他又出现在工作的场地。大家劝他回宿舍休息，他说："我一个小伙子，这点病不算啥事。"说完就抄起工具干了起来。

首自信人正是以这种拼搏进取的精神，科学的组织管理，创新开放的睿智，充分发挥和调动了人的积极性、创造性，开创了首钢自动化、信息化建设史上五个领先：一是在大型高炉上第一次独立完成自动化设计和编程调试任务；二是京唐能源中心系统达到国内领先，国际一流；三是烧结二级模型、高炉专家系统与工程投产同步；四是信息化全部总包，以我方为主，改变了过去主要依赖外方公司的局面。并通过自主创新，形成了具有自主知识产权的产品，从根本上提升了信息化核心竞争力；五是维护人员提早介入，与相关单位同时施工，同时编程，同时调试，全程跟踪，为投产后提供有力的自动化、信息化维护保障和一流的服务打下基础。

四、奥运火炬，傲立世界

2008年8月8日晚10点16分，北京第29届奥林匹克运动会奥运火炬塔宛如出海的蛟龙，从鸟巢顶部平移推出，昂然竖起，12点04分，原中国体操运动员李宁点燃了火炬，瞬间龙口喷火，熊熊燃烧的奥运圣火如盛开的牡丹在国家体育场的上空绚丽绽放，映红了鸟巢，映红了夜空，更映红了首自信公司每一名参与火炬工程职工幸福的笑脸和眼中激动的泪花。这背后凝结着这支平均年龄30多岁的技术团队7个多月的艰辛努力和所承受的巨大压力。现在他们圆满完成了奥运火炬塔控制工程这份沉甸甸的任务，实现了自己的奥运梦想和为国争光的信念。

自主创新，把好原创设计第一关。奥运火炬塔控制工程的主要任务，是对50吨重火炬本体的平移控制及90度翻转控制。

2007年12月28日接到奥运火炬塔控制工程的设计调试任务后，传动事业部迅速成立了以副部长李振兴为主的控制项目团队，党总支严格把关，精心挑选火炬团队的每一个成员并签订了保密协议，确保了参战队伍政治素质高、技术上精湛、作风上过硬。团队人员纷纷表示：参与奥运火炬塔控制工程建设是千载难逢的机遇，是无上光荣的使命，全世界都注视着奥运会开幕式火炬点燃的时刻，我们一定全力以赴确保一次点燃火炬成功。

追求奥运开幕式火炬及点火仪式的新颖，是各个举办国追求的目标，这就意味着无论从火炬的结构、外形，还是从火炬的控制、点火，不会与已经出现过的形式相雷同，它是一个研发工程，无成功的经验可循，这就给工程的设计、施工和调试带来了很大的困难。在接到总装备部的设计图纸后，参与的技术人员迅速对图纸进行了详细认真地研究，并根据经验提出了对操作台的设计与功能键设定、PLC 系统的配置及采集信号等方案的修改意见。在此基础上，他们还完成了整个系统硬件配置的二次设计。

对软件设计来讲，通常是工艺上有一个完整的描述，有一个清楚表达各设备动作控制过程及逻辑连锁关系的电气设计任务书，才能根据工艺给出的设计任务书，完成软件程序的结构设计、顺序控制及逻辑连锁控制。但对奥运火炬这么一项史无前例的工程就不同了，它是一个原创工程，从工艺角度讲，只能口头描述一个主要的动作过程，给不出书面的清楚的描述。没有一个清楚的工艺描述和设计任务书，怎样才能设计出一个完善的控制软件？这是设计人员首先碰到的一只拦路虎。然而，这个拦路虎并没有吓退他们，崔凤玲等编程人员不等不靠，主动与设计团队接洽，与液压中心等单位共同研讨工艺、设备的顺序控制过程及逻辑连锁关系，提前掌握了整个火炬动作的工艺流程，在第一时间完成了电气设计任务书的编制，并在此基础上完成了软件编程及调试。正因为有了这样坚实的基础，在火炬机械设备设计变更后，他们都能从容应对，按照新的工艺设备完成系统硬件及软件的修改。在全体人员共同努力下，奥运火炬塔控制工程仅用了三个月的时间就完成了系统设计、控制柜组装配线及出厂前系统的调试任务。

50 吨重的火炬本体是由两台小车拖动行走，分别运行在 2 个轨道梁上，每台小车由 1 台变频器控制，两台小车行走必须同步，在 31 米长的轨道梁上全速运行的同步精度要求在 10mm 之内，误差率在万分之三，这是变频器控制的难点之一；其次是精确定位，当小车运行到翻起位置时，要求小车要精确定位，才能插入插销，将小车与轨道梁固定，当定位精度大于 2mm 以后，插入插销就变得十分困难了，也就是说，定位精度必须小于 2mm，这是变频控制的难点之二；变频系统包括主系统和备用系统，在运行过程中，如果主系统发生故障，备用系统必须迅速启动，在保证上述要求下完成火炬的运行，这是变频系统的难点之三。细节决定成败，对第一次火炬整体调试中出现的难点问题，他们认真研究，精细组织，逐步修改方案，仅用一个多月的时间完成了小车的变频控制及精确定位控制的调试。

当第二次厂外调试时变频系统的运行控制与精确定位控制调试成果得到了充分的检验，运行效果相当理想。然而，由于主液压缸在火炬翻转力矩发生变化时，拉力不足而无法控制火炬，工艺上不得不新增加顶升缸。而顶升缸如何控制，顶升缸与主缸如何协调同步，成为遇到的新问题。为了攻克这一难关，他们完全打破了分工，积极参与到增加新设备工艺过程之中，边了解设备动作顺序与逻辑连锁关系，边及时的修改控制系统的硬件配置及软件控制程序。这一时期他们吃住在现场，白天摸索数据，晚上一起讨论，经过艰苦的奋战，不但解决了支撑架带火炬行走轨迹的确定、主辅缸同步等问题，而且攻克了顶升缸控制、顶升缸与支撑架协调同步这一新问题。

在参与奥运火炬制作工程，所有参与人员以激情和智慧，克服了一个又一个难关，付出了辛勤汗水和牺牲，有的同志患肾结石需要住院手术，但因工程而推迟了治疗时间；有的同志牙肿化浓也顾不上去医院诊治；还有的同志家中孩子幼小，将父母接来帮助照料；

更有的同志亲人病危也没有来得及到医院看上老人一眼，等等。在5月1日到3日最紧张的现场调试期间，他们昼夜奋战，困了用水冲把脸，饿了啃一块面包，5月3日火炬翻转的测试工作是在瓢泼大雨中进行的，雨水从前心凉到后背，浑身都淋透了，但全体人员没有怨言，没有委屈，没有歇脚，他们兢兢业业，坚守岗位，心中只有一个目标，为奥运而战。经过不懈努力，奥运火炬于2008年5月3日在西集调试场成功精准地完成了翻转控制，得到了中央领导的认可。

2008年5月17日，全体参战人员进入了国家体育中心火炬塔控制工程主控室。首先面对的第一个问题就是起重设备无法到达5层主控室，从主控室到鸟巢顶部的电缆也无法吊运。在这种情况下，他们没有强调外部条件，没有向指挥部提出额外的要求，全体参战人员不怕脏、不怕累，硬是用他们的双手，靠肩拉人拽的方式将一根根电缆、一台台设备缚设、码放到了预定位置，按规定的时间完成了全部的施工任务。

为了严守火炬点燃的保密性，指挥部要求带火炬翻转测试只能在夜间12点至凌晨6点进行，而白天还要进行控制系统的模拟测试，这就意味着每天的休息时间很短，有时只有2至3个小时。连续两个多月的如此作战，大家非常疲惫，眼熬红了，人累瘦了，但是却没有一个人喊冤的、叫累的，没有一个打退堂鼓、掉队的。他们以“更高、更快、更强”的奥林匹克精神支撑着自己，顽强拼搏，终于实现体育中心火炬塔控制工程一次调试成功。

2008年8月8日晚8时，第29届奥林匹克运动会在北京国家体育中心隆重开幕。为了给现场的观众及全世界电视机前的观众一个惊喜，火炬塔一直隐藏在鸟巢的顶部。晚22点08分，当各国运动员开始进场的时候，按照奥组委的指令，主控室现场副总指挥李振兴一声令下，技术人员于彤启动了火炬的运行按钮，火炬在自动程序的控制下，缓缓地移向鸟巢东北碗口，10点26分火炬昂然的矗立起来，这时很多观众都还没有注意到火炬已经悄悄地巍然屹立，直到 12 点 04 分，当原国家体操运动员李宁点燃火炬的时候，一个如梦幻般的惊奇出现了，全场观众为之惊讶，为之欢呼。奥运圣火成功点燃了，参战人员激动的欢呼雀跃，热泪盈眶。因为这是他们用智慧和汗水、更是用勇气和信心为科技奥运书写了浓重的一笔。

首自信公司成功承接的 2008 年北京奥运会主火炬塔制作、安装、自动控制系统，实现最简洁的“一键式”自动控制，确保点火万无一失，不可磨灭的业绩永载世界奥运史册。

首钢搬迁调整使首自信公司站在了一个新的更高的起点上，进入了转型发展的新阶段。

第七章

国贸风云

中国首钢国际贸易工程公司（简称“首钢国际”）是首钢的大型外经外贸企业，主要经营管理首钢境外企业、进出口贸易、海外工程承包三大主营业务以及现代物流业、综合服务业等延伸业务，它在首钢改革中诞生成长，在首钢搬迁调整中发展壮大。

第一节　奋斗创业

首钢国际创建于 1992 年 7 月。在首钢国际成立之前，首钢的钢铁产品进出口没有外贸经营权，都是与各省的五矿公司协商代理经营，使用他们的出口许可证出口首钢产品，并付给一定的代理费用。1990 年底首钢提出“打开国际贸易，实现跨国经营”的目标。当时以总公司引进办为基础设立国际经贸部（简称“国贸部”），各分公司相继设立经贸处，首钢掀起了国际化经营的热潮。

1992 年 5 月 22 日中国改革开放的总设计师邓小平到首钢视察，希望首钢进一步解放思想，在改革、开放和发展方面再上一个新台阶，开启首钢国际化经营新篇章。

1992 年 7 月 23 日，国务院批转国务院经贸办、国家体改委两委办联合起草的《关于进一步扩大首钢自主权改革试点的报告》，即扩大首钢的投资立项权、外经外贸和外事权、资金融通权，同意首钢组建中国首钢国际贸易工程公司。

1995 年初，首钢总公司对外经贸机构和体制进行了重大调整。将首钢在秘鲁购买的矿山秘铁公司划归首钢国际管理，确立首钢国际为首钢总公司进出口业务的总代理，以及首钢海外工程的总承包单位。

2002 年初，首钢国际适应形势发展的需要，突出钢铁服务职能，对机构进行改革，实行事业部制和扁平式管理，进一步理顺了各项业务及管理，从此首钢国际进入到了一个快速发展的新时期。

一、强势崛起

首钢国际成立之初正是首钢集团提出："打开国际贸易，开拓国际市场，进行跨国经营，向国际化经营大步迈进"的重要转折时期。在很短的时间内，就通过实施开展国内、国际经营，建立科工贸跨国经营的企业新机制，实行以产品出口为先导、海外工程成套设备出口为重点，国际投资兴办实业迅速跟进的高速发展方针，实现冶金、机械、电子等多元化经营，全方位发展，闯出一条具有首钢特色的国际化经营的新路子。1992 年 5 月 19 日，首钢和秦皇岛市联合美国宾夕法尼亚州机械设备公司合资兴办秦皇岛板材有限公司奠基开工。1992 年 11 月 10 日，首钢购买秘鲁铁矿，这是由首钢国际运作的又一个大手笔，共投入 1.2 亿美元。所收购秘鲁铁矿的矿区达 600 平方公里，已经探明铁矿资源储量 14 亿吨，全部露天开采。矿区紧邻大海，拥有停靠 20 万吨级船的深水码头的使用权和一条直通港口的 15.3 公里运输皮带，每小时可将 4500 吨矿粉装船。1993 年 2 月 24 日，首钢通过在香港注册的首钢控股（香港）有限公司收购了香港宝佳集团有限公司 9500 万股，使总股份占到该集团的 25.12％。

首钢国际成立不到两年，仅在香港的净资产就达到 23.28 亿港币，自有资产市值 50 亿港币，控制资产市值 120 亿港币；海外营业额

图 13　首钢秘鲁采矿场局部。(李洪　摄)

突破 6 亿美元,鼎盛时期的首钢国际统领境内外国有、独资、合资、联营、控股、参股企业数十家,商务机构和业务范围遍及全世界。

二、转换机制

首钢国际在发展中也遇到过巨大的困难和波折。20 世纪 90 年代初成立的首钢国际,面对国际经济全球化和国内市场经济体系逐步建立完善的新形势,在管理体制和思想观念上有许多的不适应,直接影响了企业的发展,加之成立初期的快速扩张,经营思想、经营理念、体制机制、人才等方面难以跟上国际化经营的要求,使首钢国际发展一时受到影响,海外事业跌入低谷,到 2001 年首钢国际在香港上市的四家公司有三家亏损,资产市值已经从高峰期的百亿港币滑落到不足 13 亿港币。境内企业仍在吃“钢铁大锅饭”,直接依赖首钢钢铁业生存的业务占到全部业务的 80%以上，新的经济增长点开发乏力；主营业务竞争力不足，盈利水平低下，传统业务趋于萎缩状态。加之机构臃肿、冗员严重、人浮于事成为企业发展的沉重阻碍，全公司 555 人中，行政管理人员 150 人，再加上后勤服务人员，占到全员总数的三分之一。不解放思想转变观念，不进行大刀阔斧改革，企业就没有出路，将被市场淘汰掉，逐步成为首钢国际上上下下的共识。

改革最难的是人的思想转变，是体制机制的变革与人员的合理流动。首钢国际的改革从体制改革、转换机制入手，机构撤并，人员精减。转换机制的改革，使干部职工的思想观念发生了根本性转变，危机感、紧迫感和责任感增强，也给企业带来了活力和竞争力。经过改革，各部门、各分公司重新显现出发展的活力。

首钢国际原来的船务公司管理着首荣、首海两家合资公司，这两家公司职能部门齐全，经营业务完全自己开展。可是却在上面设置了一个非法人性质的船务公司，不仅在管理上多了一个婆婆，而且每年这一层机关就要花掉 200 多万元的管理费。改革中，两个公司机关职能部门砍掉了一半，人员减少了 63%，并实行了全部管理人员竞聘上岗的竞争机制。同时积极推进转换机制的改革，将两个公司在岗的职工与首钢国际脱钩，员工与公司重新签订劳动合同。这种大刀阔斧的改革解决了历史遗留的问题，理顺了合资公司的管理。

一次，首钢国际的领导去参加一个北京市的会议，本想在会上发言，结果听了别人的经验，才知道自己与先进企业相比差距很大。这个会对首钢国际领导是一个巨大的刺激，此后，他们先后组织人员到上海、浙江、江苏等地考察学习国有、民营、合资外贸企业的经验，通过考察开阔了视野，学到了经验。在考察、对比、思考的基础上，于 2002 年进行了以开拓外部市场，增强市场竞争力为目标，以业务重组和资源整合为核心，以财务与资金的集中管理为手段的组织机构及业务流程调整重组。在此次重组中，他们借鉴上海宝钢和无锡苏豪贸易有限公司的经验，结合自己的实际，撤销了进出口和海外工程两个分公司的建制，按照事业部制的管理模式，在原有业务基础上设立了设备部、矿业部、贸易部和海外工程部四个业务部，并将核算、资金管理业务并入首钢国际计划财务部，实现了财务的统一管理和资金的统一使用，提高了管理的透明度和资金的使用效率，从而建立起高效、精干的经济组织结构。对管理人员实行了全员竞聘上岗，职能部门从 14 个减少到 4 个，取消了机关服务中心，净减员 26 人，从而实现了大幅度消肿的目标，为进一步做强做大主营业务和实现新的发展理顺了职能，减少了冗员，提高了工作效能。

三、创新前进

转换机制的改革增强了首钢国际的创新能力，提高了企业在国际、国内市场的竞争力。随着首钢搬迁调整战略实施后的产品结构不断优化，钢材出口量逐年扩大，并于 2006 年达到了 200 万吨，创出首钢外贸钢材出口历史新的高峰，实现了历史性的突破。

2008 年，全球金融危机爆发，经济衰退，国际钢材市场受到了巨大打击。首钢国际由于科学制定对外钢材贸易策略，坚持同海外客户建立长期友好合作关系，在应对突发的金融危机过程中发挥了重要作用。如早在 2004 年，首钢国际就与世界最大的造船企业韩国现代重工签订了造船使用首钢中厚板的长期战略合作协议备忘录，交易量从初期的每月 1000～2000 吨，逐步增加到每月 2～3 万吨，最高时达到 5 万吨。金融危机爆发之前，在船板出口数量供不应求时，首钢始终遵守合约，克服困难优先保证韩国现代重工船板的供给量；反之，金融危机爆发后，船板市场呈现为买方市场，但韩国现代重工也承诺了基本的采购量，很好地解决了金融危机为首钢出口带来的风险。截止到 2009 年 9 月，首钢与韩国现代重工成功合作船板贸易数量达到了 100 万吨，这也是首钢出口船板史上新的里程碑，标志着首钢与世界上最大的造船企业强强联合，打造了中国船板企业的品牌效应。

首钢国际矿业部主要负责首钢的铁矿石、焦煤、废钢等产品的进口业务，同时也是首钢秘鲁铁矿在中国的销售总代理。2000年，首钢国际进口铁矿石494万吨，此后呈逐年增加态势，到2010年达到4029万吨，10年间增加了将近8倍。而这十几年的国际矿石市场却发生了翻天覆地的变化，矿石价格坐上了过山车，让人惊心动魄。面对国际市场的变化，首钢国际采取措施在市场中博弈，取得了巨大的成绩，为公司创造了巨大效益。1997年首钢国际根据秘鲁铁矿的经营需要，在矿业部建立了以秘矿为主的进口铁矿石销售队伍，成为国内首家从事铁矿石销售的钢铁企业。十多年来，经过积极探索和不断扩大业务领域，使秘矿销售不但为首钢创造了巨大利润，也为秘鲁铁矿的正常生产提供了有力的支持。

第二节　服务搬迁　引进设备

进入21世纪，首钢进入了搬迁调整，创新发展的新时期。新项目的开工建设对首钢国际来说是挑战，更是大发展的机遇，服务好首钢搬迁调整，是对首钢国际服务首钢的全新考验。

一、捆绑式引进探底价

俗话说："兵马未动粮草先行。"新基地的建设离不开设备的引进，这个重担压在了首钢国际设备进口部的肩上。

设备及技术引进工作过程包括项目招标及谈判、设备发货、现场服务、办理非贸易项下完税或免税等诸多工作环节。其中项目招标及谈判、办理减免税、办理非贸易项下完税或免税等都关系到设备引进成本的高低。尽管降低引进成本与设备部的效益并无直接联系，但为了首钢的整体利益，首钢国际将降低引进成本作为自己的重点工作之一。

在首钢搬迁调整中，首钢迁钢、京唐钢铁厂项目和顺义冷轧项目汇集了国际先进技术和装备，特点是项目工期长、投资大、设备复杂、自动化程度高。同时这些项目引进合同的复杂程度也是设备进口部从未遇到过的。例如顺义冷轧项目包括6个外贸合同及1个内贸合同。而迁钢2160热轧项目仅外贸合同就26个。另外，技术的先进性也造成了引进设备的复杂和工作的繁多。如2160热轧项目是多年来第一次机械和电气分开签订合同，仅机械、电气之间的相互呼应和约束问题就比正常合同增加了数倍的复杂程度。针对上述情况，首钢国际组织精兵强将参与到首钢各个项目设备引进的商务谈判中，千方百计要把首钢的采购成本降至最低点。然而由于国外机械供货商和电气供货商分别是德国西马克—德马格公司和德国西门子公司，在价格谈判中因两家供货商不肯做出让步，使谈判一度陷入僵局。

为打破僵局，首钢国际参加谈判人员经过精细的测算和查阅大量资料，果断提出将秦皇岛首秦公司4300mm轧机项目与2160mm热轧项目“捆绑”在一起作为谈判筹码的建议，并很快取得了效果。通过两轮压价和增减供货量的谈判，西马克—德马格公司对机械供货合同价格的降价率达到8%；西门子公司对电气供货合同价格的降价率达到5%。最终2160热轧项目签约金额是国内同类型设备的最低价格，并按照首钢集团的时限要求顺利签约。在2160热轧项目的签约仪式上，首钢集团领导称赞道：“2160热轧合同的签订是首钢历史性的突破”。

二、用准、用足减免政策

降低进口产品的税务负担，是降低成本的重要一环。减免税并非偷税漏税，而是要严格依据国家的法律法规进行。海关根据国家的政策规定了准予减税、免税进口的货物，设备引进项目经审批立项后，除《国内投资项目不予免税的进口商品目录》（以下简称《目录》）所列商品外的国家鼓励发展项目，可在所在地海关办理进口设备关税减免税手续。由于关税和增值税总额一般超过设备进口成本的四分之一，因此办理进口设备的减免税，是降低引进成本的重头戏。而办理减免税就要在充分掌握国家有关政策、法规以及国家有关政府部门的办事流程的基础上，对进口设备的名称、税号、规格进行准确定义、归类，在合理合法的前提下，争取将减免税政策用准、用足。这里的关键词一是"准确定义"，二是"合法"。

2008年2月，首钢国际为首钢京唐公司从瑞士曼透平公司引进的高炉鼓风机第一批设备到货，进口合同及技术附件均标明设备名称为"高炉鼓风机"。而"风机"明确列在《目录》中。一般情况下，该合同已无办理减免税的可能。然而，设备部人员并没有放弃。他们通过查证，该设备的英文名称为Compressor，实际上是压缩机，而压缩机的一些型号并不在《目录》内。为办理该项目的减免税，首钢国际的领导亲自牵头，与国外供货商及用户反复沟通，将合同中的高炉鼓风机重新定义为压缩机，并向海关提交了合同设备应该归为压缩机的证明文件。同时设备部人员多次往返国家发展计划委员会、海关总署等部门了解情况，做好解释工作，并做好外商、运输公司的工作，取得他们的配合。经过一系列的努力工作，终于成功办理了三批高炉鼓风机到货的减免税，仅此一项就为首钢节约税金3800万元。

三、施工现场的文化碰撞

在首钢顺义冷轧薄板项目中，首钢国际的现场服务诠释了特色服务的内涵。

顺义冷轧项目是配合首钢搬迁调整的创新工程，也是首钢集团第一个精品冷轧工程。特点是规模大，设备及技术引进量多。不仅是首钢新的经济增长点，也是现代制造业的支撑项目。首钢国际在该项目现场服务中，突破以往主要是为外国专家当翻译的旧框框，为用户提供全方位的现场服务，真正做到用户至上。

在冷轧项目设备施工中，因为文化差异，中方人员与外方人员由于立场不同、工作方法相异而产生矛盾的现象经常发生。以施工进度与质量为例，外方往往无视中方的进度及质量要求，以外方是工程技术总负责为由而自作主张。这种情况下首钢国际设备部的现场服务人员不仅仅是担当翻译，而是站在中方立场，利用自身施工管理的经验，妥善协调解决双方的矛盾。为此设备部几位主要领导多次到现场组织新老业务员进行交流，言传身教，帮助新业务员迅速提高现场处理问题的能力。

如，外方施工人员的现场服务费，是按工时表上的人日数核定的。设备部的现场服务人员发现，在外方人日数控制环节上存在一定的问题：一是个别外方专家滥竽充数，素质达不到工程的要求；二是有的外方专家到现场后故意磨洋工，三天的工作五天完，以增加人日数；三是有外方专家手中工作已经告一段落，还到现场去凑数。这一现象引起了设备部的高度重视。由于外方施工人员的现场服务费直接关系到引进成本，为了首钢的利益，设备部大冷轧领导小组不顾工作已经满负荷的现状，积极介入到外方现场人日数的控制工作中。坚决要求外方更换不合格的专家；对工作中故意磨洋工的外方专家，督促其加紧工作；对工作量不饱满，到现场凑数的外方专家提示管理部门，不予签署工时表，并要求外方及时将多余人员撤回。设备部的上述做法使外方施工人员受到震动，使人日数得到了较好的控制，为首钢节省了大量引进成本。

2007 年，顺义冷轧各条生产线全面进入紧张的安装调试阶段，现场服务工作也进入了最为繁忙的时期，加班加点早已成为家常便饭。在这关键时刻党员、干部和老业务员发挥了表率作用，保证了项目工期进度。如首钢国际设备部徐晓飞，当时已经 52 岁，从 2006 年底开始，第一个服务于顺义冷轧现场。在现场近两年时间里，他克服了家里父母年迈，孩子面临高考的困难，几次带病坚持工作。每当现场出现问题时，总能在第一时间看到他；节假日加班的队伍里，他的身影总是活跃在一线；即使是平日里，他也是第一个来到现场办公室，最后一个离开。体现了老业务员、老共产党员的风范，也成为设备部所有现场服务人员的楷模。

首钢国际在新企业的建设中千方百计调动外方人员积极性，做好服务让他们安心在中国工作。在工程建设最紧张的时候，圣诞节到了，外方人员要求回家过节，这本身也无可非议，可是一来一往要影响工期。首钢国际在工地现场举办联欢会，与外方专家共过圣诞节，缓解他们的思乡之情，做工作让他们坚持在工地，按时完成建设任务。

在现场服务中，首钢国际的同志们始终把服务用户、服务一线作为自己的宗旨。首秦公司投产时，一台3500KW的电机突然发生故障，需要送哈尔滨去修，这将影响到高炉正常投产。情况反映到设备部，他们一方面积极做好送修的联系工作，一方面立即组织人员将京唐公司的一台西门子公司的电机调往首秦。可是由于两台电机的使用性能不一样，需要进行调整。他们就连夜联系德国西门子公司，安排外国工程师提早赶到中国，从而及时保证了首秦公司按时投产。

首钢国际在首钢搬迁调整的10多年中，先后参与引进30多亿美元的设备，为首钢集团搬迁调整做出了贡献，同时也锻炼了队伍，使设备部积累了很多宝贵的经验，为首钢发展培养了人才。

第三节　为新基地提供原料

随着首钢搬迁调整的快速进展，首钢迁钢、首秦和京唐公司的高炉相继投产，铁矿石资源的稳定供应成为保证高炉生产最紧迫、最主要的问题。经过首钢国际矿业部全体人员的努力，从2005年开始，首钢铁矿石资源的进口和使用基本上达到同步，进入首钢高炉生产使用进口铁矿石的良性阶段，地方精粉用量大幅度下降，原料成本大幅降低，进口烧结矿质量品位提高，为高炉生产全面进步、增产降成本做出了重要贡献。

一、基地生产保原料

自 2003 年始，首钢国际深刻认识到未来的首钢新基地对进口矿的需求量将会与日俱增，首钢国际矿业部就开始积极与铁矿石供应商保持密切地联系，多次与巴西淡水河谷、澳大利亚必和必拓、力拓、FMG 公司等进行协商，希望双方能够在原有基础上进一步建立起更为持久的资源战略关系。经过不懈努力，首钢国际与以上各家供货商分别签订了长期供货合同，为生产用矿提供了保障。

在为公司进口铁矿石的过程中，首钢国际一直以质高价低为主旨。一方面要解决总公司生产用矿的缺口问题，满足总公司生产需求；另一方面通过与供应商积极沟通，努力争取最优惠的价格。2008 年，首钢集团在进口矿上的缺口达到 200 万吨以上，为了满足总公司的需求和保证京唐公司的顺利投产，首钢国际积极同供应商磋商锁定新的资源，最终签订资源增量 270 万吨，保障了京唐公司投产所需的铁矿石供应。2008 年 4 季度进口矿资源需求大幅度减少，在长期合同执行上，首钢国际通过与各供应商积极磋商，先后与巴西淡水河谷公司、哈默斯利公司达成推迟资源供应的协议。2009 年中国进口铁矿公开价格谈判陷入僵局，2010 年长协定价机制瓦解，各供应商对铁矿石的供应采取了不同的定价方式。在当时矿石价格存在多种模式的复杂情况下，首钢国际矿业部根据各个供应商的不同情况，采取了灵活的定价方式以降低进口成本，既保证了资源供应，又为公司节约了大量资金。

2011 年由于各种因素影响，首钢实际需求进口铁矿石比计划减少。这是由于当时供应商普遍采取季度/月度定价方式，在长协资源价格与现货价格出现倒挂的情况下，一些企业特别是加盟企业从

图 14 采购的矿石正在装船。(李洪 摄)

成本角度出发,纷纷提出减少计划量,而当长协资源价格明显低于市场价格时,这些企业又会提出增量要求,从而导致合同不能均匀执行。面对上述困难,首钢国际矿业部一方面通过与供应商串换解决,另一方面还要同供应商协商就取消资源进行谈判。从矿石市场急剧下跌的情况下,在与外商的谈判中以压低价格的方式造成对方主动提出合同减量,避免首钢因不执行高价合同减量而造成违约的情况。根据公司调整后的计划需求与供应商多次协商,最终取消了不需要的合同资源,保证了首钢的利益不受损伤。

与此同时,他们还适时采购现货资源,根据市场情况和价格趋势的分析,及时跟踪价格变化,并与总公司生产部和计财部及时沟通适时采购现货资源,极大的为总公司降低了成本。

二、开发矿源保成本

在努力降低铁矿采购成本中,首钢国际矿业部积极探索突破点，他们认为力拓和必和必拓、淡水河谷三大主流供应商指数定价降价难度很大，但可以在非主流矿上下功夫，降低公司的采购成本。于是他们积极寻找新的突破，努力锁定非主流资源，经过多方努力，分别开发了毛里塔尼亚和南非的铁矿资源。

毛里塔尼亚铁矿资源铁品位为62%，但硅较高，在9%左右，铝为1%，属于高硅低铝资源，与地方粉相近。经过与供应商谈判，在价格上供应商同意给予一定的折扣，经总公司相关部门测算与地方粉比具有一定的价格优势。

南非铁矿资源铁品位64%左右，但是碱金属较高，在烧结中可少量配用。南非主要有库博和阿桑曼公司两家资源公司，为与三大供应商竞争，在价格上都可给予一定的优惠条件。经研究，首钢确认在首钢烧结中可配用一定比例的南非粉资源，京唐、迁钢、首秦公司等各基地为降低成本也都明确提出愿意使用。非主流矿源的开发与采购，为公司降低成本做出贡献，仅2012年1～9月份就为公司降低成本2000多万美元。

三、满足焦煤保供应

从2007年开始，首钢钢铁生产需要进口主焦煤作为补充。首钢国际矿业部积极开展调研，与世界主要优质主焦煤供应商取得联系，进行交流，并与总公司相关部门协商，确定首钢可使用的主焦煤指标。经过不到一年的努力，从2008年开始进口主焦煤，共为总公司进口优质主焦煤300多万吨，为正常生产进行了有益的补充。

2008年，总公司要求首钢国际矿业部为京唐公司进口炼焦煤50万吨。他们与首钢生产部、技研院等相关部门制定了详细的进口计划表，并对各种资源进行了有针对性的试验分析。最终，经过多方权衡之后，选择了几个品种作为候选，并在资源非常紧张的情况下，争取到了加拿大焦煤、新西兰肥煤、澳洲海克瑞克焦煤等5种资源，共计51万吨左右。除了澳洲海克瑞克焦煤比市场价格略高外，其余四种炼焦煤均按照国际市场公开价签订了采购合同。然而在合同执行过程中，由于突然爆发的全球性金融危机影响，钢铁业整体态势下滑，各大钢厂纷纷减产，资源价格下跌。多种因素的影响造成与外方所签订的合同无法继续执行，因此，首钢的进口计划也相应做了调整，原计划进口 51 万吨，只执行了 16 万吨。对于剩余的 35 万吨资源，供应商强烈要求首钢执行合同，在这种情况下，首钢国际矿业部与供应商解除合同的谈判显得尤为困难。但本着尽量降低成本的理念，他们向对方详细讲解首钢的生产状况和面临的困难与压力，最终，在经历了数次谈判之后，终于解除了剩余的 35 万吨左右的进口炼焦煤合同。

2010 年，随着首钢京唐公司新高炉投产，对优质焦炭的需求量增大，导致了京唐和迁钢两地对进口煤的需求量大增，特别是对峰景煤的需求直线上升。在市场上优质资源稀缺的情况下，首钢国际做了大量工作，不但保障了峰景煤供应，还使其价格低于国内同类主焦煤的价格水平，为总公司极大地降低了采购成本。

首钢搬迁调整给矿业部带来了发展的机遇。这 10 年间，首钢国际矿业部的业绩突出，铁矿石进口量在 2010 年达到 4000 万吨，2000 年至 2011 年累计进口铁矿石 2.17 亿吨。2011 年秘矿销售达到 991 万吨，2005～2011 年累计销售秘矿 4300 万吨。

第四节　让首钢产品走向世界

首钢通过搬迁调整和转型发展，产品结构得到了调整优化，出口产品结构发生了重大变化，热卷、冷卷、热镀锌和中板等中、高附加值板材产品出口成为出口主力军。不仅实现了长材到板材出口的突破，在高附加值品种出口方面也取得进展。在销售领域也完全面对的是不同的客户，由原来的建材市场进入到汽车制造、造船、家电等更高端的市场。将首钢人千辛万苦生产出的优质产品打入国际市场,成了首钢国际贸易部的重要任务。

一、开拓创新促出口

随着国际石油和天然气管道运输项目的不断增加,国际制管业已经是一个巨大的市场,也成为首钢国际贸易部市场开发的主要目标。他们根据国际市场的变化,抓住机遇,努力扩大首钢产品的出口量。同时针对国际市场的需求,积极与总公司有关部门和生产单位做好协调、沟通,加大了出口品种的开发力度,通过不懈努力成功将首钢开发生产的管线钢卷、管线钢板出口到亚洲和欧洲国家的制管企业。随着顺义冷轧的投产,首钢生产的冷轧镀锌卷、彩涂基板等一批价格高、效益好、市场容量大的新产品,也逐步形成批量出口。如冷轧镀锌产品 2009 年出口量为 1.83 万吨,仅占全部出口产品总量的 2.86%,2011 年出口量为 34.23 万吨,占 2011 年出口总量的 33.95%。2012 年组织顺义和曹妃甸冷轧镀锌产品出口量达 47.61 万吨,同比增长 39.09%,实现冷轧镀锌产品连续三年增长并创新高。管线钢卷产品出口,在 2009 年"零"出口基础上,经过一年的努力,2010 年实现出口 18.74 万吨,分别占年出口总量的 14.36% 和热轧卷品种出口量的 24.80%。

2008 年,首钢与山西焦煤集团合资建立的东方资源(香港)有限公司正式运营,为首钢钢材更有效地打开国际市场奠定了基础。目前,已经初步建成以东方联合资源(香港)有限公司为平台的国际销售网点,负责首钢钢材出口销售、技术和售后服务、海外网点建设等整体海外运作,并围绕国际各主要市场重点客户和重点区域,调整布局、建立起完善的国际销售网点。

首钢产品出口的两个最主要市场是韩国和欧洲。在开拓两个市场中,首钢国际贸易部的同志们积极创新营销管理理念,组建由贸易和技术人员组成的销售服务队伍,进行现场技术指导和销售服务。保证做到在第一时间对每批货物进行售后技术跟踪,及时反馈存在的问题，通过与客户现场研究，统一解决问题的办法，创新了售后服务模式，与下游用户建立了更紧密联系。

首钢集团与韩国现代重工的合作开始于2004年，合作初期，首钢供货现代重工船板可谓一波三折，问题频出。韩国现代重工的船板订单与普通板材订单不同，它从船级社，船板强度的级别到具体的长度、宽度、厚度，数据信息量极其巨大，品种规格要求极其复杂；而且数据与数据之间又极其相似，差别细微。由于刚开始办理的订单都是人为录入，造成下错订单的概率大大增加。虽然对曾经发生的问题，都经过及时补救没有在经济上蒙受损失，但首钢品牌形象还是受到了负面影响。他们虽然采取了多种措施应对，但是费工费时，收效甚微。每次下生产订单，大家都如临大敌，万分小心，但是即使这样，也没有人敢保证不出现任何错误。当时正值韩国现代重工每月的中国采购订单大幅增加，由于下单失误频出，首钢的订单数量却增加甚少。于是如何规范下单流程，规避人为录入失误成为制约首钢前进的瓶颈，亟待解决。

2008年3月，以陈静为首的业务一室销售团队接管现代重工船板出口的工作后，面对“人为录入失误”这个影响出口的致命难题开展了攻关。大家经过几番讨论，集思广益，最后得出如下结论：人为录入订单，不仅费时费力，效率低，工作量大，而且错误永远无法根除。如果能通过一套电脑系统下单，就可以从根本上杜绝人为下单的失误。业务一室立即与首钢国际技术分公司一起开展研发不用人工录入、自动导入韩国现代订单的电子系统。在两个部门共同努力下，经过多次的磋商和实验，自主研发的专门针对韩国现代重工的订单导入系统问世了，经过与销售公司ERP系统的磨合和试运行，订单导入系统完全成功！这套系统从根本上避免了人为录入失误的出现，复杂数据处理的准确率达到100%；订单转化和制作过程所需时间大大缩短，工作效率大幅提高。自从有了这套系统，就再也没有出现过现代的订单“走样”的事件。订单导入系统研发成功，提高了板材出口订单的准确性，提高了签约的效率，促进了出口工作。2008年12月首钢国际的单月订单量曾创纪录地达到6万吨。由于有了这套“零失误”导入系统的保驾，不仅使首钢再次赢得了韩国现代重工的信任，而且在每月订单数量开始大幅增加的情况下，首钢国际的出口订单确保做到了准确无误，工作游刃有余。

成绩并没有阻挡业务一室开拓创新的脚步，2009年3月，首秦公司成为韩国现代重工的指定生产基地。针对现代重工需要了解钢板生产的每一个环节的需求，以李佳为首的业务一室的业务骨干们又开始了新的攻关，开发出了一套更加先进的B2B系统，这套系统实现了“终端”对“终端”的直接对话，即韩国船板用户可以通过这套系统直接将订单提供给首秦公司，并且可以随时查看和追踪每一笔订单的生产情况，且数据是由首秦公司通过自己的数据系统自动导入到B2B系统之中的。虽然这套B2B系统现在还在试运行之中，但是它基本实现了最终用户韩国现代重工和首秦公司的“零距离”沟通，双方都受益匪浅。这套系统融入了首钢人先进的生产管理理念，体现了首钢人依靠科技孜孜以求的创新精神。2012年，针对国内外中厚板多年未见的市场冷淡状况，他们用优质服务赢得重点用户的信任，全年仅向韩国现代重工一家就供应船板15.51万吨，约占该公司在中国采购量的24%。

二、分忧解难挤市场

2008年10月金融危机爆发，首钢产品的老客户韩国成东造船厂，因为韩元贬值超过40%，导致货款支付困难，为此客户提出中止首钢供应4万吨船板的合同。贸易部经过调查分析，认为成东船厂货款支付确实有困难，如果强制执行合同，不仅强人所难，也有违商业道德和长期合作的情谊，还有可能带来货款回收困难的风险。于是他们想方设法为老客户分忧，经过认真的分析研究和细致的工作，并多次与成东船厂协商，把原定当年执行的合同改为延期分月执行，分期发货，分批付款的新合同，这样一来既维护了首钢的利益，又缓解了客户资金周转的困难，达到了首钢与客户的双赢。

2010年，当贸易部得知曹妃甸通用码头投入使用后，贸易部常务副部长傅建国立即带领业务骨干去实地考察港口条件，尽管当时港口还没有操作出口货物，但他们深知如果能够早日使用上这一码头，必将促进首钢产品出口工作，降低成本，提高效率。于是他亲自到港口海关协调出口报关和出口装船事宜，经过努力争取，终于把京唐公司出口货物的装运港从原来的京唐港转到了曹妃甸港通用码头。首钢成为第一个将出口货物堆存在曹妃甸港的出口钢厂，并于2010年4月成功装运出口钢材12000吨。这不仅大大缩短了从曹妃甸到京唐港的运输距离，节省了货物集港的时间，保证了货物及时集港，而且节省了工厂到港口的运输成本。2010年4月至今首钢在曹妃甸码头装船出口钢材已达16.76万吨，为京唐公司节省运输成本1000多万元人民币。

第五节　做好物流业为搬迁调整服务

首钢搬迁调整战略中，首钢国际物流运输为适应首钢“一业多地”大发展的需要，沉着面对复杂多变的海运市场，创出了一条具有首钢特色的控制海运风险、加强海运操作，确保安全稳定运输的管理新路子，创出了品牌，创出了效益。

一、适应形势巧应对

2010年以来，受国际经济大环境不景气影响，国内钢铁行业，钢材价格持续低迷，各大钢铁企业均将“降成本”工作列为重中之重的工作，首钢集团也对各单位降成本工作提出了明确的指标和要求。因此，物流事业部在完成集团进口矿保供工作的过程中，也努力将降成本作为工作的重点目标之一，不断强化树立“以成本为核心”的思想，一方面通过把握工作流程中的关键环节进行“节流”，避免不必要损失的发生；另一方面在操作过程中努力发掘“最优方案”，通过“优化”降低集团整体成本。

首荣公司矿运部业务员赵文彬精打细算，以自己担任过船长的经验，细抠期租船的油耗，为公司节约了大笔的开支。该公司的4条期租船都是从造船厂接的新船，连经济航速的参考数据都没有，而一般租约里规定的都是最大的油耗，最快的速度。赵文彬通过气象导航公司的研究报告进行分析、比较，找出了最为合适的船速和油耗，最大限度的节省了成本。如，他们首先从货轮空载从天津新港到南非港口的航次开始试验，综合考虑天气海况的影响，总航程8405海里，分别按照主机转速81转、78转或76转来航行，通过测算和试验得出结论：78转航速比81转燃油可节省107.6吨，节省52570美元（日租金25000美元/天，燃油按照700美元/吨计算），76转航行比81转燃油节省174.6吨，可以节省81720美元。后来通过类比试验，几个航次后得出了更为可靠的数据。现在首荣公司的期租船都在按照主机转速75～76转的最佳能耗比航行。据统计每年可以节省支出至少220万美元，相当于1386万人民币。

首钢国际在工作中还高度重视培养员工主动解决问题的能力，要求员工在工作中遇到困难或面临选择时，不仅仅单纯阐述事实或情况，还要提出解决问题的办法。过去对船舶航行的管控，都在北京的办公室里，很少亲临现场，这样容易造成监管漏洞，期租船耗油多少完全依据船舶报告。2011年以来燃油价格一直在高位运行，新加坡的油价曾一度超过700美元/吨，而轮机长的习惯做法大都会虚报一些消耗，久而久之会积存一部分所谓的“口袋油”。赵文彬认为不上船检查就不能了解到油量的真实情况，就不能查清“口袋油”。他主动要求赴港口登船检查，实测存油量，掌握真实数据。2011年10月，期租船“首荣和谐轮”转租给韩国的一家公司，他随验船师一同到京唐港登船现场监测，经实测重油存量1851.8吨，轻油存量为

169.4吨，与当天该船船长报告的重油存量1789.6吨，轻油159.4吨比较，重油多出了62.2吨，轻油多出了10吨。按照当时市场的价格计算，为公司找回燃油款5.34万美元。另一条“飞腾轮”，也是类似情况，经到现场监测，找回1.29万美元油款。除此之外，赵文彬还针对船舶燃烧轻油的情况，从专业的角度与船长、轮机长进行探讨，申明正常情况下不需要消耗轻油，最终轮机长接受了建议。这样每天可省出0.1吨的轻油，每条船一年可以节省30多吨轻油，三条同型船可以节省轻油近100吨，每年节省近10万美元。

二、一业多地保运输

2009年开始，面对首钢“一业多地”生产的复杂局面，发货运输组织的相关工作受到的制约越来越多。对此首钢国际统筹安排，提早准备，根据具体情况制定了不同时期的保供应急方案，同时积极做铁路有关部门和各港口、代理公司的工作，加强各项管理。并整合原有运输业务，充分挖掘天津、秦皇岛、青岛等港口铁路、公路运输潜力，保证物流运输。

2007年，首秦公司原燃料汽车运量大幅增加，而通往首秦公司的唯一道路秦青公路，一旦发生交通受阻情况，就无法保证正常运输，使企业面临停产的危险。面对这样的压力，首钢国际积极与多家铁路单位联系，寻找解决方案，最终与中国铁路北京对外服务公司签订了“首秦进口矿石铁路运输协议”，创出铁路“站内搬倒”运输的新作业方式，缓解了公路运输的压力。“站内搬倒”就是利用秦皇岛站内运输的方式，将港口的矿粉直接运到首秦公司，不占用铁路的主干路，只在站内运输，既增加了他们的收入，又不占用主干路网的资源，而首钢每吨原料的运输还可节省运费7元左右。

曹妃甸港的铁路运输是首钢“一业多地”发展的重点，也是铁路运输工作的重点。为了保证曹妃甸港铁路运输早日正常运行，物流部做了大量的工作，多次前往曹妃甸港了解港口接卸能力、铁路线路建设进度、料场堆存能力等情况，并通过曹妃甸港务局、代理公司等相关单位了解铁路基本费用的构成：运距、汽运到矿业公司的费用等情况，从综合物流成本最低的原则出发，按照最经济合理的运行线路和运行方式，启动了曹妃甸港的火车运输工作。

为了保证铁路发运的正常进行，物流部采取了多种办法来改善铁路运输的不利局面：一是引入了竞争机制，由两家代理公司负责发运，形成相互竞争、相互制约、相互提高，既分担了保供的压力和风险，又提高了工作效率。

二是积极开发汽车运输，针对环保要求提高、道路限行措施增多的情况，将过去仅用一家公司汽车发运的作业形式，改为由三家代理公司共同运作汽车运输，有效地缓解了火车运输的压力，弥补了火车运力的不足。

三是针对首钢矿业公司保供任务重、烧结机配吃品种频繁调整，发运量频繁变动的情况，他们以完成保供任务为最终目标，采用多种运输方式、由多家代理公司交替运行，相互补充，灵活调配，确保发运量频繁变化的需要。

三、“物流链”顺畅其流

把握市场的能力和强大的执行力是物流运输的核心竞争力。为适应物流工作专业化分工的发展要求，首钢国际于2005年开始承担首钢进口自用矿物流的组织工作，通过对原有机构设置进行整合，理顺各环节的分工协作关系，逐步形成了一条有首钢特色的“物流链”。并通过流程再造和严格执行业务分工管理流程，使每一名员工都在流程中找到了自己的位置，明确了授权和责任，工作积极性和主观能动性得到充分发挥，“物流链”的运行开始变得顺畅起来。

如海运是铁矿石物流链中核心的一环，但海运保障问题绝不能孤立简单地对待，必须从理顺整个物流链着手，运用系统思维让物流链的其他环节为海运创造条件，让海运为整体物流链服务。物流部和首荣公司是一体两面的关系，物流部负责整个物流链的安全稳定和成本控制，接受上级公司指令对集团内提供服务，而物流部下属的首荣公司作为独立法人，既是物流链的一环，负责海运签约与履约，又是物流部的市场平台和屏障，肩负着海运成本控制与经营的双重任务，充当整个物流链的“蓄水池”和“防火墙”。在推进实施管理业务流程再造的过程中，首钢国际着重强调和发挥“链”的整体概念。

“链”首先就要起到承重与传动的作用，要环环相扣，不能脱节。

“链”讲究均匀与配合，要求前后呼应，反应灵活，各环节不能较劲，更不能纠缠在一起。

“链”要刚柔并济，松紧有度，保障有力，而预算就是我们整个链条的松紧器，不能拧得太紧，过紧导致压力倍增，可能会绷断；过松又导致资源浪费，效率低下。只有张弛有度的预算体系才能让整个链条从容、持久地运转下去。

通过对“链”整体概念的贯彻，首钢国际物流部制订了详实的管理业务标准化流程；横向加强部门内部，部门之间的沟通，协作和稽核，使各项工作落实到人，用制度规范管理本部门所有业务工作，工作任务及责任清晰划分，做到每人工作有依据有时限，成果有据可查，充分调动个人积极性，力求人尽其才，增加整体执行力。

第六节　打开首钢海外工程发展空间

首钢通过搬迁调整走向了一个更广阔的天地，更大的发展空间，也使首钢国际有了更宽阔的眼界，有了更大的发展平台。现在他们不仅将服务首钢的范围延伸到了河北、山西、贵州，而且向着钢材深加工、物流储运等钢铁主业的上、下游拓展，向非钢产业拓展。

一、打造海外市场精品工程

德国在欧债危机中独撑欧元区大梁，是因为他们有强大的制造业。我们耳熟能详的大公司就有西门子、蒂森、克鲁勃、奔驰、宝马、大众、林德等，正是这些德国大公司在国际市场上的努力，人们才有了对德国产品的信赖，形成了对德国公司的尊重，产生了对德国的向往。首钢乃至中国如果没有过硬制造业产品的输出，不可能在未来的世界中受到人们的尊重。而奋战在首钢海外工程战线上的首钢国际海外工程部每一名成员，都清醒地认识到没有成套设备的出口就不可能打造首钢这一知名品牌，就不可能赢得未来的市场。为此，他们为首钢海外事业在更大范围、更宽领域和更高层次上积极参与国际竞争，一次次地让外国同行认识到首钢制造的优势，创造了首钢海外工程新的辉煌！

2012 年 3 月 13 日，印度布山 7.6m 焦炉砌筑项目竣工仪式在印度奥里萨邦的布山施工现场举行，在场的中方、意方和印方的所有工作及施工人员欢呼雀跃，鼓掌庆祝，相互握手、拥抱，庆祝首钢在印度又一工程项目的顺利出色完成！印方人员还用印度特有的仪式欢庆着，表达自己难以抑制的兴奋与激动。从 1995 年首钢国际海外工程部赴印度承揽工程项目开始，至今已为首钢在印度、马来西亚、津巴布韦等国家承揽了 20 多个工程项目，使首钢品牌在海外工程市场中的知名度与美誉度不断提升，此次布山 7.6m 焦炉砌筑项目的竣工，成为了“首钢”在印度市场的又一精品工程，这背后倾注了海外工程部成员的极大心血和努力。

2005 年初，当得知印度一些比较著名的大公司都要筹建新的钢铁项目信息后，海外工程部就紧紧抓住了这个机遇，开展了多层次多方位的攻关。经过艰辛的努力，终于取得了首钢海外工程项目承揽的新突破。先后与印度签订了 17 个大型工程项目，合同额累计 7.9 亿美元，涉及炼铁、烧结、焦化、球团、料场、炼钢、连铸等多专业。而随着首钢集团实施海外发展战略的不断加深，中首公司海工部又抓住了首钢集团、首钢国际在海外投资建设综合钢铁厂的契机，积极开展对马来西亚、缅甸等综合钢厂项目的承揽开发工作。同时，他们通过加强对海外工程市场的分析研究，调整优化海外工程市场的布局和定位，全面开展对项目信息的搜集分析，加大承揽开发力度等措施，有力促进了阿曼炼钢、津巴布韦钢厂改造项目的重新启动；努力开拓中东、东南亚、非洲等国家和地区工程项目的开发。

海外工程部在开发承揽海外项目上的不断发展，离不开首钢这一金字招牌。他们凭借着首钢强大的品牌优势打响了一个又一个海外市场的攻坚战。同时，“首钢”这一固有品牌，也在海工部打造的一个又一个精品工程项目中，得到海外市场的一致认可和肯定，使得首钢品牌的形象在海外工程市场进一步提高。

在承揽印度BIL公司1780m^3高炉项目时，BIL公司的高层和专家早就对首钢在印度市场所建的工程项目有了较好的印象和认可，他们早早的就向首钢发出了招标信函，并在接到首钢的投标方案后，由BIL公司总裁亲自带领专家团队来到北京对首钢进行实地考察。在参观了首钢京唐钢铁厂自主设计建设并成功投产的5500m^3高炉后，毅然决定将自己的项目承包给首钢，并很快与海工部签订了合同，成为目前首钢在海外承建的最大的高炉项目，同时签约的还有烧结和焦化项目，为首钢国际创造了巨大的经济效益和海外声誉。

首钢品牌在海外市场良好形象的确立，是通过一个个精品工程项目干出来的。多年来，首钢国际海外工程部在激烈的市场竞争中形成了高标准、严要求的工作作风，活儿要干得漂亮，标书和文件要做得漂亮，合同执行也要坚持高标准。海工部坚持在实践中锻炼队伍，在竞争中提高素质，不断提高员工专业知识、外语水平以及计算机设计等方面的能力，一批青年同志在短短的几年时间里成长为海外工程承揽和建设施工管理的骨干。“有了金刚钻，敢揽瓷器活儿”。几年来，海工部和设计、制造、施工等单位协作配合，工程项目屡屡创优，“首钢”的牌子越叫越响，在非洲、东南亚特别是印度市场站稳了脚跟，打下了基础。

二、建设马来西亚大型综合钢厂

通过海外工程项目的不断开发，中首公司海工部俨然从过去单纯承揽执行炼铁、炼钢项目，转变为具有承揽和执行焦化、球团、烧结、高炉、炼钢、轧钢等涵盖整个钢铁冶金成套工程项目的能力，成为在国际工程市场上业务范围全面、经验丰富、专业精通的工程公司。2007 年 7 月马来西亚东钢公司向政府申请筹建 500 万吨综合钢厂项目，首钢从 2008 年开始就一直跟踪马来西亚综合钢厂项目开发的情况，并准备承揽钢厂工程建设。从 2010 年底开始，首钢国际与东钢公司、协德公司等项目合作方进行了多次交流，探讨合作方案，并派出团组到实地进行考察，征询了中国驻马来西亚大使馆经济商务参赞处的意见，走访了当地政府和相关银行，并委托美国贝克·麦坚时律师事务所对目标公司和项目进行了尽职调查。首钢国际计财部也全程参与了马来西亚综合钢厂投资项目的前期工作。东钢项目从立项到开工仅用了不到一年的时间。2011 年 12 月 5 日举行了开工典礼。该项目的实施体现了首钢拆迁调整带来首钢的技术更新、结构调整，也使首钢国际依托首钢集团，开拓了主业以外新的经济增长点。

三、向高端产业进军

2009 年末，首钢国际通过竞拍收购了安徽华皖碳纤维项目的全部资产，并与安徽博文公司合作成立了首文碳纤维有限公司，生产碳纤维产品，实现了首钢国际在高技术产业投资领域的突破。

碳纤维是一种强度比钢大、密度比铝小、耐腐蚀、耐高温、又能导电，具有许多宝贵的电学、热学和力学性能的新型材料。用碳纤维与塑料制成的复合材料制造飞机不但轻巧，而且消耗动力少，噪音小；用碳纤维制造电子计算机的磁盘，能提高计算机的储存量和运算速度；用碳纤维增强塑料来制造卫星和火箭等宇宙飞行器，机械强度高，质量小，可节约大量的燃料。

首钢国际在蚌埠市产权交易所参加了华皖碳纤维项目的公开竞标，拍卖资产总评估价值1.7512亿元。首钢国际最终以其挂牌价格签署了资产转让合同，同时争取了1千多万元的政府退款，使这次并购圆满成功。

首文碳纤维公司成立3年来，已经达到国内设施装备一流，环保等级一流，单条生产线产量最大三项国内第一，生产的碳纤维产品已经达到国内同类产品最高等级水平。首文碳纤维公司也成为处于科技新兴产业前沿的高新技术公司。

同时，首钢国际还在安徽成立了首文高新材料有限公司，致力于金属软磁粉芯的研发与生产。金属软磁粉芯行业长期被国外的独资企业垄断，我国的铁硅铝磁粉芯市场目前主要是由美国和韩国企业占领，国内只有少数几家企业具有独立技术进行生产。电子技术的高节能化，设备小型化、轻型化要求电子器件必须小型化、功率密度化，必须使磁粉材料高频化及低损耗化，而金属软磁粉芯具有高频率、低损耗和低成本的特点，促进了金属软磁粉芯的发展。首钢国际控股的首文高新材料有限公司在2011年6月28日一期工程顺利竣工投产，向高端金属制造行业迈出了坚实的一步。

第七节　宾馆服务业异军突起

宾馆服务业是中首公司重要的经营项目，北京首钢宾馆开发公司是首钢的一个子公司，由首钢国际代为经营，下属东湖别墅、渤海会议中心和北京中关村皇冠假日酒店等。

一、“都市里的村庄”——东湖别墅

1986年12月，由北京首钢宾馆开发公司与丹麦宝隆洋行和丹麦发展中国家工业化基金会三方投资组建。在原首钢所属北京第三轧钢厂搬迁后的土地上建设国际公寓。经过两年的筹建，1989年

8月，北京东直门国际公寓有限公司（东湖别墅）全部建成投入营业。

东湖别墅位于北京市东城区东直门外大街，西邻东二环路，东邻使馆区，交通方便而又避开了市中心的喧闹，被人们称作“都市里的村庄”。其建筑采取“外中内洋”的建筑风格。外观突出中式建筑的古典美，彩绘大牌楼，金黄色琉璃瓦，苏州园林景观，使居住客人可以感受到浓郁的中国文化和优美的绿色环境；内部装修及家具布置则是典型的北欧风格，使欧洲客人入住其中感受到一种家的温馨。

东湖别墅开业之后，迅速成为在京外籍人士最喜欢的住地，曾被在京外国人称为“中国最好的公寓”。英国、澳大利亚和加拿大等发达国家的高级官员都是东湖的常住客人，许多国际驰名的大跨国公司的高级管理人员也先后成为东湖别墅的尊贵客户。澳大利亚康明斯发动机公司驻中国代表洛克伍德夫妇在离京前来函说：“在中国我们能过上舒适美好的生活，主要是选择了东湖别墅作为我们在中国的家，这对于我们全家来说真是太幸运了。不仅使我们获得舒适的现代化设施，更重要的是东湖有热情的员工，安全的居住条件和美丽的环境。”2002年，东湖别墅被北京市旅游局评为中国第一批公寓最高星级——预备四星级公寓。

东湖别墅之所以能取得这样的成绩，是和它的经营理念分不开的。“顾客至上，服务第一”是东湖员工牢记于心的宗旨。客人走进东湖首先接触到的是销售人员，他们凭借着对工作认真负责，服务周到得体，配合默契以及良好的修养，赢得了客户的信任。一位客人在给公司管理层的信中讲到，我本来是喜欢北京四合院的，是贵公司租务部员工的销售技巧和友善态度让我觉得你们是可以信赖的，所以我放弃了四合院，而选择了东湖，我从他们的身上看到东湖别墅高质量的服务水平。为客人提供丰富多彩的业余生活是东湖感情服务中的一项内容。他们定期为会员组织各种各样的娱乐活动，不仅开办舞蹈课、瑜伽课、儿童游泳课、风筝制作课、中国书法和国画课；还根据时令或中外节日，举办圣诞节联欢会、复活节找彩蛋、万圣节盛装游行、春节学穿糖葫芦、正月十五包汤圆等等;让入住的外国客人在活动中体验中、外文化之不同,从中感受到了中国文化的深厚内涵。

二、光耀河北的渤海国际会议

曹妃甸,自 2005 年起就成为了世人瞩目的焦点。

首钢在曹妃甸建设 21 世纪现代化的钢铁大厂之时,首钢国际经过深入考察,决定充分利用曹妃甸工业区及环渤海经济圈的双重地理优势以及国内少有的湿地环境资源,在曹妃甸建设五星级的酒店“渤海国际会议中心”,与首房公司一起共同打造首钢宾馆旅游业。

渤海国际会议中心是按照五星级的标准设计的钻石级商务休闲港湾,它由五星级渤海国际大酒店、海员俱乐部、温泉休闲中心、体育中心、专家公寓楼、临湖独栋公寓群和业务楼等组成,拥有住宿、餐饮、旅游观光、会议接待、休闲度假、体育健身、水疗养生等多种功能。其建筑时尚高雅、恢弘大气,与湿地环境生态环境融为一体。

2008 年 1 月,大酒店正式破土动工。按照正常施工进度,至少需要 36 个月。然而为按期承办由国家与河北省共同举办的曹妃甸论坛,工期压缩到只有 9 个月,怎么办? 一定要把它拿下来,首钢人发出了铮铮誓言。首钢当时的总经理王青海要求,要举全首钢之力,全力以赴、精心组织、高速度、高质量完成任务。

总公司成立了由副总经理挂帅的指挥部,坐镇指挥。首钢国际总经理带领一班人组成项目指挥部,分工负责。首建集团作为总包单位承接了这个“难啃的骨头”。紧张的施工开始了,指挥、施工人员全力投入到建设中。现场运输难、混凝土容易凝固,他们采取建混凝土搅拌站,使用早强剂等措施,克服困难。时间紧迫,他们打破原有的施工顺序,混凝土施工与机电管线安装同步进行。指挥人员、施工人员常常是夜以继日工作到凌晨两点多钟,工作日和休息日都工作在工地上，当时被人们戏称为“白加黑、五加二”工作法，有的人甚至二三个月没有回家。经过历时9个月的艰苦奋战，具有国际一流水平的渤海国际会议中心神奇般地矗立起来，被人们称为“首钢精神，曹妃甸速度！”9月25日渤海国际会议中心建成并投入运行，创出了酒店建设的奇迹。

2008年10月12日，渤海国际会议中心成功承办了首钢“三创”交流会，接受了首钢集团领导和各单位代表的实战检验。

2009年10月15日，具有国际影响力的首届曹妃甸论坛在渤海国际会议中心举办，1000多名国际政要、中外城市市长、政府官员、国内外知名企业代表和专家学者等嘉宾汇聚，一时间，渤海国际会议中心名扬四海。

2009年10月30日，渤海国际会议中心举行所属渤海国际大酒店荣膺五星级旅游饭店称号及开业一周年庆典活动，从申报到获得认证只有短短的三个月，创造了申报与批准认证速度最快的一个新纪录。

渤海国际会议中心建成后，春华秋实，喜讯不断：渤海国际大酒店大堂被国家授予优秀装修设计奖；渤海国际会议中心及总经理董利献被唐山市委、市政府授予曹妃甸论坛百日攻坚特别贡献集体、个人奖。渤海国际会议中心也成为曹妃甸论坛永久会址。

渤海国际大酒店，这只金色雏凤，冲天而起，成为唐海、唐山地区的时尚标志。在渤海国际会议中心的示范、带动下，唐（山）曹（妃店）公路在这里开了出口、建起了曹妃湖、高尔夫球场、木质别墅等，昔日荒凉的湿地，如今变成了旅游观光区，为促进当地经济发展起到了推动作用。同时，渤海国际会议中心的员工共762人，除首钢国际派出的12个管理人员，其余750人均从河北省招聘，唐海县又占了绝大部分，为当地人员就业做出了贡献。

三、“金枕头”——皇冠假日酒店

在首钢搬迁调整启动不久，首钢国际启动了与英国洲际酒店集团的合作,建立了北京高鹏天成投资管理有限公司北京中关村皇冠假日酒店(以下简称为“皇冠酒店”),于 2008 年 9 月正式对外营业。这是企业开放式思维,多元素发展,再次与国际接轨的高端合作的成果。

皇冠酒店是中关村区域的首家国际品牌的五星级酒店,开业四年以来,也一直是中关村区域首屈一指的国际品牌酒店,是该区域酒店行业发展的先驱者与佼佼者。

自开业以来,皇冠酒店一直受到业界的好评及国内外宾客的青睐。已经获得国内外媒体及酒店业界权威机构授予的荣誉 22 项。其中包括酒店业闻名遐迩的“金枕头”奖连续两届授予的最佳经营及创新商务酒店,最具竞争力商务酒店;国际环保认证机构“EarthCheck”授予的银徽认证;全球最大的旅游垂直媒体 TripAdvisor 的中文官方网站“到到网”颁发的年度卓越奖。

皇冠酒店在对国内外无数尊贵宾客的迎来送往中,为他们创造了一次又一次的美好旅程与非凡体验,充分体现了企业的社会价值,更为首钢拓宽了产业结构,为企业创新垫下了基石,推进了在这一历史性转变时期,企业与社会经济的协调发展,并逐步迈入必定辉煌的首钢新纪元。

首钢国际在首钢搬迁调整中,展翅高飞,正在成为一个跨国、跨地区、跨行业、跨所有制的“四跨”企业集团。

第八章

地产崛起

十五年，在历史的长河中仅仅是一个片段。但对于北京首钢房地产开发有限公司（以下简称“首钢地产”）来说，却是从无到有，一步步发展壮大的十五年。特别是伴随着首钢搬迁调整的脚步，首钢地产，越来越显示出其特有的地位和作用。其品牌影响力不断延伸，赢得了市场和业界的认可，成为中国房地产百强企业之一。

第一节　钢铁巨人涉足房地产

1992年颁布的《北京城市总体规划》，提出了切实保护和改善首都地区生态环境的要求，首钢位于城近郊区的多家工厂，由于不同程度地存在污染扰民问题，被列入产业结构调整和污染搬迁的范围。落实市政府要求，加强企业地产资源的管理开发，成为首钢推进两个根本性转变的重大措施。

一、首钢房地产业的诞生

为盘活存量资产，搞好企业房地产资源的综合开发和利用、管理，1996年10月，首钢总公司成立了房地产开发办公室，行使首钢的房地产专业管理的职能。同时担负组建首钢房地产开发公司的筹备工作。这就是首钢房地产开发公司的前身。

但由于当时的开发主体分散，房地产开发办公室的工作好坏与各个子公司并无直接利益关系，因而不受重视，有一些子公司因担心房地产开发办公室的介入会侵害他们的利益，因此避而远之，房地产开发办的开发协调工作举步维艰。

然而，执着的首钢地产人并没有气馁，他们对房地产市场的发展趋势进行了调研分析，他们看到，首钢在北京和一些外省市具有较大的房地产资源，其中部分长期处于闲置、半闲置状态，有些资源地处北京城区，虽然不适宜发展重工业，但用于房地产开发，却是黄金地带，具有得天独厚的优势。一是从发展趋势上，进入 90 年代，我国房地产市场的前景已经初露端倪，全国各大钢铁企业和北京市的许多大中型企业也都相继成立房地产开发公司，并取得了较好的效益。加之首钢拥有充足的土地资源，自己可以生产钢材等建筑材料，特别是首钢拥有实力较强的设计、施工队伍，可为房地产开发提供丰富的技术和人力资源，首钢发展房地产业优势明显。在充分调研、考察、分析和论证的基础上，房地产开发办向总公司提出了应尽快成立房地产开发公司的建议。

1998 年 4 月，北京市领导首钢视察指导工作，对于首钢加快房地产业发展和成立房地产开发公司给予大力支持。同年 5 月 7 日，首钢总公司经理办公会研究决定，由总公司和首钢生活服务中心下属的北京首钢工贸有限责任公司共同出资成立“首钢房地产开发公司”，并将西黄村小区作为房地产开发公司的启动项目。1998 年 11 月 4 日北京首钢房地产开发有限公司正式挂牌。当年，房地产开发作为首钢集团的一个重点产业，通过土地转让、合作开发等形式，回收资金 5 亿多元，超额完成计划目标，为集团其他产业的发展提供了有力支撑。

二、勇敢起锚

北京首钢房地产开发有限公司成立之后，按照总公司对 1998—

2000年开发经济适用房的初步规划，以“整体规划、积极推进、多种方式、滚动发展”为方针，积极推动各项工作。

当时，中国已经把住房制度改革列入国家“五项改革”的目标之一，并强调，住房建设要成为中国新的经济增长点，但是必须把现行的福利分房政策改为货币化、商品化住宅政策，让人民群众自己买房子。为贯彻落实国家有关1998年底取消福利分房通知的规定，刚刚成立的首钢房地产公司与原首钢生活服务中心一起，经过多方努力，促使首钢西黄村、苹果园住宅小区被列为北京市首批经济适用房项目，首钢职工住房建设和分配体制上的重大改革，首钢的住宅建设开始起步，走向市场化和商品化。

西黄村住宅小区是首钢房地产开发有限公司自行开发建设的第一个经济适用住宅小区，总建设面积24.75万平方米，这是利用首钢自有土地建设的经济适用型住宅项目，加上市政府对建设经济适用房的优惠政策，大大地降低了工程造价，使首钢广大职工得到了很大优惠。

西黄村住宅小区项目建设开发的成功，也促进了首钢房地产业的发展。1999年是首钢房地产业走向市场、有所作为的一年，也是落实首钢集团改革试点方案把房地产开发业作为一个支柱产业发展的重要一年。按照开发为主、转让为辅、统一规划、分步实施、滚动发展的方针，房地产开发公司进一步深化改革，由原来投资、建设、使用的实体，变为由总公司投资，房地产公司独立经营开发建设，使用单位购房，实现了向职工住宅建设产业化方向的过渡。并通过发展房地产业拉动了集团的钢材、建材、勘探、设计、施工、机电、加工等行业的发展。在不到一年的时间里，采取独立开发、合作开发等形式，启动了首钢琅山、苹果园、金顶街、钢丝厂等九大项目的房地产开发工作，实现了首钢房地产从无到有、从小到大的发展。

三、驶向大海深处

2000 年是新旧世纪之交之年，也是首钢地产人实现工作重心由民用工程到商品房开发的转移之年。

经过 1998 年、1999 两年的发展，仅限于企业内土地开发建设的经营范围已显然不能适应首钢地产做强做大的要求，拓宽经营范围是加快首钢房地产发展迫切需要解决的重大环节。为此，首钢地产人经过多方努力，在 2000 年 6 月，获得了市建委正式批复，将公司经营范围拓展为：首钢系统内土地开发建设；经营销售商品房。在此基础上，首钢地产又不失时机地增加了注册资金，不仅具备了对外开发的资质，而且也为今后提高融资能力，增强市场竞争力，发展首钢房地产业奠定了基础。与此同时，公司还打破了过去以民用工程建设为主的管理体制，逐步建立起面向市场、适应商品房开发的体制，并按项目法管理要求，组建了项目部和销售部，注册成立了北京首房物业管理有限公司。

2000 年，根据首钢集团"十五"发展规划和北京市房地产市场出现的新变化，本着充分利用现有土地资源，发展首钢房地产业及首钢实际情况，首钢地产提出了将原计划自建经济适用房的苹果园四区 12＃、13＃楼改为商品房的方案。

苹果园四区 12＃、13＃楼具有优越的地理位置，此项目的开发不仅可以带来经济效益，而且可以锻炼房地产公司的队伍，积累经验，增强在市场经济中独立开发能力。该建议得到总公司的大力支持，同年房地产开发业务全面启动，实现了商品房开发从无到有的突破。自筹资金、独立开发建设的第一个商品房项目"金苹阁"、"琳琅庄园"破土动工，销售工作全面启动，3 月开始内部认购，4 月正式开盘销售。2002 年 3 月 31 日，金苹阁迎来了首批住户，首房物业管理公司也正式接管。

"金苹阁"位于石景山区苹果园地铁东 200 米，该项目虽然建筑面积仅 2.9 万平方米，但因其策划新、定位准，赢得了市场。在北京房展会上受到消费者青睐，与华润、万科等十家房地产开发单位共同荣获《2002年房地产消费者关注品牌企业奖》。首钢地产在市场竞争中牛刀小试，初露锋芒，锻炼了队伍，积累了经验，增强了在市场经济中独立开发的能力。

第二节　搏击市场求发展

“金苹阁”的开发成功，虽然是首钢房地产业的一个突破。然而，首钢地产的发展之路并非一帆风顺。

一、艰难抉择

90年代末成立的首钢房地产开发公司，与其他房地产开发商比较，整整晚了近二十年，这不能不说是一种遗憾。2003年，经过了四年的摸索，首钢地产人本以为迎来了大发展时机，却遭遇市场低迷、行业萧条的挑战。当时，国家及北京市相继出台了一系列严厉调控政策，导致房地产市场竞争更为激烈。更重要的是，随着首钢房改房的终结和金苹阁、琳琅庄园一期工程商品房的交工入住，首钢地产开发项目断档，面临生存发展的严峻考验，“首钢地产向何处去”困扰着全体干部职工。

面对这一困境，首钢地产直面挑战，依据市场变化和自身现状，以首钢总公司开展的“苦干三年，打好四个基础，开展解放思想大讨论”为契机，组织全体干部员工自上而下开展了为期一个月的“首房向何处去”的大讨论，通过大讨论，找出了影响自身发展的差距，及时调整了发展战略，提出“立足北京，进军外埠，滚动发展，做大做强”十六字发展方针。在这一方针的引领下，首钢地产经过五年的努力，结束了仅仅开发内部自有土地的历史，实现了“三个突破”。

一是开发规模实现突破。解放思想大讨论开阔了首钢地产干部职工的视野，从2003年到2007年，首钢地产开发规模不断扩大。

控股开发的外地第一个商品房项目——吉林蛟河首钢·美丽城项目一期收官、二期开工。该项目以高于当地其他项目20%的价格热销蛟河，取得了良好的经济效益和社会效益，提升了首钢地产的品质，被评为和谐人居优秀楼盘。

二是开发模式实现突破。首钢地产深知，要成为市场化运作项目的高手，必须走联合之路，强壮自身筋骨。首钢地产开发模式实现重大突破的第一步是与北京万年永隆房地产开发公司合作开发京城第一大盘——“万年花城”项目。该项目是北京市“十五”期间由政府牵头，企业实施的危改项目，并被纳入北京市及丰台区2003年度重点建设工程，总建筑面积198万平方米、总投资约60个亿。由美国霍克(HOK)公司担纲设计，汲取了西方城市发展及居住的“新都市主义”模式的精华，形成万年花城的“新都市生活”居住理念。项目自一期工程开盘以来，京城持续热销。仅2007年全年累计签约1765套，销售回款14.38亿元，成为京城消费者信任的品牌。先后荣获“北京地产资信20强”、“中国名盘”、“中国房地产行业影响力十大名盘”、“中国金房奖”等数十个殊荣，形成了“双剑合璧、图霸西南”的格局，通过参与这个项目的合作开发，全面提升了首钢地产的知名度、美誉度。

三是产品结构实现突破。2003年以来，首钢地产主动适应市场变化，瞄准新的发展领域，不断扩大自身实力，勇于创新物业形态，从过去单一普通商品房住宅开发，发展为中、高档商品房、写字楼、星级酒店、公寓、健身娱乐中心、会议中心、海滨休闲度假接待中心、商业地产的综合开发。几年来，首钢地产先后与北京、重庆、广州、河北等房地产公司或实业公司合作经营，开发了一个个高、中端项目。在厦门漳州合作开发了集旅游观光、休闲度假、会议培训、文化体育、旅游地产等于一体的大型国际化、多功能的现代海滨旅游度假城“环球风情碧海湾”项目。截至2008年底，首钢地产已有17家分子公司。其中:做房地产开发的12家，相关产业链的公司5家。

二、一场只能赢不能输的战斗

2005年2月，首钢搬迁调整方案得到国务院批复。一次世界钢铁史上前无古人的壮举拉开帷幕，它牵动着每一名首钢人的心。在举世瞩目的搬迁调整进程中，首钢房地产业以做大做强、为搬迁调整做贡献的坚定意志和信念，迎难而上，开拓进取，赢得了自身的发展。

2007年，北京石景山区金顶街三区“两限房”项目对外招标。

这片面积为21万平方米的土地，曾经是首钢职工的家园。当低矮简陋的平房被陆续拆迁后，随着国家土地政策的变化，特别是土地市场的建立，金三区“两限房”的开发权，必须要通过土地交易市场获取。当时首钢正处在搬迁调整的关键时期，首钢地产人憋着一股劲，决心拿下金三区“两限房”的开发权，鼓舞首钢人干事创业的自信。

但是，万事开头难。这是首钢地产成立以来第一次面向市场投标，第一次与北京五家地产界“大腕儿”同台竞技。2007年3月30日，北京市土地储备中心发布了包括金顶街三区项目在内的三个限价房项目招标公告。当天下午，首钢地产紧急召开了投标动员大会，4月2日正式组建了金顶街三区限价房项目投标工作小组，制定了详细的工作进度计划，明确了工作目标。参加投标小组的人员深知，金顶街限价房项目的投标对首钢地产意义深远，一旦失败，不但辜负了总公司的期望和首钢职工的情感，更重要的是，缺乏市场竞争能力，首钢地产将失去未来发展的机会。因此人人都感到了自己肩上那沉重的责任。挑战就是机遇，压力就是动力。面对前所未有的困难和挑战，他们没有畏惧、没有却步，他们的目标是：坚决拿下，志在必得。

决心化作首钢地产人对项目的精心研究和策划。金顶街“两限房”项目是北京市首批最大的“两限房”项目，投标的竞争对手都是业内的知名企业，无论从资质上，还是从开发实力上，首钢地产都处于劣势。在认真分析自身劣势和竞争对手优势的基础上，首钢地产扬长避短，精心策划投标工作的每一个细节，审时度势的做出了“报价进入前两名”的决策。

投标书是企业的绝密文件，决不会对外示人。首钢地产从未参与过完全市场化的项目投标，没有人知道标书内容是什么、怎样写，甚至没有人看过一套完整的标书样本。负责标书编制的同志就以私人身份访亲问友，凭着支离破碎的记忆，拼凑出编制标书的基本内容。同时积极调动政府资源，随时掌握政策信息，反复沟通土地上市交易程序，了解评标内容和编制标书重点，让政府部门工作人员感受到首钢人的真诚和决心。他们还积极整合外部资源，向有投标经验的开发商、中介公司取经，向专家求教，购买了项目招标文件进行学习、研究，增强对投标工作的感性认识。不到一个月的时间内，他们从零起步，高水准地完成了具有首钢地产特色的标书文件编制。一名参与此项工作的大学生这样写道：“大学时经常听就业指导老师说，到国企工作时间长了，一个人的创新意识就会变得淡漠。可在首钢，我看到了国有企业的活力，经历了才能的超越。我忘不了大家多少次主动放弃休息日，忘不了大家一边吃饭一边研究标书的情景，忘不了组员们为了编制标书连孩子生病也顾不上管。一想起这些我就特别感动，我为自己是其中的一员而骄傲。”

竞标时，参与竞标的单位要做 8 分钟的陈述报告，这是竞标过程的关键点，能否抓住要点，突出亮点，对投标结果至关重要。各投标单位极为重视。首钢地产认真分析自身优势，潜心研究所有竞争对手，以首钢搬迁调整为主线，总结提炼了其他竞争对手无法比拟的“九大优势”，作为势在必得金顶街“两限房”的砝码。一是作为该宗地的一级开发商，具有一二级联动核算的项目收益，不单纯追求二级开发利润收益的优势；二是与首钢共用的热交换站不分摊集资费；三是已安排自有资金 13 亿元，即使发生资金短缺，首钢集团已承诺给予支持；四是从 2000 年以来，首钢地产即开始规划、改造整个金顶街地区，已完成一、二、四、五区的建设和三区的部分市政配套建设，对规划、市政情况了如指掌；五是长期从事普通商品房、首钢集资房、经济适用房的开发，在工程进度、质量、成本控制等方面积累了比较丰富的经验；六是该宗地地处首钢家属区的核心区，可以更好地协调周边的首钢居民，确保施工建设的顺利开展。同时，首钢具有保证钢材集中快速供应的优势和价格优势；七是首钢集团具有一级资质的物业管理公司、三级综合A类定点医疗资格的北京大学首钢医院、与台商合作的一级一类首钢大地幼儿园、首钢早餐工程等，完全可以为小区居民提供特色的优质服务；八是首钢已明确提出大力发展房地产业，打造有特色的地产品牌，首钢集团已专门成立两限房投标领导小组，并出具了承诺函，从人力、物力、财力上全方位支持；九是可以最大限度的安置首钢搬迁调整中的富余人员，稳定职工队伍。“九大优势”的提出有理有据，既突出了首钢实力，又显示了首钢特有的优势，为投标成功奠定了基础。投标当天，首钢主要领导亲临现场，重申“首钢坚决响应市政府号召，坚决支持首钢地产开发金顶街三区‘两限房’项目，庄严保证百分之百兑现承诺，并通过‘两限房’精品工程的打造，给搬迁调整中的首钢人以更大的鼓舞，为北京市民做出更多的奉献”。这一郑重承诺，向在场专家、评委诠释了首钢人的信心、决心、勇气和能力，为投标成功夯实了牢固的基础。

5月18日，首钢地产如愿以偿地以排名第二的报价中标金顶街“两限房”项目。新闻发布会当天，北京市近20家主流媒体应邀到场，对首钢地产中标金顶街“两限房”项目进行了及时报道，极大地提升了首钢地产的知名度。今日，金三区的两限房，早已居民入住，这里有很多户是首钢的职工，很多人在京唐、迁钢、首秦工作。虽然，他们的工作岗位是遥远的，但北京有他们宽敞舒适的新居，首钢地产人以及许许多多首钢人的努力，为他们营造了一个舒适的家。

图 15 北京市首批两限房"首钢金顶阳光"项目 2009 年 10 月交工入住。（首钢地产公司党群部供稿）

三、温暖送到新基地

多年来，首钢地产始终把为首钢集团职工提供良好的生活环境，当成一项政治任务抓紧抓好。首钢搬迁调整走到哪里，首钢职工的生活服务设施就延伸到哪里。河北迁钢的生活小区配套项目，是首钢搬迁调整的重点项目，也是一项温暖工程。在项目实施过程中，首钢地产与迁钢公司一道，以高度的责任感，克服困难，顽强拼搏，高质量完成了小区建设任务，建立了集住宿、生活、休闲、娱乐多功能于一体的职工生活小区，使得 4 千多名单身职工和夫妻入住，基本解决了职工的住宿分散，难以管理的问题。再如首钢迁安会议中心，主要以钢、玻璃、石材和陶板幕墙来构建，与以往工程相比施工难度大、工艺复杂、技术要求标准高，按照行业要求，此项目建设周期至少需要一年半的时间才能完成。而首钢地产仅用一年零两个月的时间，就全部完成了。采用钢结构框架体系建设的会展中心、休闲娱乐中心、酒店、别墅四大围合式建筑，院内中心庭院小桥流水、青石铺路、绿草如茵，一个颇具欧美现代建筑风格、错落有致、时尚大气的首钢迁安会议中心犹如一颗宝石镶嵌在迁安市的黄台湖上。

第三节 高起点上的新跨越

经历几年的市场洗礼，首钢地产逐步成长壮大。在新的起点上实现新跨越，成为首钢地产面临的使命，也成为他们奋进的动力。实践证明，更迭旧思维，注入新理念，充分尊重市场规律和行业规律，坚定贯彻发展战略，就能抓住机遇，提升能力，实现首钢地产新发展。

一、审时度势，确立全新思维

创新之路从来就不曾平坦过。

2008 年，首钢地产面临至少三个方面的挑战：一是由美国次贷危机引发的国际金融海啸，给包括中国在内的新兴市场国家带来巨大影响；二是由于金融业及股市大动荡，房地产业受到严重冲击，人们的置业信心下降，首钢地产的销售受到巨大影响，开发工作不确定性增大；三是首钢为北京 2008 年奥运会硬碰硬压产 400 万吨，非钢产业弥补因压产带来损失的任务重之又重。

对此，首钢地产冷静分析金融形势和房地产业市场变化，重新梳理调整了发展战略，提出三个明确：一是要根据首钢转型发展战略，将房地产作为一个产业来打造，并按照房地产行业规律来运作。二是要最大限度地利用首钢品牌、土地、政府背景、地域等综合优势，与全国知名的房地产企业建立战略合作，通过市场化运作取得土地开发权，并在合作中采取控股操作的方式，以增强开发实力，扩大企业知名度，谋求更大发展。三是明确了首钢地产三大业务板块,即:区域开发、市场化房地产开发及服务首钢和社会业务。明确将首钢地产建设成为市场化程度高、行业影响力强的大型房地产公司,成为首钢集团新的支柱产业之一和重要利润增长点,为首钢战略转型做出贡献。依据新的发展思路和定位,公司采取了包括对效益较低的项目选择退出;对资源性项目研究新的开发方式,实现小投入控制大资源;加强市场研究,准确找好各项目切入点,防范市场风险,把握开发节奏,保证股东收益,确保首钢利益最大化等多项措施,相继独立与控股开发了一批规模大、品质高、影响力强的房地产项目,企业得到了迅猛发展,取得了良好的经济效益,综合实力得到进一步提升,注册资本从成立之初的6000万元增加到6亿元,在全国数万家房地产企业的排名,从默默无闻到综合实力位居第72位。

二、区域扩张,转变开发模式

区域开发模式是房地产业发展的终极模式,是中国房地产企业追求的目标,首钢地产虽然起步较晚,但凭借先进理念和新的发展战略,加大发展方式转变力度,短短三四年即实现了区域的扩张、效益骤增,站在了新的起跑线上,在跨越式发展中为搬迁调整中的首钢做出了重要贡献。

历史地看,首钢地产的发展方式大致分为三种,一是利用首钢自有土地,自筹资金独立开发。先后完成了金苹阁、琳琅庄园、金泰阁等商品房建设,但开发方式单一;二是积极利用首钢内外土地参股合作开发,先后开发了万年花城、德州御景园等项目,实现了地域上的突破,迈向了北京及外地市场;三是通过与优秀企业在土地、环境、政策及政府机构等方面强强联合,控股合作开发,快速推进项目发展,获得回报,实现向独立操盘跨越。

南戴河鸥洲项目就是首钢地产独立操盘的一个经典案例。

首钢搬迁调整伊始,为解决首钢地处河北钢铁基地的干部职工居住和生活等问题,按照首钢总公司董事会决定,首钢地产迅速开展前期调研和土地规划等系列工作，并于2006年2月成立南戴河分公司，项目被命名为“首钢·琴海怡园”。

首钢·琴海怡园也就是现在的南戴河鸥洲项目，位于河北省秦皇岛市南戴河，距北京270公里，处在首钢京唐公司、首钢迁钢公司、首秦公司的中心地段，总占地面积470.6亩，总建筑面积32.51万平方米。然而，天不随人愿，这个项目上马后恰逢国际金融风暴突袭，加上首钢内部职工认购不足，致使销售陷入困局，造成资金大量沉淀。

2008年8月，首钢地产新一届领导班子面对“琴海怡园”项目状况，清醒地意识到只有让项目走向市场才是琴海怡园获得重生的唯一途径。为此大胆提出市场化运作该项目的建议和方案，并得到总公司领导和秦皇岛市政府的大力支持。为了盘活资金，尽快撬动市场，他们与时间赛跑，围绕项目转型重新进行市场策划，相继调整了规划、园林景观、外立面设计、户型等这些消费者关心的问题，加大市场营销策划力度，并将琴海怡园易名为“鸥洲”。

思路决定出路。同一个项目，原班的人马，改变的只是做事的思想和方法，效果截然不同。鸥洲项目经过3个多月面向市场的调整，2008年11月30日开始对外销售，至年底即售出40套，回款800多万元，超额完成了销售计划。此后，该项目根据市场情况及时调整销售策略，注重挖掘潜在客户群，赢得市场和消费者认可，成为当地销售情况最好的楼盘。从单纯的内部认购到完全的市场化操作，鸥洲项目在逆境中峰回路转，走出的是两步漂亮棋。第一步是经过科学策划实现了由内部销售向市场销售的成功转型。第二步是面对市场的波峰谷底，智慧应对，2011年销售业绩位列南戴河区域21个在售楼盘第一。

三、深耕重庆，创造首钢品牌

美利山，这是一个叫响了重庆，叫响了江南，更让首钢人深感自

图 16　位于秦皇岛南戴河“鸥洲”项目荣获北京周边十大宜居楼盘。（首钢地产公司党群部供稿）

豪的名字。美利山以独特的区位优势和首钢品牌的影响力，成为首钢地产剑指江南战略的瑰丽缩影。

重庆位于长江与嘉陵江交汇处，作为祖国西南部经济腾飞的重要引擎，年轻的直辖市充满活力。重庆的房地产市场，经过几年的飞速发展，更是迫切需要高水平开发商驻足，打造高水平物业，提供高质量服务。

2000 年 12 月，重庆北部新区成为新的开发区。从此，这里承载了投资人和创业者太多的梦想。特有的山水资源、现代化建设高速发展的势头、特别是重庆享有的“保税区”、“两江新区”、“契税下调”、“放宽入户条件”等一系列地产利好政策，都为重庆楼市持续发展创造了条件，全国一流房地产企业纷纷落户。首钢敏锐地捕捉并抓住了这一重要机遇，做出了“深耕重庆，剑指江南，创造首钢品牌”的战略决策。2006 年 3 月，由首钢集团投资、位于重庆北部新区的首钢房地产重庆分公司（首金公司）注册成立。这标志着经过多年历练的首钢房地产业，在中国地产大时代到来之际，将以独具特色的地产品牌，展现首钢的创新能力和独有的文化魅力。

美利山，是重庆北部新区的最高峰，海拔 476 米，最大高差 70 米。其房地产项目总占地面积 715.82 亩，总建筑面积约 86 万平方米，分六期建设，整体定位为高端居住区，产品包括联排别墅、双拼别墅、类独栋、独栋别墅及高端公寓，同时还包括休闲运动会所及服务配套项目。

这块原汁原味的生态山地，坡缓路幽，流水潺潺，常年林木茂密，花香遍野，拥有 800 多年的历史和丰富的自然人文资源。多年以前，这里曾是江北县府府邸所在地，翠云山顶的多功城，曾是合川钓鱼城的姊妹城。始建于清道光 25 年的节孝牌坊，至今仍存于美利山南侧。美利山更因为充沛的水系和优质的土壤，孕育了罕见的白鹤林，南徙的白鹭至今仍成群结队来此栖息。美利山整体地势成南北走向，因而得以东望建设中的北部新区和南山群脉，西眺连绵的歌乐山景。在美利山上，你可以贪婪地呼吸四溢的花香，聆听群鸟的鸣唱，享受居高置业带来的高品质生活。

首钢房地产业虽然起步较晚，但打出属于首钢的地产品牌，成为新首钢未来发展的重要支撑，一直是首钢地产奋进的动力。针对美利山项目最初建设中高档别墅的定位，首钢地产在对国内及重庆房地产市场进行深刻分析后，充分考虑到美利山原生态的稀有性和巨大的升值潜力，果断将项目重新规划定位，把建设原生态山地高端别墅，在建筑中体现人与自然的完美融合，作为首钢美利山规划和建设的灵魂。

高端别墅区首先要过的是“景观园林”关。为贯彻高档别墅设计理念，重新组建的美利山团队启动了项目一期后 30 栋别墅方案的重新设计，从对别墅视线关系的研究到对建筑挡墙及地形的研究，从根据特殊地块设计特殊户型，到为躲避一根电线而更改设计方案，他们围绕新旧方案反复推敲，仅户型方案就曾反复验证几十轮，不完美的方案一次次被推倒、被修改，然后重新建立。千锤百炼中形成的《联排别墅及户型方案设计标准》，大大启发了设计单位及销售代理公司，提升了产品设计档次。

开发建设高档别墅，首钢地产没有经验，面对全国知名地产大腕瓜分重庆地产市场的热情，首钢地产美利山团队坚持从学习开始，不同地域、不同品牌、不同的文化理念，都是他们学习的目标。走出去学：他们先后到深圳、上海、杭州、成都学习；到龙湖、保利、万科、隆鑫、金科、协信等企业取经。看了绿城的别墅，知道房子也能建成工艺品，员工的视野打开了；通过交流，请出去看：知道了能够把房子建成工艺品的原因是用心做事，员工认识有了新转变。工程系统把学习到的绿城管理经验落实到班组，制定了《临时工程项目管理办法》《现场施工管理处罚规定》《交房手册》等 9 个项目管理制度，全面提升工程质量。

为美利山项目施工的单位都是重庆一流的景观设计单位，自信满满，对首钢地产重庆分公司提出的要求颇有异议，甚至明确表示“在施工过程中不要干涉”。对此，美利山团队拿出自己的招数，组织合作单位的设计和施工人员，赴杭州绿城青山湖玫瑰园参观考察。请出去看使合作单位认识到了自身差距，他们从 11 个方面总结学习收获，并立即对美利山景观设计方案进行大优化，并对已经完成的景观工程主动进行大调整。开放的学习与交流，凝聚了甲乙双方的共识，打造出重庆最好的楼盘成为他们共同追求的目标。

美利山项目极为注重客户的感受，把“您需要的，就是我们要打造的”这一设计理念贯穿在项目建设的始终。他们走进业主家中了解需求，针对客户和业主建议进行自检，不惜资金开展“琢玉行动”，通过砸、拆、换100多处原设计，对主景观进行了全面的提档升级改造。改造后的美利山上，古井、棋盘、帐篷、石板路、片片灌木丛，还有竹桥、木梯等，更加强调人与自然的和谐，令人目不暇接。与此同时，美利山在物业管理上，创新打造“区域管家服务模式”，为每位业主配备贴身服务的“客户服务专员”，他（她）工作的所有内容都与业主的需求相关，不仅要最大限度地满足业主的个性化需要，还要积极主动地了解业主所有需求，为业主超前考虑所有问题，处处强化“业主感受高于一切”的服务理念。区域管家服务模式的到位与实施，使美利山物业公司享有“中国金牌物业管理企业”的殊荣，美利山一期被授予重庆“绿色生态住宅小区”称号。

严格才能出精品。景观做得美，物业管理好，极具特色的“原生山地别墅”，业主独享的中国文化韵味，使业主无比钦佩，感受到了开发商的诚意和用心，赢得了业主和市场的高度赞誉，形成了良好的市场口碑。很多客户实地看了一期（一）景观后立即下单购买一期（二）的房子。一期（二）别墅开盘后，25天的时间价格上涨了23%，销售率达到85%。连尚未推出的房源，有人不问价格就托人定购。

《重庆晨报》曾以“北美别墅吟唱中国风”为题，就美利山在项目推广中极为强调的文化品位展开争鸣，参与者一致认为，美利山项目虽为北美风格别墅，但在市场推广中却给人以强烈的中国情结，关注生活，关注传统，关注人性，如缕缕清风。特别是中国传统绘画的山水意境，与美利山“原生山地别墅”本质一脉相承。美利山不像是在卖别墅，更像是在写意山水，具有完整的价值体系和深厚的文化底蕴。重庆作家熊笃在游览美利山后欣然挥就一首《美丽之赋》：“美利山别墅，承美利坚风韵；美利山意境，谐美丽义真淳。首钢地产，重庆首金。一百载辉煌历史，五十强遐迩令闻。临渝伊始，妙手经纶。神融中美，理合天人。”

重庆首钢·美利山一系列创新思想在实践中的应用，使项目取得了良好的销售业绩，也获得了很多成功法宝。2011 年首钢“创新创优创业”经验交流会期间，大家分享了美利山的经验和体会，人们不仅从中体会到了首钢人异地创业的精神情怀，也实实在在触摸到了首钢地产“走出去”战略结出的沉甸甸果实。

美利山项目的成功，深化了首钢地产剑指江南的战略构想，积累了市场开发经验，培养出优秀队伍，坚定了做强做优的信心。近年来，在市场竞争中，首钢地产适应市场变化，努力在持续发展上做文章，实现了从单纯的房地产开发商向区域发展商模式的转型，为企业的未来发展奠定了坚实的物质基础。目前首钢地产在福建漳州、安徽宿州、天津宝坻、河北大厂首钢装备制造业(廊坊)基地和邢台等项目，已与当地政府签订合作协议，进行区域性开发，其中大厂项目已完成 2600 亩工业用地、794 亩住宅用地一级开发及招商引资工作，取得了很好的经济收益，创造了首钢地产园区开发新模式。特别是首钢地产安徽宿州汴河新区项目，包括汴南二级开发项目和汴北一级开发项目，前者占地 720 亩，后者占地 8.4 平方公里。汴河新区项目具有巨大的升值潜力和空间，首钢地产进行了多次考察、分析和谈判磋商，在地价确定、收益分配、税费减免等方面争取到非常大的政策优惠，是首钢地产迄今为止开发面积最大、单个项目获取优惠最丰厚的项目。汴北地区 8.4 平方公里土地的一级开发权，为首钢地产持续发展储备了充足的土地资源。

四、优化管理，保证投资回报

房地产行业投资大、风险高，要想获得稳定的投资回报，严谨、高效的项目管控能力和资金控制能力至关重要。首钢地产通过多年摸索，已形成了一整套前期调研、可行性分析、投资管理和项目日常动态管控的科学模式，为公司持续发展提供了有力保障。

锁定项目，管理到位。一是在锁定某个项目之前，先期通过实地考察和市场调研，经过模拟开发过程形成效益测算，并结合新的市场政策，在土地价格获取上推导出土地价格合理值，最终形成可研报告，保证项目在法律、经济、技术、市场、资金及合作方式上可行。二是新项目经过总公司董事会批准后，首钢地产选派人员出任项目公司的董事长、董事、监事、总经理、财务总监等重要职务，明确其管理职责，保障首钢地产投资管理的权限，保证股东话语权。以加强对各投资公司股东会和董事会的管理，对投资项目开发计划、损益计划、资金计划严格审核，有效保证公司效益目标的实现。

动态监督，规避风险。围绕总公司董事会确定的项目效益、销售及投资估算目标，加强日常动态管理。对投资项目运作中出现的重大事项，通过分析、研究并与各合作公司及投资公司进行沟通解决。在财务管理上，强化对外投资管理职能，通过对项目的效益预测、资金调配、风险防控、税务筹划等进行全方位动态管理，保证项目公司效益。在项目开发过程中，注重对规划设计工作的管理，确保各项目的规划设计适应市场潮流，为下一步市场推广创造条件。在项目工程管理方面，面向市场，精心布局前期开发和规划，体现人性化设计，提高策划、定位、规划、设计、施工等各环节的科技含量。通过严格的招投标管理制度，保证工程组织及质量，努力降低工程成本，打造首钢地产的建筑精品。

有进有退，确保收益。对外投资项目的运营质量直接关系到企业经济效益，公司保证定期对各项目运营情况进行全面评价，坚持有进有退原则，对不适应公司战略发展的项目予以清退或转股。近几年，首钢地产先后对开发不利的项目及时进行清退，保证了国有资产利益。同时，对能够形成核心竞争力、具有良好市场前景的项目，首钢地产以增持股权的方式实现控股，提高盈利水平。

五、文化重塑，支撑持续发展

首钢地产发展壮大的轨迹可以用一条向上攀升的折线表示，拉升起这条折线的来自两股力量：文化和人才。

企业文化是企业的灵魂。优秀的企业文化体现企业的精髓和核心价值,对提升企业持续创新能力具有不可低估的推动力。首钢地产的企业文化建设,始终做到"三个结合",即:与首钢地产面临的形势、任务相结合;与员工队伍现状和企业发展方向相结合;与打造首钢地产支柱产业的要求相结合。

让产品传承先进文化,是首钢地产开展企业文化建设的主线,在对项目的定位、功能、销售及售后进行全方位调研的同时,企业非常注重在创意等诸多环节上打文化牌,做到在项目开发中体现首钢地产文化,在项目实践中提升首钢地产文化。无论是北京的"金顶阳光"两限房,还是东北吉林蛟河的首钢·美丽城,乃至西南重庆的"首钢·美利山"无一不彰显这一特点。

2010年以来,围绕房地产业在首钢转型发展中的地位和作用,公司党委适时启动了企业文化重塑与再造工程。主要做法是:

分析形势,明确目标。从企业文化建设的紧迫性和重要性出发,对当前形势从四个方面进行了分析:一是首钢地产在首钢转型发展面临着新的使命和责任。亟待以开拓创新的文化观念做引领;二是首钢地产开发项目遍布全国多个省市,管理幅度、管理难度在不断增加,要借助文化力,提升管理水平,确保各项管控措施到位;三是完成首钢地产"十二五"发展战略目标,迫切需要加强文化软实力建设;四是职工队伍思维活跃,价值取向多元。企业文化要旗帜鲜明地"亮剑",倡导正确的人生观和价值观,营造积极向上的文化氛围。

深入实际,有的放矢。从对公司企业文化现状进行调研开始,先后召开不同层次座谈会,认真倾听职工诉求与期待,不回避差距和问题,对2005年首钢地产总结提炼出的"十大"理念进行调整、充实和完善,并出台了首钢地产党委关于加强企业文化建设的实施意见,颁布了实施方案。

明确思路,扎实推进。在广泛调研的基础上,经过近一年的努力，他们总结提炼出了新时期首钢地产企业精神——包容、求实、精细、进取；企业愿景——成为中国综合实力领先的大型房地产企业；企业作风——健康、严谨、高效、执着；核心价值——创造财富、培养人才、服务社会，并写进了2012年首钢地产职代会报告。

首钢地产是首钢集团的新产业，专业人才的培养，成为企业发展的关键。对此，近年来围绕企业发展战略，把人才队伍建设放在首位，挖渠放水、搭建平台，为人才成长开辟绿色通道。从精细选人入手，努力为每名员工提供发展的舞台。通过内部挖潜、自身培养及在市场中吸引人才等措施，职工队伍整体素质得到很大提高，一批优秀人才脱颖而出。

六、园区开发，先行试验示范

回望过去，首钢地产历经十几年市场风雨的洗礼，经济指标不断提升。首钢地产连续获得“质量信得过品牌”称号。美利山一期被授予重庆“绿色生态住宅小区”，美利山物业公司享有“中国金牌物业管理企业”荣誉。万年花城获得北京市纳税信用A级企业，其四期·上品荣获中国土木工程詹天佑奖和优秀住宅小区金奖。南戴河鸥洲项目荣获北京周边十大宜居楼盘。首钢江盟首府项目被河北省评为优秀房地产开发项目。

展望未来，首钢地产面临新的机遇和挑战。

首钢搬迁后，原来8平方公里的老厂区如何利用和开发，是一个世人瞩目的问题。2005年，在北京市政府领导下，首钢与北京市规划委员会开始编制《首钢工业区改造规划》；2007年4月，《首钢工业区改造规划》及相关的交通、市政工程规划方案等由市政府正式批复发布。

首钢地产将“首钢工业区土地开发”作为三大业务板块其中之一，组建了工业区开发部，专门负责首钢工业区改造开发的相关工作。通过大范围调研论证，经首钢总公司研究通过，首钢地产确定以开发启动条件较成熟的首钢机电公司重型机器分公司（简称“二通”）为突破口，迈出了首钢工业区改造开发的第一步。

首钢二通厂作为首钢搬迁改造、转型发展先期启动的厂区之一，其开发建设不仅是提升自身土地价值，更是为首钢北京工业区改造、产业转型起一个示范作用，是首钢北京园区开发建设先行先试试验区。首钢地产作为项目的开发建设主体，就规划方案进行深入研究，为有效提升土地价值，从区域协调发展的角度将二通厂与周边相邻用地结合起来同步考虑规划定位。同时，注重“新旧结合”，充分利用旧有工业建筑，使其与新建筑进行有益结合。

2009 年 4 月，文化部和北京市政府正式签署《推动首都文化建设战略合作框架协议》，协议约定在首钢二通厂地块规划建设集创作、生产、交易于一体、产业链完整的国家级、高水平的重点文化产业园区——中国动漫游戏城。2009 年 10 月 14 日，文化部、北京市政府、石景山区政府、丰台区政府、首钢总公司联合在首钢二通厂举行了中国动漫游戏城项目信息发布会，标志着中国动漫游戏城建设正式启动。

由于项目的特殊性，现行的相关政策法规在诸多环节均难以适用，新政策尚无法及时落地，使得项目开发前期手续的办理过程并不一帆风顺。但首钢地产人大胆摸索前行，以“敢闯、敢坚持、敢于苦干硬干”的首钢精神，克服各种障碍和困难，于 2011 年 2 月取得北京市国土资源局《关于中国动漫游戏城土地一级开发项目授权有关问题的批复》，2012 年 6 月取得北京市发改委《关于中国动漫游戏城土地一级开发项目核准的批复》。中国动漫游戏城项目中，根据市政府要求首钢先期启动工业特色旧厂房改造的指示，首钢地产于 2009 年 10 月底就启动了二通厂内的铸钢清理车间改扩建工程。铸钢清理车间改造，对整个动漫城项目的利旧改造乃至主厂区改造利用起着积极的示范作用。在方案设计阶段，首钢房地产公司进行了多轮方案的比选、优化，系统研究了铸钢清理车间的单体方案，根据重工业厂房结构特点，提出了具有较强针对性的施工意见。作为先期启动的改扩建试点，为尽最大可能保留原工业特色、符合园区整体定位、满足目标客户市场需求，项目采用了大胆前卫的建筑设计，在原有旧厂房内新建结构，这给项目的设计管理及施工组织都带来了全新的课题。呈现出设计变更多、施工工艺难度高、装修材料变化大等诸多新特点。工业区开发部充分结合项目特点，在项目施工管理进程中精细组织，严格抓好安全、质量、进度管理和施工预算，确保了项目探讨策划方案推进。2010 年 9 月，工程实现竣工交付。

这个项目引起了社会各界的广泛关注。中央电视台《焦点访谈》栏目、北京、河北、山东等地方电视媒体以及市场主流平面媒体均对项目进行了追踪报道。铸钢清理车间改造，对整个动漫城项目的利旧改造乃至首钢主厂区改造利用起着积极的示范作用。

在中国动漫游戏城项目的招商引资过程中，首钢地产坚持科学、理性、绿色、效益的招商理念，创新招商方式，以发展为主题，市场为导向，以特色突出，定位准确的精品项目为着力点，从园区实际出发，整合资源，聚集人气，提升品质，围绕打造高水平城市文化创意产业综合体开展各项工作。随着项目开发建设和一系列的宣传推广，吸引了大批动漫文化创意及相关行业的企业纷至沓来观摩、考察，提出入驻意向。目前已有国内知名画家的个人工作室、创意摄影工作室等一批文化艺术类企业入驻园区。

2011 年国庆节期间，首届“中国动漫游戏嘉年华”活动在中国动漫游戏城举办，共有来自国内外的 100 余家著名动漫游戏厂商参展。其中，愤怒的小鸟、水果忍者、植物大战僵尸三款世界著名的游戏首次进入中国。随后，“第 12 届世界漫画大会暨 2011 北京国际动漫周”活动也在中国动漫游戏城成功举办。活动代表了当前国际漫画创作最高水平和发展趋势，来自 40 多个国家和地区的近千名漫画家的 3000 多幅世界顶级漫画作品在现场展出。期间“新技术、新产品、新成果展”、“动漫名家签售及国际动漫明星主题日”、“Cosplay 大赛”、“动漫同人展”和“电子竞技大赛”等一系列活动凝聚了极高的人气，吸引了广大业界专家学者和动漫爱好者热情参与，活动期间接待人数超过3万人，引起社会各界广泛关注。作为活动的举办主场地，园区环境的改造成果引人关注，其背后映射出的首钢产业转型发展理念的转变更为几十家中央级地方媒体所关注，部分媒体还就此进行了深度报道及系列报道，一时间社会反响强烈。

随着北京市促进文化创意产业发展工作的推进，文化创意产业日益蓬勃发展，成为首都经济增长的新亮点，目前北京市已存在一些文化产业集聚区，但动漫游戏产业总体规模还比较小。在首钢二通厂区中国动漫游戏城的建设是一个真正意义上的高层次、大规模、综合性、产业链完整的国家级动漫游戏产业基地和园区，对满足国内动漫市场需求、推动原创动画发展及相关人才培养、弥补行业创造力不足等有极大的促进作用。中国动漫游戏城的建设将成为科学发展观的新实践、工业资源保护再利用的新模式、北京城市建设的新探索以及首钢老工业区改造的新试点。

新首钢开发建设大幕已经开启，首钢，这片流淌着工业血液的土地上，将努力培育首都新的增长极，成为工业转型、产业升级的一面旗帜，构建首钢再创辉煌的新平台。在这样一个宏大的事业中，首钢地产也将迎来新的辉煌。

第九章
后勤创新

在北京的十里钢城中，有这样一个群体：他们的岗位不是在火热的炉台上，不是在轰鸣的机器旁，但他们却用勤劳智慧的双手托起首钢，铸就昨日与今天的辉煌，这就是与首钢的钢铁业同根同胞、休戚与共、风雨同舟的首钢实业公司。作为首钢的"总后勤部"，60多年来，他们肩负着首钢职工及家属衣食住行的重任，无怨无悔地为首钢的发展保驾护航。在首钢搬迁调整这一前所未有的挑战下，这支服务于钢铁主业的后勤大军，失去赖以生存的基础后该如何生存？如何赶上首钢大部队前进的步伐？首钢实业人面对困境，冲破迷茫，艰难求索，终于披荆斩棘，渡过难关，又紧随首钢旗舰，笑迎骤雨疾风，向着更广阔的领域扬帆远航。

第一节　火红的年代　火红的生活

首钢实业公司有个曾用名，叫"首钢大生委"，那是老一代首钢人的集体记忆。作为服务于首钢的后勤单位，在企业办社会的年代，职工最多达到1万多人。不仅涉及物业、餐饮、幼教、旅游、托老、宾馆、通勤班车、工程检修、机关服务、劳务输出等服务业务，还包括后来分离出去的医院、民用建设公司等单位。那时的首钢如日中天，后勤部门家大业大。

一、相生相伴，伴随首钢成长

实业公司的前身是1949年10月成立的石景山钢铁厂事务科。旧中国积贫积弱，伴随北京市解放的钢铁厂虽然回到人民手中，但根本没有任何福利上的保障。

由于新中国的建设离不开钢铁，中央领导对钢铁企业非常关心，多次亲临石景山钢铁厂进行考察并寄予厚望。面对满目疮痍的铁厂旧址，翻身了的工人们充分发扬主人翁精神，拼命工作，日夜奋战，迅速地改变了石钢有铁无钢的历史，发展成为全国知名的钢铁厂。

在发展生产的同时，职工的福利事业也取得了巨大变化。1950年底在金顶街建成15700平方米的职工宿舍，到1957年，又新建职工家属宿舍8处，一座座职工食堂、一个个托儿所兴建而成。原石景山钢铁厂的事务科逐步发展成为首钢房管处、福利处、幼教中心三大后勤单位，直接隶属首钢总公司领导。

二、承包为本，创造美好生活

20世纪70年代末期，中国的经济体制依然是以计划经济为主导，国家权力过度集中，企业除了只管生产外，几乎没有任何事情能够做主。当时首钢经理的权限仅可以审批一个电机、新建一个厕所，哪还谈得上"藏富于企业"。为了改掉旧体制的弊端，解放和发展生产力，调动起人的积极性，使企业活起来，首钢人率先冲破思想牢笼，积极争取成为国家第一批经济体制改革试点单位，创造了利润递增包干承包经营的机制，成为中国工业改革的一面旗帜。

在1979年至1995年首钢实行承包制的火红年代，首钢人坚持"承包为本、以人为本"，靠着自己的双手，不仅创造了每年利润递增20%的奇迹，更营造出令北京市民羡慕的火红生活。在正确处理好国家、企业、职工三者利益的指导思想下，首钢党委坚持生产、生活并重的原则，在完成上缴国家的利润指标外，剩下的利润按照

"6∶2∶2"比例分配，其中60%用于扩大企业再生产；20%用于增加职工工资和奖金；20%用于首钢职工的生活，每年递增福利费达数亿元。那时的首钢，生活福利几乎无所不包。丰厚的收入和福利待遇激励起人们极大的劳动热情和冲天干劲。

在时任首钢总公司党委书记周冠五同志提出的"一切为创美好生活"的号召下，为加强生活福利工作的管理，1986年10月，首钢公司成立了首钢工作者生活管理委员会(后被首钢人亲切称为"首钢大生委")，首钢直属各单位都成立了生活管理委员会。为了充分发挥职工主人翁精神，探索新形势下职工当家作主的管理模式，首钢职工代表大会作为首钢最高权力机构，每年审议职工生活工作报告，对事关生活的重大事项做出决议。首钢党委从生产厂矿抽调一批领导干部，选派部分劳模和先进职工加强生活后勤工作。民主管理的先进体制，极大促进了福利事业的发展，充分实现了职工及家属对美好生活的憧憬。

首钢服务业的飞速发展使首钢人的生活日益红火、节节升高。为了解决职工反映最迫切的住房问题，首钢利用自己创造的福利资金，住宅建设以平均每年10万平方米以上的速度增长。到1994年，首钢人靠着多干积累起来的自留福利基金，没用国家一分钱，先后盖起172万平方米的职工住宅，相当于从解放后到改革前30年建房总面积的1.7倍。首钢有19885户职工迁入了新居，10656户职工调整了住房。

为了满足职工生活的需求，首钢还在全国各地建立起60个采购基地、150个采购网点，兼并了多个农场、酒厂、肉联厂、虾场等一大批生活基地，各类食品从全国源源不断地供应首钢。首钢新建了医院、疗养院、合作供销中心、冷库等一大批商业设施，还配套建设了面包、挂面、蛋糕、肉食、冰棍、汽水、冰激凌等生产线，形成了采购、生产、加工、储运、销售大而全的体系。当时的各级工作者生活管理委员会，不仅每月向全体职工发放各类生活食品，而且其他各种主副食品均以低于市场20%以上的价格在厂内食堂销售，许多职工在食堂用餐后，还购买一些肉肠、面包、挂面等食品带回家自用或赠送亲友。职工们形象地说，在首钢可以“吃一顿，带一顿”。首钢向职工提供的物业、装修、饮食、幼教、疗养、电器修理、美容美发、服装加工等各种优惠服务，全方位满足了职工及家属衣食住行的需求。

第二节　在困境中探索　在阵痛中前行

1995年首钢承包制到期。当年3月，首钢进入了建立现代企业制度，由承包制到统一实行新税制的新阶段。随着首钢集团化改革，原首钢工作者生活管理委员会注册成为首钢生活服务管理中心，2000年更名为首钢实业公司。首钢改革和结构调整的步伐也逐步加快。作为首钢后勤单位的重要地位已不复存在，曾经的繁荣、辉煌一下变得寂静和冷清。首钢今后的路该怎样走？这是摆在全体首钢人面前的一道严肃课题，作为服务于首钢的后勤保障部门，实业公司又该有何作为呢？……人们陷入一片茫然之中。

一、低调“瘦身”，率先房改

为了适应新形势的变化，尽快从原来庞大、繁杂的摊子中解脱出来，实业公司坚持实事求是原则，重新调整部署。为了尽快减轻企业负担，实业公司快刀斩乱麻，从1995年3月起，先后清退了已经没有必要存在的采购基地、采购网点、农场、园艺场、虾场、肉联厂和酒厂等多个项目。为企业瘦身和改革发展创造了轻装前进的条件。

在解决职工住房上，虽然首钢在同行业中甚至全国都是名列前茅的，但随着国家住房的商品化，取消福利分房势在必行。在资金紧张又要解决职工住房的紧迫形势下，1995年11月首钢正式颁发《住房制度改革方案》，由无偿分配住房改为向职工售房，同时建立住房公积金。为了推进房改工作，首钢成立了首钢房改办公室，具体组织开展了住房制度改革。通过多次召开座谈会、宣讲大会，印发政策材料，宣传房改的意义，逐步转变职工和家属的观念，使大家理解和支持房改，从而顺利完成了全公司的住房制度改革。

首钢用回收的房款加快住房建设，仅1997年就交工4578套。截至1999年末，首钢回收房改资金13.59亿元，使16266户职工调配了住房，北京地区房改售房共计52704户。首钢房改工作不仅受到北京市、国家房改部门的高度重视，还在1998年10月底召开的全国“企业住房制度改革研讨会”上被当作先进经验来介绍，受到与会者的好评。

如今，房产早已成为职工的个人财富，看着目前国内日益高涨的房价，职工心中这才显出踏实和欣慰，才从内心深处感激首钢当年的房改工作。

二、推进改革，唱响“四创”

针对首钢结构调整的大形势，实业公司积极探索钢铁企业的后勤改革之路，意在逐步接轨市场，最终实现服务市场化经营。1996年9月，根据首钢集团的部署，实施《首钢生活后勤系统改革方案》，将原生活供应处和农牧委共1000多名职工，合并组建成工贸公司，对其实施三年逐年递减三分之一福利费补贴的扶持政策，即“扶上马，送一程”，开始探索发展服务产业的道路。1998年3月，按照“为谁服务，向谁收费”的原则，出台了《首钢幼教处改革实施方案》和《首钢住宅小区物业管理改革实施方案》，调整了幼儿入托保育费、托补费和家属区供暖费、洗浴费及单身宿舍管理费的五项收费标准。通过积极推进有偿服务收费市场化改革，为首钢后勤由福利无偿服务型向市场化有偿服务转换创造了条件。

在首钢平均每年减少1000万元有偿服务费的情况下，实业公司为了减轻企业负担，降低管理成本，持续开展了压缩两级机关编制，减员增效工作。1997年实业公司机关精减39.7%人员，2003年又将12个职能部门精简为"四部一室。各实体单位也比照其原则，压缩机关编制。同时通过逐年减员增效，实业公司在册职工由2001年底的6084人减少到2005年底的3134人，同口径减员2950人，下降幅度48.5%，最大限度地压缩了人工成本。

面对2003年4月突袭而来的非典，北京市民"谈虎色变"，一片恐慌。为了首钢14万职工和家属的安全，实业公司迅速制定下发了《关于加强非典型肺炎防治工作的通知》等一系列制度。筹集200万元资金，确保抗击非典用品、器具的及时到位。所属各单位雷厉风行，迅速制定了125项"严防死守"的紧急措施。一夜之间，实业公司就对首钢35个家属区、三个单身宿舍以及所有餐厅、幼儿园、敬老院等服务场所及时进行统一的封闭管理，形成了群防群控体系。看到实业公司广大职工危难时刻显身手，舍小家为大家，日夜奔忙的身影，首钢职工和家属仿佛吃了定心丸，社会上也交口称赞"还是首钢好呀"！抗击非典期间，实业公司涌现出无数可歌可泣的感人事迹，保证了首钢正常的生产经营秩序，收到各方大量的表扬信和锦旗。

在企业困境与阵痛的调整探索中，实业公司党委充分认识到，企业文化是企业全体员工的灵魂和精神支柱，是企业的软实力。为了加强企业文化建设，用企业精神统一思想，凝心聚力，在广泛征求意见建议和总结企业发展的实践经验的基础上，2001年下半年，实业公司提出了以"创新、创业、创优、创效"为主题的企业"四创"精神：

创新，就是把握时代脉搏，进一步解放思想，树立生存发展靠自己的新观念，通过思想文化创新，体制机制创新，管理理念创新，发展模式创新，构筑市场竞争新优势，促进各项工作实现新突破，不断开创实业公司改革、发展新局面。

创业，就是坚持市场化改革方向，将改革与改组、改造和加强管理结合起来，加快由国有独资办企业向广泛开展合资合作的多元化投资方向转变，在市场竞争中确立自立于社会企业之林的地位，实现实业公司再造，将服务业发展成为首钢的支柱产业。

创优，不断优化管理，优化服务标准，优化人力资源结构，优化资源配置，优化产业结构，以资质升级、结构调整为主线，对外，在社会市场打造“首钢实业”品牌。对内，通过优质服务，为首钢的改革发展提供强有力的后勤保障。

创效，就是大力精简机构，减少管理层次，精干服务队伍，兴办多种经营实体，壮大经营开发，不断提高企业社会市场收入的盈利水平和市场竞争能力，为企业可持续发展奠定物质基础。

围绕“四创”精神，实业公司始终把学习理念、创新理念和发展理念同企业发展实践相结合，不断充实和完善企业文化的核心价值体系。制订了企业《员工手册》，谱写了《首钢实业之歌》，设计形成了企业 LOGO，并制定了企业 VI 手册，企业形象宣传册，使员工心理与企业行为形成共鸣。实业公司企业文化建设也得到了上级部门和社会各界的高度肯定，先后获得第三届中国企业文化百人学术论坛科研成果二等奖，新中国 60 年企业精神 60 佳称号。

三、闯荡市场，初试锋芒

时代早已市场化了，而实业公司一直作为首钢“门”里的后勤服务单位，对社会市场却显得十分生疏。如果不走出家门，寻找并占领新的市场，将很难使企业做到可持续发展。于是，实业公司开始动作，他们推倒封闭自己的高墙，开始了艰难迈步，连创出多个第一次：第一次托管社会物业、第一次托管社会餐厅、第一次与外界合作办幼儿园、第一次兴建养老院……这无数个第一次，不仅为实业公司拓展了经营空间，开创了新的领域，更为后来的发展锻造了一支勇于开拓、百折不挠、能征善战的队伍。

物业公司在 2001 年 8 月经过不懈努力，接管中国科学院研究生公寓楼的设备管理和维修，走出了第一步。但由于没有行业资质和经验，最终未能成功。但这初次的“下海”却得到了有益的磨砺和启发。2002 年 6 月，已经取得相关资质的他们再次出发，挺进顺义区幸福小区。这是首钢物业承接的第一个家属区，几幢新楼分布在顺义区中心的闹市区。由于临街太近，在保安、保洁、维修等方面困难很大，但首钢物业职工却把服务工作做得十分精细，万无一失，获得小区业主的一致赞扬。这赞美的口碑也得到了意外的收获：正在寻找物业托管的顺义区樱花园的开发商到幸福小区来微服私访，当亲耳听说、亲眼看见、亲身感受到面前的一切时，就立即做出了决定由首钢物业进驻顺义樱花园三区。首钢物业也由此开始了在物业管理市场上的逐鹿中原。

2002 年开始的“早餐工程”是北京市当年为市民办的 60 件实事之一，并向社会进行公开招投标。在实业公司的领导下，饮食服务公司积极进行准备，终以总分 932 分第一名的成绩中标，获得北京市“早餐工程”经营权。随后他们兴建了两个主食厨房、一个加工中心、一个配送中心，并在石景山、海淀和门头沟区建立了 180 多个早餐亭(车)。2002 年 10 月，饮食服务公司首个早餐亭在模式口南里开业，销售的食品有自制的包子、花卷、馒头、豆浆、米粥和牛奶、面包、饮料等多种食品。第一个早餐亭的开业，吸引了众多消费者和媒体的关注。

随着国有企业主辅分离，许多企业办的幼儿园都关停并转了。首钢幼教主动出击，寻求合作伙伴，最终在 1999 年与台湾大地幼教联盟合作开办了北京市金苹果幼儿园，开创了实业公司合作发展的先河。此举既提高了首钢幼教的知名度，实现了市场化收费和自负盈亏，又探索了首钢实业多元化投资的途径。幼教中心于 1999 年还创办了老年福敬老院，盘活了存量资产，填补了首钢服务业在养老方面的空白，同时为社会承担起义务和责任。2002 年 7 月份又成立了模西分院，使床位达到 160 余张。

从 1995 年以来，实业公司积极参与市场化经营，不断取得新业绩：到 2005 年底，物业公司对外托管面积已达 188 万平方米，合同收入 2070 万元，并实现了托管中高档物业的目标；饮食公司“早餐工程”,全年实现销售收入6000万元;旅游公司推出的十余条国内游、北京周边游、工业旅游呈现了活力;幼教中心2003年9月1日又实现了同台湾大地幼教联盟全面合作办园,通过实施“名师、名园、名园长”工程,收取的社会上儿童已达50%以上,初步实现自我发展,自负盈亏。

闯荡市场,初试锋芒,实业公司从1995年至2005年累计增加经营收入34430.98万元,既验证了自己的实力,又激发了企业内部的活力,更为今后的闯市场积累了宝贵经验。

第三节 在首钢搬迁中扬起希望之帆

2005年首钢搬迁调整开始实施,所有的首钢人在思索,在行动……而实业公司将注定要走过一条不同于其他单位的心路历程。

一、身陷迷茫,敢问路在何方

2003年3月,首钢搬迁调整的主导项目——迁钢公司开始建设,首钢设计院、建设集团、机电公司等非钢单位陆续承担了工程设计、基本建设、设备制造等任务,摆脱了长期的经营困境。正在阵痛中探索生存之路,梦想续就往日辉煌的首钢实业人,在这新的历史关头也看到了希望。按照“兵马未动,粮草先行”的传统惯例,秉承企业后勤的服务职责,实业公司迅速成立了领导小组和工作小组,系统研究新钢铁基地的生活后勤保障方案。先后形成了“关于为曹妃甸建大厂提供生活后勤保障的工作思路”和《唐海综合项目开发区规划方案》,希望分期建立首钢后勤大本营基地;介入生产性服务领域,建设沿海占地1500亩的综合项目开发区,开发工业服务项目。

尽管实业公司有勃勃的雄心,但却没有兄弟单位的“福气”。不利因素接踵而至,陷入了“黑云压城城欲摧”的危险境地。

首先,迁钢公司和京唐钢铁公司决定后勤生活保障采取社会化招投标的形式来选择供应单位。形势很严峻，实业公司面对与唐钢以及当地相关的服务企业面对面的竞争，而实业公司在竞争中难掩人工成本的明显劣势。

其二，随着首钢搬迁调整，内部服务市场逐渐萎缩。据初步估算：到2010年，首钢工业区钢铁生产全面停产后，直接影响实业公司销售收入11456万元左右。其中，28个职工食堂将被关停，影响销售收入9022万元；厂内7栋单身宿舍楼979个房间将被停用，影响销售收入634万元；红楼、文馆等也将失去稳定的服务对象和客源，影响销售收入1800万元。同时，实业公司1000余名富余人员将失去赖以生存的工作岗位。

其三，为了超前解决首钢停产后富余人员分流问题，首钢2004年下发了《首钢总公司主辅分离、辅业改制分流实施办法》，将77家单位列入北京市国资委辅业改制计划，实业公司下属各单位都不幸“榜上有名”。长期依靠首钢福利基金生存且“旱涝保收”的大型国企后勤将被“断奶”，前途未卜。

其四，搬迁调整战略开始实施后，总公司的筹集资金将主要用于“一业多地”建设，对实业公司的资金投入将会大大减少。如果总公司继续减少服务费投入，实业公司将命悬一线。

可以讲，首钢搬迁调整后，钢铁主业的职工可以奔向新的炉台和轧机，其他非钢企业可以实现新的崛起，而实业公司却纵是“江东子弟多才俊”，却不敢幻想“卷土重来未可知”。那数千人的生计将着落在何处啊？人们再次陷入深深的迷茫！

实业公司，路在何方？

实业人百结愁肠……

二、解放思想，树起希望的大旗

“路漫漫其修远兮，吾将上下而求索”。

在前所未有的挑战面前，实业公司党委按照总公司“面对新世纪，建设新首钢”的总体要求，解放思想，转变观念。号召干部职工破除“以有偿服务费维持生存”、“等指示、靠上级、要条件”等传统意识，树立“生存靠自己，发展靠市场”的新观念。提出了“一个核心、两个市场、三项重点”的总体工作要求，即：以提升企业竞争力为核心；巩固内部市场，大力开发外部市场；以大幅度提高经济效益、管理创新树品牌、企业改制为重点，“做优服务，做活经营，做大效益，做强实力”。要求广大干部职工弘扬“创新、创业、创优、创效”的企业精神，以培育物业、饮食主导产业带动其他行业发展为载体，打造品牌，输出管理，加快体制机制创新步伐，大力开拓社会市场。

2007 年 7 月 19 日至 20 日，实业公司党委召开了“做优做强首钢总部服务产业培训研讨班”。刘刚总经理根据首钢搬迁调整的形势，结合半年多的调研，提出了实业公司“立足北京，面向市场，服务首钢，奉献社会，立志做优做强首钢总部服务产业”新的发展定位。明确实业公司要在三大发展方向上有所作为：

一是全力打造服务品牌。物业、餐饮、旅游、幼教等行业，要通过打造品牌，实现做优做精的发展目标，提高在社会市场的运营能力和影响力；

二是大力发展工业服务产业。要积极推进顺义冷轧、京唐钢有关工业服务的项目，为实业公司可持续发展，提供新的产业支撑；

三是大力发展城市运营产业。要全面参与首钢石景山工业区规划建设，托管或接管北京地区钢铁业停产后存续项目和人员，做好能源、环保、物业、绿化、旅游、餐饮、宾馆等城市功能的配套服务。

这是一次具有里程碑式的会议。通过这次会议，实业公司各级领导统一了思想，坚定了在首钢搬迁调整的战略转型中，开辟实业公司新天地的信心。自此，实业公司这艘航船找准了航向。

三、血浓于水，持续开展稳心工程

具有九十高龄的老厂区就要搬走了，几代人为之辛勤劳作的工厂就要迁至那遥远的渤海湾，丈夫就要离别妻子，儿女就要远离爹娘，夫妻分两地，谁来照顾家？那每周一次的班车是否会平安准时的到达？在首钢搬迁调整的岁月里，多少职工和家属心里揣有太多、太多的忧虑……

首钢搬迁调整需要协调多方面的利益关系，更需要稳固军心和大后方。首钢党委在调研后分析归纳出首钢职工对搬迁调整主要担心的六大方面问题，其中包括对家属区物业管理等后勤问题的担心。实业公司党委也充分认识到，后勤保障紧连着千家万户，其服务标准、服务质量、服务水平、服务成效，直接关系到首钢搬迁的和谐与稳定。

为了给首钢搬迁调整提供一个顺心稳定的环境，坚定广大职工的信心，让他们无任何后顾之忧。首钢实业人无暇顾及自己将来的结局会是怎样，暂将个人得失抛在一边，把为首钢搬迁调整保驾护航作为第一政治责任，全身心地投入到“稳心工程”的奉献之中。

为了解决职工和家属生活的难点问题，实业公司每年办10件左右的实事项目。从2002年至2012年共投资3.7亿元，先后完成了食堂装修安装空调、幼儿园设施改造、单身宿舍旅馆化、家属区供热系统改造、楼房抗震加固、旧楼安装天然气、电梯更新、信报箱更新、打基岩井、上下水管线改造等111件利民工程。

在为首钢职工及家属办实事的基础上，为了解决首钢搬迁带来的动力能源供应问题，实业公司2009～2011年还投资1770万元完成了对苹果园泵站的迁移改造工程。与北京市热力集团合作完成了首钢厂内热交换站改造项目，实现了240万平方米供热热源改为市热力集团高温热水供热，解决了首钢停产后，首钢家属区2万多户居民，近10万人的供暖热源问题。此后继续配合热力集团建设了苹果园、八角等热交换站，2012年完成了首钢家属区供暖移交热力集团的工作。

为了解决职工最关心的家属区物业管理问题，首钢物业公司持续开展创造和谐,美化家园的工作。按照“小区景点连片、建花园式小区”的规划,全面开展社区美化景点建设。广大职工不辞辛苦,加班加点,甚至搭上休息时间,从2003年至2012年在首钢家属小区内,建设了“紫藤园”、“年轮园”、“栖凤台”、“长城墙”等121个独具匠心、具有浓郁文化气息的人文景观。在各家属区安装了休闲椅、棋牌桌、健身器械等一大批活动设施,不仅极大地方便了居民休闲、健身和娱乐生活,也使小区的整体环境上了一个新台阶。

经过首钢物业人的精心治理与改造,首钢35个家属区中已有30个被评为“首都文明社区”。北京市人民政府、首都绿化委员会连续多年授予首钢物业公司“绿化美化先进单位”荣誉称号,黄南苑小区评为“全国物业管理示范住宅小区”,金三区、老山东里小区评为“北京市优秀管理居住小区”。

石景山区政府主办的《石景山周刊》专版刊发了《首钢物业辛勤耕耘,社区共建结硕果》的首钢物业专版;首钢党委宣传部也进行了专题调研,编写了经验材料印发全公司;首钢电视台以“和谐社区、小区美景”为主题,拍摄了21集展现各景点的短片集锦,连续每晚播放一景;首钢日报记者在撰文中形容家属区的变化是“旧时王谢堂前燕,飞入寻常百姓家”。

首钢机关服务管理中心是首钢实业公司下属的接待服务单位,拥有红楼迎宾馆、文馆、陶楼、今时宾馆等接待服务场所。多年来,他们始终以搞好首钢总部机关服务、站稳内部接待服务市场为工作主线,以“质量、标准、理念、品牌”的发展理念,秉持“主动、热情、礼貌、周到、优质、高效”的服务宗旨,先后接待了多位党和国家领导人、外国政府首脑以及国内外知名人士。成功承办了首钢总公司团拜会、赏花会、新闻发布会、节日庆典等多项重大接待服务任务。圆满完成了企业内外不同规模、档次、国别的中、西式宴会、酒会和婚庆宴会、剪彩仪式等礼宾礼仪服务。在餐饮服务上,他们坚持“人无我有、人有我新、内外结合、推陈出新”的发展思路,借助高端平台,强化服务品牌。先后荣获“北京市名店、名厨、名菜美食之旅”技能大赛最佳组织奖、职工金厨奖，并取得“石景山区星级饭店、星级餐馆服务技能大赛”中餐摆台、冷拼及热菜第一、二名的好成绩。成功跻身中国菜品厨艺联盟理事单位，机关服务品牌在社会上的美誉度和知名度获得了空前的壮大与影响。

首钢饮食服务公司的前身是首钢福利处，是一家伴随着首钢发展而逐渐壮大的综合餐饮服务企业。作为首钢实业公司下设的单位，他们以“让每一名消费者都享受到最好的服务”为宗旨，以规范化经营、标准化管理、人性化服务，构建了完善的食品安全体系，形成了具有首钢特色的餐饮文化，取得连续60多年为亿万人次提供餐饮服务零事故的骄人业绩。这是一个英雄的集体。他们曾把可口的热饭亲自送到高高的炉台，也曾冒着酷暑将西瓜、冷饮递到炉前工的手中。首钢三班倒，他们就倒三班；首钢四班倒，他们就四班转。日复一日，年复一年。夜以继日，春夏秋冬。首钢集团的每一吨钢材中都浸满他们辛勤的热汗。

2006年5月1日，温家宝总理到首钢看望慰问首钢职工，并在饮食服务公司三炼钢食堂与职工一起就餐，他称赞伙食质量“好极了”。温总理对饮食服务公司的肯定是对广大干部职工的巨大鼓舞，饮食服务公司随即开展了“以总理关怀为动力，创建首钢标杆食堂和争当服务标兵”活动，极大地促进了饮食服务公司管理和服务迈上新的水平。

在首钢搬迁调整的岁月里，凭借着与首钢一脉相承的优秀文化精髓和光荣传统，实业公司始终如一地按照首钢公司党委的要求，忠天地之责，努力践行为首钢做好后勤服务的神圣诺言。实业人忘我的劳动热情和严细的工作作风，使职工及家属对物业、饮食、幼教等生活服务满意率持续保持在98%以上的高水平。他们用真挚情感和周到服务编织起首钢党委联系职工群众、构建和谐企业的桥梁和纽带，用他们的双手为首钢职工及家属构筑起平安幸福的家园，

图 17 餐饮服务——首钢文馆婚宴。(赵建民 摄)

为首钢搬迁调整,“一业多地”建设和发展提供了稳固可靠的大后方。这是实业公司与首钢集团血浓于水的情感与牵绊。

四、抢占市场,向首钢“一业多地”挺进

由于迁钢、京唐公司对生活后勤都坚持市场化竞争原则,当地的物业、餐饮业“近水楼台”,捷足先登。不占“地利”之优的实业公司,为了抢占“一业多地”市场,开始了新的博弈。首先是主动出击,利用各种机会与当时的总公司领导,京唐、迁钢公司领导主动沟通,大讲实业公司的综合优势和实力,希望能获得展示的机会和平台。二是“抢”市场,实业公司选派精兵强将组成前期“先遣队”式工作组,反复去找当地的职能部门和生产厂矿,认真介绍服务方案,并不计代价地配合当地餐厅、职工公寓的前期施工。“先遣队”不负众望,在渺茫的希望中,终以满腔的热忱和优质的服务打开市场,并且逐步扩大战果。

尽管这一连串的出手稳扎稳打、步步为营，可其中的艰辛滋味却是常人所不知。

在“先遣队”中，涌现出了许多典范人物，王文智就是其中的先进代表。

2006年，王文智来到首钢迁钢公司担任餐饮中心经理。当年她已经46岁。她在1999年至2005年曾连续七年获得“首钢劳动模范”荣誉称号，2005年获得“北京市劳动模范”荣誉称号。按说作为一个女同志，取得如此成就可以功成身退了，也完全可以得到组织关怀在北京照顾家人，享受稳定的生活。但是她深深地知道，实业公司抽调精兵强将抢占“一业多地”市场，包括派她作为首钢餐饮业标杆式人物打先锋，就是志在必夺！她毅然决然地接受了任务，开始了艰难地创业之路。为了开拓局面，她几个月不回家，带领十几名员工住在简易板棚里，每天工作16个小时，将原先由个体户经营的配餐中心进行了彻底改造。2006年8月，新的首实配餐中心在迁钢成立，不到一个月的时间，供餐量由接手时的400多份迅速提高到1900多份。许多迁钢职工面对熟悉的就餐环境，品尝着久违的风味，由衷地发出感慨“还是我们首钢自己的饭菜香啊!”看到远离北京的职工感受到“家”的温暖，王文智从内心里更疼自己的这些兄弟们了。无微不至的服务改变了迁钢职工对王文智的称呼，上至迁钢总经理，下至普通员工，不再叫王经理，而总是亲切叫她“王姐”。以王文智为代表的首钢实业人，在首钢新的钢铁基地延续着为首钢职工服好务的光荣传统，让迁钢领导深深感到，“选择了实业公司，就是选择了放心”。

随着迁钢公司大发展，首钢迁安会议中心于2008年8月建成投入营业，由于这个会议中心在建筑上融入了许多首钢的文化元素，且建在迁安的一个小岛上，被人们昵称为“首钢小岛”。实业公司组建的以首钢红楼管理骨干为主的团队，先后经历了筹备、开荒、试营业、营业四大阶段，并锤炼成为一支能打硬仗、能打胜仗的队伍。在会议中心开业前夕，他们突然接到上级领导布置接待中央政治局、北京市、首钢总公司和迁安市的领导的任务。面对艰巨任务和挑战，经理郭利动员全部力量，近10天里快马加鞭，不分昼夜，在接待前完成了19000平方米的开荒式保洁、108套客房的家具、饰品的码放工作，制定了多套供餐方案，确保了接待任务的圆满完成。也正是这次高级别的接待为小岛开业打响、打红了第一炮，让河北省、唐山市和迁安市委、市政府领导感受到了首钢服务业高质量的接待能力和高素质的管理水平。

如今在昔日荒芜的小岛上，美丽辉煌的会议中心成为首钢和迁安市的骄傲。2010年12月被国家旅游局评定为“五星级旅游饭店”，这是迁安市首家也是唯一的一家五星级饭店；2010年7月被国际美食厨艺联盟评为“美食餐厅”；2011年8月被国家旅游局评定为“国家级绿色旅游饭店金叶级”；2012年先后荣获北京市十大商务宴的殊誉和第七届“大通阿胶杯”中国药膳养生技术制作（烹饪）大赛团体金奖。

美丽的会议中心，印证了首钢实业人从管理二星级宾馆到五星级宾馆能力的飞跃。

曹妃甸，首钢京唐钢铁联合责任有限公司所在地，一个近邻大海的地方。昔日的曹妃怎么也不会想到自己的家乡竟会成为现代化的钢铁基地，更想不到一支实业大军开过来，把这里带动得人声鼎沸，车水马龙……

2009年3月1日，实业公司河北分公司从以前的一家公司正式接管了京唐钢公司厂前区餐厅，并更名为“首实餐厅”。在孙长勇、管景建、张瑞丰、赵培凤的带领下，他们对餐厅重新进行了定位，确立了工作目标、制定了新的服务标准，新的餐厅环境、新的伙食品种，这种周到服务迅速得到京唐钢公司领导和广大职工的赞许。特别是餐厅的“点菜上桌式”服务项目，更是赢得了众多职工的欢迎。2009年7月他们又开办了“钢城食府”，主要面向职工并对外营业，为京唐公司地区增添了新的亮点。

首钢实业人将首钢餐饮移植在京唐大地上,并用辛勤的汗水呵护浇灌。天道酬勤,餐饮服务范围越来越大,不久运输部、维检中心等餐厅和配餐中心也相继开业,树立了首钢餐饮的品牌形象。

为了改善实业公司职工办公和住宿需要,填补京唐公司服务接待的空白,实业公司决定建立曹妃甸地区集住宿、酒店、餐饮、办公、商业五大功能为一体的综合服务性大楼——首钢实业京唐大厦。大厦自 2011 年 5 月 10 日开工建设,至 2012 年 10 月 17 日竣工并投入试运营,整个工期历时一年零五个多月。实业公司投资 1 亿元,建筑面积 21820 平方米的第一个大型工程项目,人、财、物的投入力度及规模均前所未有。首钢实业京唐大厦项目的交付使用,标志着实业公司房地产开发工作进入到一个崭新的时代。

经过锲而不舍的努力,实业公司形成了为首钢顺义冷轧、迁钢、京唐钢铁公司提供生活后勤优质服务的大格局,不仅弥补了首钢在京停产后餐饮业的损失,也以"一家人"的文化传承,在首钢"一业多地"延续着为钢铁主业保驾护航的历史责任。

五、服务奥运,彰显首钢品牌

2008 年,举世瞩目的第 29 届世界奥运会在北京举行。百年奥运,百年梦想,这是全球华人所热切盼望的盛会,也使所有北京人感到骄傲和自豪。为了抓住这千载难逢的机遇抢抓奥运商机,宣传首钢服务品牌,实业公司动员组织各单位积极开拓奥运服务市场。

首钢物业凭借在市场磨砺的经验、实力和形象,一举中标第 29 届奥运会和第 13 届残奥会的奥体中心体育馆、体育场、英东游泳馆、训练馆、曲棍球馆和外围区域 64 公顷的保洁服务项目。自 2008 年 7 月 6 日至 9 月 20 日,他们以"注重细节、追求完美"的企业理念,全力奋战七十七天,出色地完成了奥运保洁服务工作,赢得了上上下下的一致好评,先后共收到来自第 29 届奥运会组委会奥体中心场馆群场馆团队、第 29 届奥运会水球竞赛团队、奥体中心曲棍球场送来的锦旗7面，金牌服务牌匾一个，各类表扬信17封。奥组委场馆运行团队派专人给总公司送来写有“参与奥运彰显国企民族精神，首钢物业快乐奉献金牌服务”的锦旗和写有“金牌服务”的牌匾。他们用行动为首钢赢得了荣誉，创出了首钢品牌。

饮食公司经过激烈的竞标，成为2008北京奥运会及残奥会应急备选餐饮服务单位和北京奥运会属地餐饮服务供应商。2008年7月20日，饮食公司正式为首钢篮球中心和石景山体育馆两个篮球独立训练场馆提供奥运赛时的餐饮服务。根据奥组委的配制标准，饮食服务公司按照“高标准、高起点”的原则，从营养搭配、“色、香、味、形”等方面进行了精心的设计与制作，截止到2008年8月24日奥运会闭幕，共完成工作人员送餐累计14412份，完成运动员和随队官员茶点累计2725份。“首钢餐饮”通过出色完成奥运服务任务，树立了良好的服务形象，提升了品牌影响力，兑现了“精细管理　万无一失　服务奥运　为首钢争光”的庄严承诺。

幼教中心通过参与奥运会闭幕式的演出，彰显了首钢幼教品牌。在奥运会闭幕式上，首钢大地古城幼儿园爵士鼓小鼓手郭诗雨、刘飞宇与著名“红樱束”女子打击乐团同台献艺，精湛的技艺博得观众热烈的掌声。这次成功演出的意义，不仅是代表幼教，代表首钢，更重要的是代表祖国，向全世界呈现了中国儿童的才艺和精神风貌。

当奥运火炬的光芒在北京鸟巢体育场的上空渐渐熄灭的时候，首钢实业人那满是汗水的脸上，却绽放出灿烂的笑容。他们自豪，因为是他们宣扬了首钢服务品牌，彰显了首钢集团综合实力，也从此让世人记住了三个崭新的名字：首钢物业、首钢餐饮、首钢幼教。

第四节　倾力打造全新的首钢实业

实业公司身处首钢转型发展的激流，他们更渴望在做强做大首钢服务业的征程中，实现由“首钢后勤”向“首钢服务产业集团”的华丽转身。掌握自己的命运，打造全新的“首钢实业”——这就是结论！他们再次踏上破冰之旅，奋勇前行。

一、整体改制，稳妥完成企业再造

为了适应市场经济要求，加快国有企业改革的步伐，早在2002年，国家经贸委等八部委就联合《印发〈关于国有大中型企业主辅分离辅业改制分流安置富余人员的实施办法〉的通知》。2004年底首钢北京地区在册职工8.3万人，经有关部门测算，在首钢搬迁调整的2005～2010年，需要分流安置6.47万人。为了未雨绸缪，解决这一事关社会和企业稳定的重大问题，首钢将主辅分离辅业改制作为分流安置富余人员的措施之一，将首钢77家单位列入北京市国资委辅业改制计划，涉及资产70多亿元、在职职工1.7万人。

从2003年开始，实业公司围绕学习贯彻国家、北京市、首钢关于主辅分离、辅业改制、分流安置富余人员的实施办法，多次研究实业公司改制工作。2007年实业公司成立了由党政一把手挂帅的改制工作领导小组和工作小组，以及5个专业组，全面开展了改制的各项具体工作。

实业公司作为钢铁主业的后勤企业能否改制，人们存在很大质疑。改制事关企业命运，也事关职工个人利益。面对内外种种不利的环境，大多数人在苦恼忧愁，有的人表示“生是首钢人，死是首钢鬼，绝不参加改制”，有的人申请调走，几名身居关键岗位的中层领导也选择了调出实业公司。

山雨欲来风满楼……

面对严峻的形势，实业公司党委清醒地认识到，主辅分离，辅业改制是首钢在搬迁调整大形势下，为了分流安置富余人员的重大决策，这是关乎首钢未来稳定的政治任务。为了积极稳妥地推进企业改制，在一片质疑和担心中，实业公司党委开展了一系列工作。

首先，实业公司领导决定，为了稳住人心，也为了赶在2008年底政策到期前完成改制，除已启动改制工作的单位外，剩余的其他单位进行整体改制；其次，广泛宣传首钢搬迁调整的重大意义，宣讲改制的文件精神，提高干部职工对改制的正确认识，号召广大职工理解改制，参加改制；第三，通过各种形式宣讲虽然实业公司主要收入来源依赖于首钢集团内部的后勤服务，但实业公司实施改制，不仅可以充分享受国家扶持政策，更可以按照建立现代企业制度要求，通过制度创新、产权制度改革，真正成为面向市场，自主经营，自负盈亏的市场经济主体，摆脱后勤单位的从属地位，在市场经济中解放和发展生产力。

为了增强广大干部职工的信心，还向群众深入分析宣讲了实施改制的可行性。一是实业公司近年来，通过努力开拓外部市场，各个服务产业具有了一定市场影响和竞争力；二是总公司明确支持实业公司大力发展生产性工业服务产业，为改制后企业发展工业服务项目，提高盈利和持续发展创造了条件；三是首钢搬迁调整"一业多地"的发展格局和发展首钢北京总部经济，为非钢产业发展提供了新的市场领域，为实业公司的发展提供新的发展契机；四是国家、北京市正在大力发展服务业，不断出台引导、支持的政策，为服务业的大发展提供了新的机遇。

通过广泛宣传教育，提高了广大职工对改制必要性、可行性的认识，坚定了广大职工参加改制，以体制创新为动力，实现企业大发展的信心。2008年10月29日，首钢生活服务管理中心职工代表大会召开，通过了题为《深化改革、创新发展、开辟生服中心历史发展新纪元》的报告，通过了《首钢生活服务管理中心辅业改制人员分流安置方案》、《首钢生活服务管理中心辅业改制资产处置方案》。11月25日，北京首钢实业有限公司第一次股东会在首钢陶楼召开，会议审议并表决通过了《北京首钢实业有限公司章程》、《北京首钢实业有限公司员工持股管理办法》等文件，选举产生了第一届董事会董事和监事会监事。2008 年 12 月 16 日，在北京市工商局注册为由首钢总公司和经营者、管理团队及职工共同持股的北京首钢实业有限公司。至此，实业公司成为首钢集团最后一个完成改制的单位。

实业公司整体改制不仅开辟了北京市和全国各大钢厂后勤企业改革的先河，也实现了体制机制上的根本变革和企业在经营与发展上的根本性转变。这种转变不仅表现为企业性质、职工身份等方面的置换，也为企业今后坚持市场化、产业化、社会化的改革方向，在未来的改革创新发展中实现破茧化蝶的完美蜕变，奠定了坚实的制度基础。

二、与时俱进，形成六大产业布局

实业公司改制后，为了坚持市场化、产业化、社会化的改革方向，通过编制“十二五”规划，重新明确了“三强做专业、三优做特色、三新做集成”的发展战略，即：以生产性服务、物业和餐饮三大产业为主干业务，做大做强；以幼教、旅游和养老业务为优势产业，做出特色；以新首钢高端产业综合服务区运营服务、都市社区服务和机构外包服务为未来发展的新业务。按照将自身定位由“国企后勤”转变为“充分参与市场竞争的经营主体”的要求，实业公司弘扬“四创”的企业精神，充分调动干部职工的积极性，在激烈的市场竞争中，加快了“三强”、“三优”转型升级步伐。

开放合作，工业服务业异军突起。实业公司作为传统生活后勤单位，能否开辟生产性服务业，一直受到许多人的质疑。为此，实业公司领导排除各种阻力，通过合资合作，开辟了钢铁后勤经营工业服务的新天地，成为实业公司收入、效益增长的主要来源和支柱性产业。

为了抓住首钢在顺义区新建冷轧项目这一不可多得的机遇，实业公司向总公司提出了发挥高端产业的辐射效应，全面承揽冷轧厂工业服务项目，完善产业链的设想。当时的首钢党委书记、董事长朱继民明确批示,“实业公司应走向工业服务领域,以好的体制机制形成很强的竞争能力。可以此为起点,向迁钢、曹妃甸延伸。”首钢总经理王青海也表示支持实业公司承揽冷轧工业服务项目,并在现场会上,亲自拍板指定一片厂房作为包装材料生产基地。

在此之后实业公司经与北京北利成包装材料有限公司多次进行合资洽谈,2007 年 9 月 19 日经北京市工商行政管理局顺义分局批准,北京首成包装服务有限公司正式登记注册,它标志着实业公司正式向工业服务领域的迈进。以此为开端,实业公司逐步扩大合资合作范围。2009 年初合资组建唐山曹妃甸工业区首瀚鑫实业有限公司,承揽了京唐钢冷轧产品包装及钢材加工等业务。2010 年实业公司通过内部公开招聘,选聘了孟庆江、杨刚等同志组建了经营团队,独资成立了迁安首实包装服务公司,承揽了迁钢公司硅钢包装业务。2010 年 6 月 27 日,迁钢冷轧厂第一卷硅钢从连退生产线下线被包装成五个成品卷,这标志着首钢实业公司工业服务产业发展进入到新的阶段。

为了打造工业服务产业板块,2009 年 12 月 23 日,实业公司工业服务分公司在首钢红楼迎宾馆举办揭牌仪式。新成立的工业服务分公司,把现有的北京首成包装服务有限公司、唐山曹妃甸工业区首瀚鑫实业有限公司、北京金安源汽车运输有限公司、北京洁洁熊装饰工程有限公司、北京曹妃甸客运有限公司及迁钢冷轧包装项目筹备组等 6 家工业服务类公司纳入管理。新公司成立后,加快了兼并重组的步伐。2010 年 1 月通过兼并重组控股了金安源汽车运输公司,2011 年 4 月通过股权收购和增资扩股的方式,控股了北京鼎盛成包装材料公司,建设了天津非金属包装基地,从而实现了防锈纸、纸护板、塑料板等非金属原材料的自主加工能力。

通过发挥集中管理优势,加强与国内外一流企业合资合作,实业公司不断发展壮大冷轧钢带包装和包装材料加工业务,并承揽了天津一家钢铁厂冷轧包装业务。2012 年底已在顺义、京唐钢、迁钢

“一业三地”达到总包装量72.67万卷、626.96万吨，工业保洁71.36万平方米的规模，形成了钢铁产品包装、包装材料生产、工业保洁产业链。2012年实业公司生产性服务业收入占实业公司总收入的47%，成为异军突起可持续发展的主导产业。

为了推动生产性服务业向科技型的转型发展，2011年8月工业分公司注册成为北京首融汇科技发展有限公司入住石景山区高科技园区，同时组建包装技术研究所，通过对包装材料、包装工艺、包装设备的研究改造，努力形成自有的专利技术，全力打造高科技企业，为享受国家相关免税政策奠定基础。2012年7月，北京首融汇科技发展有限公司参加了在顺义新国展举办的“2012北京国际包装博览会”，并正式成为“中国包装联合会金属产品包装委员会”会员单位。通过多年的发展，生产性服务业形成了与生活性服务业比翼齐飞的局面，为实业公司改制后的稳定和发展起到了不可替代的作用。

十年拼搏，物业挺进全国百强。物业产业在2002年相继接管顺义区樱花园商品小区等项目后，在闯市场的过程中历尽艰辛。闯荡市场的经历告诉他们，市场竞争要靠实力说话，作为物管企业必须拥有自己高水准的管理和响当当的品牌，只有自己强大，才会受人尊敬，才会在市场竞争中永操胜券。2004年物业公司注册了首欣物业公司，取得了物业企业三级资质。此后，物业公司经历了接管普通住宅、中高档住宅、高档住宅及非住宅物业的三个阶段，实现了企业资质升级三年三大步，先后承接了怀柔区塞班假日、海淀区圆明园花园别墅、朝阳区嘉铭园、亦庄大雄城市花园、中关村软件园、中关村展示中心等中高档项目，跻身全国物业管理一级资质企业团队。

十年来，物业公司立足优良品质，不断追求卓越。2005年取得ISO9001质量管理体系和ISO14001环境管理体系认证。2008年通过英国皇家UKAS国际认证。2011年取得OHSAS18001职业健康安全管理体系认证。实现了质量、环境、职业健康安全“三标一体化”管理体系的正式运行，在不断加强品牌建设中实现了跨越式的发展。2012年物业管理总面积达到了797万平方米，其中首钢内部332万平方米，社会市场465万平方米。中高档住宅和非住宅物业比例不断提高，特别是承揽了重庆国窖明城项目、迁安市隆鑫传世家园等项目，显示出向全国发展的战略态势。

2008～2011年，物业公司连续四年在中国房地产TOP10研究组、中国指数研究院主办的“中国物业服务百强企业研究”中，荣获“中国物业服务百强企业”称号、“中国物业企业服务规模TOP10”称号。在2011年物业管理改革发展30周年，中国物业管理协会开展的全国物业服务企业综合实力百强评选活动中，排名全国物业服务企业综合实力第64位，彰显了首钢物业的实力。

放手一搏，餐饮业绝地重生。饮食服务公司从2001年托管空军司令部餐厅开始走向市场，创出了首钢餐饮的品牌。在这一品牌的影响下，首钢饮食相继托管了空军研究所、军事科学院、北京市对外友协等20多家社会餐厅。

2012年，实业公司的餐饮产业形成了拥有34家餐厅、3个食品加工中心、187个早餐亭、4家快餐连锁店、4家便利超市、1个对内集成项目、3个对外集成项目以及管理首钢红楼、迁安会议中心、今时宾馆、首钢实业京唐大厦等宾馆的规模。2009年实业公司再次中标北京市早餐工程，利用政策扶持资金和自有资金，投资1000万元建成了8000平方米的主食、菜肴现代化加工中心。2011年8月，组建绿色食品研究所，以研究绿色食品、创新团餐、快餐产品为重点，努力为餐饮业未来发展提供技术支持和解决方案，不断提升首钢饮食的经济效益。

脱胎换骨，幼教呈现持续辉煌。首钢实业公司下属的首钢幼儿保教中心，在与台湾大地幼教机构合作后，通过走“品牌、特色、市场、团队”的发展之路，逐步成为北京西部具有国际化水准的幼儿教育品牌。

幼教中心充分发挥合作办园带来的经营管理、教育理念优势，通过输出管理等模式，对外承接了建西苑和现代两所幼儿园；他们积极开办培训学校，针对学龄前儿童、学生和成人开设各种文化艺术培训，形成了自己的课程模式和培训特色。在总体发展思路的引导下，经过摸索和总结，各个园所逐步形成了民乐、美术、舞蹈、体育和双语等不同特色的课程。截止到2012年，在园幼儿达到4487名。12所幼儿园、1所培训学校覆盖北京市石景山区、海淀区、昌平区、河北省迁安市，已形成跨地区、跨所有制形式的多元化幼教集团。有3所幼儿园被评为“北京市一级一类幼儿园”，4所幼儿园被评为“北京市幼儿早教基地”。

2010年9月1日，迁钢幼儿园正式开园。这是首钢幼教在外埠承办的第一所幼儿园，是探索异地办园、尝试管理输出的新模式。在传承、发展、融合、创新中，向社会展示了一个全新的河北迁钢幼儿园，2012年从当时招收幼儿52名发展到390多名，顺利通过了河北省城市一类幼儿园的验收。实现幼儿收托、收入两大突破。

更新思路，旅游业在逆境中崛起。当首钢在北京还没有全面停产的时候，他们曾组织社会各界人士2万多人前来首钢参观，逐一观瞻厂区内火热的生产线，了解“钢铁是怎样炼成的”。“首钢旅游”多年来精准的安排，周到的服务赢得了北京市以及全国各地游客慕名而来，而组织者就是1993年全国企业创办的第一家旅行社——实业公司麾下的首钢旅行社。

2004年4月14日，国家旅游局对首钢工业旅游进行验收，认为“钢铁是这样炼成的”主题十分鲜明，旅游参观线路安排合理，首钢厂区绿化美化效果显著，给人一种面貌一新的感觉，国家旅游局验收小组最终以861分的高分评定首钢工业游达到示范点标准。

2006年1月在“第二届中国品牌影响力年会”上，首钢工业旅游当选为“2005中国行业十大影响力品牌”。之后，国家旅游部门的专家，以首钢工业旅游为蓝本，在首钢旅行社的全力配合下，规范推出了“工业旅游”的行业标准。首钢旅行社先后被评为北京地区国内旅行社20强、第二届全国诚信单位、全国工业旅游示范点等多项荣誉称号。

随着2010年底首钢钢铁主业全部停产，首钢工业游的资源也受到了影响，怎样跳出困境，重新崛起呢？实业公司领导班子决定，引进高级管理人员，创新发展思路及管理模式，充分利用首钢品牌的影响力和“地利、人和”的优势，把“蛋糕”做大。2011年12月30日，北京首钢旅行社完成增资扩股工作，注册资本由30万元增加至200万元，正式更名为北京首钢国际旅游有限公司。公司从仅有一个市场部发展到直营部门3个、加盟部门门市27个，经营资质也从简单的国内接待迅速扩展到出境、入境、国内游，业务延展到国内绝大多数出境口岸城市，产品线也迅速覆盖到国内外主要目的地。产品包括美国、欧洲、港澳等出境线路和西南、华南等国内旅游专线产品十余类三十几条。2012年，首钢国旅取得了飞速的进展，销售收入突破6000多万元，并获得北京市消费者协会授予的“诚信服务示范单位”称号。

公益办院，养老业承担社会责任。1999年，实业公司成立了第一家养老院——老年福敬老院，目前共有西井和模西两所敬老院，主要承担养老护理工作。经过数年的潜心摸索，敬老院逐渐探索出一套独具特色的护理经验和方法，以规范化的管理，优质的服务质量、先进的服务理念，热情周到的服务，丰富多彩的娱乐文化形式，赢得社会各界人士及民政部门的认可，多次被北京市民政局、北京市人事局评为“北京市文明敬老院”。2007年通过北京市二星级敬老院的验收，并经北京市民政局批准，成为目前石景山区唯一一家“北京市二星级养老服务机构”，是“北京市敬老爱老为老服务示范单位”。目前，两所敬老院入住老人已达200余人，床位周转使用率达到95%以上。

敬老院本着“以人为本、孝行天下，服务老人、回报社会”的办院

图 18　首钢实业公司老年福敬老院老人欢度重阳节。(吴陶陶　摄)

思想,按照打造公益型养老的办院理念,实业公司无偿提供场所兴办养老事业,并每年定期拨付专项资金用于两所敬老院的正常建设,履行了企业应尽的社会责任,彰显了企业的公益形象,得到了各级领导和政府专业部门的肯定和支持,并吸引了大批爱心志愿者前往,提升了实业公司的社会知名度、美誉度。

通过实施“三强”和“三优”发展战略,实业公司形成了六大产业强劲发展、协同发展的格局,奠定了打造首钢服务产业集团的基础。五年的奋斗,实业公司不仅走出了困境,而且蓄势待发,满怀信心地走向辉煌。

三、深化改革,打造集团管控模式

实业公司启动的整体改制,是在首钢搬迁调整紧迫形势下进行的,先天带来一系列的弊端。这好比一锅急于求成的饭,为了及早出锅,不免有些夹生。

首先，造成下属单位的资产所有权、员工劳动关系在实业公司，而下属法人实体是空壳，形成了法人产权不清晰、劳动用工管理不规范等问题。其次，只在实业公司层面实现了投资主体多元化，可以享受国家对改制企业的优惠政策，为了最大限度的享受国家政策，只能对直属单位采取了以分公司和委托管理的形式进行管控。这种以行政纽带、人事纽带为主的管控关系，弱化了产权纽带关系，没有实现控股或参股关系上的法人集合，影响了集团治理“1＋1＞2”的价值创造和效率提升。

在实业公司享受三年扶持政策到期后，如何坚持市场化改革方向，解决非市场化的深层次矛盾，确立各单位市场经营主体地位，激发各产业内在的发展动力，是必须解决的问题。同时按照首钢“创新驱动，转型发展”要求，如何抓住国家大力发展服务业，北京市建设世界级城市，首钢开发新首钢高端产业综合服务区和在北京发展新产业等机遇，加快向城市现代服务业的战略转型，打造强势产业板块，也是实业公司必须统筹考虑的问题。

通过历史和现状的分析，实业公司必须再进行一次不亚于2008年改制时的大动作。于是，2011年8月5日实业公司成立了深化改革领导小组。同时抽调10名同志组成课题组，通过对自身企业的调研和对宝钢发展、广钢金业集团等近十家国内大型综合性企业的考察学习，初步形成实业公司深化改革的整体方案。经多次讨论修改后，2012年9月，实业公司二届一次董事会和第七次股东会审议批准了实业公司深化改革方案。

深化改革的着力点，是按照培育实业公司龙头企业的思路，推进“三强”产业事业部的改革。通过整合工业服务产业的业务单元和相关联企业，组建工业产业事业部；整合与物产管理和经营有关的法人企业及实体单位，组建物产管理事业部；整合与餐饮服务产业相关联的法人企业和实体单位，组建餐饮管理事业部。同时按照把下属经营实体逐步打造成为市场竞争主体和法人实体的思路，在三个事业部中明确北京首欣物业管理有限责任公司、北京首钢饮食服务有限责任公司、北京首融汇科技发展有限公司三个企业法人的职能部门，代行各自事业部的管理职能。在打造“三强”产业板块的同时，加快旅游、幼教、养老“三优”产业引进战略投资者，加快股权多元化的公司制改造步伐。随着各事业部发展成为实业公司子集团以及旅游、幼教、养老产业通过合资合作成为实业公司控参股公司，力争到2015年，实业公司实现由实体型集团向投资型集团的转变。

按照生产关系适应生产力发展的要求，实业公司明确了集团总部、事业部、各专业化公司和事业部下属分子公司定位，优化集团组织结构，重新确定两级机关的职责，对43项实业公司级制度进行了修订完善，规范了实业公司与下属事业部、法人公司和经营实体责、权、利关系。按照精干高效的原则，对集团总部机关进行了优化，设立了市场运营管理中心和信息部，加强了实业公司集成项目市场开发组织领导和公司信息化建设专业管理工作，管理人员由改革前的98人精减至55人。

实业公司在首钢改制企业中率先进行深化改革，得到了首钢领导充分肯定。通过深化改革，理顺了筋脉，疏通开纠结，全力打造的集团化管控体系，调动了各级领导干部和广大员工创新发展的积极性，各产业逐渐呈现强劲发展的态势。在不享受国家对改制企业优惠政策后的2012年，实业公司实现销售收入11.67亿元，实现利润3351万元，再创历史新高，企业综合实力得到进一步的增强。

四、承前启后，绘制崭新发展蓝图

2012年7月18日，首钢党委书记王青海在首钢“三创经验交流会”上，发出了“以开放的视野实现首钢伟大转型”的号召。2013年1月，首钢党委扩大会、职代会提出了将首钢建设成为具有世界影响力的综合性大型企业集团的战略发展目标，明确了整合非钢资源，力争3～5年打造若干在北京和行业有较大影响力新产业的要求。这是总公司吹响的集结号，所有非钢企业和单位将会千帆竞渡、百舸争流。在宏观形势下，实业公司为实现到2015年年销售收入超20亿元，年利润额8000万元的经营规模，发展成为一流的、多元化、跨区域的大型综合服务产业集团的目标，滚动调整了“十二五”规划，明确了未来产业发展的重点和目标。

工业产业要建立起集技术研发、非金属材料生产、金属材料加工和冷轧精品包装为一体的包装主产业链，形成以冷轧包装为主，材料生产与贸易、客货运输、工业保洁、焦化检修为辅，多元化、跨区域、跨行业的工业服务产业集团，使实业公司工业产业成为钢铁包装行业的领军企业。

物业产业要达到管理面积1200万平方米的规模，其中高档住宅、非住宅高端物业占60%以上，成为以物业管理为主业，动力能源、工程机电、房产运营、社区服务等业务协同发展的综合物业服务集团，综合实力跻身北京市物业企业前5名，全国物业企业前50名。

餐饮产业要在整合首钢内外餐饮项目的基础上，充分利用现有加工中心和绿色食品研究所资源，创新首钢餐饮服务模式，实现100家经营门店的目标，把首钢餐饮发展成为包含团餐、快餐、食品加工、宾馆酒店、连锁便利店等五大业务板块的北京市一流大型综合餐饮集团，力争综合竞争实力跻身北京市餐饮企业10强。

幼教产业要在现有12所幼儿园的基础上，力争拓展3园1校，逐步发展成为一个集0～6岁早期教育、教育科研、卫生保健、教育信息咨询以及幼儿培训为一体的专业化、规模化、品牌化的多角度办园、多领域开发、多方位支持、多区域经营的幼教集团，力争成为北京市西部最大、最有影响力的幼教品牌。

旅游产业要通过导入复合经营模式，有效地利用内外部资源，实现收入利润的双增长，将首钢国旅打造成北京最具特色的旅游机构，逐步通过资本层面的运作，力争“十三五”期间实现企业成功上市的目标。

养老产业要积极开展合资合作，引进战略投资者，打造多元化养老产业，发展成为覆盖中高档养老市场的、机构养老与居家服务相结合的、年收入1000万元以上的大型养老服务机构。

不断探索新首钢高端产业综合服务区运营服务模式要在前期大量调研形成园区服务运营规划设想和物业产业已经承揽二通园区动力能源和物业管理的基础上，围绕新首钢园区建设管理体系变化和市场竞争新格局，坚持以我为主、先入为主的原则，充分利用园区资源，抢占园区开发建设的先机。通过与国内外知名服务企业和首钢有关单位合作，吸纳服务业优秀人才，构建高端管理平台，彰显实业公司物产管理、商务接洽、餐饮酒店、能源保障、幼儿教育、旅游等综合实力，积极谋划发展项目，为未来全面承揽新首钢高端产业综合服务区的服务运营奠定基础。

逐步打造都市社区服务模式要发挥在社区资源上其他企业不可比拟的控制力优势和“首钢实业”品牌的影响力，逐步完成物业、餐饮、幼教、养老、旅游等业务板块及衍生服务项目的规范化服务体系建设。以呼叫中心和电子商务为平台，逐步实现以首钢家属区、石景山区为基点的都市社区服务商业模式，向全北京其他区域拓展。

积极构建新兴机构外包服务模式要强化实业公司各产业的战略协同功能，搭建物业、餐饮、幼教、养老、旅游等产业横向一体化发展平台，逐步打造实业公司服务集成商业模式，承揽政府机关、部队院校、企事业单位生活服务外包项目，成为北京市知名外部机构服务商。

通过“十二五”期间的调整、巩固、发展，到2020年即“十三五”期末，实业公司将成为麾下拥有1至2家上市公司的大型服务产业投资集团，成为首钢转型发展中异军突起的新兴力量。

“长风破浪会有时，直挂云帆济沧海”。在首钢搬迁调整的大潮中，首钢实业公司数经磨难而重获新生。这艘勇往直前的航船又鼓起风帆，加足马力，正在新的历史起点上远航！

第十章

人才基地

首钢搬迁调整,感到最缺乏的是什么?是资金?是技术?还是国家的政策?应该说,都是,没有这些,首钢的搬迁调整不可能成功。但是,有一样却是最最关键,最最重要的,这就是人才。在首钢搬迁调整如火如荼,热火朝天地进行之时,谁也不会忘记一个特殊的战场。这里不是工厂,却打造柱梁;不是园林,却催生桃李;不是田野,却播种希望。这里以独有的特色,骄人的业绩,吸引着四面八方的学子;面对首钢搬迁调整、多业多地建设对人才的迫切需要,这里肩负着培养技能型人才的重任。它就是在创新创优创业中,不断前进、快速发展、成功实现新跨越的首钢培训中心。

第一节　精品培训　服务首钢

首钢培训中心,这座锻造技艺的学府,打造高技能人才的摇篮,是首钢总公司直接管理的教育培训办学实体,与首钢工学院、首钢技师学院实行一体化管理,开展高层次、高技能人才培养、专业技术人员继续教育、职业技能鉴定培训和面向社会的资质培训,举办全日制高等职业教育、中等职业教育和成人学历教育。

这块孕育希望的沃土,经过几代人的辛勤耕耘,已颇具规模。它占地面积达 251 亩,建筑面积 12.6 万平方米;教职工 542 人,其中硕士研究生以上学历 105 人、高级职称 142 人。学历教育设有普通本科学士学位授予资格专业 6 个、高职专业 25 个、常设中高级工专业 20 个；成教学院开设成人本专科学历教育专业 10 个，成人本专科学历教育在读生 3332 人、EMBA 和工硕生在读人数 584 人。具有办公信息化、教学信息化、远程培训信息化等管理平台和电子邮件系统，上网课程数达 3000 门，成为首都企业教育培训领域的佼佼者。

一、一体化整合做大蛋糕

以往，培训中心一直过着被同行羡慕的好日子，不仅有国家拨款，还有企业资金扶持，而且毕业生在首钢分配就业。但是，随着近年来高校普遍扩招，使职业院校生源锐减。同时，随着首钢搬迁调整战略的实施，首钢在京数以万计的培训生源将不复存在。与此同时，毕业生出口问题凸显，就业困难直接带来了招生困难。一时间，培训中心被推向生死存亡的边缘。

要生存要发展就必须改革，要改革就要敢于碰硬，而教育管理体制的改革与创新，是深化教育教学改革，提高教育培训质量的关键和保障。自 2005 年，培训中心领导班子带领全体教职工，以“敢于创新、勇于创优、勤于创业”为动力，充分利用国家大力发展职业教育的良好宏观环境和首钢实施搬迁结构调整战略的有利契机，全面推进内部体制改革与调整，不断为首钢职业教育的发展探索新路。

改革调整后，培训中心、首钢工学院、首钢高级技工学校实行“一套机构三块牌子”的扁平化管理模式，设置 9 个职能管理部门、7 个教学系部。2009 年，按照北京市《技师学院设置标准》，在技师学部设置三科、三系、一部，健全了中等职业教育管理机构。教师队伍中，硕士及以上人员由 45 名增加到 93 名；副高级职称人员由 96 名增加到 145 名。逐步形成了“校企融合、产学一体、工学结合、中高职衔接、双证书教育、教培共生”的办学特色，使学校的办学质量和育人水平不断提升。

通过“一体化”机构改革，首钢培训中心内部的教育资源得以整合，实现了管理职能与办学职能的统一，中等职业教育与高等职业教育之间的衔接，大大提高了工作效率。为学校资源共享、协调发展、突出特色、打造品牌，实现“十一五”发展目标提供了扎实的组织和机构保证。

自 2007 年 3 月，培训中心进行了总建筑面积达 37000 平方米的综合教学楼和学生公寓楼建设，2008 年投入使用。同时，开始对校园环境进行系统改造，全面提升了硬件条件和服务保障能力，一所坐落于京西的美丽校园展现在人们眼前。2012 年，总公司领导果断决策，建设校内实训基地。培训中心以此为契机，高标准开展实训基地建设，为将其打造成一体化教学中心、生产加工中心、北京市技能大赛中心、北京市技能考试中心和职业教育展示中心进行着努力和探索。

图 19　培训中心新综合教学楼落成。（王福学　摄）

二、多层次培训做实服务

企业发展离不开创造性的劳动，而创造源于人们发掘自身潜力、学习和运用知识的能力。近年来，首钢在搬迁调整中形成了多业多地的经营格局，经营管理、专业技术、高技能人才队伍在数量、质量、结构、层次、学历等多方面的需求，使得培训中心专业化教育基地的地位和作用充分显现。针对企业对高层次人才需求的规格、层次不断提升的情况，2005年，培训中心专门成立了高层次人才培养教研室，统筹高层次人才培训工作。2006年，第一次与中国职教协会合作开办高级职业经理人培训，49名学员全部取得资格证书；结合总公司结构调整开展的板材技术高级培训，160余名总公司、部厅、分(子)公司领导和骨干参加；针对重点工程建设与东北大学合作，开办项目管理专业工程硕士研究生班；为迁钢开办冶金工程、控制工程专业短期培训班；举办外语口语强化封闭式培训班……满足了公司发展对高层次紧缺人才的需要。

按照“高级技工工程”的要求，培训中心与总公司专业部门配合，制订并实施了高技能人才培训计划。2002年开办了首期炼钢技师班，使首钢技师评审工作停顿了十一个年头后重新启动，并已举办多期技师培训。2005年又启动了高级技师培训。形成了以技师培训为龙头，初、中、高级工等培训齐头并进的有利局面，至今已培训25351人，使首钢技能人才队伍素质得到明显提高，高、中、初级工比例从3∶21∶76达到47∶28∶25，极大地改善了首钢职工队伍的知识结构，提升了职工队伍的技术水平。

贴近生产实际进行培训是最具生命力的培训。首钢板材文化的提出给培训中心出了一道新课题。为使职工系统地了解板材生产对钢铁企业发展的深刻影响，提高板材生产的技术水平，培训中心及时举办了板材技术讲座、冷轧技术人才培训、钢铁产业系统知识培训，加快了经营管理者和专业技术骨干对新技术、新技能的掌握。贴近首钢重点工程项目、重点人才培养目标和基层厂矿，努力实现靠前式的服务，专门成立了新基地建设培训工作站，创新培训模式开展“订单式”、“拓展型”、“半军事化”等各类培训，不断打造着职工培训满意工程。

2010年，首钢总公司明确提出“人才是企业第一资源，各单位要以人才建设引领和激活其他各类资源发挥作用”。培训中心以一业多地为载体，实现了由“服务型”向“成就型”、由“讲台型”向“网络型”、由“请进来”向“走出去”、由“守摊型”向“创新型”的全方位转变。组建职业教育培训处，增强培训领导力度；成立“首钢钢铁新基地职工教育培训工作站”，行使靠近一线的服务功能；与长钢、水钢、贵钢、伊钢、通钢等外埠钢铁企业高效协同，资源共享，优势互补，在多个层面上开展培训合作；搭建信息化网络教育平台，适应首钢“多业多地”发展格局，用现代化教学手段，满足跨地域、跨时空职工教育培训工作的需求。多措并举的培训服务模式，使职工提升素质的战略目标一步步落地有声。

根据首钢人才优先战略行动计划，在“十二五”期间首钢人才工作的重点放在了领军人物、后备干部、高级科研和设计专家、新型产业高端人才、懂专业善管理的高层次人才以及高技能人才和操作专家的培养上。培训中心积极探索高端人才培养的新途径、新方法，为首钢转型发展奠定了人才基础。

在高层次技术人才的培养上，加大了与东北大学、北京科技大学合作开展工程硕士研究生培养工作的力度。2011年不但招收录取了96名新生，创下了近年来录取新生最好水平，同时还新增加了项目管理等专业，使工程硕士专业上升到5个，在校生达到了458人的历史最大规模。扩大了与东北大学合作开展EMBA学历班的招生范围，到2012年共成功开办了四期EMBA班。不但有来自京唐、迁钢、首秦、长钢的首钢学员，还有来自河北唐山钢厂、宁夏建工集团等首钢以外的学员，使高端人才培训范围逐步覆盖新首钢这个大家庭。

在企业领导干部的培训上，为落实公司加强企业干部队伍建设目标，培训中心根据首钢组织部的要求制定了"高级管理人员培训方案"，把"提升理论素养，坚定理想信念，强化作风建设，培养廉洁自律意识，提高践行科学发展观的能力；培养战略思维，强化创新意识，提高管理能力，改进工作方法，提升领导艺术，增强岗位胜任能力；培养国际视野，提高跨国经营与跨文化管理能力；培养理论联系实际的学风和意识，提高工作实践中应用现代管理理论解决实际问题的能力"作为培训目标，再次丰富了高级管理人才的培养内涵。

在企业重点专业技术人才培训上，培训中心承接了首钢集团计财专业人员岗位培训班的培训任务，培养既懂钢铁生产工艺，又熟悉财务专业管理知识和技能的复合型人才。这是总公司重点专业技术人才培养的试点工程。来自 13 个单位的 43 名具有本科学历、五年以上工作经历、非计财岗位的一线技术骨干，通过全脱产两年，进行 32 门课程的理论学习和参加实践教学课程，最终达到培养目标。这样高规格、高要求的培训，不但在培训中心的培训史上属于首例，即使在以往首钢人才队伍建设中也属罕见。

为加快高技能人才培养步伐，培训中心确立了"以发展需求为导向，管理创新为基础，项目开发为重点，持续提升学习服务能力、人才支持能力、知识贡献能力、市场竞争能力为目的"的高技能人才培养目标。目标高远，更需脚踏实地。在这科技进步日新月异的时代，首钢不仅在持续不断地引入新观念、新理论、新方法，而且采用了大量的新设备、新技术、新工艺，这无疑给职工培训工作提出了更高的要求。在没有先例、没有标准、没有教材和其他教学文件的困难面前，承担教学任务的教师们秉承"敢为人先"的首钢精神，走出校门进厂门，深入生产一线，理论联系实际，摸索出一整套行业技能培训教学方法，并创新开发了"职工不离岗、课堂在现场，单位下订单、培训出菜单"等多元化培训形式。张岩老师就是这支钻研业务、敬业奉献的创新团队的一名代表。2001 年，张岩老师领衔开展了转炉炼钢中级工行业工种取证培训，为此后通过职工取证培训，促进员工素质提升打下了基础。2002 年，他与厂方密切配合，首次开办并主持首钢各炼钢厂转炉炼钢工技师培训班，其后继续开办了转炉炼钢工、炉外精炼工、连续铸钢工技师高级技师培训班。目前，技师培训项目已经在首钢集团全面推广，至今已开办了十余期。2012 年，张老师又利用暑假休息时间，承担了首秦公司炼钢类工种初、中、高级工培训和迁钢、首秦公司炼钢类技师培训。尤其是为贵钢转岗工人进行的一周培训，他生动形象、结合生产实际、紧贴学员基础的技能讲授，使得学员深刻理解了转炉炼钢的生产操作，明确了他们今后到现场实习的目标和方向。他还为贵钢提出培训进岗的建议，《贵钢报》曾用专门版面进行报道。一分耕耘，一分收获。2012 年多次被评为先进教师的张岩老师，荣获了“首钢技术带头人”的荣誉称号。

为适应首钢一业多地发展，解决在职员工工学矛盾，培训中心主动送教上门，根据培训单位的需求精心设计、精心准备。授课内容与现场生产紧密结合，足迹遍布首钢大家庭每个成员单位。2012 年岁末，培训中心克服师资紧缺的困难，派出平均年龄已达 58 岁的培训团队远赴风寒刺骨、白雪茫茫的西北边陲新疆伊犁钢铁有限公司，组织为期 8 天的班组长培训工作。那里自然环境十分艰苦，培训教师们顶严寒、冒风雪，有的老师患了重感冒，打着点滴也依然夜以继日地精心为学员讲课。那种忘我的工作热情和无私的奉献精神，深深地感染和激励着参训的学员们。

职工培训还不断创新学习方式与内容。针对学员边工作、边学习，难以安排时间的实际困难，采用了弹性学制的学习组织方式，以时间换空间，有效解决了学员的工学矛盾；根据企业需求，以需求定培训，开展了订单式培训和技师研修培训，实现了培训与需求的无缝衔接。

为实现跨地域、跨时空、自主与个性化学习，培训中心先后投入

1400 万元建成了包括网络、视频、网站、服务支持四大系统和考试、在线、同步、异步、远程教学五大功能的远程教育平台，2012 年在线学习网访问量达到 73.9 万人次、培训平台应用量 4 万多人次，极大地发挥出了高科技网络教育手段服务于企业培训的强辐射、低成本优势。满足了首钢“多业多地”以及部分社会企业培训需求。2008～2012 年，首钢技师学院连续五年被评为“北京市技工院校教育教学先进(贡献)单位”，2012 年度被国家人力资源和社会保障部授予“国家技能人才培育突出贡献单位”。

三、信息化搭台延伸触角

数字化校园建设是信息时代的呼唤、是学习型企业建设的必备条件，是助推首钢多业多地发展战略的资源保证。数字化校园建设的目标是建设一流的数字化网络基础，数字化的教学资源，数字化的教学、学习和工作环境，实现数字化学习、数字化教学和数字化管理。

按着建设数字化校园的思路，沿着组建网络开发利用、校内外网络应用推广、服务保障体系建设的脉络，2011 年以来，培训中心引进 ITIL(即 IT 基础信息技术架构库)管理，构建安全体系，进入实施顶层设计的新阶段。目前，校园网络覆盖校内全部教学场所，实现了校内全区域无线上网。在数字化管理方面，OA 系统、教务系统、学管系统、招生管理系统、后勤系统、人事系统、财务系统等 21 个业务管理信息系统在网上运行，涵盖了学校全部管理和业务部门，显著提高了教育管理水平和效率。在数字化教学方面，多媒体教室全部配置投影仪、电动幕布、计算机、音响等设备。校园网已融入到全日制教学各个环节，对加强日常教学管理发挥了重要作用。在网络技术管理方面，通过部署带宽负载均衡、流量控制、内容审计、万兆路由器等高性能网络设备，硬件条件处于国内职业院校的先进水平。同时，创新校园网管理方式，实现了网络从故障预警、故障报警、网络带宽及浏览控制等全方位的网络管理。

随着信息化应用的普及，信息系统的建设应用对培训中心各项业务的开展所起的保障和支撑作用日益明显。通过加强专业管理和采取必要的技术保障措施，信息化保障能力已跃上新台阶。全年校园信息应用系统平均可利用率达98%以上，信息化保障能力步入市属高校先进行列，2011年荣获中国教育科研网“高校网络畅通保障工程”先进单位称号，为教育培训工作提供了强有力的技术支持。

为适应首钢多业多地发展需要，培训中心积极搭建信息化培训平台，加强软、硬件建设、开展远程培训。2006年至2011年，先后建设了迁钢、首秦、冷轧、京唐、水钢等学习中心并投入使用，建有网络异步教学平台、网络视频教学平台、网上考试系统、题库管理系统、电子图书馆、教育培训网站等多个教学应用系统；围绕骨干专业课程建设和教育培训工作，通过开发和引进，建立了网络课程、电子图书、科技期刊、课件等形式的数字化资源库。现已建设涉及技能培训31个主要工种，管理培训22个板块、108门课程，参考类精品课300门，各类电子资源库10个，资源库的总容量达到1000GB。为切实保障教育培训质量，进一步提升职工远程学习服务支持，开展“呼叫中心”的建设，为职工在远程学习方面提供包括自助服务和人工服务的全方位技术支持。

信息化培训系统应用的规模和范围不断扩大。近两年，首钢在线学习网平均访问量达70万人次。特别是2011年以来，水钢远程学习中心的投入使用，标志着首钢信息化职工培训系统应用范围从一业四地新基地扩展到首钢兼并重组企业，使教育培训服务不断得以延伸。

首钢的事业发展到哪里，培训中心的教育培训服务就拓展到哪里，信息化培训平台就搭建到哪里，调试运行维护上门服务就跟进到哪里。负责信息化基础设施建设与日常管理与维护的培训中心网络管理中心，是一支由12人组成的年轻的队伍，他们克服点多、面广、需求多样、管理维护任务繁重的困难，通过对目标任务的分解落实和制定各项有效措施，做到人人有任务、人人有目标、人人有动力，不断加强内涵建设，增强创新意识、协作意识、服务意识，努力提高信息化对教育培训业务的支撑和保障能力。

进入"十二五"时期，培训中心紧密结合首钢转型发展的战略需求，按照"提升层次、注重质量、发展特色、增加效益"的总体思路，明确了"四个一流"的工作目标，其中之一就是努力打造一流的信息化职工培训系统，以信息化建设带动教育现代化。加强远程教育培训网络平台建设，开发各新基地的远程教育培训项目，不断扩大信息化培训系统应用的规模和范围；开发信息化职工培训系统的服务功能，为企业职工提供方便、快捷、优质的学习环境；加强电子资源开发力度，满足教育培训需求；发挥远程教育培训网络平台优势，积极探索在新基地设立远程学历教育教学点，不断扩展远程教育的覆盖面和服务群体，为首钢转型发展提供教育培训方面的资源保证。

第二节　开放办学　创出新路

随着社会形势的变化和首钢北京钢铁主流程的搬迁调整，培训中心面临着越来越大的生存压力，突出表现为"四难"：一是教育培训受行业限制多；二是首钢工学院没有财政拨款，办学经费来源窄；三是首钢内部职工培训难，搬迁调整后，多业多地，地域分散，加大了培训的难度；四是生源急剧减少，使得享受财政拨款的技师学院招生异常困难。

有追求就会有希望，有信心就会有成功，有探索就会有创新，有奋斗就会有收获。面对日益激烈的市场竞争、面对生死存亡的考验，培训中心开阔视野、拼搏创新，以服务职工、服务企业、服务社会为宗旨，以创建"四个一流"为目标，全力打造首钢教育培训优势品牌，为首都建设和首钢转型发展提供全方位、高质量的教育培训服务，为实现技能成才的梦想铺就成功之路，不断创出新成绩。

一、中高职发展编织人才摇篮

“青年者，人生之玉，人生之春，人生之华”，这是李大钊的一句名言。青年是家庭的希望，是企业的栋梁，职业教育担负着把这些风华正茂的莘莘学子培养成面向首钢、面向首都生产、建设、服务、管理第一线需要的高技能人才的重任。日月交相辉映谓之明。读史使人明智；大学之道，在于明明德；青年学子要明志向，明事理，明方法……为此，培训中心坚持以学生为本的教育理念，结合学校实际，制定了“名生工程”计划，着力培养“三高”名生团队，即眼力和能力并重，眼力高于能力；技能与知识并学，技能优于知识；情商和智商并茂，情商胜于智商，进一步推进学校内涵建设，不断提升办学水平。

“名生工程”建设是培养德智体美全面发展的技能型人才，打造一流职业院校的出发点和落脚点，切实体现了“全员育人，全过程育人，全方位育人”的教育原则，扎实促进了学生综合素质的全面提升。在思想品德教育能力上，发挥德育课程教育主渠道功能，挖掘各门课程的育人功能和任课教师的育人职责，以良好的师德带动和影响学生品德的养成。在学习能力上，打造品牌专业，以“名专业”带动“名生”的培养，广泛建立订单式人才培养模式，实现学生职业技能培养与企业人才技能需求“零距离”衔接。进一步扩大“双证书”培养规模，把专业课程内容和职业标准有机衔接，组织学生广泛参与各级、各类技能竞赛，以技能大赛为“助推器”，以赛促教、以练促学，培养学生动手能力和创新能力。近三年，首钢技师学院有 18 人被评为市级三好学生。在参加市级以上技能比赛中有 25 名选手获得过焊工“金工奖”、“银工奖”；数控“银工奖”等奖项。杨明全老师培训带领的首钢电工代表队在参加首届“振兴杯全国职业技能大赛”决赛中，获北京市决赛团体第一名，在与全国 100 多个参赛队角逐中,获团体第七名,位居全国钢铁行业第一名。2012 年首钢技师学院承接北京市第三届职业技能竞赛工作,学院克服时间紧、任务重、标准高、人员少等实际困难,出色完成了竞赛的组织工作,荣获首钢职业技能竞赛优秀组织单位。其中维修钳工 5 人进入北京市第三届职业技能大赛复赛,全部获奖并第一次获得一等奖;数控专业徐紫阳同学获得"第 42 届世界技能大赛数控车工北京赛区选拔赛"第 3 名,并进入全国 10 强。

学院充分挖掘学生的非智力因素,注重培养学生的自主学习能力和知识运用能力,以"学会"为基础,以"会学"为目标,激发学生浓厚的学习兴趣。在北京及全国大学生各类学术及技能比赛中,首钢工学院自 2001 年组队参加全国大学生数学建模竞赛以来,已连续多年获奖,曾获 2 个全国一等奖、7 个全国二等奖及 10 余个北京市级奖项;从 2004 年开始,组织学生参加北京市大学生电子竞赛,均荣获奖项;2010 年在北京市高职院校技能大赛上获得电子设计—嵌入式产品开发的一等奖和二等奖各 1 项;2010 年在全国商科院校技能大赛上获得品牌策划专业竞赛总决赛三等奖;2011 年在第四届全国大学生广告艺术大赛上获得北京赛区平面类作品一等奖;2012 年在全国水环境监测技能大赛上代表北京市参赛获得三等奖。

在中国人的记忆中,2008 年既有无与伦比的北京奥运会,也有多难兴邦的汶川地震。地震中,四川绵竹东方汽轮机厂下属东汽技校的学生们尽管逃过劫难,却失去了学校。在党和政府的关怀和安排下,31 名焊接专业的学生来到首钢技师学院,开始了新的学习生活。

"给学生们家、给他们爱,让每一个灾区学生都能健康成长。"首钢技师学院针对学生们从灾区来、心理有波动、环境陌生等情况,成立了以党政一把手为组长的领导小组,对灾区学生学习生活做了周到细致的安排:让他们住进粉刷一新的宿舍,大到拓展训练军训服,夏季、秋季校服、T 恤衫等衣物,小到洗衣粉、雨伞、拖鞋等各种生活

图 20 首钢技师学院揭牌仪式。(王福学 摄)

用品都一一配备,还发放钢笔、书包、练习本等十几种学习用具。使每一个孩子不仅从头到脚都焕然一新,还有了一个设施齐全、温暖舒适的家。学校特意安排有着多年从教经验、荣获北京市先进教师的张金艳老师做班主任。她更是给予学生无微不至的关怀与爱护,把全部的心血都倾注到学生身上。与他们谈话,了解思想动态;与家长联系,掌握学生们心理特点;给每名学生建立周记本,进行书面思想交流;把学生们请到自己家中,像一家人一样吃饭、聊天……一点一滴、事无巨细。三年的岁月,她顾不上自己、顾不上正在上高中的女儿。张老师的真情感动着孩子们,融化了他们心头的冰雪,赢得了他们的尊重,他们发自心底地叫她:"妈妈"。

张金艳心里非常清楚,不仅要用爱心温暖这些来自灾区的孩子们,更要让他们尽快掌握本领,将来做一个对社会有用的人。她对教学计划进行了精心设计与制定,和北京市十大能工巧匠、首都劳动技能勋章获得者、全国劳动模范、曾培养出中国首届焊工电视大赛冠军刘宏的王文华老师每天陪伴在学生们身边，耐心细致地给大家讲解焊接专业理论、传授操作技能，调动学生们的主动性，使他们积极投入到学习中。2009 年 5 月，中国机械工程学会、北京市总工会与北京市科学技术协会联合主办了 DVS 国际青工焊接比赛“嘉克杯”国内选拔赛，获胜选手将赴德国参加由德国焊接学会（DVS）主办，中国、德国、捷克、斯洛伐克参加的 4 国青年焊工比赛。张金艳太珍惜这次机会了，必须让孩子们试一试！她随即将班里的刘世涛、卿健两名同学推荐到学校。两名学生也十分珍惜这次考验自己的机会，在王文华、张金艳等老师的指导下，他们刻苦练习，对比赛项目的每一个环节都认真琢磨、反复推敲，不放过任何一个细微之处。特别是在选拔赛时，刘世涛同学脱颖而出，连续夺得选拔赛和复赛的冠军，并获得代表中国到德国参加比赛的资格。当年 9 月，刘世涛没有让人失望，与卿健等 4 人组成的参赛团队，一举夺得“DVS 国际青工焊接比赛”团体冠军，刘世涛还成为全体 18 岁组参赛者中，唯一一个获得代表欧洲标准水平的“DVS 焊接考试合格证书”的选手，为祖国争得了荣誉并受到温总理接见。每当想起夺冠的情景时，刘世涛总是说，没有老师、没有首钢技师学院，我不会成功。

二、教育改革筑起希望大厦

“工欲善其事必先利其器”。为提高教学水平，培训中心全面深入开展内涵建设，着手开展创新工作项目的研究，构建中、高职专业评价体系工作。研究制订《加强专业建设、开展专业评价工作的意见》，组织对两院 33 个专业从专业定位、培养目标、培养方案、教学改革、师资建设、招生就业、教育质量、专业特色等方面进行评价；研究制订培训中心《探索校企业合作模式、实现厂校融合工作方案》，提出开展校企合作的 5 项工作途径及 18 项保证措施；研究制订《构建培训中心技能大赛工作机制，彰显名师工程、名生工程效应，提高社会知名度和公众认可度工作方案》；建立了培训中心三级技能大赛工作体系，在扩大学院知名度，引领学院教学改革方向，激发学生学习热情等方面起到了重大的推动作用。

近年来，随着生源减少，北京的职业教育发展形势日趋严峻。培训中心既包括中职教育，还包括高职教育和成人教育，这在危机中成为一种得天独厚的资源组合，如果能在内部搭建起一座中高职衔接、职教互通的教育立交桥，就能整合起每一种现有资源，攥成一个硬拳头。为此，通过合理调配资源、专业对接等工作，培训中心逐步搭建起校园内部的职业教育立交桥，成功彰显出“校企合作、中高衔接、教培共生、职成互通”的办学特色，让教育培训这个拳头越攥越紧。

不断适应市场需求，就必须积极进行教学模式的创新，努力提高教学水平。根据职业教育的特点和发展趋势，经过不断探索，培训中心大胆进行改革，先后在焊接加工、数控加工、电气自动化设备安装与维修、机械设备装配与自动控制等专业，开展了融“教、学、做”为一体的“一体化”教学，创造了理论教学与实践教学并举的教学新模式。教师不仅在课堂上讲，而且在实习场地对每一教学课题同步进行理论讲授、操作示范和训练，突出了现场性，增强了直观性，打破了“先在课堂讲理论，再到厂矿去实习”的传统教学模式，使学生能够用理论指导实践、在实践中消化理论，对知识产生亲切感，对设备产生熟悉感，从而提高了学习兴趣，调动了学生学习的主动性和积极性，增强了学生学习的灵活性和创造性，使教学收到事半功倍的良好效果。在北京市技校数控车床比赛中获得“银工奖”，毕业后就职于航天工业部从事航天卫星、火箭加工的学生刘景辉十分感慨地说：“感谢一体化教学，感谢每天陪我一起在车床边苦练的老师”。

为加强师资队伍建设。培训中心从细节入手，使教师在实践经验中增长才干，让学生在理论与社会实际相结合中学有所长，用教师之灯照亮学生就业之路，敲开学生成就事业希望之门。学院坚持以“技能为本，服务就业”的办学理念，努力培养既能讲授知识，又具有工程师操作技能的“双师型”教师。课堂上，教师拿起书本滔滔不绝能讲理论知识；在实训基地，他们又成了严谨有加的工程师，能手把手地传授实际操作本领，拿起焊枪能焊出一道漂亮的焊缝，数控机床一开能随心所欲的加工零件。为培养这样一支既懂理论又有娴熟操作技能的教师队伍，制定了《骨干教师培养计划》、《优秀教学团队建设计划》等一系列文件，有计划地加大对教师的培养力度。并借助校外企业的不同行业专家承担教学任务，带动教师授课水平的提高。同时，加大教师队伍建设资金的投入，制定《教师队伍建设基金管理办法》，并在待遇上、时间上、工作上等等方面对教师培训给予保障和鼓励，提高了教师的整体素质。还结合专业需求，有计划、多渠道、多层次对教师开展国内外、校内外培训，培训中心已连续三年选派青年骨干教师赴德国、韩国接受机电一体化培训。组织中青年骨干教师分赴广州、南京等地接受高端专业知识培训。校内则组织数控、汽修、钳工等专业教师进行内训和实训，促进了教师在岗位上不断成长。

加强专业负责人队伍建设，有 28 名专业负责人参加了教育主管部门组织的骨干教师培训和企业挂职锻炼。教师们承担的一线材高速铁路弹条“磨光”、“防腐”和预应力钢棒 3 个科研技术服务项目，通过研究与试验，提高了教师科研与技术服务水平。而取得的技术服务经费，又补充到教学中，形成良性循环。他们还与丰台区环保局合作进行了莲花池公园湖水污染治理工作，使教师将学与教、教与用紧密结合在一起，为学生理论联系实际，学以致用提供了更加广阔的空间。

为了提高教师队伍的整体素质，培训中心鼓励教师积极参加各种比赛，在与高手竞技中促进教师提高水平。在全国技工院校德育教学大赛中，每年参赛成绩斐然，许多教师多次获得授课比赛、教案比赛一等奖；在新世纪北京首届职业技能大赛中，王文华、赵昌海两位老师分获复赛首钢赛区焊工和钳工第一名；工学院刘雅娟老师通过了北京市教委的评审，荣获北京市第七届教学名师奖，实现了市级教学名师“零”的突破。焊接专业成为北京市的优秀创新教学团队。

毕业生就业率是衡量一个学校吸引力的标尺。近几年，首钢工学院和首钢技师学院的就业率始终保持98%以上，居于北京市职业院校前列。学生学有所用，很多人在实习期间就能顶岗，有的还没毕业就被实习单位认定为是自己的员工。“出口畅”带动了“进口旺”，在生源逐年减少，院校招生竞争力逐渐增大的情况下，两个学院连年圆满完成招生计划。事实证明，一支适应社会需求的教师队伍在培养社会所需的合格人才的工作中已越来越具有实力。在打造“双师型”教师队伍的进程中，这些“教”必躬亲的教师们将会更加努力前行，创造出首钢职业教育特色品牌，更好地为首钢和社会服务。

三、特色办学为梦想插上翅膀

当首钢培训中心两座新楼拔地而起的时候，人们以期待的目光，共同见证了这个人才基地的飞速发展。多年来，首钢培训中心以打造最优秀的职业教育资源为己任，立足与首钢的密切联系，使职工培训、职业教育更加贴近企业发展，贴近社会需求，为人才成长铺就成功之路。

随着一批批技能型职工走上新的工作岗位，一批批志成学满的青年走上社会，培训中心的办学思路更加清晰起来，那就是建设“四个一流”的发展目标：力求经过3～5年的努力，把首钢工学院办成北京市一流的高等职业教育示范院校；把首钢技师学院办成全国一流的中职示范校，办成“蓝领人才”的摇篮；建成一流的职工培训基地；一流的远程职业培训系统，使培训中心成为“体制健全、机制灵活、资源优化、精干高效”，市场不断扩大、质量效益不断提高、自我发展能力不断增强的教育培训实体，成为首钢结构调整和新经济中一支重要的方面军。

锁定创办“四个一流”的目标，打造精品课程、品牌专业，不断充实内涵建设……培训中心一步一个脚印向着自己的目标迈进，并始终以一份强烈的社会担当，一手抓在校生全日制教学，一手抓在职职工培训。依托产业设专业，实现了专业设置随着经济发展方式而“动”、跟着产业调整升级而“走”、围绕企业技能型人才需要而“转”的专业建设模式，为首都经济建设和首钢步入世界一流企业，不断培养打造一流的、有创造力的技能人才。

首钢工学院把市场对人才知识、能力、素质的要求作为核心，将教育目标定位在培养高级应用型技术人才上。以实力较强且企业和社会紧缺的机电、环保、计算机三个学科为重点，系统开展精品课程建设，在建立了一批院级精品课程的基础上，《环境监测》课程被列为北京市精品课程。环保监测实训基地作为造就“高级蓝领”特有的配套设施，也被北京市评为示范性基地。在着力建设三个重点学科的同时，新增加了机电应用技术、现代汽车技术应用和物流管理三个新专业，探索学分制等教学改革。在英语教学中采用斯坦福英语教学软件，实施个性化教学；在计算机教学中，与北大青鸟合作，引入 ACCP 认证课程体系，提高学生职业技能；在电气自动化专业试行“学历证书＋高级工职业证书”复合式人才培养模式，培养的学生受到各方欢迎。

首钢技师学院积极调整专业设置，突出专业特色。按照立足首钢、面向社会的办学宗旨，密切掌握市场的变化，尤其是结合首钢和北京市产业结构变化，建立和完善了机电设备与自动化、现代加工技术、冶金与材料工程、环境保护、建筑工程、计算机技术、现代服务七大专业类平台，共 19 个专业。他们在继续办好金属压力加工、现代成型加工技术、机电一体化、数控技术应用等长线专业的同时，围绕首钢及北京市产业结构调整的需要，开发环境保护、数字媒体等新专业。依据首钢和北京市对人才需求的变化,开发相应专业的高级工、预备技师专业,从而形成了“保持特色、立足二产、进军三产”的专业布局。实施品牌特色战略,利用在多年教学中形成的雄厚实力,以及自身拥有的人才、设备等方面的优势,着重打造出焊接加工等学校标志性骨干专业。

培训中心在办学思路上积极开展对外合作,面向社会培训市场。他们先后与德国德累斯顿工业大学职业教育与继续教育学院、莱比锡德国工商业联合会、韩国大邱工业大学、韩国圆光保健大学、加拿大凯普布莱顿大学就师资、学生交流、合作培养人才等方面达成合作。在国内,相继与河北唐海、大厂、玉田等地方联合办学,培养技能型人才;利用学校设施、师资、办学资质等资源与北京人文大学等多家民办教育机构(院校)进行了多层次、多形式的合作,办学效益得以彰显。2012 年又积极开拓新的培训项目和渠道,同国际汉语教育学会与中国语言资源开发应用中心合作举行了“国际汉语教育学会首钢工学院教师考培中心”的挂牌仪式。该培训项目研发出最先进的国际汉语教师培训课程,针对不同国家、种族、年龄、职业、学习风格的学习者特点,总结出一套行之有效的学习方法与技巧,创立以实践教学为主的独具特色的教学模式。通过培训考试,学员可获得对外汉语教师研修合格证书和国际汉语教师执业能力证书。此项目的开发成为培训中心真正面向社会培训市场的全新尝试。

培训中心努力适应首钢转型发展的需要,打造企业培训优势品牌,培训工作实现了“五个突破”、“五个服务”和“五项创新”。

“五个突破”即在培养高层次领军人才和高素质管理人才上实现突破;在推动重组企业领导干部队伍建设上实现突破;在培养优秀企业管理人才上实现突破;在高技能人才培养领域上实现突破;在成人学历教育上实现招生人数新突破。

“五个服务”即着力打造首钢信息化职工培训平台,为“新首钢”提供跨地域、全方位培训服务;全力做好首钢北京地区停产分流职工培训的优质服务;精心组织首钢班组长培训工作,创出优质培训的品牌服务;主动为重组企业搭建人才培养平台,为职工培训提供满意服务;不断探索外部培训市场开发,努力实现创新服务。

“五项创新”即创新了院校与协会共同育人途径;完成了“技能大师工作室”申报工作,创新了高技能人才培养方式;创新了校企合作培养高技能人才培养模式;创新了教育培训工作理念;创新了培训管理工作方法。这五项创新形成了培训中心《适应首钢战略调整,创新职工培训模式》的经验做法,获得北京市企业管理创新二等奖。

第三节　凝心聚力　共促发展

走近原野,才能饱赏春天的美色;与日俱进,才能感受盛夏的热情;采摘硕果,才能品尝秋天的味道;走过寒冬,才能感知春天的温暖!

在首钢搬迁调整转型发展的形势下,要建设一流的职业教育培训基地,不仅要求领导者的远见卓识、勤勉工作,更需要发挥全体教职工的力量与智慧。近几年,培训中心党委紧紧围绕首钢和首都经济发展的新要求,围绕打造教育培训服务品牌,积极创新党建工作,使党建工作成为首钢培训事业发展的加速器。

一、党建引领聚人心

创新是党建工作发展的强大动力。培训中心党委以科学发展观为指导,在首钢企业搬迁调整的新形势下,结合实际创新党建工作理念。坚持把保障与服务作为党建根基的理念贯穿于基层党建工作的方方面面。特别是牢固树立服务意识,坚持党的建设服务于教育培训中心任务,带领教职工同心协力,出色完成了各项教育培训任务,取得了可喜成绩。培训中心党委多次荣获首钢“六好班子”

称号，2012 年被评为首钢“基层模范党委”。

事业要发展领导是关键。根据首钢搬迁调整转型发展、中高职生源减少等实际情况，2009 年，培训中心党委开展了“深入推进创新创优创业，为完成首钢战略转型期攻坚任务打造教育培训特色品牌”的学习实践活动。党委班子深入分析影响和制约培训中心科学发展的主要问题，确定了四项调研专题，组成调研组，从不同层面查找突出问题，问计于广大教职工，落实一项项具体措施。为加强领导干部作风建设，党委在领导干部中坚持开展“四查四看”活动，既“查思想观念、看创新思路，查工作作风、看服务意识，查管理制度、看工作效率，查组织纪律、看廉洁自律”。党委每季度就干部作风建设进行交流和讲评，通过《专题简报》进行公布，讲评结果作为对领导干部绩效考核的重要内容。通过“四查四看”将干部管理渗透到日常工作中，提高了干部的领导能力，有效地促进了各项工作的开展。

成教学院多年被评为先进党支部，党支部注重调动全体党员在工作中的主观能动性，在开展职工培训中开阔思路、攻坚克难，2012 年，他们先后举办了京唐公司技师进修班；长钢炼钢、轧钢技师研修班；迁钢、首秦轧钢、电工、钳工等工种技师取证班等，两个月内培训高技能人才 447 人。特别是精细组织首钢计财专业岗位人员培训班各项工作，成效突出。首钢党委书记王青海同志在计财班座谈会上讲道：人才是企业发展的根基，人才的培养重点是要做好培训，计财专业岗位人员培训班具有示范性，感谢工学院为首钢培养年轻的复合型管理人员所做出的努力。

“让党旗永远鲜红”主题党日活动中，注重树立党员教师典型，通过“学身边人，说身边事”的宣传平台，用鲜活的典型人物广泛宣传教职工中涌现出的模范党员。建工系教师党员王卫红努力研究教育理论和高职学生的教学方法，她所主讲的“环境监测”课程被北京市评为精品课程。她编写的教材《环境监测与实训教程》，被北京市评为精品教材。她带领的环境监测与治理技术教学团队多次被评为学院先进集体，并荣获北京市优秀教学团队，王卫红老师还曾多次被评为首钢劳动模范。

共产党员冯居深、李晓霞老师，主动承担到四川什邡地区的支教工作。他们克服生活上、工作上、环境上、交流上的困难，先后到生产一线，为职教中心和厂矿骨干职工培训钳工、焊工的专业理论及实践知识，到教育第一线为教师传授教学经验及教学方法，受到高度赞扬。什邡市劳动局送来“智力援助，彰显真情”的牌匾表示谢意，四川宏达集团送来“地震无情人有情，职业培训见真情”的锦旗表达他们的感激。他们用一名共产党员无私的奉献精神，为北京、为首钢赢得了荣誉。基层党组织的战斗堡垒作用和党员的先锋模范作用，使培训中心党组织的向心力和凝聚力得以全面提升。

二、文化建设创和谐

美国著名管理学者托马斯·彼得曾说：“一个伟大的组织能够长期生存下来，最主要的条件并非结构、形式和管理技能，而是我们称之为信念的那种精神力量以及信念对组织全体成员所具有的感召力。”校园文化建设是学校综合办学水平的重要体现，是增强学校凝聚力的重要法宝。

要使校园文化建设鲜活有效，就要选准选好工作载体，精心设计，搭建平台，整合资源，首钢培训中心借助北京市大力弘扬“爱国、创新、包容、厚德”的北京精神之机，认真实施教师职业道德规范建设，通过实施《首钢工学院、技师学院教师职业道德规范》，使全体教师做到忠诚党的教育事业，爱岗敬业、教书育人、为人师表，以人格魅力和学识魅力教育感染学生，做学生健康成长的指导者和引路人。

近年来，培训中心还在教职工中广泛开展“我为学校发展献策出力”提建议活动，发动教职工围绕教学、培训和管理等方面献计献策。每年教职工提出并实施合理化建议数十条，充分调动了广大教职工的积极性和创造性。工会还广泛开展丰富多彩的校园文化活动，营造出人人奋发向上、人人心情舒畅的校园文化氛围。

三、人文关怀显真情

培训中心党委坚持从教职工最关心、最直接、最现实的利益问题入手，诚心诚意办实事，尽心竭力解难事，坚持不懈地做好服务，将教职工中蕴含的积极性和创造性，凝聚到首钢教育培训服务的事业上来。

作为知识分子比较集中的教育单位，培训中心有近百名党外知识分子和统战人员。他们中大部分同志工作在教学一线，为学校的改革发展发挥着重要作用。首钢工学院机电工程系主任廖武陵是石景山区第十五届人大代表，农工民主党首钢支部委员。作为民主党派基层组织负责人，他以身作则，积极了解社情民意，参政议政。在学校的教研教改上，他不断探索职业教育特色，拓展外部培训市场，充分开发和利用就业基地，与近二十家企业签订校外实习实训基地建设协议，2012 年全系就业率达到 100％；中德合作办学成绩超过同项目其他院校；他牵头组队参加的全国及市级技能大赛均取得优异成绩。

在大家的共同努力下，2012 年培训中心捷报频传，首钢技师学院以北京市排名第一的成绩成功申报第三批“国家中等职业教育改革发展示范学校”，成功申报国家级高技能人才培训基地，成为得到国家人力资源和社会保障部批准的全国唯一一家中职院校；成功申报国家级王文华焊工技能大师工作室。

今后几年，是首钢以开放的视野，实现伟大转型的关键阶段。培训中心将继续坚持立足首钢、面向社会、创新发展。紧贴首都和首钢发展的战略需求，按照“提升层次、注重质量、发展特色、增加效益”的总体思路，坚持改革创新，为首钢提供全方位、高质量的培训服务。

站在新的起点，培训中心信心满怀，正在以崭新的姿态，走向未来……

结 束 语

首钢搬迁调整，从2005年2月国务院批复《首钢实施搬迁、结构调整和环境治理的方案》，至2010年底北京老厂区钢铁主流程全部停产，历时6年。首钢人以自己的激情、汗水、热血以至生命，走出了一条前人没有走过的路，谱写了一曲壮怀激烈的歌。

如何认识首钢搬迁调整的意义呢？首钢新任董事长、党委书记王青海在2012年7月18日首钢召开的第十次三创会上，作出了精辟的概括："首钢搬迁调整、转型发展是党中央、国务院的重大决策，关系到钢铁工业的区域布局和结构调整，关系到北京建设世界城市的要求，关系到首钢的可持续发展，关系到首钢十几万职工的根本利益，关系到社会的和谐稳定。这是党和国家赋予首钢人光荣而艰巨的历史使命。"首钢人没有辜负党中央、国务院和北京父老乡亲的重托，他们在看似没有路的地方，靠着信念和勇气，开拓出了一条"创新、创优、创业"之路，为首钢实现强国梦打下了坚实的基础。

对首钢来说，搬迁调整意味着什么？如果在十年前，首钢搬迁也许意味着艰难的抉择，意味着离别，意味着悲壮，意味着奉献……那么，在十年后的今天，搬迁调整意味着首钢的新生，首钢的崛起，首钢的未来。首钢的确像一只浴火重生的凤凰，展翅高飞，开拓着新的未来。

2011年2月10日，北京市领导到首钢调研时指出："首钢冶炼热轧全面停产，标志着结构调整进入了新阶段，首钢下一步的转型发展要成为首都经济发展方式转变的标志性工程。”“首钢要抓住北京建设世界城市的发展机遇，高起点定位、高标准谋划，推动首钢未来发展”。王青海在2012年首钢召开的第十次三创会上，作了“以开放的视野实现首钢伟大的转型”的报告。他指出，首钢进入了转型发展的新阶段。在这个新的发展阶段，首钢将要实现产业结构的转型、产品结构的转型和体制机制与思想文化的转型。这将是一个长期的过程，力争到首钢建厂100周年的时候基本完成这一阶段的转型任务。

“雄关漫道真如铁，而今迈步从头越”。

首钢，我们祝愿你，乘风破浪，扬帆远航！

后 记

《首钢搬迁风云录》是一部由首钢人自己写作的记载和描述首钢搬迁调整历程的丛书。此套丛书以纪实性题材记载了首钢坚持以科学发展观为指导，以我国钢铁业战略性调整为契机，通过实施搬迁调整推进企业持续健康发展和发生的巨大变化，充分展示了首钢人创新、创优、创业的心路历程和舍小家、为大家的奉献精神和感人业绩。读后不仅使人对首钢搬迁的重大意义与发展过程有了更加全面的了解，而且可以从中深刻感受到首钢人在这一历史性转折中体现出的博大胸怀、崇高境界和敢于担当的精神。

《共济蓝海》为本套丛书的第三册。第一册《凤凰涅槃》和第二册《浴火重生》，已分别由人民出版社在2009、2011年出版。第一、第二册书集中记载了首钢钢铁主业从战略决策、实施搬迁调整到新的钢铁基地建成投产的全过程，第三册主要记载首钢的非钢产业对钢铁主业搬迁做出的重要贡献，以及这些企业抓住首钢搬迁调整的机遇，发展壮大的奋斗历程。

第三册书的写作得到首钢总公司和各个参编的企业领导的大力支持。从该书的策划、审批写作计划到写作内容，均得到总公司领导的指导和高度重视。参编的十个首钢企业均由主要领导负责，宣传部(或党群工作部)组织专人写作。第三册的撰稿人分别是：第一章，首钢矿业公司刘承军；第二章，首钢地勘院张波；第三章，首钢国际工程公司张存保；第四章，首钢建设集团赵泽民；第五章，首钢机电公司陶晓海；第六章，首自信公司关福生；第七章，甄斌（首钢国际贸易工程公司邀请）；第八章，首钢房地产公司柳翠云；第九章，首钢实业公司孟建华、祝景中；第十章，首钢培训中心毛文利。上述单位的宣传部负责同志为本书的编写做了重要的组织工作，并提供了宝贵的照片，为本书增色不少。封面照片由首钢京唐钢铁公司宣传部马晓提供。首钢总公司党办主任冯晓明认真对全稿进行了审阅。首钢宣传部、工会和首钢日报社均为本套丛书的写作、宣传和发行给予了大力支持，在此，向上述各个单位和同志表示诚挚的谢意。

首钢发展研究院申建华、张立新参加了编辑修改工作。张立新为本书作了大量组织和编务工作。全书由凌毓依统稿。

特别需要指出的是，本丛书全套共三册，全部由人民出版社的宋军花同志担任责任编辑，她在百忙中，以一丝不苟的精神认真审阅和修改稿件，为保证出书质量，付出了艰辛的劳动。在此，特向人民出版社的领导、编审和出版发行人员致以衷心的感谢。